首度全景式展现商学院内幕

不如就上
商学院

EMBA转身记

汪皮皮 著

CNS PUBLISHING & MEDIA 湖南文艺出版社 HUNAN LITERATURE AND ART PUBLISHING HOUSE 博集天卷 CS-BOOKY

图书在版编目（CIP）数据

不如就上商学院：EMBA转身记 / 汪皮皮著.
—长沙：湖南文艺出版社，2013.1
ISBN 978-7-5404-5410-4

Ⅰ. ①不… Ⅱ. ①汪… Ⅲ. ①长篇小说-中国-
当代 Ⅳ. ①I247.5

中国版本图书馆CIP数据核字（2012）第253100号

上架建议：长篇小说|职场励志

不如就上商学院：EMBA转身记

作　　者：汪皮皮
出 版 人：刘清华
责任编辑：丁丽丹　刘诗哲
整体监制：一　草
策划编辑：包　包
版式设计：崔振江
封面设计：熊琼工作室
出版发行：湖南文艺出版社
（长沙市雨花区东二环一段508号　邮编：410014）
网　　址：www.hnwy.net
印　　刷：三河市鑫金马印装有限公司
经　　销：新华书店
开　　本：787mm × 1092mm　1/16
字　　数：290千字
印　　张：21
版　　次：2013年1月第1版
印　　次：2013年1月第1次印刷
书　　号：ISBN 978-7-5404-5410-4
定　　价：36.00元
（若有质量问题，请致电质量监督电话：010-84409925）

序

趁活着，好好年轻

想过很多次，自己将以怎样的表情和心情，开始动笔写这篇缘起。

必修课即将结束的那个冬天，我们还没有开始搬到北京新校区，我和汪汪在一楼的西餐厅，开始商量写一个好玩的故事，一个关于我们这两年EMBA的故事。又过两天，我们开始毕业课题的准备，想想写书这么好玩的事情，也算新意思，于是扯一张文化原创产业的虎皮，指导教授很支持，就算开了题。

商战模拟、异地游学、慈善义举、集钱投资、大场面联欢……都是EMBA学员的必经之路。既然是讲故事，其间就不乏斗富、勾兑的俗套。人在世间，都吃五谷杂粮，都是饮食男女。不亮丽的八卦并不是这个圈子独有的情节。另一面来看，又多少年未曾有过把酒当歌的豪情？人到中年的真性情，才真正令人难忘。

毋庸讳言，正能量应在人生历程中唱主旋律。这些在外人看来是大多赚了钱来混文凭的大佬们，之前的背景，不乏高学历和名校。毕竟时代不同了，在某种程度上，公平是存在的。

真实的商学院校园里，有没有左丹丹那样的绝色佳人？你要问我，我说有。因为同窗两年，搀着浓浓情谊的眼光看去，女同学们个个秀外慧中，羞花闭月。那书中的御姐呢？“扫描仪”呢？那些暧昧和骗局呢？呃，允许我说句场面话——人生变幻莫测，情节纯属虚构，雷同纯属巧合，欢迎对号入座。

好的商学院EMBA课程和氛围，绝对值回票价。虽然学富五车的教授们已经足够深入浅出，但文科生出身的我们，还是吃了些苦头。本着苦中作乐的态度，试着分享些许心得，算是给没有进过商学院却希望了解商学院的诸位一点儿不专业的剧透。

初稿前七章曾在毕业论文答辩时做成样书露过面，一时间激起轩然大波。校友们有代表官方撂狠话的，有晓之以理、动之以情的，有深明大义、给出中肯意见的……林林总总，排山倒海。本来想解释，不过是两个爱调侃的女生希望故事好玩，后来也确实尽力解释过了，效果或许不尽如人意。姑且结论如下，我们都热爱我们的生命体验，但大家爱的方式不同，希望各种方式都得到应有的尊重。毕竟，能有勇气拿自己开涮，也是个境界。

初稿本来就完成的拖拖拉拉，又经过几易其稿的修改，一晃过去了两年。总有带着难以名状的表情的同学问，你们那小说怎样？标准回答是，编辑在看稿。而看过稿的编辑也大都用难以名状的目光扫向我们，他们问，这里面有太多主角跟头绪，可否把故事主线集中一些？我挠头，哦，好吧。

后来，编辑总监终于悲天悯人地望着我们说，不然故事就这样吧，左一块、右一片的，也算是一种特色。本来你们也是碎片时间集中上课的，估计也是因为这样，故事变得碎碎的。还有，每个章节前的那个商学院笔记，也还算有趣。我感激涕零，高呼这位善解人意的大编为妇女之友，因为如果再改下去，姐绝对更年期提前。

生活在继续，到被责编勒令写这篇东西的时候，这帮人又发生好多新鲜事——比方说段子多多的微博、微信，比方说裸奔，比方说后

EMBA……都好玩，不过要是都再都加进来，编辑就更崩溃了。

五月份报名参加坊间著名的徒步活动，死皮赖脸地挤进亲友团体验组，终于实践了一把怒放的生命，损失是一片小趾甲。只是浅尝辄止的一天，却给我很多自得其乐的回味，这是一种年轻的存在感——跟我们两个人头碰头写故事的感受相去不多。

就这么定了。趁活着，好好年轻。

工皮（作者之一）

2012年9月13日

目录
CONTENTS

第一章
初来乍到

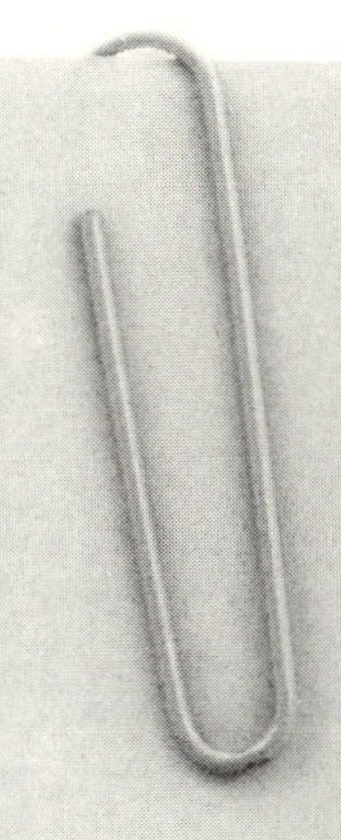

商学院笔记之SWOT

总是这样——台面上大道理，台面下有故事。

诸位不用上商学院，大多数都知道SWOT是什么——传统定义：SWOT是一种分析方法，通过确定企业或者个人本身的优势（strength）、劣势（weakness）、机会（opportunity）和威胁挑战（threat），从而将企业或者个人的发展战略与内部资源、外部环境有机结合。

一句话，精准认识自己和外界，最大限度地开发优势与潜力，规避可以预期的劣势及风险，恰当地做出决策。

然而，要精准地认识自己、认识外界，哪里是简单的事情？摸到象腿的人，觉得大象是根柱子；摸着象鼻的人，觉得大象是根绳子。不是我们不愿意全面地认识这头有腿有鼻子的大象，而是我们囿于不同的立场和角度，得出了截然不同的结论。

在寸土寸金的CBD，即使是在跨国公司里，有资格拥有独立办公室的人也是寥寥无几，奥华国际咨询公司的客户总监马君如算是这群幸运儿之中的一个。马君如的办公室虽然又小又朝西，但是楼层高，站在窗前依然可以将CBD的景色尽收眼底。

马君如每天进办公室的第一件事就是站在窗前看风景，她太喜欢这种居高临下的感觉了。奋斗了十几年换来的视野，多少次没日没夜地煎熬，通宵赶提案，连轴出差，被客户训斥，被上司讽刺，脸上粉刺生生不息，没有约会的时间和精力，所有的付出终于有了现在的回报。马君如现在稳稳当当地坐在客户总监的位置上，手里握着公司近一半的大客户。

今年马上收尾，马君如的成绩非常出色，第四个季度刚刚开始，她就完成了全年的任务，第四季度完全是超指标工作。马君如心里非常清楚，她这一年的成绩肯定是奥华中国分公司成立以来最好的个人业绩。前天，马君如和中国区的老总Tim一起吃午饭，毫不谦虚地把自己两年来的战绩好好地表了一表，并再次直接提出晋升要求。

马君如正对面的房间是奥华国际咨询公司中国区副总的办公室，比马君如这里大一倍不止，而且朝南。那里的主人有专职的司机、专属的秘书，不论是房间还是待遇都让马君如心驰神往。现在那间房空了，而且空了两个月之久。之前的主人是马君如的顶头上司，马来西亚人士，有护照，有张不中不西的面孔，有张名校的文凭，有口流利的英文，是美国驻华公司里最常见的高管面孔。美国人以为他们中西贯通，神鬼都能上身。

一方水土养一方人，在中国赚中国人的钱，就算你英文讲出油，全身香奈儿套装，司机、秘书、翻译一行十几人都带上也不灵光，不买你的账就是不买你的账。马君如两年前被猎头挖到这家公司，面试时第一次看见这位马来妹Linda，心里就笑了。难怪这样出名的美国大公司斗不过本土的公司，瞧这十足的洋老板架势，不是招客户反感就是讨人厌。Linda在奥华主要负责推广和客户服务，到任一年多，业绩一直不疼不痒，主要客户依然是国际大公司在中国的分公司，几乎没有本土公司。这次通过高薪挖马君如过来，就是为了加强与本地客户的合作，力图迅速提高业绩。Linda虽然眼高、架势强劲，但是对马君如一直很客气，毕竟要指望她这本地人给自己卖命。

马君如入职三个月之后就有了盘算，清晰明了，挤走Linda，取而代之。马君如的计划是详尽的，首先主动把自己的客户介绍给Linda认识，每次提案都会提前知会她，并主动要求她发言。马君如太了解自己老板的种种优点了。Linda为了显示自己的专业水平和敬业精神，总是大段大段地自说自话，全部是英文。马君如非常耐心地逐字逐句翻译，经常看到客户听得一头雾水，有的甚至不耐烦地直接打断。在马君如的有意安排和精心策划下，Linda确实认识了很多客户，同时也几乎得罪了很多客户。事情终于搞大了。

在一家食品行业排行领先的民企投标案中，这位民企老总直言不讳地表示，公司很专业，马君如也很专业，Linda以后就不用出现了，而且正式写了邮件，表示如果Linda介入，该项目就绝不会给奥华公司做。当然，这封邮件不仅发给了中国区的老总Tim，也转发给了亚太区的老总，中文原件附着马君如的英文翻译。可想而知，Linda是待不下去了，一周以后，辞职走人。这时，马君如到奥华正好一年半的时间。

这些年，马君如已经练就了一身武功，脸皮够厚，表情够多，变化够快，下手够狠。Linda走后，马君如每每路过对面空置的办公室，总是不能遏止地想象着自己推门而入，然后高声叫秘书进来……马君如一而再、再而三，从间接到直接地向中国区老总Tim毛遂自荐。这狡猾的老Tim，每次都是频频点头，态度是认可的，但就是没有明确的语言表示。马君如只能耐心等。

今天一如往日，马君如早上的首件工作就是打开电脑查看公司邮件。亚太区老大的群发邮件一下子就跳了出来。不是逢年过节，不会是祝贺，难道中国区副总的人选尘埃落定了？马君如深深地吸了口气，感到冷意直蹿脑门。如果晋升的是自己，一定会事前被知会。马君如再深吸一口气，点开邮件，内容很简单。果不其然，代替马来妹的是个澳洲婆，在澳洲公司工作了10年，从事咨询业20年，又一中年妇女。新上任的亚太区老总原来根基在澳洲，这个女人想必是他手下。即使这婆娘完全没有在中国的工作经验，甚至完全没有国际工作经验，也依然上位。什么叫一人得道、鸡犬升天？这就是最好的注解！

哈，这下北京办公室可有好戏看了。奔走相告的奔走相告，看热闹的看热闹，说风凉话的说风凉话，挑拨的挑拨，都要忙起来了。马君如头皮发麻，她想象得到，这件事一定会成为势利眼们茶余饭后消耗口水的最佳话题。此时此刻，需要的是正宗的娱乐精神，不仅仅从别人身上找乐子，有时候也要勇于牺牲一下自己。这里面的道理马君如是充分理解的，只是做起来未必有这样的气量。

马君如恼怒、羞愤……心里大骂Tim这个老狐狸！既然是今天宣布，那么老爷子至少一周前就应该知道，他居然两天前还在满嘴抹油地口是心非，用脚指头也想得出，拖到今天发邮件，是要稳住自己，把昨天银行的大单给签了！老Tim默许自己对Linda的所作所为，无非就是为了换取自己为他死心塌地冲锋陷阵。现在如他所愿，中国区的业绩在全球冲到前面了，打算上演卸磨杀驴？！

冷静，冷静，再冷静，马君如不停地默念，努力把自己就要爆炸的情绪强按下去，抚平，收拾好。她拿起电话，先拨通了老Tim的秘书Susan的直线。

“亲爱的，你看到邮件了？”

“是啊。君如，很意外，我们都以为肯定是你……”Susan说。

“老Tim什么反应？”马君如不等Susan啰唆，直接就问。

Susan压低了声音：“Tim也是刚来，才看到邮件，似乎也很惊讶。我听见他给Peter电话，也是满腹牢骚，说是一个没用的走了，又来了一个更没用的……声音很大，我在外面听得很清楚。”

“Tim今天什么时间有空？”马君如问。

“一直有会，下午三点半到四点半之间有空。”Susan说。

“好的，谢谢，亲爱的。”马君如挂了电话，重新整理自己的思路。养兵千日用兵一时，平时小恩小惠地收买Susan，关键时刻，友情确实派上了用场。根据Susan提供的线索，看来自己冤枉了老Tim，他也是才知道。

马君如拨通了老Tim的直线：“我想跟你谈点儿重要的事情。”

“哦，这样……”Tim在那边犹豫了一下，他当然知道马君如为什么找他，“我一直有会议，都很重要……”

马君如不等他继续，接口说道：“下午三点有空吗？”

“好吧，不过，我只有半小时。”Tim也知道是躲不过去的。

“好的，我下午三点过来。”马君如说完，挂了电话。

Tim近60岁，在中国混迹了近20年，太太是东北大妞，有一儿一女。他很清楚，自己再升职的机会已经微乎其微，而中国对他来讲是养老的伊甸园，消费低，待遇好，司机、保姆全套，孩子们全部上国际学校。继续在中国待下去，能待多久待多久，就是自己最佳的职业规划。他并不特别讨厌Linda，或是特别喜欢马君如，容忍马君如的野心勃勃是因为她业绩好，只有好的业绩才能帮助自己完成长留中国的目标，当然这不能以得罪顶头上司为代价。这些，他确信马君如一样门儿清。念头转到这儿，老Tim一乐，自己可真够中国通的，这个儿化音中国南方人都发不标准呢！

以老Tim对马君如的了解，她找自己一定不是兴师问罪。中国区副总这个职位，自己没有任命权，只能推荐和建议，生杀大权在亚太区老大那儿。这位新上任的澳洲佬，非常强势，当时的Linda事件，一封批评的邮件直发给Linda，抄送给自己和不少相关同事，邮件语气尖刻冷淡，Linda这样心高气傲的人怎么会不辞职？！整个过程，没有人咨询过自己，一朝天子一朝臣，新人上马，提拔自己队伍，人之常情。老Tim断不会为了手下升职去和上司争执，以前不会，现在这形势更不会，更不敢。马君如一定失望至极，只要她不辞职，一切好商量。

西晒的办公室里，马君如又站起身走到窗前，看着外面车水马龙，高楼林立。在这个人满为患的城市，不站好自己的位置，就一定会有人来填空，即使站好位置也要左推右挡，否则依然会被人挤出去。马君如一直和猎头保持着亲密接触，她非常清楚自己的市场价值，没有家世，没有靠山，做到现在的位置已经是幸运女神的关照。咨询界里动辄就是博士学位，自己这个二流大学的本科学位根本就是羞于启齿的。跳槽靠的是运气，没有好机会，一动不如一静。自己出去单干，现在远没到这个境界，手里的客户资源虽然不少，但马君如清楚，不少人是冲着奥华公司的国际品牌来的。现在这个当口，除了忍气吞声，按兵不动，离职和创业都不是时候。

至少几个月之内，亲爱友善的同事们都会把自己看作一个竹篮打水一场空的傻大姐，马君如苦笑。但这口气，自己得硬生生地咽下去，而且要面带微笑地咽下去。升职不成，自己总要谋求些别的什么。所有事情都如此，既然西瓜尝不到，那么退而求其次的芝麻就是理所当然的。马君如盘算着，这芝麻是什么？

“你有没想过读个EMBA？”马君如的脑海里忽然蹦出来这句话，这是自己的老客户Q银行的吴处说的。

马君如和这位吴处长算得上是老相识，10年前，马君如入行的第一个客户，就是Q银行，当时现在宣传部的吴处只是个小科员。将心比心，吴处对马君如非常照顾。这些年，马君如跳槽换岗，吴处都是她的铁杆客户，走到哪儿带到哪儿。这位恩客嘴上难免占占便宜，借着酒醉的时候也会挨挨蹭蹭，但是始终保持着马君如可以接受的距离。单身女性的身份，既是谈业务的优势，同时也是障碍。前几天，马君如去签本年度最后一个大单。那天，吴处刚好参加了联合商学院的高管内训，还没从课程里的亢奋状态中释放出来。

“来来来，小马，我给你分析分析你的‘斯沃特’（SWOT）。”吴处最明显的特征就是腮帮子上有个带毛的大黑痦子，痦子大约一厘米见方，上面最长的毛足有半寸，像极了海岛长着几棵椰树，让人回忆起地图上的海南岛。据吴处自己说，这个大黑痦子大师给算过，能给他带来30年旺运，不能剪毛也不能做手术。吴处兴奋地讲述着课上见闻，“海南岛”周遭红扑扑地闪动。鉴于吴处还没最后在合约上签字，更鉴于他是力挺马君如主导业务的主要客户，马君如赔着笑脸做洗耳恭听状，心里暗自讥讽：读了个EDP（高级管理人员培训）就开始嘚瑟了，居然也知道SWOT……

照马君如现如今的理解，SWOT说是优势、劣势、机会、挑战分析，其实就是你有能力做什么，没能力做什么。这所谓的能力，不仅仅指你鼻子底下这一亩三分地，还包括你的后台、背景、实力……比如马君如筹谋升职这事——

S：优势	W：劣势
★ 业务能力强	★ 非名校背景
★ 客户牢靠忠诚	★ 没有高学历
★ 公司从上至下都有养着的心腹	★ 企业、社会高层熟人不多
	★ 和亚太区老大不熟悉
	★ 纯正中国人

O：机会	T：挑战
★ 广告业客户为王	★ 副总职位需要亚太区任命
★ 近年来外资广告公司本土VP（副总裁）不新鲜	★ 随时会被踢走，被跟自己资历差不多的人取代

如果Linda的靠山，原亚太老大没有调到欧洲区去，即使马君如挖坑陷害，Linda最多是踉跄一两下，断不会摔得前仰后合，自己爬起身走人。也就是说，马君如如何费心费力都挤不走Linda，而且很有可能是Linda气愤之下让马君如滚蛋。那么，挑战永远是挑战，劣势永远是劣势，机会被挑战覆盖，优势被劣势填埋，马君如永远出不了头。

Linda的靠山走了，Linda也走了，马君如的机会来了，优点也显现了。可是人算不如天算，新上任的亚太老大毫不客气地提升了自己的人马。可怜的马君如，挑战还是不可逾越的挑战，劣势还是板上钉钉的劣势。

马君如记得不招人待见的吴处反复强调："小马，你学历不高，高层交往也不多。你不是一直让我介绍我们行长给你认识吗？他就是联合商学院的EMBA，你要是去读EMBA，你就是他的小师妹，关系一下子就近了。到时候我给你介绍，也好说话，不用担心领导认为咱俩关系不一般，你说是吧？还有你的个人问题，你也三十好几了，应该解决了，那么多同学，日久生情，个个都不弱。不说钻石王老五，黄金王老五也是好的呀。不是单身也可以促进重组嘛，要搞盘活嘛，嘿嘿……"

马君如当时听得哭笑不得，现在回想起来，倒觉得句句切中要害，自己这次功亏一篑，不就是因为自己上层没人撑着。读书也许是进入另一个圈子最好最直接的渠道。补偿，公司断不会补偿你一辆奔驰车，但是资助员工进修名正言顺。

下午到了约定的时间，马君如走到老Tim门前，轻轻地敲了敲门，不等里面人请就已经推门而入，然后一屁股坐在沙发上，静静地望着老Tim，沉默。

老Tim看了看马君如，马君如也一眼不眨地看着他，两个人僵持着。

“邮件看了？”最终还是老Tim开了口。

马君如点点头。

“事前我也不知道是这样的安排，很意外，真话！我确实是极力推荐过你的。”老Tim说瞎话是家常便饭，他看着马君如没表情的脸，“你的业绩，我很清楚，上面也清楚，但是上面有全局的考虑和打算，希望也相信你能理解。”全是准备好了的官话开场白。

马君如看着老Tim，笔挺的西装，一丝不乱的头型，客套的微笑。一个老美，生生地被中国改造得比中国人还中国人，虚伪、势利、偷懒、推卸责任、口不对心、顾左右而言他……马君如不由得心中感慨，什么样的土壤结出什么样的果实，一个老外都如此入乡随俗，自己这个本地人更是无须客气，“我听说跨国大公司都有各种培训计划，比如送有贡献的员工去读EMBA，我们公司也有这样的福利或奖励吧？”马君如停了停，然后语速更慢地说，“我知道华美肯定是有的。”华美是奥华最强劲的竞争对手，而且一直有意挖马君如过去。入职的时候，马君如坚持拒绝签署任何类似转职限定的条约，现在看来派上了用场。

老Tim哪里会听不懂弦外之音，他痛快地说：“我帮你申请，但是就学期间不得离职，否则学费自理。”

“当然。”马君如也痛快地答应了。

既然已经和老板Tim达成交易，马君如立即着手落实，免得夜长梦多。EMBA课程网上资料甚多，不过在北京的、出名的、耳熟能详的、经常听别人提起的也就是众所周知的那四家。针对自己的处境和期望，马君如把这四家商学院仔细地SWOT分析了一遍，把优势、劣势、机会和挑战分析得一清二楚。

F大星耀学院

S: 优势	W: 劣势
★ 历史悠久	★ 外资背景学员比例低于16%
★ 国内知名度高	★ 国际化程度不高
★ 学员政府背景高达32%	★ 基本是本院教授
	★ 课外活动少
O: 机会	**T: 挑战**
★ 只有面试	★ 同学本土化，有可能不合拍
★ 结识政府官员	★ 学历不被外企公司认可
★ 女生少，可能会优先录取	

D大经济管理学院

S: 优势	W: 劣势
★ 历史久远	★ 外资背景学员比例低于10%
★ 国内知名度高	★ 几乎没有文化传媒背景行业的学员
★ 理工科的严谨教学风格	★ 国际化程度不高
★ EMBA课程国内领先	★ 以本院教授为主
O: 机会	**T: 挑战**
★ 男生多（寻得如意郎君的可能性高）	★ 同学本土化，有可能不合拍
★ 只有面试	★ 学历不被外企公司认可

昆仑商学院

S: 优势	W: 劣势
★ 资金雄厚	★ 外资背景学员比例低于10%
★ 私企老板学员比例高于31%	★ 学院的港资背景
★ 名人学生多	★ 以“交友玩乐为主、学习为辅”著称
★ 近几年曝光度高，知名度提升快	★ 学员攀比厉害
	★ 学费过高

O：机会	T：挑战
★ 同学老板多，另谋高职的可能性高	★ “店大欺客”，学院大，挑学生
★ 嫁入“豪门”机会大	★ 附加开销大，比如频繁旅游、做东请客
★ 只有面试	★ 攀比激烈，心理压力大

联合商学院

S：优势	W：劣势
★ 中外合资背景，中西贯通，教授国际化	★ 入学需要笔试加面试，每年平均录取率为4：1
★ 以“学风严谨”著称	★ 功课量大，门门有考试
★ 国际知名度高	★ 毕业课题难度高
★ 口碑好	★ 时间投入多
★ 外资背景学员高于30%	
★ 京沪深三地上学	
O：机会	**T：挑战**
★ 另谋高就的机会	★ 通不过考试的可能性大
★ 多张有效文凭防身	★ 时间投入多，和工作冲突

按照网上的统计，读商学院EMBA课程有80%的学员是公司出资，这里面当然也包括自己本身就是公司老板的。马君如在网上仔细查看，初步认为联合商学院比较符合自己的要求。第一，学费不是最贵，应该在老Tim的承受范围之内。第二，无论从学院背景还是教授成分来看，国际化氛围都很浓厚。第三，知名度高，口碑好，连续几年在国际EMBA排名中名列前五，联合商学院的文凭完全可以弥补自己学历不强大的遗憾。第四，外企高管学员比例高，超过30%，一是工作背景相同，同声同气，比较容易相处；二是自己今后多半会继续留在外企，说不定能抓住好机会跳槽。一条条分析下来，马君如决定去联合商学院实地考察，所谓百闻不如一见。

联合商学院的开放日，不仅可以参观校园，有专人讲解入学事项，而且还有著名教授的专题讲座。马君如坐在联合商学院的接待室里，有一搭无一搭地翻看着商学院介绍，注意力主要放在打量来咨询的各色人等上。来来往往的人不少，年纪大都在40岁上下，着装大都是西服套装，态度大都从容，神情大都淡定，语气大都客套，张口往来间大都夹杂着英文，看起来大都是和自己大同小异的所谓高级白领，这种熟悉感既让马君如生出亲近感，但是也让她有几分说不出的失望。

“你去过昆仑那里了？”旁边一位西装男问另一位西装男。

“打算过去看看。你去过了？情况如何？”

“这里有校园，比较有读书的感觉。那边在写字楼里，感觉上像个高级培训。”

“地方倒是其次，教学质量更重要。”

“我看过这里的教授，都是有名有姓的。不过，昆仑那里的也不差。”

“听说那里读书不过是个幌子，以交友吃喝玩乐为主？”

“都这样说，也不知道真假。不过，我们这把年纪读书，难道还真为了读书、考试、拿个文凭？！不外乎就是多交几个朋友。”

“也是。不过，两年的时间，怎么也要学点儿什么新东西。”

“这里要考试，而且是笔试加面试。”

“我刚才咨询过，类似GMAT，不过是中文，看了一眼考题，还真不太会……”

“不过走走过场吧？来真的？考GMAT？”

“好像是，而且有考前辅导班。规定是先笔试，笔试通过再面试。”

“层层筛选啊！”

“可不，所以说这里是真读书的商学院。”

“学费40万，拿出来，还进不去，我还真不信。”

“刚才我问了，校方说，笔试淘汰1/4，面试再淘汰1/4。北京、上海、深圳春季各招两个班，每班60人。据说每年都有上千人报名。”

“那就是说，出得起钱也不一定上得了？”

“是。我们公司去年一位高管就没被录取，后来去了昆仑商学院。”

“那名人呢？政府官员呢？我就不信了，北京某个副市长来了，也一本正经地告诉人家，对不起，您的笔试不合格，不能收您。”

“兄弟，你小声点儿。你是来咨询的，还是来砸场子的？”

“我就是说说，规矩都是给我们这些平头百姓定的，哪里都一样。”

“那是肯定。你们是公司出学费？”

“是啊。要不，40万哪……”

“我们也是。要不，一辆A6……”

马君如听得心中频频称是，自己一向追求品质，开德国车，用法国护肤品，穿戴全是国际名牌，度假一定是去欧洲，租着5000元的高档社区的小公寓，拼了10年也没大笔积蓄，买房子是奢望，辛苦钱全都贡献给了品质生活。如今，品质到底，这价值一年薪水的EMBA学历也算是品质投资。

外表看似光鲜靓丽的职场强人，内心深处不知有多少纠结、多少幽怨。一双Ferragamo的女鞋进入了马君如的视野，此时此刻恐怕也只有这样限量版的奢侈品才能使马君如转移注意力。这是一双黑色的平跟船鞋，看起来平淡无奇，但是马君如认得，这是用上好的山羊皮制成的，质地异常柔软，摸起来像丝绸一样，是今年春季的限量版。马君如顺着鞋往上看，裙子、西装、大衣、围巾，不免有些失望。没有自己叫得出的牌子，换句话说都不是什么牌子，国内的牌子在马君如心里算不上什么牌子，可惜了这双鞋。鞋的主人倒是清秀端庄，有股时下少见的书卷气。马君如不确定自己是想离那双鞋近一些，还是被鞋主人的恬静气质吸引，主动走过去打招呼：“你好，咨询得如何？”

“你好。看看考试需要准备些什么。我叫陈玉梅。”这双限量版鞋主人的声音温和低沉。

“我叫马君如。还要考试，挺麻烦的。”马君如说。

“很久不考试了，而且这些东西看起来全都陌生。”陈玉梅感慨。

“决定选这里了？”马君如问。

“没打算去别家。”陈玉梅说。

“为什么？”马君如忍不住好奇。

“这里有好教授。”陈玉梅说。

“是吗？”马君如心里叫声惭愧，自己做了半天SWOT，居然对教授一无所知。

“文如斯教授就是经济学领域的佼佼者。”陈玉梅说。

马君如笑了，这年头还真有崇拜教授的。“你做什么行业？我在奥华国际咨询。”

“我在政府部门。”陈玉梅说。

政府部门，公务员，马君如忍不住又仔细打量了几眼陈玉梅：时下流行的波波头，齐耳根的短发左边别在耳朵后面，发质黑亮，脸上没有妆容，只是嘴上看得出有淡淡的润唇蜜，怎么看也不大像公务员。她忍不住问：“哪个部门啊？”

“商务部。”陈玉梅轻声回答。

马君如依然不得要领，但是旁边已经有人凑了过来。“刘振宇，建奇证券。很高兴认识你们两位美女。”一位西装男走过来，主动搭讪并递上名片。

刘振宇一直在旁边听着两位美女的谈话，听到商务部，忍不住也转过头来打量，能到这里来读书的，绝对不是普通公务员，至少要处级以上干部。刘振宇之前就做过周详的功课，知道今年联合商学院在大力招收政府部门人员。眼前这位女同学看似三十出头，很年轻，估计不会只是司局级干部、女处长而已。

刘振宇先称赞马君如：“咨询界的翘楚，厉害厉害！”同时伸手向陈玉梅要名片。

“不好意思，我没带名片。”陈玉梅说。

“没关系，我们马上就要成为同学了。”刘振宇说。

马君如觉得这位巧舌如簧的西装男长得虽然谈不上英俊，但是并不难看，中等身材，不瘦不胖，虽爱套近乎，但也并不惹人生厌。衬衫领子干净，领带和西装颜色相称，Bally皮鞋闪亮，尤其这套西装，服服帖帖，绝对的好品质。

“和你们两位做同学真是荣幸。你们定了？”刘振宇问。

马君如望望刘振宇，又看看陈玉梅，觉得这两位素质不俗，如果同学都是这样，这学应该值得上。

“是啊。”陈玉梅痛快地回答。

“玉梅说，这里的教授顶呱呱！”马君如说。

“今晚就有文如斯的专题讲座，你们留下来听吗？”刘振宇问。

陈玉梅点点头。马君如本来并不打算在这里浪费一个晚上的时间，自己在咨询界混久了，大忽悠也见得多，不觉得所谓名教授又能怎么样，马来妹Linda不也是名教授教出来的？有名校的logo贴在脑门上，的确可以占到先机，出来混，漂亮的行头乍一看是很能唬人，但糊弄不了太久，时间长了，还是要动胳膊踢腿上真功夫。不过，这位女部长脸上流露出的倾慕，让马君如改变了主意，她倒要看看这文如斯是个什么人物。

讲台上站着的男子，不高，极清瘦，棱角分明的刀背脸，五官清晰，单看脸，40岁末尾的样子，但是一头没有漂染的花白头发，似乎又像五十大几的年龄。表情严肃，眉头微皱，偶尔笑起来，眉头也不会完全舒展。声音十分洪亮，语速不急不缓，听得出来有南方口音，时不时夹杂着些英文单词，因为说得自如自信，并不觉得卖弄，那些经济大道理被他用小故事娓娓道来，深入浅出，时不时冒出的冷幽默，使台下笑声不断。

马君如不是行业专家，她并不确定这位文教授的专业水准如何，但是她从一个女人看一个男人的角度细细地审视他。他那不再年轻的面容上，岁月不仅留下了皱纹，也沉淀出了深沉、智慧、儒雅、风趣，这应该是男人最有魅力的年纪，也是他们最享受的时光，虽然青春不再，但是赢得了更多女人的倾慕。马君如侧过头扫了一眼陈玉梅，这位女公务员全神贯注，一如一年级的乖乖小学生，嘴角时不时地露出会心的微笑。马君如已然不需要评判文教授的专业性和学术性，心中释然，不作他想，就联合商学院吧。

第二章

面试是道坎儿

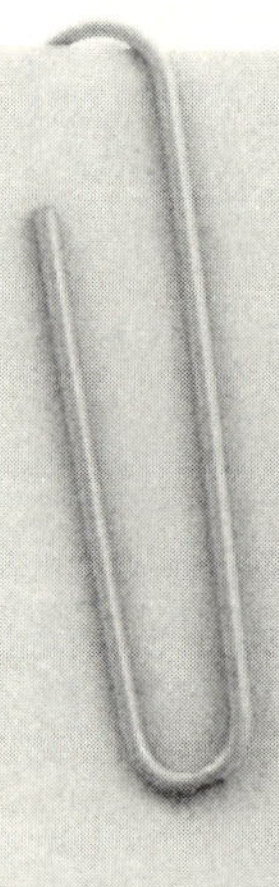

商学院笔记之PDP

花了大把的钱来上商学院，除了进修管理的知识，最大的收益就在于扩大自己的Social network（人脉圈）。

商学院也是个不小的林子，什么鸟都有。

性格及行为特质分类，一直在管理界引发广泛的兴趣。PDP（Professional Dynamitic Program，事业优势诊断系统）是应用非常广泛的管理工具。简单地说，这个系统把领导者的管理特质分为五类，因为是老美研发出来的，英文翻译过来拗口得很。更多时候，大家愿意用五种动物来代称——老虎、孔雀、考拉、猫头鹰和变色龙。①

一来直观形象，一目了然，跟你说一遍你就记得住；二来，从达尔文的理论来看，人既然是由动物演变而来，身上带点儿动物性也正常。有空你去动物园看看，其实能得到很多职场启示：

---

① 参照《五型领导者：个性化的领导力提升之道》，［美］忻榕，［美］张曼琳，［中］张菱著，中信出版社。

类型	老虎	孔雀	考拉	猫头鹰	变色龙
人口比例	15%	15%	20%	20%	30%
强项	企图心强，目标确定就会全力以赴。喜欢冒险，个性积极，竞争力强，喜欢掌控全局，发号施令。	好交朋友，口才好，善于处理人际关系，重视群体的归属感。	行事稳健，不夸张，为人平和，是路遥知马力的典型。常会反思自省并以和谐为中心。	分析能力强，喜欢细节条理化，谨守分寸，忠于职责，有完美主义的倾向。	中庸不极端，韧性强，天生的谈判专家，环境适应能力极强，凡事看情况、看场合。
弱项	有时会过于强势，容易和别人产生摩擦。	忽悠大了，容易把自己也忽悠进去。	压力面前给人拖拉松散的印象。	有时爱钻牛角尖。	有立场不坚定之嫌。
最适合的工作	开创性与改革性	服务业、销售业、传播业及公共关系	支持、调解性	精确性与分析性	外交、谈判与斡旋
代表人物及书中人	比尔·盖茨 张旺水	克林顿 金鑫	曼德拉 老式西服 马卫东	包青天 陈玉梅	诸葛孔明 刘振宇

一辆黑色奥迪A8停在了校园门口，司机客气地说：“左总，到了。我在附近等您。”

一位身穿玫瑰红皮衣的女子从容下车，抬头看了看墙上的“联合商学院”几个大字，然后缓缓地走进校园。三层楼的建筑分布得错落有致，屋顶尖尖，灰顶白墙，地面铺的也是深灰色的青砖，没有一丝花哨。不过这轻描淡写的灰白与方正，令人不禁静下心来。

1月的北京几乎完全没有绿色。校园里的几株大树骨干丰盈，给校园这幅水墨画平添了几分苍劲。穿行其中的红衣美女正是这片素色中的一簇火焰，引来其他人驻足观望。这位女子想必早已习惯了大家的注目礼，她全不理会，缓慢悠闲地沿着指示走进去。

一进接待室，里面已经坐了七八个人，这女子就碰见一个熟人——马君如。

其实马君如从左丹丹一下车就认出她来了，她一路这么走来，马君如也琢磨了一路该怎么上前和她搭话。这位风姿绰约的左总在绿海房地产公司就职，而绿海也是马君如经营多年的老客户。早前左总在绿海也就是挂挂闲职，跟马君如交集不多，马君如知道的只是些关于这位艳丽女子的江湖传说。

不过这两年，左总经管公司的事情越来越多，其中也包括马君如直接打交道的PR部。绿海这块阵地，马君如是从得到老大陈卓首肯后开始巩固的，但自从换了左总过来管事，马君如总是觉得关系不如以前，每次提案之前，心里都不是十拿九稳。

“左总。”马君如恰到好处地欠身跟左丹丹打招呼。

“你？是马总？”左丹丹见是马君如，微微一笑，款款移步过来坐在马君如身边，“早知道你也会过来，我就跟你说我今天下午做什么去了。”

“嘿嘿，其实你如果不取消例行会晤，我也要告假呢。”马君如面上笑眯眯地回答，心想，取消会晤直到前一天才说，害得自己发愁了半个星期，怎么推托这个时间。

“待会儿面试据说要有两轮呢，都不知道讲些什么。”左丹丹说。

“应该不会太为难人的吧，再说左总的公司名气这么大，他们要问可能也就问些你们公司的情况。对了，据说陈总刚刚在这边毕业，他是左总的介绍人吧？”

“哦，他不是，他介绍了两位别的校友做介绍人。”左丹丹提到陈卓并不说陈总，而是用一个暧昧的第三人称——他。

左丹丹一向话少，两句寒暄下来，也就没说的了。这正是马君如没办法把两个人关系搞得更进一步的原因，跟这位左总聊点儿什么话题好呢？

这位成为众人焦点的女郎，并不东张西望，她静静地坐在那里，目光低垂，一张巴掌大的小脸，五官精致得无可挑剔。头发是染过的金属铜色，配着些许挑染了的浅铜色，微微卷曲的过肩长发修剪得长短相宜、无可挑剔。

玫瑰皮衣外套搭在座椅背上，质地柔软的银灰色羊绒套裙包裹着左丹丹凹凸有致的身体，银灰色下面隐隐可以看到那两个几乎全中国人民都认识的英文字母的图案，LV。左手腕上戴着一只翠绿的手镯，右手是一块Cartier的玫瑰金公主系列的限量女表。鞋和手袋都是Ferragamo今年的新款。君如一看就知道，这位美女的穿戴全是真货，粗粗一算，就算不包括那只碧镯，浑身上下这身行头，没有六位数根本下不来。

为了今天的EMBA初试，马君如今日的这身装扮也是经过精心挑选的：深蓝的羊绒连衣裙，上面散着白色玉兰图案，腰带、靴子和手袋是相称的白色，虽然也是一线的牌子，但都是去年的款式了，手上的这款表也是三年前购进的。时装之间相比，牌子其一，再有就是上市的时间，时装时装，讲究的就是时间限。

她没来的时候，马君如还自以为是这屋子里最亮丽的风景，现在不甘心也只能是陪衬。当个陪衬就够悲催的了，而且还要搜肠刮肚找话题，避免跟这位左总冷场。不过人生有个真谛，选择只有两个——难受和更难受，往好处想想吧，现在固然一时找不到话，但这也是润滑客户关系的好时机。以前没什么机会建立感情基础，现在就有了天然的共同话题——我们可能是同学。

马君如在思维中，给这个判断句加了个条件修饰语，可能。没错，就是不确定。这个联合商学院难道是人就招进来？就她左丹丹何德何能？

传说中的左总，只有艺校毕业的文凭，据说也是没毕业就来了北京漂着。那时候外地妹子来钱的路子没有现今所谓嫩模那么宽广，唱过歌，跳过舞，演过戏，上过夜总会舞台，做过大明星的人肉布景，一直没有蹿红。

不过左丹丹算是那些女孩儿中有慧根的，20岁那年，她明白了一件事，要在娱乐圈红起来，绝对不是抛个身子出来这样简单，就算是国色天香，也要看清楚祖坟是否冒青烟。与其陪着不靠谱的三四流导演睡，混上一个三四流的角色，还不如看准目标，傍个大款，另找出路。人生处处是戏场，最出色的演员不是在戏里，而是在生活中。

世人总抱怨自己生不逢时，殊不知，机会总是留给有准备、有企图的明眼人。偶然一个饭局，左丹丹相中了目标，一个在外地做房地产发达的暴发户，柳老爷。

柳老爷刚刚来京，一脚踏进了大观园，看到左丹丹顿时惊为天人。左丹丹无须拿出全副武功，只三两下手势，柳老爷就拜倒在左丹丹的石榴裙下了。

如果左丹丹止步于委身柳老爷，已经是上好的励志大结局了。年纪已如左丹丹父亲的柳老爷是个土生土长的广东商人，早把左丹丹当成心尖儿来捧。他命自己身边的马仔把做小姐的当作小夫人一样尊重，不仅在她身上大把花钱，而且把她带入房地产的生意圈子，还给了她名分：大元房地产公司副总。

可是三年后，她认识了新金主陈卓，绿海房地产集团董事长。

这就是左总找到陈卓之前的传说，马君如在绿海的骨灰级别眼线早就把这段掌故抖搂给她了。所以，马君如扪心自问，在左丹丹主事之后自己没有把关系加深，其实原因更是在自己——马君如心中总有些不甘、不齿、不忿——这位左总凭什么？！就算自己相形见绌，那也是老娘我一分一分自己挣的，没靠睡大款，没靠做二奶，好不好！什么世道！

“学校的建筑设计很有风格，听说是欧洲名家事务所设计的？”马君如这厢心头正在百转千回，冷不丁，左丹丹问。

“是啊。简简单单，但是很有欧陆风格。”马君如忙不迭地应声。

“我们公司新开的欧陆神韵，整体的格调跟这里比起来，太烦琐了，会不会招人烦呢？”

君如想起绿海最近的高端小区楼盘——罗马建筑、希腊雕塑、音乐激光喷水池……努力营造的欧洲古典令人难以理解。左小姐，就你这耀武扬威的名牌招呼了一身的做派，还能指望你们公司有什么格调清高、不招人恨的产品？

“目标客户群体不同吧，要是我们绿海的欧盘也弄这么素净，恐怕会让人说不够高端。”

“呵呵，也对。君如，你上次提的几款硬广告方案我看了，你们是不是换设计班底了啊？”左丹丹语气放松了些，开始直呼马君如其名。

“左总真是好眼光——”

“哎，以后没准儿就是同学了，叫我丹丹好了。”左丹丹插话。

“好，丹丹！”君如笑着接口，“最近我这边的设计部门是做了人员调整，但是原来做绿海的主创骨干小胡还在，你看到跟去年的方案区别很大，是因为我觉得今年市场口味会有不同。怎么，你觉得还是原来的好吗？”

“嗯——我觉得新的方案挺好，可能需要打磨下细节，下次开会再细聊吧——不好意思，是我坐了你的位置吗？”左丹丹发现一位男士走过来，站在她和马君如身边欲言又止。

“哪里哪里，两位美女在这里聊得热络，我也来凑个热闹，认识下，刘振宇，建奇证券的，这是我的名片——”这男人眉目清晰，满眼笑意，令人如沐春风。

左丹丹接过名片，未及端详，这男士又开口了：“不知道您做什么行业？”左丹丹慢慢从包中拿出名片夹，回递名片——绿海房地产常务副总。她淡淡回应道：“我叫左丹丹，刘总幸会了。”说完便礼貌地避开视线，有不想再继续聊下去的意思。

刘振宇不以为意，不改脸上的殷勤神色，在两位女士身边坐下来。

如果说我们的这位马君如小姐通过观察左丹丹的行头来衡量轻重，就像扫描仪，那么其实早就坐在接待室的环形桌子里面的刘振宇则是颗优质信息探测卫星——短短十几分钟的面试等候中，刘振宇已经和屋子里的所有初次见面的人交换了名片，而且清楚地记住了每个人的名字和可以了解到的信息。

刘振宇不仅用眼睛，还用心掂量着他们的斤两。刚才正对自己、现在起身去面试间的、穿着老式西服的男士是华美软件的CFO，陕西人，清华数学系毕业的，是自己的老师哥，比自己高了10届，真正的中年人，应该是屋里年纪最大的一位。这把岁数还来读书，应该不是打算另谋出路，估计是公费不读白不读。刚进来的这位艳女左丹丹，做房地产的，不知道来历，美丽而神秘，绝非等闲女子。

左边的两位男士，身材矮小的叫于险峰，东北人，口音浓重，貌似自己是老板，做药的，人看起来挺老实的，见谁都先笑。另一位叫金鑫，四个金，估计是五行缺金。名片上写的是宏基私募基金，从来没听说过。近几年，私募基金如雨后春笋般冒出来，几乎是个人弄点儿钱就下场练把式了，勉强也算是自己的同行吧，依稀听得他是东北口音。金鑫人并不起眼儿，只有收拾得一丝不苟的一脑袋头发，又黑又亮，整整齐齐，在额头中间分开，令人过目不忘。他那双不安分的眼睛到处搜索，从一个同学身上扫到另一个同学身上，现在，当然在左丹丹身上徘徊。

右边的一女一男，女士叫陈玉梅，在学院开放日见过，女领导，实权派。陈玉梅不同于其他人放松地坐在椅子上，她的腰杆儿始终笔直，但并不做作，是习惯使然，一看就知道训练有素，像当兵的出身。旁边的男子有个搞笑的名字——洪英俊，脸庞和身形都是胖乎乎的，没有什么棱角，五官齐齐整整，虽然不难看，但是和英俊绝对扯不上关系，衣着一如主人，松松垮垮的，没个棱角。他的名片上写的是：兴华建筑，副总经理。

刘振宇从小就有着超强的记忆力，过目过耳不会忘记。15岁上了清华的少年班，20岁就拥有了第一个硕士学位。这么多年过去，在他家乡的中学一进门的光荣榜上，还挂着他稚气未脱的大幅照片，而曾经教过他的老师们，还在每年的高考动员会上对他尚在稚龄即金榜题名的事迹津津乐道。

因为学业结束得早，他的工作经历比同龄人至少多出五年。没有背景和靠山，全凭自己的才智和奋斗，在这家全国前十的证券公司，从研究员做起，到基金助理、基金经理，不到30岁已经是赫赫有名的明星基金经理人了，顺理成章地升为最年轻的投资总监，进入投资委员会。现如今，36岁本命年的他，坐上业务副总的位置已经三年，依然是行内同样规模的企业中最年轻的业务副总。

虽然这位刘总一路走来春风得意，为人却难得的一贯亲和低调，在业内被普遍看好前途无量。不过这前途的“前”字，可圈可点，单从个人的兴趣和价值取向来讲，可商可仕。

先说从商，做到这样高位，下海单干的资源应是绰绰有余，如果不是刘振宇胸中的抱负并不止步于掘金发达，短期内成为个隐形金贵不成问题。但刘振宇从小的兴趣并不是做辞官拥美人而去的范蠡，而是登上更高的平台，掌控更大的局面。

这样一来，问题就清晰了，大家都看好这位有为青年没错，建奇证券的老大位置一向都是由建奇银行的副行长兼任的，那么，刘振宇要再上层楼，晋升本行的副行长是必需的。

有道是"朝中有人好做官"，刘振宇的阿喀琉斯之踵就在于——他是平民出身，并无显赫的家族背景。去年建奇银行曾有意调刘振宇去建奇证券在纽约的分部做负责人，在这个位置做几年，就相当于晋升副行长之前的挂职锻炼。本来组织部已经找他谈过，也开始让他准备个人材料，谁知好事多磨，半路生变，最终的人选是央行系统平调的一个同级别的"太子党"。这对优秀的刘总当然是个打击，但在这样的时代，不断打破游戏规则的30年，只要把握好时机和运气，刘振宇深信，自己的理想并不是白日梦。

本来左丹丹没来的时候，马君如和刘振宇已经点点头，算打过招呼了。被惊为天人的左丹丹一进来，除了跟马君如搭讪以外如入无人之境，包括刘振宇在内，男士的眼光自然地就放在她身上。这样的一位女子出现在EMBA入学面试的场合，足以调动起大家的好奇心。

马君如看左丹丹并不想跟刘振宇有什么互动，场面稍有尴尬，虽然也不便跟刘振宇多谈，但不说话总是不好："刘总，据说这次是先单独面试五分钟，之后一个组集体进去差额面试，已经有进去的了吧？"

"叫名字就好了，"刘振宇指了指贴在自己胸前的不干胶铭牌，之后拿起桌上的空白不干胶签儿跟签字笔，"你们进去之前也要贴好自己的名字。刚刚有个哥们儿已经进去了，待会儿，这间屋子里的估计要集体进去差额面试。"

马君如拿过空白不干胶签儿跟签字笔，动手写上自己的名字，也帮左丹丹写好。这时，老式西服男士面试回来，借故往左丹丹这边凑。

“哥们儿，咋样？”刘振宇想必之前已经和他聊过几句，这时候的语气已然熟谙。

“例行公事吧，行业情况、公司情况、职务情况、为什么要来商学院等等——”老式西服话没说完，又有一位仁兄站起来插话：“能来这里读书的有几个是傻子，学校挑来挑去还不是挑背景好的，像我们这样的老农民企最不受欢迎。”只见这位仁兄肚子老大，一起一伏的，满脸的不耐烦，“先是一个个见，然后再小组讨论进行淘汰，让我们自相残杀，小孩子的游戏……”

“旺水兄，你大老远从温州赶来面试，单是这份诚意，学校就一定要收你。再说了，EMBA又不是要大家攻克科学难关，是要大家把生意做好。”刘振宇乐呵呵地接话，“哎，君如，你和左总之前就认识？”

马君如看了看左丹丹，见美人依旧淡然不作声，于是笑笑，随意接口：“是啊，是啊。”

“马君如。”话音未落，学院助理推门进来，念着手中的名单，“轮到你面试了。”

马君如走进面试间，对面是二男一女。

右边的女士率先开口介绍：“你好，马君如，请坐！首先感谢你选择联合商学院。我是张秋云，北京分校教务处副主任。”她指着最左边的那位男士，“这是文如斯，文教授。”

坐在中间的男子主动开口介绍：“我是04级的毕业生，贺齐，算是你的师兄了。”

张秋云笑了笑，接话道：“贺齐是06年度联合商学院全优毕业生，希望你能和贺师兄一样优秀！好，君如，EMBA的目标是培养高级管理人才，所以首先请你简单介绍下自己的工作经历。”

这个问题，马君如早已打好了腹稿——进入民企起步，小有经验后从外企的基层干起，跳槽次数不多，但每次都是华丽转身——跟申请信上的节奏一致，再巧妙地加上一些有利于自己的细节。三位考官边听边礼节性地微微颔首，并没看出倾向性的表态。

面试有两个例牌问题：为什么要读EMBA？为什么选择联合商学院读EMBA？

马君如把之前做的功课抖搂出来，流利作答。

张秋云低头翻弄自己手里的面试登记表。这个马君如，各方面条件中规中矩，她所在的这个外资咨询公司，在北京也还算数得着，不过要是去上海那边面试，估计就悬了。更关键的是，她的职位还是总监级别，按以往的规矩，这个重量级企业的人员级别应该是副总裁以上才可以。

再翻下一个要面试的，左丹丹，据说是陈卓那个公司的副总，有个来路不明的大专学历。但陈卓花了200万捐了校园里的一棵树王，换来校方的一张绿色推荐学员表格，意思是此类学员可放宽其学历要求。本来明文规定是要本科以上学历，现在大专文凭就行，并且免于笔试。虽然条件已经放宽了，但总要对大家公平，还是要参加面试。因为面试规则里，教授有特许权，在面试过程中，教授可以选择一个面试生直接入学，无须再参加笔试。这么一来既照顾了捐赠者的感情，也还算没破坏联合商学院一贯号称严谨的原则。这个左丹丹要是实在不成样子，当然也不能因为那200万而坏了全班同学的胃口，毕竟每个人都掏了40多万哪。

不过，如果左丹丹被录取了，这个马君如不被录取好像也不合适。她这个行业算是商学院里比较少的，也算是优势。那就看她后来的笔试成绩和其他女生录取情况好了。想到这里，张秋云又问了马君如一个问题：

“坦白讲，你的资历与我们的招生标准还是有小小差距的。当然，我们相信你很优秀，并且有很好的发展潜质。所以，我希望你能给我们讲一个从你个人成长角度很难忘的故事。我们期待就此看出你可以作为商界精英的潜力。”

马君如脸上依然是得体的微笑：“对于我个人成长来讲，有件很考验我的事情……”

她讲了一段职场往事，刚入行的时候发现自己的顶头上司拿回扣，不知道应不应该举报。如果举报，以后的工作肯定是要被穿小鞋的；如果不举报，又感觉没办法对自己的老板交代，而自己又需要这份工作。这是个中规中矩的商业道德案例，不会出乎考官意料，也不会犯大错。

“你是怎么做的？”文教授问。

“我还是发了邮件，不过我只是提出增加一个管理制度，这个制度能有效杜绝拿回扣的现象。”马君如回答，“我很幸运，老板没有把这封邮件转给我的上司，并且也没有提过这个制度是由我建议的。”

“坦白讲，这件事没有最好的答案。对于老板来讲，接到员工越级举报，应该心里不是滋味；对于我上司来讲，被下属背叛一定是出离愤怒；而对于我，我只是希望能有好的工作秩序。这件事之后，老板在结束了一个重要的case（案子）之后，提升了我的职务，我之前的那个上司应该没有再拿回扣了。”马君如结束了这个故事。

“好了，没有问题了。请回到接待室稍候，待会儿还有集体面试。”

马君如起身离开后，几个面试官作短暂交流。

“你觉得这个故事是真的吗？我怎么觉得像教科书里编的。”贺齐说。

“马君如不够自信，不管她这个故事是不是真的，她在这个故事中的角色是卑微而讨巧的。”张秋云说，她接着仔细看马君如的报名表，“她的学费是公司100%报销，她这个级别在这种咨询公司可不容易，一定是立了什么大功劳，要么就是安慰奖，不过冲她那个强打精神的样子，应该是后者。”

“呵呵，秋云，你成相面大师了，给我看看，我是不是够自信？”文教授打趣。

“文教授，你还真别说，这么多年，每年两次面试，我也算阅人无数了，看走眼的真不多！”

“那你倒是给我看看啊？”

张秋云忙说：“您是我们商学院的金牌教授，不自信的话，我们学校的牌子还不得砸了！呵呵。对了，下一个是左丹丹，文教授，这个名额可是你的特许权名额，我提醒你，据说是个大美女。”

走出接待室，左丹丹去面试。

她穿过回廊，望向窗外，礼堂前有一棵大柳树，虽然没有抽出叶子，但那密密的枝条依然低垂着。左丹丹停下脚步，这株柳树的身姿和小时候家门前的那株像极了，一样向左边倾斜，小时候总是在树下玩耍，抬头看不到天，全然是那株树浓密的枝叶。二十几年过去了，小镇出来的黄毛丫头也跻身商业精英的行列了，左丹丹不能不感慨。

来到面试间，左丹丹面对跟马君如同样的问题。

“最难忘的一件事……”左丹丹轻轻地重复着，小学作文必备的一篇。

“也许很多事情都让你难忘，你可以挑一两件来说说。不用紧张，你可以把个人隐私通通删去，虽然我们可能更感兴趣。”文教授望着左丹丹缓缓道来。

屋子里的人都笑了。张秋云惊异地瞥了文教授一眼，艳色天下重，教授也动容。

难以忘怀的事情，左丹丹在心里默默地重复着，确实有，而且不止一件。

亲眼目睹母亲被父亲暴打算不算难忘？

父亲原本是矿工，宝鸡这样的小城镇，80%的人都是靠矿生活。一次意外，父亲的腿受了伤，落下了残疾，不能下矿了。他拿着矿上发的抚恤金开了家小杂货店，店里的酒基本是给他自己准备的。矿工都是好喝几口的，以前是下了工喝，现在是天天在店里喝，开始母亲还会唠叨，后来就由着他喝了。一次丹丹提前放学回家，没进门口，就听见母亲声嘶力竭地哭喊着。以前左丹丹也见过父母吵架，但是这次明显不同于以往。左丹丹飞快地冲了进去，看见父亲浑身赤裸，一只手揪住母亲的头发往床上拖，另一只手撕扯着母亲身上所剩无几的衣服。母亲挣扎着，父亲暴怒地吼着：“你这个骚货！别人能干你，我是你男人，怎么不能干你！”母亲抬眼看见左丹丹惊呆地站在门口，发疯地哭喊：“丹丹，你出去！你出去！”父亲也转过身来。左丹丹看见父亲全裸的身躯，那挺起的男性生殖器令她恐惧到极点。她扭头跑出门，一路狂奔，一直跑到一点儿力气都没有了，才浑身发抖地瘫坐在地上。

被老师强暴算不算难忘?

小学一毕业，左丹丹凭借动听的嗓子和修长的身段立即就报考了宝鸡艺校，这里不但不用交学费，而且可以住宿。终于可以不回家了，不需要再面对父母。左丹丹义无反顾地离开了家，以后再也没有回家住过。学校对于左丹丹来讲是个天堂，一日三餐定时，有荤有素，有演出的时候还会改善伙食，同学之间有说有笑，再也不会看到父母的吵闹。张老师是教唱歌的，对左丹丹一如父亲般爱护，特别是知道了她的家庭状况后，寒暑假有演出永远会带着左丹丹。每次参加演出的同学都可以拿到一点点补助，左丹丹总是把这些补助攒起来，带回家偷偷塞给母亲。初二的一个暑假，那年宝鸡特别热，同屋的同学都回家了。左丹丹一个人无聊地看着书，张老师拿着个大西瓜进了宿舍，热情地招呼左丹丹一起吃。左丹丹开心地吃着西瓜，突然发现张老师看自己的眼神不对，不知道为什么，左丹丹觉得张老师身上突然有了父亲的影子。她惊慌地站起来，结结巴巴地说：“张老师，我不吃了。您走吧，我有点儿不舒服。”张老师走到左丹丹身边，伸过手来摸左丹丹的额头，左丹丹躲闪着，张老师走得更近了，不仅继续摸她，还把她抱在怀里。左丹丹感觉到张老师两腿之间的硬物直挺挺地顶着自己，她想起那日回家看到的情景，惊慌地奋力挣扎着：“你快走吧，不然我要喊了！”左丹丹知道虽然是暑假，学校里也应该有四五个老师在，就算他们都不在，至少传达室还有值班的人。

可张老师没有停下手，他得意地说：“喊吧，宝贝儿。所有的人都去看电影了，我买的票，请他们去的。”左丹丹绝望了，她知道喊叫挣扎都是无效的……

出卖爱自己的男人算不算难忘?

话说当年柳老爷在北京近郊顺通以非常低的价格拿了一块地，一直迟迟没有开工。之后北京市政府推出了顺通中央别墅区的概念，这块地正好在规划区的正中间。一转眼的工夫，这块地的价格暴涨了十几倍，柳老爷打算借此机会在北京大展拳脚，奋斗这么多年终于可以在北京站住脚了，自然欢喜不已。

左丹丹仔细看过合同，上面标明买方在三年之内必须动工，否则该土地将被收回，而且不退还地价。当年的房地产并不规范，过期不开发的十有八九，通常都会找土地原有方，再签订一份修改案，顺延开发期。

左丹丹把这个消息透露给了陈卓，她知道陈卓在这块地的旁边有一小块地。别墅项目开发，面积太小，不好发展，于是托人找过柳老爷很多次，打算买下他那块地，只是柳老爷一心要自己发展，不肯出让。就算柳老爷是过江龙，也斗不过陈卓这样的地头蛇，更何况论财力、能力都不是一个级别。陈卓动用了自己的人脉，顺通政府自然乐得做顺水人情，按条例要收回柳老爷的地。陈卓又托人和柳老爷谈，愿意做和事佬帮助他保住这块地，但是必须把地卖给自己。柳老爷为了不使自己地财两失，只好以低过市价一半的价格把地卖给了陈卓。

经此一役，柳老爷彻底死了在北京发展的野心，决心打道回府，撤回广东。临走的时候，柳老爷苦苦地哀求过左丹丹，恳请她跟自己一起走。现在想起那一幕，左丹丹多少有些心酸，这位老人家泪眼婆娑，大概是动了真情，不然怎么会眼盲到始终没有发现真相?

这单生意不只是让左丹丹真金白银地狠狠赚了一笔，还让她明白了，女人要在男人的世界里生存，不但要适时地出卖自己，还要适时地出卖别人。

最难忘的通常都是伤，埋藏在内心最深处，不愿提及，因为一旦触摸便是抽筋扒皮的痛。左丹丹虽然沉默，但是脸上阴晴不定，眉宇之间情绪翻涌。在文教授眼里，此时无声胜有声，这等待并不空洞，这女子不是简单的五官精致和身材火辣，她眉目之间流动着一种情绪，说不出是幽怨还是无奈，什么样的前尘往事才会让她如此？屋子里的两位男士不忍心去打扰这位美女，任由她灵魂出窍，也任由自己的眼睛舒爽。

张秋云瞥了几眼屋里的男士，忍不住了：“左丹丹，请你说说自己最难忘的一段经历。”

左丹丹回转过来，不好意思地笑了：“对不起，一下子想得太远了。”她侧了侧身子，刚好可以望见窗外那株柳树，“我从小就喜欢学校，并不是因为我功课有多好，或者多喜欢读书，而是因为老师和同学们之间都不会吵闹，也不会喝醉了酒打人。小学一毕业我就去了艺校，因为那里不用交学费，而且可以住校，终于不用回家了。”左丹丹几句简单的开场白，一下子就抓住了三位考官的心，连张秋云也悚然动容，这女子真是不易。

“可惜我没什么正经读书的机会，当时在艺校读得最多的就是各种折子戏，良辰美景奈何天，赏心乐事谁家院……”左丹丹缓缓道来。

“《牡丹亭》，我非常喜欢。”文教授插嘴，“你当时学的是昆曲还是京戏？”

“昆曲。”左丹丹轻轻地哼唱了一段，“朝飞暮卷，云霞翠轩，雨丝风片，烟波画船。锦屏人忒看的这韶光贱。”嗓音圆润饱满，并不是什么天籁之音，但是在这样的场合，有这样的女子唱这样的戏段是这样出人意料，“太久没唱过，都生疏了。”

两位男士不由自主地鼓掌，坐在中间的06级毕业生更是出声赞扬：“左同学是人才，必须加入我们合唱团。”

左丹丹不好意思地笑了：“难忘的事情确实有很多很多，就说今天吧，我在校门口站了很久，看着‘联合商学院’这几个字，心里读了很多遍，这样的高等学府，我居然也有机会在这里读书。这些年我吃过很多苦，现在有了一份稳定的工作，也赚了些钱，但是到今天我才知道，那些都不是真正的回报，如果有机会到这里来读书才是真正的回报和补偿，吃过的那些苦才算值得。你们看窗外那株柳树，在宝鸡我家门口就有一株，和这株姿态极像。小时候，我总是在那株树下看书写作业，如果我可以再有一次机会，在这样的一株柳树下读书，我想我的人生没有什么比这一刻更难以忘怀。不知道我是否有这样的荣幸？不知道你们是否可以给我这个机会？”左丹丹满眼的渴望和期待，她的眼光从每一个人的脸上慢慢抚过。

三位主考官沉默着。张秋云不能不承认自己被感动了，这是她做过的五年面试中最难忘的答案。看着纸上的其余问题，左丹丹的回答似乎已经涵盖甚至超过了所有的答案。

“欢迎你加入联合商学院。有你这样的学生，是我们的荣幸。”文教授率先开口。

“恭喜你，左同学，你现在是我的小师妹了。”贺齐连忙道喜，更是讨好地说，“即使文教授不特批你，我也一定会投你一票。”

“左丹丹，面试结束，恭喜你成为联合商学院08级的新生。不过，请你继续参加第二轮面试，而且也请你对你被录取的消息保密。”张秋云马上解释。

左丹丹站起身，微微向大家鞠了一躬：“谢谢。”她走上一步，伸出手，按照桌子上的铭牌，依次说：“谢谢张老师，谢谢贺师兄，谢谢文教授。”左丹丹出门径直走到那株柳树下面，抬头仰望着满树的枝丫。

陈卓200万的捐款换来了校方默许接受陈卓推荐的一名学员，但是依然要求被推荐的学员参加面试。现在，一次面试就直接晋级，校方知道了，陈卓知道了，彼此脸上都有光彩。左丹丹呼出一口气，算术自己不会，演戏还是很在行的。人生啊，不过就是从这个场子赶到那个场子，就算换场之间有多少心路，站在台上那一刻，必定要精神抖擞，给看客们一个交代。

面试间里传来昆曲声时，大家面面相觑——招EMBA还考唱戏，是选秀吗？

第二轮面试每次八人，分为两组，四人一组，分别为正反两方。题目是：“如果世博会和奥运会，中国只能举办其中一项，应选择哪项？请说明理由。”两组分别有90分钟的准备时间，可以上网找资料，每组选出一个主要发言人。辩论过程1小时，10分钟开篇陈述，40分钟正反方互问，最后10分钟总结发言。

左丹丹、刘振宇、马君如和刚才义愤填膺的温州胖商人张旺水被分到“奥运”组，与其他四位组成的“世博”组辩论。

“世博和奥运，有什么分别，都是花钱。”张旺水一进入小组讨论室就发起牢骚，“无聊的题目。”

左丹丹和马君如互相看看，保持沉默。

“我们先把发言人选出来，然后找资料，列举奥运的好处。”刘振宇没搭张旺水的茬儿，“最重要是要指出举办奥运比举办世博的优越之处。”

“选什么啊？！兄弟，这发言人就是你了。两位美女没有意见吧？”张旺水说，“大家辛苦一下，一会儿完事了，我请客。”

“刘同学最合适，思路清楚敏捷，你说做什么我们就做什么。”马君如附和张旺水的提议，左丹丹也频频点头。

刘振宇觉得今天的这个组合还不错：

坐在犄角的这位是张旺水，温州人，貌似没受过什么正规教育，貌似产业很多，貌似生意做得很大，有厂房、有森林、有高尔夫球场、有酒店，气场强大，非常爽直地财大气粗。刘振宇闻得到他身上带着自己最喜欢的味道——钱的味道。

左丹丹甚为养眼，所在公司也是业内的翘楚，虽然具体来头不明朗，但谈吐低调，不招人烦。

马君如，也在开放日见过，奥华咨询公司的客户总监，称得上美女。这位马大小姐有一双X光的眼睛，刘振宇几乎相信她可以扫描到别人内裤的牌子。她的坐姿言谈都有板有眼，只是淑女的风范太过刻意，见过太多这样的“白骨精”，他通通称她们为“甲醇”。不过甲醇可是实战派，待会儿干活，她可以当一把好手。

“我既然是组长，你们可就要听我的吩咐了。”刘振宇心里明白，这三个人里面，最指望得上的就是马君如，左丹丹这大花瓶多半用不着，张旺水已经明摆着只做后勤部长。

“君如请你上网查以下资料，世博和奥运的历史、主题、举办时间、发展、影响力、经济收入、历届的主办国，重点放在差异上，不，重点是找出奥运带来的正面因素或者世博带来的负面因素。然后请做成Excel表。”

刘振宇有条不紊地说：“我负责查中国和历届主办国在世博和奥运上的直接和间接投资，我们会特别留意各个国家的奥运投入，上海和北京两个城市的投入也会列出来，转播权的差异，直接投入的再利用价值也要关注。我需要边找资料边做图表，所有资料的搜集必须在45分钟之内完成，然后交给我，由我来做相关数据分析，用回归曲线算出奥运的优势。还有其他问题和建议吗？”

“兄弟，你太厉害了！”张旺水摩拳擦掌地说，“来来来，你看我干什么？”

“你有重要工作，你需要在辩论开始之前，搞到四件有奥运标志的T恤衫。我们组的形象就全靠你啦！”

“一小时，去哪里买啊？”张旺水急了，北京自己不熟啊，小兄弟们都在外地。

“我相信你肯定有办法。”刘振宇说，临了也不忘给左丹丹面子，“丹丹同学，你负责提醒大家时间，并且做机动候补，好吗？大家分头开工。”

45分钟一晃就过去了，马君如的功课交上来，两张Excel大表，一张是人文内容，包括世博和奥运的主题、历史、发展、影响力、规则……标红的是奥运的优势，标绿的是世博的劣势，论据陈述简单清楚，所有的出处一一列举。另一张表，是历届世博和奥运的经济账，直接、间接支出和收入，以及举办前后三年的主办国GDP、就业数据、通货膨胀数据……

“这些数据我都仔细看过，我筛选的是有利于奥运的部分，真实但不全面。”马君如解释道。

“厉害！高手啊！”刘振宇由衷地称赞，“现在就看旺水兄了，还有几分钟，丹丹？”

左丹丹看了看表：“不到15分钟了。”

在过去的多半个小时里，左丹丹如坐针毡，百无聊赖。刘振宇的战略部署说得又快又简洁，自己还没怎么听明白，张旺水不见了，刘振宇和马君如就埋头在笔记本电脑上敲敲打打。而自己能做的只能是时不时地看看表，在一旁枯坐。

马君如一边忙，一边用余光瞟着无所事事的左丹丹。心想，这位左小姐虽然具体工作做不来，却没有盛气凌人的架子，私下说话很诚恳朴素，也还算是不易。但是她进去唱哪门子戏呢？好歹也是一流商学院，难不成文体表演也能算特长加分？呵呵，想不明白的事情，暂时别问。总之今天的一大收获是，跟绿海的新主事搭上了线，下次提案会议之前，心里会少些忐忑咯！

开始前几分钟，张旺水终于出现了。刘振宇一看到旺水空着手，不免失望，唉，真是少爷上战场，什么也指望不上。张旺水急急忙忙地走过来：“来得及，我这个急啊，怕迟到了。快，快，把衣服拿出来。”这时候，刘振宇才看见后面跟着两个人，分别拿着只大箱子。张旺水从箱子里拿出夹克衫，件件都是奥运特许产品，“两位美女穿白色的，我们穿红色。剩下这些送给面试的老师们。这里还有吉祥物，走的时候，大家一样拿一个，喜欢就多拿。”

“兄弟，你真有办法。”刘振宇拍了拍张旺水的肩膀，原来旺水少爷带了核武器回来。

结果自然不必猜疑了。刘振宇他们这一组一出场，光是这身行头就已经为他们赢得了喝彩。精美的PPT、细致的图表、清楚的表述、养眼的美女、出乎意料的礼物，专业的、人情的全部拿了满分。

第三章
拉帮结派

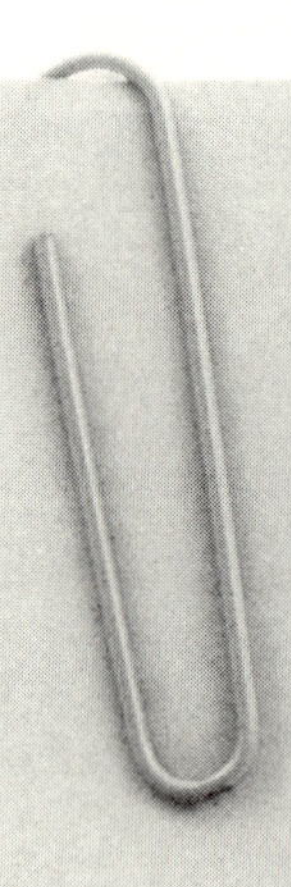

商学院笔记之ROI&ROE

一个企业经营得好不好，不单要看账面上赚了多少钱，还要看真正能落到老板手里多少钱。ROI和ROE就是分别衡量以上两者的指标。

ROI：Return on Investment，投资回报率=年利润或年均利润/投资总额×100%。指通过投资而应返回的价值，它涵盖了企业的获利目标。

打比方说，我今天下午去楼下卤煮店吃饭，只剩下一份卤煮了，我刚好花15元买到。这时候阿B也来吃饭，他很饿很饿，问我可不可以用18元让我把这最后一份卤煮卖给他。我想想自己还没有那么饿，于是同意了。

于是，我的ROI（投资回报率）就是（18−15）/15×100%=20%。

这件事很简单，因为我投资的都是我自己的钱，ROI越高我越开心。

ROE：Rate of Return on Common Stockholders'

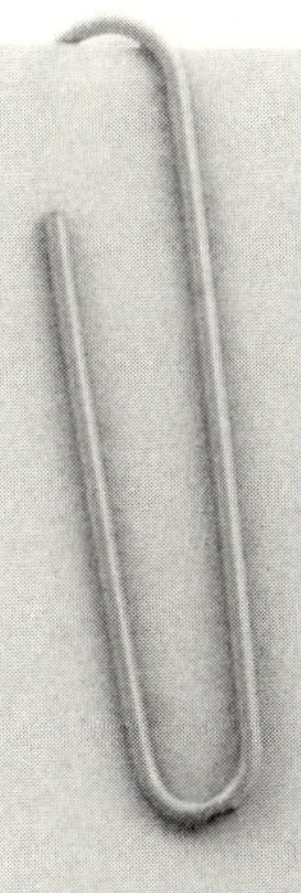

Equity，净资产收益率，又称股东权益收益率，是净利润与股东权益的百分比。

就刚才的事情，ROI和ROE是一回事。

接下来，我发现原来卤煮很受欢迎，我决定盘下楼下的这家卤煮店。店主答应卖给我这家店，他开价5万元。我手里没有那么多钱，就去找阿B商量。阿B出3万，我出2万。一年下来，我们赚了2万元。

我和阿B的ROE（股东权益收益率）=2/（3+2）×100%=40%。

在这里，ROI和ROE还是一回事。

我和阿B是很有追求的人，我们不满足于自己吃卤煮和只开一家卤煮店。第二年，我们俩又借了5万元，在隔壁街道又开了一家卤煮店分号。第二家店我们赚了1万元，老店的利润依然是2万。

这样，卤煮连锁店的ROI=（2+1/5+5）×100%=30%，虽然我和阿B多赚了1万元，但看起来总体投资回报率下降了。不过，因为开第二家店的费用不是从我和阿B的口袋里拿出来的，所以我们计算ROE=（2+1）/5×100%=60%。

在这里，ROI高是个好消息，但是ROE高才是股东最愿意看到的。

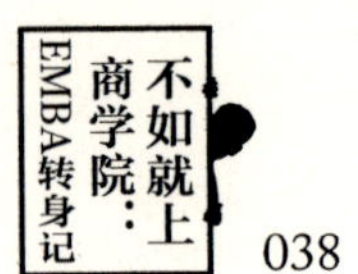

刘振宇一走进联合商学院的新生接待室，就看见了依然身着老式西服的马卫东，这老男人悠闲地坐着。刘振宇正在犹豫是否过去打招呼，马卫东刚巧抬头看见了他，非常热情地招呼："振宇，来来，过来这里坐。"刘振宇只好走过去坐在马卫东对面。

"最近忙吗？"马卫东问。

"还好。"刘振宇客气地答。

两个算不上相熟的男人嘴里客套地寒暄着，眼睛不经意地打量着对方。这位比刘振宇大十几岁的老师哥，在外企的位置恐怕已经升到了中国人能做的极限，所以，这老男人身上的这份从容不是豁达通透，而是因为争无可争的处境：年薪百万，家有妻儿，比上不足比下绰绰有余……刘振宇总是觉得，这些在大外企做事的中国人仰鬼子鼻息，手里并无实权，也不见得有什么人脉，所以这些世人眼中推崇的所谓金领，刘振宇甚是不屑。

马卫东对这位小师弟却是颇为刮目相看，清华少年班，何等优秀，前途不可限量……和刘振宇相比，马卫东不能不服老。曾几何时，自己也曾踌躇满志，这十几二十年走下来了，什么抱负，什么情怀，每每升职都是人脑子打出狗脑子，现如今中国区CFO的位置，显然是已经升到头了。虽然也有猎头不停地来游说，但是待遇不好到一定程度，绝对犯不上再动地方，天下乌鸦一般黑，张家李家差不多，做生不如做熟。马卫东看着刘振宇，仿佛看到年轻的自己，不免唏嘘，天下是年轻人的了。说到年轻，马卫东不能不想起左丹丹这位真正的年轻人，不由得问道："不知道我们上次见过的，这次是否都能见到？"

"据说淘汰率是4：1。"刘振宇当然知道马卫东想见到谁，调侃地说，"不过，你放心，你想见到的都能见到。"

马卫东并不尴尬，接口："可不，就见到你了。"

"那样的美女，学院要是不收了她，真是瞎了眼。"这不单纯是迎合马卫东，也是刘振宇的心里话。

马卫东笑了笑，心照不宣。

"接待室的同学们可以去照相了。"工作人员过来招呼大家。

刘振宇和马卫东跟着大家走到摄影室门口排队，发现大家的眼睛都专注地盯着里面。刘振宇伸着脖子向里面扫了一眼，迅速地捅了一下马卫东，示意他看里面。身穿白色套装的左丹丹淡定地坐在摄像机前，摄影师殷勤地左右走动着，反光板被他从左边搬到右边又搬回来。

"一张学生照至于吗，刚才照那个男生也不见他这么认真。"前面一个男生唠叨着，"坐正，好，咔嚓，下一位。现在美女来了，拿出照整套写真集的架势了。"

旁边的人都笑起来。

刘振宇抬眼打量左丹丹，这女子到底什么来头？如此年轻如此美丽，而且如此不属于这里。"想见的都见着了。"刘振宇调侃马卫东，"一会儿你请客啊。"

马卫东笑了笑，不反驳不回应。

刘振宇一回头，又看见了熟人，X光马小姐："君如，你好。有这么多美女做同学，真是前生修来的福气啊。"边说眼睛边故意地往摄影室里面瞟。

马君如顺着刘振宇的眼光往里看。嘿！左丹丹真被录取了！有没有搞错？！转念一想，人家是谁？是绿海的副总，绿海这几年在房地产行业风头极劲，尤其在北方，几乎是民营的老大了。马君如知道左丹丹此时此刻看不到自己，自己无须摆出乙方笑脸，忍不住狠狠地盯着左丹丹上下扫描。

左丹丹身穿白底黑边套装，一看就知道是香奈儿的经典款式，配了同款的白底黑边船鞋，旁边桌子上的同款手袋必定也是她的，没有其他的饰物，也实在不需要其他的点缀。就这人，就这身行头，往哪里一站都会引人注目。

左丹丹不用抬眼也知道屋里屋外的人都在看她，更感觉得到女同学眼睛里的寒气。自己在这群徐娘半老的女人中实在太耀眼，女人都是同行，左丹丹知道她们从来都不喜欢自己。左丹丹仔细看过入学的花名册，只有1/5是女生，比例很低。左丹丹平时的交际圈中几乎没有女人，她在男人圈里厮混得太久，一时间接触到这么多女人，要和她们平等相处，一下子还真的有点儿无所适从。记忆中的女伴还是小学和艺校的那几个，早都不知去向。现在身边的是女下属、阿姨，经常一起闲逛美容的也有几个，但是交往不深，因为各自的背景复杂。左丹丹是不和太太们来往的，准确地说，太太们是痛恨、惧怕左丹丹的，虽然左丹丹已经安定下来很久了。同龄的单身女子是不和她来往的，她们大都要忙于工作、恋爱，而且她们也实在够不到左丹丹的消费层面。

左丹丹是什么处境？有时候连她自己都糊涂，出名地产公司的副总，年薪也是百万级，住着别墅，开着名车，人们都是左总左总地称呼着。左丹丹，知道这一切的开始都源于陈卓。

和陈卓相处的这10年，自己已经脱胎换骨，不再是一个拼了命也要出镜、被导演欺负不敢出声、什么烂活儿都要接的北漂。在陈卓的世界里生活，见大场面、见大人物、谈大生意、赚大钱，对于当时的左丹丹来讲，一切都是美好的、新奇的。天资聪明的左丹丹用眼睛去观察，用耳朵去聆听，用心去学习。

10年的青春岁月一晃就过去了，左丹丹每每在镜子前挑剔地审视自己，容貌依然姣好，身材依然挺拔，而且还多了几分成熟女人才有的妩媚。玫瑰今日盛放，但总有衰败的一天，左丹丹开始为自己的未来筹划。眼前的一切都源于一个男人，左丹丹几乎没有朋友，她所有的时间、情感、精力、欲望完完全全地吊在一个男人身上，而且这个男人不是自己的老公，过去、现在和将来都不会是。除了这个男人，左丹丹似乎和谁也不太熟，如果没有了这个男人，左丹丹到底还认识谁？

陈卓有自己密集的社交圈子，从小学开始到中学、大学，再到EMBA的同学，同行、老同事、客户、政府官员、球友……错综复杂的关系中，或多或少都有着直接、间接的利用和被利用，陈卓虽然应酬得游刃有余，但是也难免唠叨。左丹丹发现，唯一让陈卓真正有兴致的聚会就是同学之间的聚会。同学聚会，陈卓从来是不带左丹丹去的，每次回来，陈卓总是絮絮叨叨地说个不停，张三又胖了，王二居然又生了一个，李四从美国回北京了……这里面少了利益的纠葛，更多的是家长里短，即使是男人之间的较量也温和了许多。左丹丹能够深刻地体会陈卓所说的同学情谊，对此也羡慕不已。陈卓对自己很好，要的全部可以给，除了婚姻。上学一事，左丹丹一提出来，陈卓马上就落实了。

现如今，得偿所愿了，自己也有了同学。左丹丹望着这群人，这群精英，心里原有的期待被紧张重重地压了下去。左丹丹拿不准在这里应该扮演什么样的角色，小甜甜？万人迷？淑女？知识女性？乖乖女？职业女性？还是做回自己？自己现在到底是谁？踩着男人出头的物质女？万人唾弃的二奶？名下有千万资产的富婆？对几百号人有生杀大权的老总？

这些都是，又都不是，场景不同，角色有异。但学校这场景是陌生的，剧本没写好，台词不完整，人物没定位，左丹丹无所适从，她只能选择沉默、微笑。左丹丹抬眼看见了马君如，马君如也刚好盯着她看，左丹丹分明看到马君如脸上急忙调整之后展现的笑容。

EMBA开学典礼之后便是第一次课程，而且采取住读形式，四天时间，无论是外地还是本地同学，由学校统一安排住宿，以便同学们互相了解。开课课程是实战模拟——投资和股东收益最大化（ROI&ROE）。

来参加典礼的500名学生被分成五个不同的星球：金木水火土。而每个星球的100名学生再被分成10个小组，每组10人。每个星球各成体系，各自在自己的星球内部竞争。每个人参照手册对号入屋，每个星球各占据一间大会议室。

左丹丹走进了火星教室，里面已经坐了不少人。她找到自己的第八组，发现有几个是面试见过的老相识，首先是这位见到她就站起身帮她拉座椅的老男人马卫东，还有文静的陈玉梅。左丹丹主动走到陈玉梅身边打招呼："你好，玉梅。真是巧，我们一组。"

陈玉梅也热情地回应："丹丹你好。"

"我们有缘分。"马卫东也凑过来，脸上掩饰不住的兴奋。

"真是有缘分。"刘振宇也插嘴。

"振宇，你在哪组？"马卫东问道。

"第七组。"刘振宇答道。

"可惜啊，我们是第八组。"马卫东说。

"心想事成啊，老马，晚上你必须请客。"刘振宇扫了一眼左丹丹。

马卫东爽快地答应着："没问题。"

"同学们静一下，我们现在开始讲解一下这次模拟商战的规则。"助教是一位30多岁的女性，身形较小，但是嗓音洪亮：

"一共三种产品，各有特性，分别销售到三个国家。你们10个小组就是10家公司，拥有同样的资源，遵守同样的法则，获取同样的产品。不同的是，你们可以把不同产品按照不同的价格卖到不同国家，每个国家和每种产品的具体情况请你们仔细阅读教材，里面没有涉及的问题都不需要考虑，比如突发事件、地震、战争之类。

"我在这里提醒大家注意：一、你们的工厂产能是有限的，增建工厂是需要费用的；二、每个国家对每种产品的接受量是有额度的，不能无限量地购买，请考虑饱和状态；三、你们每家公司研发的产品是有可能存在质量差异的，提高质量是需要增加研发费用的；四、每个国家对不同产品的喜好是不同的，有的重质有的重价，请留意；五、广告是会帮助提高销量的，但也是需要费用的。无论你们采取什么样的战略和战术，你们都必须确保收益最大化，每个星球中收益最大的一组将胜出，获得星球大奖。在这三天半的时间里，你们有六次机会改变调整自己的策略，你们每组每次的决策都会输入电脑，程序会自动计算出每组每种产品的销量、存货和总利润，大家可以根据公布出来的上一次的市场情况来调整策略。还有什么问题吗？”

坐在下面的同学们一时无语。

“信息太多，大家需要消化一下，第一次先尝试一下。你们有三个小时的时间去决定你们的营销策略。12点整之前，请把答案纸交到我手里，每迟交一分钟扣10万元。”助教夸张地警告着，“每个小组都有自己的房间，请注意保密，商业间谍是无处不在的。”

同学们哄笑着站起身，各自寻找自己的房间。

刘振宇溜溜达达地跟着人群寻找着火星七组的标牌，在这一层最里面楼梯后面的一个房间，真是够隐蔽的！刘振宇一推门进去，里面已经坐了四位，一水儿的男生。刘振宇笑了笑，找个当中的位子坐下。不一会儿的工夫，又进来两位男士，大家相视一笑。刚进来的一位身形相当魁梧：“咱们组全是男生啊！”

“应该不会吧，男女搭配，干活才不累啊！”一眼镜男接口。

正说着，女生来了。推门进来的这位刘振宇认得。

“君如，你是我们组的，太好了！刚才怎么没看见你？”刘振宇问。

“我刚才去晚了，就坐在最后一排了。”马君如说。

马君如话音未落，又进来一位女士。新来的这位女士不看人不笑不语，皱着眉头，坐在最靠门口的位置上。

刘振宇扫了一眼大家，又看了一眼表，主动开口：“大家好，我叫刘振宇，你们可以叫我小刘，或者振宇。我想，我们大家应该先简单介绍一下自己，彼此熟悉了解一下，然后再推选个组长，大家觉得如何？”

“好啊！”男生都应和着。

“那我先开始，刚才说了名字，我是建奇证券的，北京人。”刘振宇说完，看着自己左手边的男生。

“我叫李易祥，我的年纪恐怕在这里最大了，你们叫我老李吧，我在国土资源部工作。”李易祥简单的开场白引起了刘振宇的关注。这老李看起来不过四十五六岁的样子，在国土资源部工作，那就是政府官员了，这个年纪又能来这里读书，至少应该是个司局级干部，加上陈玉梅，嘿，不少领导啊。

“欢迎老李。”刘振宇率先鼓起了掌，大家都附和着。

老李的下首是那个进门感叹没女生的胖子，又高又壮又黑，声音也一如其人，壮如洪钟：“你们叫我大黑吧，我妈、我老婆、我女儿都这么叫我。”

“那我们这么叫你，是你什么人哪？”那位皱着眉头坐在门口的女生不咸不淡地插嘴道。

大家哄笑起来。

大黑急忙解释：“不是这个意思。我的意思是，这么多人名哪里记得住？你们看我人大脸黑，叫我大黑，一下子就记住了。”

“记住了！记住了！”大家笑着应着。

下一位是刘振宇在面试时见过的于险峰，只听他操着极重的东北口音说：“我，于险峰，沈阳人，至清药业的。”

“那以后我们看病买药什么的就找你了。”刘振宇接口道。

“行！不过，我是做原药的。”

“什么意思？”有人问。

“不是成药，是某些药品的原料。”于险峰解释着。

“就是你不卖可乐，只做可乐原液。”刘振宇说。

“对，对。”于险峰笑着回答。

“那你答应什么？！又不卖药。”有人调侃。

“都是药，都差不多。”于险峰憨厚地笑着。

大家又是笑。

按顺序依次介绍，马君如冷眼看着。大黑旁边是个眼镜，外企的西装朋友，衣着得体适度，话语夹杂着若干英文单词，这份拿捏马君如最是熟悉不过，CBD写字楼里大把这样的假洋鬼子。再下来这位真够累的，是个结巴，而且还挺激动，咿咿呀呀说个不停，大家也不好意思笑，死撑活挨着，幸好是个财务，不需要出来应酬。

屋子里最后一位男生面试的时候有过一面之交，名字很出众——“英俊”，身体矮胖，脸容圆润，浓眉大眼，不说先笑，活脱儿的大头瓷娃娃，看着那个喜庆，就是这身行头有点儿看不过眼。3月的北京已经不那么冷了，哪里用得着穿得这么累赘？衬衫里面的三保暖肉色打底衫依稀可见，外边套着厚呢子西装，西裤里面一定是藏着厚秋裤，臃臃肿肿，整个人越发显得囫囵，因为人还算可爱，这装扮倒是又增加了几分喜感。

“我叫洪英俊，你们别乐，就是那两个字，我知道我和英俊没什么关系，但是我妈对我有期待。”英俊边说边自己咧开嘴笑了，“兴华建筑的，就是装修工人，谁家装修什么的，找我。”

“还剩下两位女士了，我们先给点儿掌声。”刘振宇看着马君如，“君如，你先说。”

马君如看了一眼邻座的女生，客气道：“你先说吧。”

“我叫伊宁，伊人的伊，宁静的宁。你们可以叫我伊伊。”这位伊女士不客气地接过马君如的话，“我是华投铁石的VP……”

马君如本是客套，不承想被这女人抢了先机，心中自然不爽，又听她如此嗲声嗲气地自称“伊伊”，顿时用X光扫射她。

这位伊女士虽然坐着，但是马君如非常肯定她站起来也高不到哪里去。身材嘛，往好听里说是丰满，中立说法是略显壮硕，真实说法就是懈怠型肥胖，多出来的肥肉被强行纳入衣服里面，从腰间被撑得鼓胀的毛衣可以清楚地看到身体肥肉不从地抗争。脸若银盆，眼睛和嘴都比正常略大了那么一点点，如果只是眼睛大，妩媚起来可以是宁静，最差也会是小燕子；如果单是嘴大，那么是朱莉亚·罗伯茨，性感非常。但是五官都大，脸上就不够地方摆放，局促之间就显得面目有些凶狠狰狞。整个人号码是十足的，只可惜，胸部除外。身材虽然不是上等，但是伊同学这身行头在马君如眼里几乎可以拿到满分。羊绒的两件套毛衣，质地柔软，也因为太过柔软，在身上过于服帖，越发显得腰部救生圈层层叠叠；毛衣虽然看不出什么牌子，但一定是上等好货。苏格兰格子裙是Burberry的经典，那双靴子也是Bally新货，马君如也只是在时装杂志上看到过。手上戴的是Cartier女表，脖子上挂的是Gucci的项链，通身的金贵装扮一如名牌新品货架。

虽然装扮得隆重，但这位伊同学的年纪还是可以看出来的，肯定四十开外了。这个年纪的女人，特别是略显肥胖的女人，而且又是不美丽的略显肥胖的女人，故作小女儿姿态……马君如心中冷笑。最让马君如不舒服的是，这位伊宁女同学身上有种甲方的凌厉气势，这种强大到近乎嚣张的气势让常年做乙方的马君如立刻就生出恐惧和厌恶。

马君如不是不知道，这房间里的都是同学，张三李四王五都直呼其名，无论哪个教授哪个老师都反复强调，这里没有这总那总，只有同学。马君如拿着平和平等友善友好的心态去面对每一位同学，但是常年的职业病，已经让马君如无法摘下眼睛里的X光机器，看到谁都忍不住唰唰扫几遍。

终于轮到马君如自己介绍了，马君如拿出热情的态度，可刚一开口，门一下被撞开，一个男生冒失地冲进来：“对不起，对不起，来晚了。”

“旺水！”刘振宇扬声叫道。

“振宇！还有君如美女！”张旺水兴奋地招呼着，同时转向其他人，“我叫张旺水，不好意思，迟到了，昨晚喝多了，起晚了。今晚我请客，全组一个不许少。”

马君如正准备隆重出演，又被这农民搅了场子，心中很是不满，脸色有些不尴不尬。刘振宇连忙说道：“君如，你接着说。”

马君如已然被冲断了气场，扫了兴致，草草说了几句就作罢。

“大家都介绍完了，那选个组长吧。”刘振宇问。

“选什么啊，就是你吧。清华毕业的高才生，就你了。”张旺水大声说着，“我们面试的时候就一组，我们组的提案把教授们都震了。振宇是人才。其他人没意见吧？”

大家有的是无所谓，有的是不想出头，有的是搞不清情况，见有人出来挑了大梁，自然是同意的，于是都应和着：“行啊。”

“感谢大家看得起我，我也就不推了。我当组长，要先立几条规矩。”刘振宇看了一眼这一屋人，不靠谱的，端着架子的，明摆着来混的，事儿妈的，个个都不好管。“第一，守时；第二，听话。来这里的人全是领导，大家都忙，谁没个急事什么的，但是，这几天希望大家都配合一下，尽量不迟到不早退。还有，我们可以先民主讨论，但是决定了的事情、安排好了的工作，大家一定要遵守。行不行？”

大家齐声答应着。

“我仔细听了大家的介绍，我们组个个都是人才，我们肯定不比别人差，我们拿不了第一，也争取个第二。”刘振宇说。

张旺水带头鼓掌：“有刘组长在，我们没问题。”

“靠我一个可不行，任务要分配。我昨晚已经仔细看过案例，我们可以分成五组，每组两人，三条产品线三组。一组研发，需要财务背景的。”刘振宇抬眼看着结巴，“就你挑头，你挑个助手。”

“行……行……行，没……没……没问题。”结巴点头应着。

“还有一组负责统筹、整理、搜集、核对各组的数据，然后填写表格。”刘振宇有条不紊地安排着，强弱搭配，瞬间已经分好了组，把大家安排得服服帖帖。伊宁也禁不住称赞：“刘同学果真是头脑清楚。”

马君如很不情愿地和张旺水一组，负责一个高档电子产品的研发、产量和销量制订、市场推广。张旺水一边翻着案例，一边对马君如说：“算术可别指望我。我做生意靠直觉，不过基本都赚钱。我觉得这个产品要主打C国，你看这里写着C国近几年GDP高速增长，人突然有了钱就喜欢买贵的……”马君如抬眼X光扫了一遍张旺水，Bally的毛衣，Montblanc的皮带，Jaguar的双面表，LV的休闲鞋，配着蓬乱的头发、粗

糙的皮肤，说得没错，有钱的暴发户就喜欢贵的。

“我给你们买咖啡去，”张旺水提议，“喝什么咖啡？”

“学校里提供咖啡。”胖头瓷娃娃般的洪英俊接口。

“这里的咖啡是速溶的，我去买星巴克。”张旺水转过头问马君如，“美女，你还要什么？”

“经典英式红茶，几块黑巧克力饼干。”马君如随口说道。

张旺水又问伊宁：“这位美女呢？”

伊宁瞟了一眼马君如，经典英式红茶，黑巧克力饼干，够讲究，自己也不示弱。“依云，要有气的那种，红豆司冈。”

“红豆知道，这司冈是什么？”张旺水问。

“一种松饼，星巴克有卖，现在还出了一种松仁的，也不错，我也要一个。”马君如眼睛也不抬地迅速接口。

“得令。”张旺水抬起屁股就走了。

剩下两位女生暗暗运气。伊宁冷眼盯了一下马君如，咨询公司的客户总监，不就是陪着客户吃吃喝喝，有什么可神气的，就算你是美资公司的，能挣多少？税前50万顶到头了，到手里的不过是30万多点儿，这一个月2万来块够什么？买名牌当然要等减价，浑身上下没一件是当季的新货，看那架势像单身，一定是眼太高，一会儿问问。

“君如，辛苦你了。旺水，你也知道，就那样。他就和你我熟，我这儿要负责统筹，计算的活儿多，需要多个干活儿的，只能麻烦你关照旺水了。你这产品不用三个国家都买，就挑选GDP最高的C国，你只需要计算好数量就行。”刘振宇走到君如身边，小声地说着，“有需要帮手的，告诉我，我来帮你。”

马君如笑了笑，人家既然把话都说成这样了，自己也不好太过计较：“没事。我一个人搞得定，你放心。”

“仗义！”刘振宇说，“让旺水好好犒劳你。”

刘振宇昨晚报到时一拿到案例就看了一遍，真是凑巧，自己去年年底刚组织过类似的公司培训，也是模拟商战，大同小异。这种练习关键是要掌握教授模型的规则。市场范围的大小、产品的最大销售量、价格的区间等所有重要数据都是有一定上下限的，了解到这些，拿第一是轻而易举的。刘振宇一早已经盘算好，六个阶段，前两个阶段先摸底，熟悉规则，中间两个阶段抢业绩，最后两个阶段拼出成绩。要取胜，最稳妥的做法就是知道教授这次模型的上下限。

第一局成绩揭晓，刘振宇的七组果真领先。令他惊讶的是，排在第二的是八组，成绩几乎和他们不相上下，总利润仅差了区区2万，而且他们的库存控制非常好，三种产品均在最低限。刘振宇静静地打量着坐在前面一排的八组成员，这里面不是有高手，就是有人玩过类似的游戏，否则不可能在第一局就把握得如此到位。前排的十人中有四位是相识的，老男人马卫东、美女左丹丹、女部长陈玉梅和自己的同行金鑫。坐在后面的刘振宇看不见其他人的面容，但肢体语言是清晰可见的。刘振宇觉得有两个人值得探究，一位是坐在陈玉梅左手边的眼镜男，听讲过程非常专注认真，不停地记笔记，同时翻看着资料，一看就知道是好学生，这哥们儿动真格的；还有就是坐在左丹丹右手边的老相识金鑫，头发依然梳理得锃亮，时不时地侧过头和左丹丹交头接耳，满脸洋溢着抑制不住的兴奋，显然他比同组的其他人更激动，这哥们儿像组长。

为了确认自己的猜测，一到休息时间，刘振宇就主动走到金鑫面前，伸出手热情地说："你好，金鑫，我是刘振宇，七组的组长。"

"振宇，你好。这么巧，我是八组组长。"金鑫回报以同样的热情。

"你们真是厉害，存货控制得真好！"刘振宇赞美着。

"我们算得可仔细了。"金鑫不客气地受用着，"这还是要靠经验的。我是做证券的，算术还是会的。"

刘振宇看了一眼老男人马卫东："马哥是算术专家，你们组人才济济啊。"

"我不行，我们组金组长说了算，他有经验……"马卫东话没说完，金鑫赶快插了一句，"老马，保密！"又转向刘振宇，"对不起，咱们现在可是对手！"

刘振宇知趣地笑着说："是，是。但比赛之后，我们可是朋友啊。大家是同行，我们找时间聊聊。"

金鑫当然非常清楚，刘振宇所在的建奇证券是国内十大证券公司之一，资金规模几百亿，而自己来自一个名不经传的私募小基金，看不上我们，理解。你们是正宫娘娘生养的，我们是私生子，不过，行走江湖靠的都是真本事吃饭，单说这游戏，你就未必赢得了我。

同行相遇，看起来客客气气，实际上暗潮汹涌，两个人分别都下了决心，要一争高下。

第二、三轮，金鑫的八组都领先，但是和第二名刘振宇的第七组差别仅在十几万的区间。第四轮，刘振宇的七组反败为胜，但也就是领先了30万，和整体1000万的利润相比，不过是3%的差距。只剩下两次机会了，竞争趋于白热化。其他的几组和前两名有着几百万的差距，一早就放平了心态，反而更多地关注这两个明星组的进程。助教在分析结果时，也更多地是在讲述这两组之间的战略差异。

"振宇，你说，我们下一步怎么办？"张旺水一进七组的单独会议室就嚷嚷，"我们可不能输啊！"

马君如马上附和："是啊！我们一定要赢！"

刚在走道，路经八组会议室，听见有个男生在说："丹丹，你是我们组的吉祥物，有你肯定赢！到时候，你代表我们去领奖！金组长，没意见吧？"马君如匆匆地往里面扫了一眼，刚好把左丹丹花枝乱颤的妩媚样子收在眼里，刺在心上。粉红色的香奈儿套装，天天都是香奈儿，不知道其他牌子啊？！马君如一想到左丹丹站在台上，香奈儿套装包裹的玲珑身体，欲笑不笑的娇羞面容，男生们兴奋渴望的眼神，心里就堵得慌！在职场上，左丹丹是甲方，马君如不能不敷衍；在这里，场景换了，身份平等了，马君如憋足一口气，为什么就不能赢一把，站在别人的前边！

马君如虽然并不十分明了这游戏的窍门和技巧，但是，多年的职场经验告诉她，想打败别人，单打独斗难，要拉帮结伙。马君如有了主意，于是开口说道："我有个建议，不知是否可行？"

"说来听听。"刘振宇回应。

"我看，其他的几个组争第一这件事基本都放弃了。就我们和第八组有希望，所以，我在想，我们是否可以联合其他组，来个价格同盟之类的，那八组无论如何都要败了！"马君如说。

"高！"张旺水首先响应，大家积极附和。

"怎么操作？"伊宁问，"一个组一个组去说，万一他们不愿意，或者向八组透风，怎么办？"

马君如见只有她一人唱反调，心中自然不悦，看了一眼伊宁："伊伊同学，你有什么高招儿？"

伊宁本就不十分在意结果，这样的游戏，在她眼里，有些小儿科，听马君如一问，一时愣住了。

"君如的意思是战国苏秦的合纵。"刘振宇接口，"真是好主意。我们不搏一下，怎么知道行不行？！"刘振宇一锤定了音，"有谁认识其他组的组长？"

"我认识二组的，我们来的时候同乘一架飞机，他也是青岛来的。"大黑说。

"五、六组都有我们温州老乡，昨晚聊过。"张旺水说。

"一组有我的同事。"洪英俊说，"我们都是兴华建筑的，平时我跟他还不错。"

"一、二、五、六组都有人了，其他的三、四、九、十组……"刘振宇边记边说，抬眼看着伊宁，"伊伊同学，九组的组长可是你们深圳人，你熟吗？"

"熟不熟，聊聊就熟了，一大美女主动过去聊天……"洪英俊说，"肯定就从了。"

"伊伊这么有魅力，肯定没问题。"马君如添油加醋。

伊宁无法拒绝，只好硬着头皮答应道："那我试试。"

"剩下三、四、十组我就分了。我是组长，目标太大，不便出面，我和小刘，”刘振宇指着结巴，“我们俩坚守阵地，把数据再核实一遍，确认存货不要超标。君如你搞定三组……”刘振宇按部就班地安排着，最后只剩下李易祥一个人闲着。

“那李大哥呢？”张旺水问。

“李大哥有个艰巨任务。”刘振宇故作神秘地说，“李大哥去和教授谈谈。”

“谈什么？”李易祥吓了一跳，惊讶地问。

“谈什么都行，随便谈，不用问比赛的事情，想谈什么谈什么。”刘振宇说。

“那为什么？”张旺水问。

刘振宇笑了笑：“不为什么，了解一下教授的性格。”

李易祥笑着说：“行，没问题。”

“大家各自行动，好好利用午饭时间，两点准时回到这里集合汇报情况，明白？”刘振宇恢复了以往的领导风格，大家也欣然受用了，都领了任务，各自散去。

下午两点整，七组的会议室里一个不少。

“一组情况？”刘振宇望着洪英俊。

“我和我同事说了，他肯定帮忙去说，但是他们组组长是个律师，挺事儿的，不一定会同意。不过我说了，他们要是合作，我们赢不赢都请他们全组吃饭。”洪英俊说。

“明白，挺好的，谢谢英俊。”刘振宇说，“二组？”

“二组妥了。”大黑声音依然洪亮，“我那老乡痛快得很，不仅答应合作，而且当时就找了他们组组长，他们组长也痛快，把产品价格看了一下就同意了。他们要求，如果我们赢了，上台领奖一定要感谢他们组，我立马答应。”

“好极了。”刘振宇说，“三组？君如？”

“中午吃饭，我直接坐到了三组的饭桌上，开门见山地说了我们的要求。他们组长问，他们有什么好处？”马君如说，“我还真不知道怎么回答。于是我说，这本就是游戏，无非是为了增进同学感情，加强同学之间的了解。你们支持我们，无论我们是否第一，都要设局好好感谢，这样本来你们10个人之间的友情，就扩展成了咱们20个人之间的深厚感情。我们组每个人都会念你们每个人的人情。这样不是皆大欢喜？教授不是说了，做事就要收益最大化嘛。”

刘振宇边听马君如讲边打量她，心中暗暗心惊，这女子不但有X光的眼睛，还有一张厉害的嘴巴，这些同学真是个个都不能小看。于是问道：“他们怎么说？”

“自然是从了。”不等马君如答话，张旺水就笑着接了口，“刚才君如和我说了，我连今晚饭局都安排好了。两个组，20个人，一个都不能少。”

“厉害！君如大功一件。”刘振宇夸了一句，接着问，“四组呢？”

“他们组组长是万通医药的，和我也算同行，聊得很投机的。”于险峰操着浓重的口音，“他说没问题。”

“你有几分把握？”刘振宇问。

“十分。”于险峰说。

刘振宇惊奇地抬起头，又看了一眼这个东北佬：“十分？”

于险峰又是憨厚地笑着：“他们有个产品正好要和我们合作，所以，应该没问题。”

刘振宇明白了个大概：“好的。”接着问，“旺水，你的五组、六组如何？”

“搞定了！”张旺水肯定地说。

“怎么搞定的？”刘振宇追问，“说来听听。”

“今年上好明前龙井一人两斤，我通知公司今天快递过来，明天就收到。”张旺水说，“咱们组，助教、教授都有。”

刘振宇笑了。

“九组？”

“他们没说同意，也没说不同意。”伊宁老大不高兴地说。

“那你觉得？”刘振宇问。

“我说不好。”伊宁答。

“最后一组？”

“说不好，我觉得他们不太同意。”大黑说，“组长是南方人，叽叽歪歪的，不痛快。”

“知道了。”刘振宇笑着说。他一边看着记录，一边心中盘算，旺水的五、六组应该问题不大，拿了别人的东西，不好意思出尔反尔；于险峰那个也应该可以，和生意来往比起来，这游戏不算什么；大黑的二组估计也八九不离十；马君如那组应该也妥当，加起来就是五个组参与联合，如果五个组的价格统一，其他的各出各的，八组是占不到便宜的。

三点钟，第五轮比赛的结果出来，助教把结果打在大屏幕上。刘振宇非常意外地看到第八组排在第一，总利润1753万，比自己的七组多了快100万。刘振宇沉住气，仔细核对每组每个产品的报价，一如所料，旺水的五组、六组和于险峰的四组都是按照七组的要求报价。出乎意料的是，九组、十组和一组分别在某些产品上报出了低于成本的价格，导致自己的产品滞销，存货量大增。不是背后有黑手，谁也不做亏本的买卖。

“大家看了以后有什么感想？肯定觉得很奇怪吧？杀人的生意有人做，亏本的买卖没人做，可是我们这里有好几组做了亏本买卖，为什么？”助教问。

“有人捣乱呗。”

“有的组被收买了。”

“算不算犯规啊？！”

“高智商！”

下面的同学叫着、笑着、议论着。正热闹着，教授推门进来了：“火星组的同学们好。我看了你们的业绩，怎么说呢？让我大开眼界啊。有自杀性销售的，有价格同盟的，还有的跑来我这里和我聊天的……”

大家哄笑起来。

“很明显，有的小组出动说客去其他组游说，联合价格，有的小组出手更狠，直接要求合作的小组在某些国家超低价抛售某产品，完全打乱市场秩序，自己却避到其他国家大卖特卖。我们确实没有规定小组之间不能交谈、不能合作，能够在这么短的时间内，和好几个小组商谈成功，让别人牺牲利益来成全自己，商场如战场，兵出奇招，有的小组确实厉害！”

大家不约而同地望向第八组，刘振宇看不到金鑫的表情，但是知道他一定是得意地笑个不停，心里着实不是滋味。刘振宇没想到，金鑫比自己想得更透彻，做得更绝，联系价格有什么用？直接就做低价格，让你在这个市场根本就卖不出去。刘振宇非常肯定，金鑫一定以前就有类似的培训经历，熟知游戏规则。

“我要给大家提个醒，请大家注意ROI和ROE这两个参数。按照我们的计分系统，这两个参数会在很大程度上影响你们的评分。你们不能只考虑投资的回报率，同时也要考虑股东的利益。利润一分都不分给股东，全投资了，这也太狠了，谁敢买你们的股票啊！”

下面听的同学又是一阵哄笑。

“现在还剩下最后一轮了，明天早上九点前，你们上交答案。十一点我们公布结果，火星组的冠军究竟是哪个组，将拭目以待。大家加油！”文教授给大家鼓劲，“不过，我现在要立几个规矩。第一，最后一轮，小组之间不得以任何一种形式合作；如果某一小组之前已经和另外一组达成合作协议，那么这一轮，你们只能互相猜对方的战略，彼此的价格不得透露。第二，不用来找我，我该说都说了，派美女来找我也是没用。”

大家又是一阵哄笑。

“最后一轮，你们一定要注意你们的存货，利润再高，如果存货超标，一样出局。”教授叮嘱着，“你们有三小时的时间，六点整交卷。”

“他妈的，他们八组真够狠的！你看九组和十组，这一轮下来亏损了1000多万。”洪英俊一进七组会议室，就愤愤不平。

“兵不厌诈！”张旺水倒是心态平和，“打仗就是这样的，尔虞我诈，正常！英俊别生气。”

“我们现在怎么办？”伊宁问。

“不……不……不……”结巴插嘴。

“不什么，不知道就别出声了。”伊宁不耐烦地打断他。

“不……不……不过就差100万，这次是可以追上来的。”结巴说。

“就是。”李易祥说，“教授还真能聊，我们说了很久关于房价的事情。”

“没说别的？”马君如好奇地问。

“还真没有。不好意思，啥也没问出来。”李易祥说，“不过，我倒是表示这种模拟商战很有意思，是一种综合能力锻炼，要合作、分工、测量、预算、研发、市场分析、规划……我真觉得我们下属的几个企业都应该来参加。”

“你和文教授说了？教授有什么反应？”刘振宇问。

“给了我名片，说让我直接联系我们的助教就行。”李易祥说，“振宇，你看我什么也没帮上。”

刘振宇一听，笑了，心中有了主意：“老李，你帮了大忙。”转头对大家说，“大家按照以往分工，把这次结果的数据汇总一下，再仔细核算，一个半小时后报上来。”

刘振宇说完，站起身：“我出去一下，一会儿就回来。”

刘振宇一出门，就直奔大教室，通常助教都在那里休息，同学们可以随时过去问问题。

“Emma，辛苦了。”刘振宇扬声叫着火星的助教。Emma30岁出头，说话简洁利索，精明能干的样子，“你是北京人吧？”

“是啊，你也是？”Emma问。

“东城区的，小学是史家，中学是二中。”刘振宇说。

“厉害！都是好学校！大学去哪里了？”Emma问。

“清华。”刘振宇说，“你呢？”

“我西城的，在美国上的大学，学经济，后来又读了硕士。”Emma说。

刘振宇见她并没有提及校名，心中有数，如果是响当当的名校一早就抖出来了，倒是很后悔，刚才的自报家门有点儿炫耀。“真羡慕！海归！我们这帮土包子，真应该和你们好好学学。”

Emma受用地客套着：“哪里的话，你们都是精英。你找我有事？”

“没什么事，就是想问问，这样的三天培训大概需要多少费用？我准备回去在不同部门搞一下。”刘振宇边说边拿出名片，递过去。

Emma看着名片上的title，努力压制着微笑，大客户来了。

“你们打算安排几个部门参加？”

“先组织四个部门的吧，看看效果再说。”刘振宇说。

Emma粗粗一算，这笔提成不是小数目，而且又看到刘振宇对于报价毫无异议，心中更是期待。于是对刘振宇的问题有问必答，他们认真地讨论着这个培训项目的主要特点，是否适用于证券公司？是否可以针对不同的人群进行修改？这套软件的编排逻辑是什么？

Emma一丝不苟地逐一解答。

“那我什么时候可以和你签合同？”刘振宇问。

Emma终于笑了：“不急，等你们的培训结果出来之后。明天我把合同带来，你先看看。”

刘振宇笑着说：“我有个朋友是做快消品的，一直说找个好的培训项目，你们这个就非常适合他们。”

“是啊。我们的这套软件非常灵活，存货、价格、产品的地区消化量都可以调整……”Emma说。

“是吗？每次的着重点都不同？”刘振宇认真地问。

“是，你们这次就是……”Emma在刘振宇鼓励期待的目光下侃侃而谈。

刘振宇知道重点来了，他又旁敲侧击地问了几个问题，心里已经有数。

“那就这样定了。”

刘振宇回到七组会议室。

“你去哪里了？”洪英俊说，“我们到处找你，等你回来拍板呢。”

刘振宇并没有看大家算好的数据，他对结巴说：“小刘，你把第五轮每个组不同产品的存货加一下，然后按照这个公式算一下每个产品这次的存货量。”刘振宇边说边在结巴的电脑上敲出一串公式。

“我们这次能赢？”张旺水问。

“希望是。”刘振宇说。

“要不要我发短信给我那两个老乡，和他们沟通一下？”张旺水说。

“算了，不要坏了规矩。”刘振宇说。

结巴很快就把结果算出来了，按照这个存货比例，刘振宇把三种产品在不同国家销售的比例又调整了一下。

“时间到了，我们必须交了。”伊宁催着。

刘振宇把答案递给伊宁：“你去交吧，祝我们好运。”

火星组的同学们都静静地坐在大教室里，急切地等待着公布结果。助教Emma笑着对大家说：“结果出来了，你们猜猜哪个组第一？”边说边打开电脑，屏幕上出现了每个组的成绩，依然是按照每组序号排列，从一到十。

“八组！”八组的同学们欢呼着。

刘振宇也看到八组的利润确实最高，2459万，比自己的七组高出200多万，同时，刘振宇也注意到八组产品C的存货超出了标准，他们肯定会出局，白欢喜一场。

“八组的利润最高，但是非常遗憾，你们的产品C的库存超标了，你们只能出局。”助教Emma惋惜地说。

“为什么？不会吧？”刘振宇看到前排的八组同学惊讶地吵嚷着。

“七组利润第二高，而且库存符合标准。火星组的冠军是第七组，让我们恭喜他们。”Emma看着刘振宇，满脸是笑意。

“我们赢了！”张旺水兴奋地大叫着，连总端着架子的伊宁都尖叫起来。大家包围着刘振宇，乐着笑着欢呼着，更反衬出坐在前排的八组成员的失望。

第四章
笑里藏刀

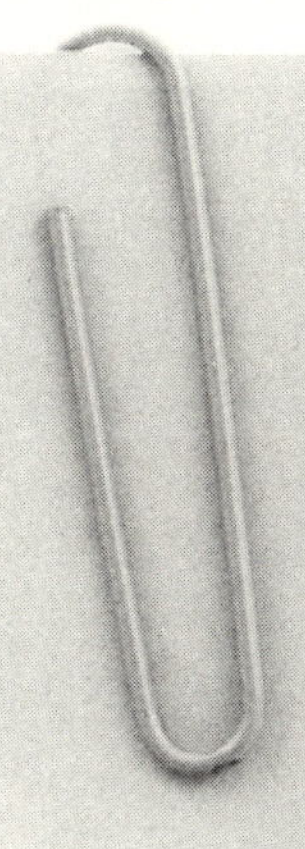

商学院笔记之大话会计

史书无真相，就像我们说过的象腿和象鼻，故事怎样讲述，只关乎那个写历史的人的态度。于是乎，《史记》只是司马迁的《史记》，只是他眼中的上下几千年。

现代会计制度下，会计报表在多大程度上反映了企业真实经营管理的状况，同样可商榷。

电视购物频道里面粗腿粗腰的大妈，束身衣一穿，肥肉挤到一边。

同样道理，把相关会计科目在披露的时点上做不同调整，比方说期初费用期末计，在途账款先入账，就能根据需要将利润或亏损的结果在不同的会计期间进行调解，起到想瘦就瘦、想胖就胖的“魔术塑身裤”的作用。

不过，束身衣法只是把大妈各处肉肉的位置做了调整，如上的会计手法也只能改变局部，不能改变整体。

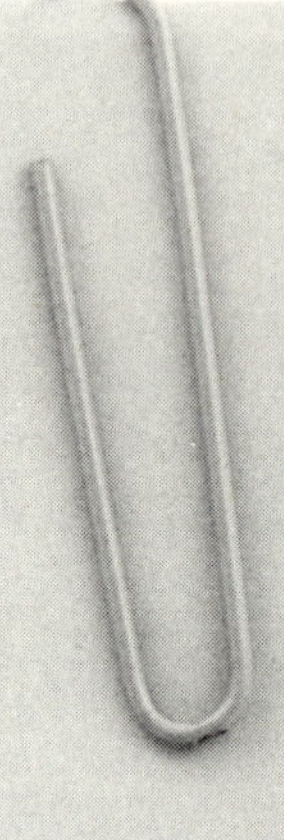

有时候，单个数据的大小和多少不一定能反映实际情况，需要确定时点或时期以及结合其他情况来综合判定。比方说，一个企业资产负债率高，另一个企业资产负债率低，哪个企业优呢？答案是“不一定”，还要看资产的结构和合理性。

操纵会计信息通常与四个周期有关：（1）会计周期；（2）经营周期；（3）高管的任期；（4）股东投资回收期。

上述四期的不可调和性，导致了所有的会计问题。[①]

---

① 中欧国际工商学院会计学教授丁远原创。

第一次必修课就赶上大雨，马君如差点儿迟到。她战战兢兢地进了教室，四下一看，心理总算还平衡，自己并不是最晚到的，很多位子还空着。

教授这门财务会计课程的刘教授是典型的江南人士，身材并不高大，但胜在颀长，面色青白，声音抑扬顿挫。一身西装不显山不露水，裁剪得体，一望便知是高档定制品，领带和袖扣搭配得浑然天成，再加上儒雅的学者风度，侃侃而谈，虽然人已过中年，马君如依然觉得这位刘教授怡神养眼。

不过，这位养眼的教授并不十分待见讲台下的这帮人，理由很简单，第一天上课，居然有1/5的同学迟到。当然，早晨的大雨是个客观原因，但是，很显然，高昂的学费和名振海外的学院并没有使这帮学生对知识产生敬畏，更不会对老师格外尊重。刘教授暂时忍而不发，教EMBA这帮大爷也不是一两年了，了解他们的脾气习性，因而只是小声地向班主任阿姚投诉，本意是要她提醒下大家。谁知道，这个缺心少肺的丫头上了台介绍完教授之后，并没有强调课堂纪律，居然通知大家在课间时候进行班委选举。刘教授心中叹气，最近新进来的这些年轻人，不知道是听不懂中文还是心猿意马。

一上午的课程节奏很紧张，刘教授虽然时不时抛出个幽默段子引来笑场，但听得云山雾罩的同学并不在少数。

到了午休时分，班主任阿姚在讲台刚宣布要选班委，不等她说完，张旺水已经站起来："大家都听清楚了？在外面贴的纸上写上名字，可以自我推荐，可以推荐别人。大家踊跃一下，对班主任工作要支持、支持、再支持！我一会儿就把自己的名字写上。"

阿姚话没说完，有些气恼被张旺水打断，脸都憋红了，可是旺水这番话又是好意，自己哭笑不得，只能跟着张旺水的话说："希望同学们积极参与。"

马君如看着阿姚的小可爱样子，暗笑。这个轻飘飘的小女孩，做自己的助理都得好好调教下，怎么能管理这帮大佬！

冷眼旁观联合商学院的助教、班主任团队，基本上都能进"外貌协会"，就算是年纪已过四旬的教务处副主任张秋云，也是气定神闲，容貌端庄。听阿姚说，她之前是在翻译公司做全职翻译，来这里工作时间不长，是第一次当班主任。

马君如想起当年自己在大学里的班主任，是个肥硕、满面油光的女人。男生女生都不忍仔细看她的样貌，大家都同意钱锺书的观点，只在这女人办了很龌龊的事情之后才仔细看她的面目，当作对她的惩罚。

现在的社会不同了，做人要讲"姿"本的！天天熬夜加班又怎样，还不是被亲信挤掉？干得像男人婆一样，不如人家左丹丹啊。马君如低下头，摆弄着手机看邮件，觉得比刘教授的财务会计更加让人发蒙。

并不是因为周五（联合商学院EMBA课程一般是从周五到周一）公司的事情就少了，相反，新VP上任后的三把火正烧得猛烈。本以为新来的这位是个纯正的澳洲洋婆娘，谁承想是张中国脸，香港人，Christian Yip。马君如竟没分辨出姓氏是香港拼音，一个动听的中国名字，叶丽文。出乎意料的还不只这些，这位叶小姐，虽然不会写中文，但是居然会讲普通话，虽然有口音，但是绝不影响沟通。对付Linda的那套，在叶小姐身上显然是不好使了。马君如除了死死抓住自己的客户资源不放，并不打算现在就明目张胆地和叶小姐斗，静观其变吧。自己目前依然是业绩的支柱，料定谁也不会动自己。就绿海这单的后续沟通而言，至少除了老娘我，别人还是泼不进水的吧！

“要写名字也得知道大家都叫什么啊，是不是？”那边张旺水又接着说道，“中午饭大家不要去学校食堂吃了，我请客，大家坐在一起，好好彼此熟悉一下。”

“外地同学对北京路不熟，我安排了辆大巴，一会儿在外面等。这次就不劳烦旺水埋单了，我来尽一次地主之谊，就算代表北京同学给外地同学接风了。”洪英俊站起来插嘴，他还是那个特点，一边说话一边双手摆动，似乎一直在归拢人气。洪英俊看着张旺水，“旺水兄，没意见吧？”

开学以来，大部分饭局都是由张旺水埋单，只要他在，别人就没机会结账。这次第一次被其他同学公然当面叫板，张旺水见洪英俊的话入情入理，虽然心里不爽，但是也不便多说什么。男人和男人之间，最普遍的互动就是较量。平心而论，旺水从开学典礼一路走来，风头过于外露，应该不只洪英俊一人心里对他不爽。

刘振宇冷眼旁观到此，出来打圆场：“好啊！还是英俊想得周全，谢谢啊！”又回过头看着张旺水，“开学到现在，老张你都请了很多次了，这回让英俊出点儿血吧！”然后又招呼大家，“大家一个都别少啊！”

大部分同学并不介意是哪位大哥请客，有得吃多好！于是大家哄笑着出来，依次上了洪英俊安排的大巴，坐定之后，很自然地和各自邻座交流着。马君如旁边刚巧是刘振宇，双方从学院开放日就认识，到现在，和其他没有接触过的同学比起来，算是熟人了。

马君如看过无数遍同学的通信录，广告咨询业就可数的几个，潜在目标客户也算是有几个。在第一次破冰活动中，她比较含蓄地介绍自己，为的是文火慢功，一下子就蹿出来显摆容易招人反感。这次她盘算怎样才能当班委，因为当班委虽然劳心劳力，但凭空就多了很多机会跟同学顺理成章地打交道，潜在的机会很可能就会被挖掘出来。

想到这儿，马君如转向刘振宇：“振宇，你这么热情，性格又好，应该做班委。有你，大家才热闹。”

“别！您太高抬我了，这里有的是能人。你就是啊，热情开朗，又随和，又是做客户总监的，组织个活动什么的，一定很周详。待会儿我可得把你的名字填到推荐表上。”刘振宇答。

“哈哈，安排照应周详，你当我是阿庆嫂啊。我可不成，班上有本事的可多了，你可别写我。”马君如心里踏实了。

“你就别谦虚了，对了，上周一业务饭局有人提起你，我说你是我同学，结果还被灌了很多酒！”刘振宇说。

“是吗？谁啊？”马君如问。

“Q银行的吴处，本来他不是我们圈子的，他好像跟行长去陪酒，也算我们联合商学院的校友。”刘振宇不露声色地回答。

这个老吴，提到马君如的时候可不是一般的眉飞色舞，而是倾慕得一塌糊涂。这个世家子，看惯了满场飞的花蝴蝶，黄毛未褪的小清新也觉得稀松平常，原来真正心仪的是这一款——不是雏儿，胜似雏儿。

在刘振宇看马君如，身上没有名校、名企的那股傲劲儿，要说有什么劲道的话，就是股执拗劲；要说年纪也不算小，可有时候场面上招呼得还欠火候；长相呢，比中规中矩好点儿，穿衣服总是小心翼翼的，生怕跌了身段。呵呵，小家碧玉的奋发范儿，骨子里还燃烧着小野心。这对于不怎么思进取的老吴同志，绝对是够新奇、够吸引的一道菜。

而且这位马同学，恐怕因为吴处对自己青睐有加，业务发展得还算顺利，就没做深入的客户背景调查功课——人做事要做到位，光做基础扫描肯定不够——

为什么Q银行翻云覆雨的上层变动，内部中层岗换了一批又一批，宣传部处长人选始终是这位“海南岛”同志？按说，这个位置应该最先换掉才对，哪个新上任的老大不想动这枚棋子？

到现在都没有动，原因只有一个——动不得，对方的背景实在了得，就算你是Q行老大，那也不过是正司的级别，升迁调动，要银监会人事司的领导认可才成。而这位领导，正是海南岛同志的老泰山。这层关系没参透，怎么能做到行长的位置上去，而既然知道这个利害关系，当然不会招惹老吴分毫。

人各有志固然不错，在诱惑和机会面前岿然不动，并不容易。在刘振宇看来，老吴是个大智若愚的人。他虽知老岳父位高权重，但自己对仕途并没有太多兴趣。

当年父亲因为政治风波而身陷囹圄，母亲悲愤自尽。外婆泪眼婆娑的一句话使年幼的海南岛铭刻在心：“天大的福分也要有命去享，窝头咸菜也是活着。”大学选了金融专业，本来父亲期望自己专攻学术，本科读完继续读研究生，但后来发现自己不是搞学问的料儿，只好又进银行干了业务。

现如今在银行系统混个有实权的小处长，海南岛认为，只要自己能把持住自己的物欲，不给老丈人找麻烦，个人价值已经超过预期——没有所谓天大福分，但也不是窝头咸菜了吧。每当老婆大人不满自己的不思进取，海南岛总能平心静气，泰然处之。

女人总是会拿老公跟自己的父亲比较的，没必要去较那个真儿。而当年老泰山钦点自己这个老实头做女婿，就是看好自己不钻营，相信自己能够给他女儿一种安稳生活，而不是宦海浮沉中的惊涛骇浪。并不是像常人推测云云，说因为自己父亲是他的老上级。那时候，自己的父亲已经没有精力再做具体工作，离休退养了，就算是老上级又能有什么用啊。

海南岛看刘振宇这样的有为青年对自己颇有深意，心中本不以为意，直到知道他原来是马君如的同班同学，才回报了同样的热情。

马君如讪笑：“老吴是我的老客户，他嘴里都能跑火车了。”心里暗暗叫苦，不知道这吴处几杯黄汤下肚胡言乱语些什么，不会说自己是听了他的劝才来报EMBA的吧。

“吴处很能干，说起业务来不外行，但是年纪一把了还窝在那个位置上，多少有些委屈。估计好喝酒，也算是个乐吧。”刘振宇说，“他还跟我打听半天咱们的课程设置，听说你跟我同班，感慨得不得了。”

正说着，目的地已经到了，大家陆续起身下车。马君如是断断不愿意听下文的，她礼貌地跟刘振宇笑了一下，追上前面的陈玉梅说：“玉梅，你上次要的行业数据统计资料，我已经发你邮箱了！”

“谢谢！”陈玉梅扭头笑了笑，“我这段时间忙死了，一直想约你好好聊聊。”

马君如赔笑着：“理解，理解。”不自觉地拿出了乙方的姿态。

“这个汽车行业调研项目，需要市场调研能力强的咨询公司，你们公司又做过很成功的案例，应该做最适合……”陈玉梅的话说到这里，突然收住，沉吟起来。

马君如抬眼看看陈玉梅，等着她的下文。

想知道我们的回佣是多少？马君如理所当然地用正常心态来度量陈玉梅，心中盘算待会儿如何开口提这个事。未免也冷笑——政府官员如何？女干部如何？一样得食人间烟火。

陈玉梅压低声音：“我们的项目都有政府背景，你们是纯外资，你知道，这样很会麻烦……”

马君如仔细观察陈玉梅的表情，并看不出其他隐情，于是小冒险地直接问：“只因为我们是外资？可否找其他方式通融下？”

陈玉梅虽然在政府机关做事，但也不是不明白利益之争，很坦率地说：“君如，我们是同学，我也不瞒你，况且你做咨询多年，这里面的门道你比我清楚。通常，我们一个咨询项目，会找至少三家竞标。如果说资历和经验，你们公司完全没有问题，而且，我一直认为，外资在数据统计和测量上更科学、更谨慎。”

马君如静静地听着。

“可是，政府的事情，有的时候，比较复杂……”陈玉梅那种一切都在不言中的淡然姿态让马君如不敢再追问，就此放手，心中当然不甘，于是说：“如果不是纯外资，合资呢？”

陈玉梅想了想：“应该容易多了，我手里的上一个项目就是合资公司做的。你们在国内也有合资公司？”

马君如摇摇头，奥华一向标榜资深的第三方，公正公平，老美总觉得一旦合资，就会被中国环境影响，做不到公正公平。这样的逻辑，在马君如看来可笑而幼稚。到中国来赚钱，不贴近中国国情怎么可以？！

上个月，全球副总裁来中国视察，指名一定要见领导，必须是部级干部，结果公关部动用了美国大使馆依然不得要领，最后勉强联系了两个部委的局级干部算草草接待。不拉关系，这老美见什么政府官员，天下乌鸦一样，心里一套，嘴里一套。

马君如已经听到风声，中国公司要引入当地合作伙伴，只是远水解不了近渴，现如今，白花花的银子就放在这里，不能就这样算了。马君如迅速回想着以往抢单争项目的种种经历，突然有了主意："玉梅，如果我们找到一家中国公司，和他们合作，用他们的名义签合同，实际上我们公司来操作，如何？"

陈玉梅并没有直接答复，脸色也没什么变化，只是看了看马君如，说了句不相关的话："君如，你真是能干。"

马君如一愣，此时此刻被夸能干，虽然陈玉梅的口气平常，但是在马君如听来，不能不觉得这里面夹杂着讽刺。

抬眼看陈玉梅，素颜，有光泽的皮肤紧绷在脸上，虽然不再是二八年华，但是优雅的举止、从容的气度，一看便知处境优越。马君如大概知道陈玉梅的背景，家里有势，一路顺利，怎么会了解我们这些从小销售做起，一个个客户侍候、摸打滚爬拼出来的打工仔的苦衷。

玉梅同学，您高高在上，自然不晓我是要等着拿工资缴房租、挣奖金装扮自己。马君如盘算过，这个项目不会低过500万，按照公司惯例10%的提成，和团队分摊，自己至少可以拿到5%。25万起啊，嘲笑就嘲笑吧。

马君如索性把话说开。"我新换了老板，是在澳洲长大的香港女人，怎么看我都不顺眼，觉得我英文不够好、中文不够嗲、客户不够大、项目不够多。"说到这里叹了一口气，"玉梅，你不知道打工的苦衷，很多时候都想抬脚就走，老娘不干了……但是，还要干，我也没老公养，还要自己奔，再说天下乌鸦一般黑。”

马君如的坦白让陈玉梅有点儿惊讶，马君如脸上的无奈和气馁让陈玉梅顿时涌出无限同情，不自觉地伸出手拍了拍马君如的肩膀，话就在嘴边，但是陈玉梅忍了忍。

“美女们，赶快进来吧。等你们开饭呢。”洪英俊招呼着。

走进餐厅，预订的圆桌上，凉菜已经上齐。看不出，洪英俊这人外表马马虎虎，心思倒是细致。他笑嘻嘻地招呼着：“大家吃好啊，鉴于下午还要听教授的课，酒就少喝些吧！”

“我看就别喝了，等晚上吧！”刘振宇起身大声接口，“传达美女班主任口谕，大家午餐最好执行禁酒令，注意控制时间，下午上课不要迟到，教授会不高兴。”刘振宇模仿阿姚的口气，惟妙惟肖，并且把食指直伸出来，冲大家软绵绵地指过去，引得众人大笑。

“还有啦，”阿姚又是满脸通红地从刘振宇旁边站起来，“大家记得回去报名推荐班委哦——”阿姚的声线不高，尾音总是拖长。

和马君如、陈玉梅同桌的伊宁摇头叹气：“这女子够嗲……”

“小女孩嘛，挺可爱的。”陈玉梅笑着说。

“那是做给他们看的。”伊宁的声音并未刻意压低，“架不住有人就吃这套。君如，你说是不是？”

马君如一门心思都在陈玉梅的项目上，被伊宁点名，吓了一跳，因为完全没听见前言，不便接后语，只好附和着点头。

马君如看了一眼伊宁，一件嫩粉色的羊绒衫，领口开得很低，风光（马君如料定里面也没什么风光）被脖子上系的爱马仕丝巾挡住了，既秀了名牌丝巾，又遮挡了不足，会藏拙的聪明女人。

马君如坐的这张桌子，三名女生——马君如、伊宁和陈玉梅，刚巧都彼此认识，其他的男生，马君如一个也不熟。大家似乎都不好意思说话，低着头，闷声吃。马君如主动开了腔：“在座的女生，我都认识。我先自我介绍一下，我叫马君如，北京人，在奥华咨询公司，很高兴跟大家同学。我左边这位是陈玉梅，右边这位是伊宁。女生都介绍完了，轮到你们男生……”

马君如话音没落，一声“请慢回身，芥蓝牛柳”硬生生地插进来。马君如皱皱眉，既然自己是芥蓝牛柳，那就看看别人是什么菜式吧。

接下来男生们逐个介绍着自己，不外乎是干煸四季豆、麻婆豆腐、椒盐鸡脆骨、葱爆羊肉之类，不见什么鱼翅燕窝之类的大菜，算得上清蒸石斑鱼的精贵菜，也就只有陈玉梅。男生们显然对她发生了极大的兴趣，不断地询问她的工作情况、范围、类型，不知不觉中，午餐成了陈玉梅的记者招待会。

马君如之前预想的秩序被彻底打破，不由得皱皱眉，但也无可奈何。这帮人可真是不好侍候，大家都在各自的地盘张牙舞爪、拍桌子瞪眼、做主惯了，现如今坐回到教室里，给教授点儿面子就不错了，要当这班同学的班委，涵养和忍耐要像高僧。

回到教室，外面贴着的推荐表已经有人填写姓名了。不出马君如所料，自己榜上有名，而且刘振宇、张旺水、陈玉梅、伊宁都在列，居然也有左丹丹。马君如暗自撇撇嘴，“姿”本主义在商学院当然也好使，岂止也好使，简直是更好使。

芥蓝牛柳是一道普通得不能再普通的大众菜，翻开菜单，可点可不点，即使点了，要是服务员说肉菜够了您去掉一个吧，没准儿就会被撤下去。

马君如自度不算点睛之菜，虽然很快就混了脸熟，但如果充排场挑大梁，肯定不灵。听说上一届有个女生还没入学，就在联合商学院高尔夫球协会迎新会自告奋勇地捐了50%的活动经费。这种事是张旺水这种财大气粗的人的专利，自己既不是张旺水，也没有张旺水这样的老公，绝对没能力。

虽比不得燕窝鱼翅招摇，但是芥蓝牛柳只要做到浓淡相宜、油火均匀，依然美味，而且也堪当私房馆的招牌菜。

马君如自信上得了场面，看起来很专业，外表得体，干练利落，待人热情，之前阿姨组织的破冰活动，也因为她的大力协助才显得生动活泼，班上的很多同学都叫得上她的名字，算是风头比较劲的活跃分子，进入班委人选应该是顺理成章。

不多时，阿姚见上课时间到，开始摇铃。马君如收起思路，坐正观望走进来的刘教授。开堂15分钟，居然有一位男生堂而皇之地推门而入。这回，这刘教授是箭在弦上、不能不发了：

“请问这位同学，尊姓大名？”

张旺水因为中午被洪英俊抢了风头，心中不爽，并没有跟大家去聚餐，而是约了个朋友顺便小聚了一下，不承想说得兴起，忘了上课时间，现在被教授逮个正着，难免尴尬，“不好意思，教授。”

“请问你尊姓大名？”显然刘教授并没有放他过去的意思。

“张旺水。”张旺水看得出来，这位教授是准备拿他说事，整顿一下迟到的风气，于是干脆站住，接着说，“教授，不好意思，迟到了。容我解释两分钟，我今天中午约了个朋友，他听说我上了联合商学院，很有兴趣，今儿过来就是打探一下。您的课我才听了半天，还没掌握精华，不过，我和他说起您的财务束身衣理论，报表可以穿束身衣，想哪儿大哪儿大，想哪儿小哪儿小，形象精辟，他佩服得不行。刚才，我带他去教务处询问了一下招生的时间，所以迟到了。对不起您了。”

张旺水这番话，说得有鼻子有眼，不仅把刘教授夸了，还帮助学院招了个新学员。刘教授一时间不好再发作，只能调整了一下脸色：“以后不要再迟到了。束身衣已经穿过了，现在我们再谈公鸡母鸡。”

张旺水坐回到位子上，满脸认真地看着这位教授，心中却是暗笑，抓我的典型，给我下马威，亲爱的教授，这可不是你的财务知识范畴。人情世故、眉眼高低，我张旺水十几岁就出来闯码头，黑白红绿，什么脸色没见过……想在我这儿发威，对不起，您在这方面，不算教授。

“上午有同学问如何区分资产和费用，”刘教授开腔道，“这件事极其简单。我先问个问题，你们会分母鸡和公鸡吗？资产，就是母鸡，母鸡可以生蛋，资产就是可以使财富增值的科目，比如现金、库存中的成品；相对而言，费用就是公鸡，比如说广告费用、办公费用，公鸡除了打架谈恋爱，可能唯一的功用就是早起打鸣，说不好还会扰你的清晨好梦。费用会使你的报表很难看，如果费用太大，大到透支，那你岂止会早晨睡不好，通宵都睡不好。”

众人笑。

“养鸡当宠物的人非常罕见，资不抵债、经营不善肯定就不会有心情来报名上商学院了。所以这是上午很多同学迟到的原因吧，没有公鸡扰清梦，睡到自然醒。”刘教授一边说着，一边斜了阿姚一眼。

阿姚低头吐了下舌头，自知没有强调课堂纪律的疏忽。可巧这时又有同学推门而入，而且旁若无人地走到自己的座位坐下。

全班非常安静，大家行着注目礼，知道这次教授是不能不发作了。

“左丹丹同学，你好。”刘教授看着左丹丹坐下之后才读着她面前的铭牌说，“请你记得，家里养鸡一定要多养母鸡，少养公鸡。特别是等董事会来检查报表的时候，如果实在不知道把公鸡藏到哪里去，就干脆把它变性成母鸡好了。变成母鸡的公鸡总是会让股价很好看，这样你就不必每天早上听着公鸡打鸣就起床，下午瞌睡导致迟到。”

左丹丹不知前情，当然答不出后语，完全不知如何应对。虽然甚是尴尬，满脸通红，却是艳如桃李，我见犹怜。这让刘教授很是不忍，有些后悔自己的话重了，于是转过话头问：“课前发给大家的案例，大家可看完了？”

众人茫然，阿姚赶快站起来，红着脸说：“案例还没发下去。”

“现在发，再给大家10分钟时间，请把中海油的案例看完，之后分组讨论20分钟再回来。”

“请大家注意，分组编号贴在各位的铭牌后面，请大家按组别到贴着组号的讨论室讨论！”阿姚跑上台宣布，刘教授面有不悦，但也没说什么，身形潇洒地走下讲台，出了教室。

阿姚继续很紧张地站在讲台上强调：“大家静静，跟大家沟通个事，今天早上的路况不好，很多同学都迟到了。刘教授最不喜欢迟到的，希望大家明天一定要注意课堂纪律！迟到都会有记录，会影响分数

的。再有，大家今天回去，一定要把明天要讲到的案例看完！”

第一天的课程终于上完了，马君如筋疲力尽地走出教室，不但听课听得累，就算刘教授再去芜存菁、深入浅出，但那毕竟是表格林立、数据成堆的会计课，走神一会儿就有跟不上的感觉。而走的这一会儿神，是更令人伤神的公司事。唉，自己不比这帮老大，上课累得七荤八素，回去还要给人拉磨卖命。

而且，明天千万不能迟到！左丹丹都被奚落了，何况自己这道芥蓝牛柳乎。

马君如当晚的时间分了两段——12点以前，处理日间没有处理完的邮件：今天设计部的几款新方案需要微调，给出配套文案意见，并且提醒自己的助理，给本月过生日的客户以自己的名义送去礼物，不能跟去年买过的相同，而且生日卡一定要拿给自己亲手签过；12点以后，她温习今天的讲义，预读案例。案例后面的习题要提前做，同案例小组的伊宁今天就是这样，对自己有多高的要求，才会有多优秀。加油加油，马君如给自己鼓劲，没有加强“姿本”的美容觉睡，我要做增值最快的优质资产，母鸡中的战斗机。

虽然第二天不下雨，但马君如没敢吃早饭就开车出门了。出来看路况很好，松了口气，想起自己真是糊涂，周六早上嘛，即便是首堵北京也会让人宽松下。

这个早晨春寒料峭，马君如减慢车速，把车窗稍稍摇下，清冽的空气扑面而来，吹去了醒来后的最后一丝困意。这个周末终于可以做一些跟工作无关的事了，而在平时，就算去娱乐，很大程度上也是工作的延伸和变化，比方说带着自己的下属逛街，顺便喝下午茶谈创意；比方说招待客户和工作伙伴，再比方说陪客户卡拉OK……持续追求工作中的成就感，这种成就感让她觉得自己不再渺小，不再无足轻重，她再逐渐地走向舞台中央。但马君如感到自己还差一点儿，她说不出具体差在哪里，就是这一点儿，让她不够强大。

到了课室，时间还早，但发现几乎已经座无虚席，大家相视而笑。

阿姚催着大家交齐班干部的选票，结果很快出来，按照预先约定超过1/3票数的同学就自动成为候选班委，一共有15名。班委名额是9个，还需要一轮差额选举来确定。

对照选举结果，阿姚翻看着被自己涂写得乱七八糟的学生名册。很多同学名字后面，都有阿姚的笔记。那是面试参与者和班主任的联席会上对面试生的印象总结，这是班主任选择班干部的重要依据。

阿姚念叨着这15个名字，毫无意外，他们在人群中注定是特别的、与众不同的、引人注目的——张旺水，豪爽大方，热情好动，快人快语，一副大哥的气派；陈玉梅，优雅、淡定，说话不急不缓，有领导的气势，没有领导的嚣张；左丹丹，美艳夺目，大明星一般；刘振宇，开朗热情，总是有求必应，令人如沐春风；伊宁，架势十足，英文不离口，目空一切的女强人；马君如，杜拉拉小说里走出来的人物，时尚干练，不过，她的目光犀利得有点儿冷；金鑫，乌黑的头发，能言善道，和谁都像老交情；马卫东，老大哥，好好男人，厚道随和；洪英俊，娃娃脸，见人先笑，声音特别洪亮……还有一名男生，阳光帅气，英俊高大，不能不让阿姚多看了好几眼之后又看了好几眼，他叫杨阳，人如其名，脸上总挂着阳光般灿烂的笑容。

张秋云在开会的时候反复强调，一个班是否能带好，班干部人选，尤其是班长人选会起到关键作用。阿姚自知性情温和，完全不会强势，所以，班长这个重要的位置不仅要选一个有热情、有耐心、有时间、有精力的人，最重要的是，这位同学肯于和乐于配合自己，而不是自作主张，天马行空。

还好还好，这15个人基本都不算出格，接下来就看班长咋选了。

一天课上完，大家被要求暂留在教室里。

阿姚邀请每个班委候选者上台来自我介绍，并说明自己适合的班委职位。阿姚话音未落，张旺水就站了起来："费这劳什子劲干啥呀，阿姚老师，你就直接指定了得啦，咱们这帮人谁服谁？我看大家就服阿姚老师，大家说是不是？”

众人大声呼应：“是——”

马君如在座位上直乐，心想，阿姚小美女，你指望大家排排坐吃果果，看来没戏了。并不是这位旺水兄跟你八字不合，而是他的字典里压根儿就没有循规蹈矩这个词儿。不但上课接电话，听课无聊打盹居然有鼾声，过分的是，迟到了还能反客为主，头头是道，说得刘教授哑口无言，这老哥就是属浑不吝的。

阿姚吓了一跳，心中又惊又气，装作没听见，硬着头皮接着说：“各位候选班委准备一下，大家也休息一会儿，五分钟之后开始。”阿姚声音本来就娇嫩，这下竟有些发抖，说完转身冲出教室门。

“你把阿姚老师惹不高兴了，张旺水同学！”洪英俊笑眯眯地叫板。

“嘿嘿，我待会儿一定向老师承认错误！”张旺水接过话茬儿，“但我说啊，我先表个态，我这个人自由散漫惯了，自己都管不好自己，不适合当班干部。感谢大家信任，给我投票做候选，我看我做监票最合适！”

说着，张旺水拿起摇铃叮叮当当地摇，看到同学们大都回位了，就站在讲台上：“大家少安毋躁啊，等我去把阿姚老师找回来！”

没一会儿，张旺水果然尾随已经被自己哄得笑嘻嘻的阿姚回到教室。同学们一阵阵地起哄。

“班长就你得啦！”有人大声说。

“就旺水吧！”

“旺水！旺水！旺水！”大家就像在演唱会喊安可（Encore，再唱一个）。

“好了，好了！”刘振宇这时候站起来维持秩序，“娱乐时间结束了啊，大家抓紧时间配合阿姚老师。咱们选完了，还得赶紧回家做那个合并报表呢，是不是？”

“那我先说，我当不了班长！我从小就没组织没纪律的！真不行！我愿意为大家服务，但是，班长，真不行！”张旺水很郑重地说，“我是温州人，家住外地，所以很多时候照顾不到大家，班长这个职位，应该选一个北京本地的，方便联络。我当班长肯定不合适，承蒙大家看得起，我自告奋勇做个生活委员吧，我一定积极努力安排好大家上课期间的吃住，大家要是觉得我行，就投一票。”

马君如看出，阿姚是不希望爱唱反调的旺水做班长的，张旺水这番话毕，只见她舒了口气。这个人不乖是没错，不过还算识相，给阿姚面子，而且能量很高，号召力强，有一种与生俱来的霸气，不知道他不当班长，他能听谁的？虽然大家都清楚这只是个过家家的游戏，但诸位在现实生活中的认真执着，很难在这里不着痕迹。就像《摩登时代》里的卓别林，在流水线上的动作，跟美女约会时也不由自主地卖弄。

张旺水说完，看了看黑板上的名单：“女士优先，我们就先让女士们先发言。哪位先来？”

马君如叹气，这也叫女士优先，请问张大佬，那刚才先说的是谁啊？

几个女生分别站起来表态：马君如说能帮忙大家组织活动，左丹丹自荐文艺委员，陈玉梅以工作忙为由请辞，唯独有位大姐特立独行——

“感谢大家信任我，给我机会。”伊宁款款站起身，“刚才旺水说，班长最好选个本地人，我虽然base（基地，常住地）在深圳，但是有一大半时间都在北京，也算是local（本地人）。”伊宁肯定不知道后来有个红遍大江南北的hold（把控）住姐，不然可能会收敛一些中英文混杂的风格讲话，“女生虽然是不到1/5的少数人，但是我们只少数不弱势。班长是个细致活儿，女生心细耐心，有天生优势。而且这也是个经验活儿，我从幼儿园、小学、中学到大学、研究生，都是班长，还真没做过副手。所以，我毛遂自荐做班长。不论是天性使然，还是后天培养，我相信我都是个很称职的班长！”

刘振宇心想，这伊宁真有胆子说，没做过副手，所以就要做班长，哪来的道理？！从小到大都是班长的，不单是你伊宁一人，我刘振宇也是，而且，班里这样的人肯定不止两三个。在这么多人精面前抖这个机灵，失策啊失策。刘振宇抬头看看班上的其他同学，伊宁话音落了，大家都是一愣神，大抵都在心里琢磨她刚才那番言论，一时间有些冷场，在阿姚的带动下，才有了稀稀拉拉的鼓掌，很显然大家心照不宣。

轮到男生，洪英俊第一个站了起来。“我自动请缨！”他边说边习惯性地挥动着双手，“我这个人嘛，喜欢吃吃喝喝，对北京美食地图也略知一二。每个月四天课，我琢磨着，每天中午都安排大家尝尝不同的口味，尤其是外地来的同学，也可以尝尝新鲜。我负责安排车辆统一接送，省时省力。我的目标是在两年里让大家尝遍附近的美食。你们说好不好？”

“好啊！”众人喝彩。

“所以，这个生活委员归我了。”洪英俊看着张旺水，“不好意思，旺水兄，抢你饭碗，你换个别的当当，我觉得你当班副吧，挺合适的，配合班长。”

张旺水别过头不理，众人大乐。

金鑫一直盯着刘振宇，他心里清楚，刘振宇肯定是奔着班长来的。从面试到现在，哪个场面他不出头，哪件事情他不插手，处处抢着先机，而且次次赢得喝彩。班里谁人不知道他刘振宇，清华少年班的神童，曾经的十大明星基金经理，连张旺水这么财大气粗的人也不做班长，那个位置明摆着是留给刘振宇的。

可怜的伊宁同学，怎么这点都看不明白，还站起来招那个恨，说的话更是不着四六，在这里坐着的人，一多半都是正主儿，做过班长这种事情怎么也好意思拿出来嘚瑟。女人哪，再干练再聪明，有时候也难免小家子气。

自己是争不过刘振宇的，金鑫有这个自知之明，但是就这样让他得偿所愿，着实不甘心。金鑫又看了一眼伊宁，心下有了主意，于是，站了起来：“我叫金鑫，四个金，不少同学都问我：你五行缺金啊？还真不知道，没算过。不过，我聚财，我是做私募基金的，所以，肯定要聚财，而且要生财！”

金鑫的开场白金光四射，操着有东北味的北京话继续说：“我不在北京出生，但是现在常驻北京，也算是北京人吧。我自问没有当班长的能力，不过，我也是真心愿意为大家服务。我看了看，文艺班委肯定非左丹丹同学莫属，生活班委必须是英俊，组织班委君如最适合，剩下的几个，我觉得我比较适合做联络，联络个同学、张罗个事情、催巴儿的事，都归我。比如，你们在座的哪个男同学想联络一下左丹丹同学，又不好意思直接联系的，就找我吧，这事儿，我特乐意干！”

全班男同学哄笑起来。“用得着你吗？瞧你美的！”“这事情，我们自己能干。”

“我还有一个提议。”金鑫见大家笑得开心，接着引入正题，“班长和副班长最好是一男一女，一是男女搭配干活不累；二是体现男女平等，刚才伊宁同学不是说了，女同学是少数不是弱势，我觉得特别有道理，我们这么多男生也应该表示出真诚的支持！伊宁和旺水搭档，挺好，我刚才看他们站在这里，挺有夫妻相，大家说呢？”

同学们又是哄笑，有接下茬儿的：“是啊！般配得很！”

金鑫边说边望了伊宁一眼，伊宁正襟危坐，脸上的笑容不太自然，于是干脆说：“伊宁同学，别生气，我开个玩笑。您当了正班长，可别给我穿小鞋啊！”

同学们又是哄笑。

“班长不是什么权力象征，更谈不上男女平等的体现，”张旺水突然插嘴，“不发工资，耗费大量的时间、精力，弄不好还要自己搭人情、搭钱，绝对是一个吃力不一定讨好的差事。你们都看看自己，再看看左右，哪个是省油灯？！组织我们这帮人，光费体力不够，还费心，一个细节照顾不周，就会得罪人，落埋怨。你们大家说，我说的是不是实话？”

同学们笑着，频频点头。

“所以说，当班长是个累活苦活，就这么个差事给女同学干，显得我们40多名男同学太不爷们儿了吧！”张旺水话落，大家又是哄笑，“你们大家说说，班长应该具有什么特点、品质、性格？”张旺水问。

“热情。”

“大哥派。”

“耐心。”

“细心。”

“有能力。”

“人缘好。”

“能干。”

大家七嘴八舌地争抢着说。

“有心有力有才有时间，对不对？”张旺水问。

“差不多。”大家附和着。

“我推荐一个人，符合以上所有条件。刘振宇！聪明，不用说了，清华少年班的，科班出身；能干，金牌基金经理，全国也就那么几个；关键还有，振宇有心啊，从开学到现在，哪项活动振宇没费过心、出过力、花过时间？！我就想问问，我们在这里的哪个同学不知道他叫刘振宇？！”

张旺水的话，在某些人心里顿时激起了千层浪。

伊宁首先就挂不住了，自己刚明确表示过竞选班长，这旺水就公然抬出个刘振宇，这不是明摆着和自己过不去！不用说，张刘狼狈为奸，一早就串好了台词。这张旺水，只有农民脸，却丝毫没有农民的厚道。

金鑫听了也是不爽，自己话没说完，就被张旺水抢了话头，而且不但不附和，还直接反对。不知道刘振宇给他灌了什么汤药，让他这么配合。

刘振宇听了张旺水的话，心中也是一惊，惊喜。班长这个位置，刘振宇当然志在必得，从自己的实力到这个位置的含金量，他几乎找不出理由不坐这个位置。

他掂量过有可能争这个位置的同学，只有张旺水一人最够实力和资格，金鑫和伊宁之流不在忧虑之列。中午时分，阿姚找过刘振宇，问过他谁是最合适的班长人选，刘振宇想都没想就说了张旺水。阿姚听了之后，挑了挑眉毛，招牌式地举起一根指头放在嘴边，歪着头，不置可否，又问，还有谁？刘振宇笑了，反问这个小丫头，你觉得谁合适？阿姚又挑挑眉毛，“你啊。”刘振宇急忙拒绝。

阿姚没再说什么，笑了笑走了。这态度再明显不过，刘振宇心里有数，只是依然担心，如果旺水要是铁了心地争，自己反而不好出面了。现在，一块大石落地。刚刚听到金鑫那番言论，心里便知道这是冲着自己来的，金鑫这是明摆着不和你争，但是也不让你顺心顺意，既然有伊宁出头在先，就来个男女平等的说辞来难为你。想不到，张旺水主动替自己出头了。

其实，旺水表面上毫无心机，实则粗中有细。

在商战模拟的时候，刘振宇带领自己所在那组与金鑫那组的鏖战，让他有很深的感慨。这么多年的打拼，偌大的盘子其实都是靠着自己那惊人的商业直觉，虽然决策迅速，却也经常有力不从心之感。自己早晨七点到办公室，一口气不带喘地处理公务，有可能司机进来提醒就要出发去应酬，还没来得及喝一口早上秘书准备好的茶。

张旺水认为，刘振宇和金鑫都有过人之处。在处理鸡飞狗跳的基本事务方面，金鑫有独到之处，刘振宇更胜一筹的地方是做事的格局和应变能力。

金鑫那套，估计自己也不差，不仅不差，更是美国大哥跟第三世界兄弟的差别。但就算聪明盖世又怎样，人在江湖漂，天天挨飞刀，疲于奔命的腾挪躲闪，再怎样也算雕虫小技，累死也成不了大器。

而刘振宇的做派，张旺水打心眼里欣赏：如果男人之间是互相欣赏的，必定是默契的互相帮衬。更何况，从那时到现在，刘振宇已经到自己在温州的总部拜访过，对于协助推动自己企业旗下的部分资本上市表达了明确的诚意。

一句话，张旺水看好刘振宇。

“我推荐刘振宇做班长。刚才金鑫说了要体现男女平等，副班长这个位置我不做，可以给女生来做，但是究竟谁来做，大家再琢磨琢磨。”这话说得滴水不漏，男女平等理论不管是否合理，张旺水依然给予了积极的回应，给了金鑫面子，同时肯于自我牺牲，拿出自己的位子，当然也不盲从，不认可伊宁的态度也是显而易见的。

刘振宇心里暗暗惊讶，张旺水表面上大大咧咧、快人快语，实际上绵里藏针，招招直中要害。这番话说得有张有弛、软硬兼备，佩服啊！而且，帮了自己的大忙，顺理成章地就把自己推到了前台，感谢，旺水兄弟！

“振宇，你来讲几句。”张旺水招呼着，“大家呱唧呱唧！”边说边带头鼓起掌。

刘振宇站到前面，面对大家：“旺水这么一说，让我怪不好意思的。我总觉得，一班之长，要个大哥出来压场面，论年纪、能力、背景、财力，我都是小兄弟，班里比我强的同学有的是，而且强很多，所以，说实话，我自己不合适当班长。可是，刚才听了旺水的话，班长这活儿，确实有点儿吃力未必讨好，我脸皮够厚，抗打击能力强，反应迟钝，一般情况下，你直接讽刺间接挖苦，我都感觉不太明显，俗称有点二……”

同学们哄笑。

“大家要是觉得我行，我愿意试试，能力不强，但是力气我有，而且我干活儿不惜力。”刘振宇的表白真诚幽默，赢得大家的笑声、掌声。

“我觉得振宇当班长特合适，大家说是不是？”张旺水问。

大家附和着：“行！”“不错！”

“我说几句。”杨阳站了起来。

一米八几的大个，一张英俊的脸，往那里一站就是赏心悦目，再加上满脸的微笑，即刻满屋阳光灿烂。上帝宠爱一个人，有的时候有点儿肆无忌惮，偏偏他声音又很动听：“我也觉得在我们被挑出来的这15个人当中，振宇最适合。很多事情，能不能做好，不是看你本事有多大、能耐有多大、牛吹得有多大，关键是看你是不是有心。论聪明、体魄，我都觉得我不比振宇差，但是说到用心，我真是服！给大家举个例子，上课之前，我、振宇、马卫东马大哥，我们几个闲聊，马大哥说起他喜欢用什么什么，一种新的软件，用于会议记录，可以图文表并茂，演示给我们看。我当时只觉得这套东西正点，可是振宇问马大哥，你上课能不能也写个听课记录，把教授讲的精华记下来，然后发给我，我也学习怎么用这个软件，把你的课堂记录整理一下，发给同学们，复习啊、留念啊，总有个凭证。我听了很感慨，看看，人家振宇，想得多周全！这就是我说的有心，你们大家觉得是不是？”

同学们听了窃窃私语，无不感慨：“好主意！”“笔记有了？”“马大哥，今天的你记了吗？”

“我插几句。”马卫东也站起来，“记了，都记了。大家放心，连教授讲的笑话都记了。以后，我就做课堂记录，堂堂如此。上完之后，也不用振宇麻烦，我整理好了，发给大家。”

大家自然是掌声雷动。“我看，这个学习委员就非马大哥莫属了。”阿姚直接就下了定论，“大家有没有意见？”同学们又是掌声雷动：“没有！”“谢谢，马大哥！”

“我也要替振宇拉拉票。”马卫东接着说，“课堂笔记虽然现在是我记，当时我是没想到的。这么件小事，可见振宇是有心人。我觉得他当这个班长合适！”

这时候，经过了张旺水的热场、刘振宇的自我陈述，加上杨阳的铺垫、马卫东的烘托，刘振宇似乎已经成为班长的唯一合适人选。人大都是从众的，况且大部分同学不太在乎谁做这个班长，现在又觉得刘振宇听起来很不错，于是乎，齐齐鼓掌：“就是振宇吧！”

“我自己认头做个体育委员吧，我吹吹牛，从小到大，光是躲我爸的打我都把跑步练出来了。乒乓球、羽毛球、网球、高尔夫球、篮球、排球，样样都会，组织个球赛什么的，没问题。”杨阳说着、笑着，时不时扫一眼阿姚，眼光接触的刹那，阿姚总觉得心跳突然加快。

第二天一早，通告版上贴出了班干部的入围人选：

班长：刘振宇

班副：张旺水

生活委员：洪英俊

文艺委员：左丹丹

体育委员：杨阳

学习委员：马卫东

组织委员：马君如

联络委员：金鑫

外联委员：伊宁

第五章
红颜祸水

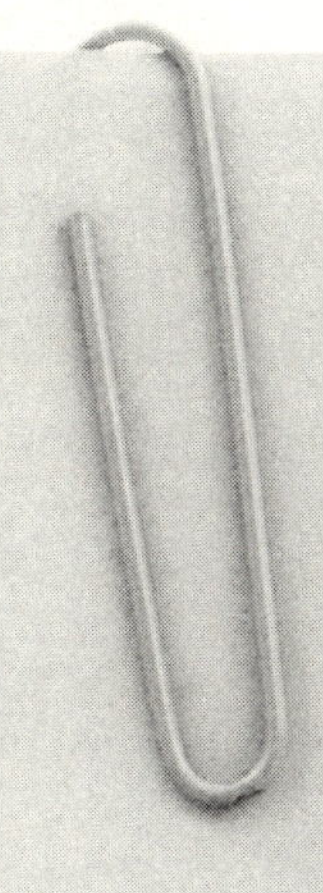

商学院笔记之决策树

决策树：

一般都是自上而下地生成的。每个决策或事件（即自然状态）都可能引出两个或多个事件，导致不同的结果，把这种决策分支画成图形，很像一棵树的枝干，故称决策树。决策树是在很多可能的行动方向中做出选择的工具。在决策树中，可以把各项选择放在这个结构中，来调查和分析这些选择可能得到的结果。

第一步：明确决策问题，确定备选方案。

小明上学有两条路线：路线A和路线B

第二步：绘出决策树图形。

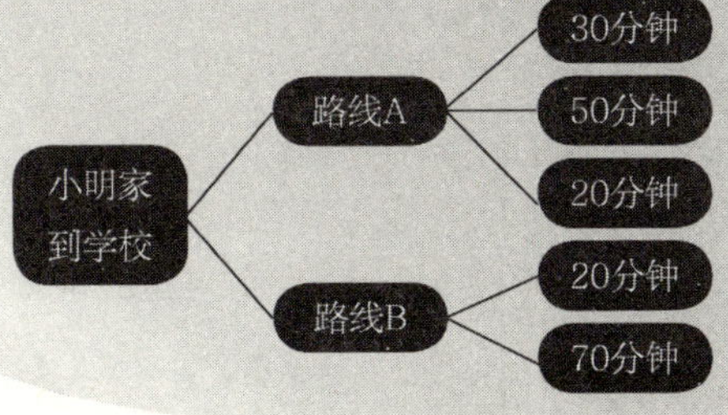

第三步：明确各种结局可能出现的概率。

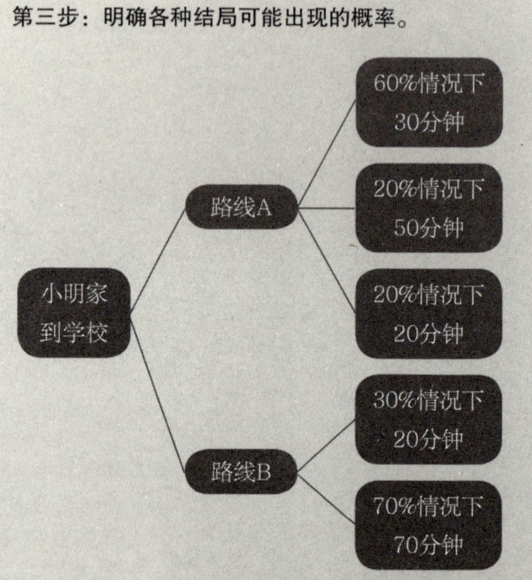

第四步：对最终结局用合适的效用值打分，并计算每一种备选方案的期望值。

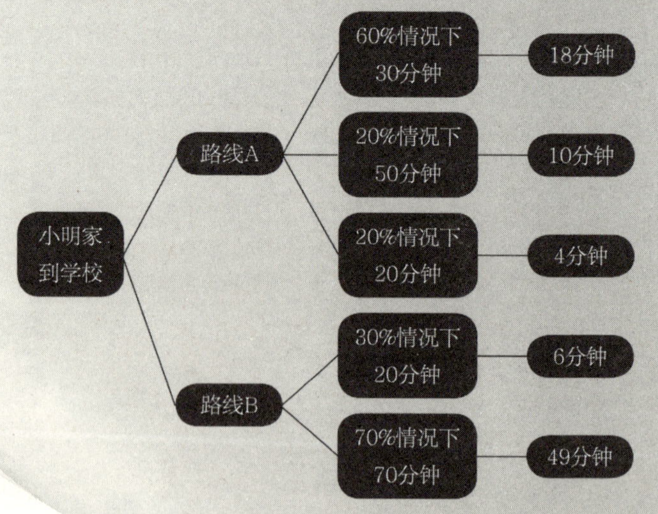

第五步：在测算无误的情况下得出结论。

第一次游学活动，第一顿早餐，联合商学院08春季二班的同学们七七八八地在重庆洲际酒店的餐厅里落座。马君如的头还因为昨晚解放碑边露天酒吧的酩酊大醉而隐隐作痛，只拿了些水果和果汁，慢慢啜饮。看看对面吃得悠悠闲闲、有滋有味的班主任阿姚，不由得心生感慨，昨晚几个女生都没少喝，看看今早脸色都一般，唯独对面的阿姚面若桃花，年轻几岁真是不一样啊！

雨季的国内航班极其不靠谱，本来是中午的机票，马君如等大拨儿从北京出发的同学，折腾到将近晚十点才到江北机场。游学活动的组织者赵栋梁早在机场候着，迎着大家坐上恭候已久的大巴。异地同学相见，不一般地兴奋，顾不得旅途劳顿，一致决定放下行李就直奔解放碑，并且包括阿姚老师在内的每个女生都被指派了“护花使者”，勒令不可缺席。马君如来过重庆很多次，都是出差，每每都重任在身，从没像这么完全放松过。等坐到了旖旎夜色笼罩下的露天酒吧，平日里一直都端得很紧的身段不知不觉就放下了，于是多喝了几杯。

突然间，同来的外聘助教斑斑拿着相机风风火火地进来。马君如眼瞅着斑斑撞歪了路过的餐桌，这姑娘痛得龇牙咧嘴，手中的单反也差点儿扔到地上。余光中，在旁的刘振宇连忙上去扶住，伊宁撇嘴，鼻子重重地哼了一声。

这斑斑姑娘本不是联合商学院的员工，她是某教授私人聘请的学术助理，时不时会到学校来做个兼职。不但商学院同学课余的饭局积极响应，连游学活动也踊跃参加。一眼就能看出来，有留学英伦背景的斑斑美女过来做兼职，不是冲着那份劳务费的。谁不知道，这里大好男青年成捆啊。只可惜，男青年固然大好，尚未婚配的却寥寥无几。斑斑特地每个班都侦察了下，北京春季两个班，王老五也就四五个，还包括两个离异的。仔细扒拉扒拉，就一个看上去还顺眼，就是那个做媒体总监的杨阳帅哥。在之前参加的班级活动中，她每次都试图跟杨阳坐得更近些，每次杨阳和她说话、目光投向她的时候，她都尽力把满是英伦风情的微笑回应给他。

昨晚趁着温柔夜色和些许酒劲儿，斑斑鼓起勇气将头轻靠在杨阳的肩头，杨阳很绅士地扶住她，以免她身体失去平衡。就是这经意和不经意的暧昧，让习惯睡懒觉的斑斑一早爬起来，兴冲冲地赶来餐厅。昨天一路上拍的照片还没整理，正好可以边吃早餐边以秀照片为由头，跟帅哥搭讪哪！谁知进了门东张西望，帅哥没看到，倒是把自己撞了个七荤八素。

斑斑忍住眼泪，向要帮自己去拿食物的刘振宇道谢，低头翻弄着单反相机。赵栋梁在一旁说道："斑斑老师，你那样看照片多费劲啊，把相机卡拿出来，用我的笔记本看吧，正好我们也欣赏欣赏。"

等刘振宇帮斑斑拿好食物回来，斑斑身边已经围坐了一圈同学，每换一张新照片，大家都彼此哄笑一番——看来昨晚最后大家都喝大了，所有的照片大家都做相亲相爱状，又搂又抱，甚是热闹。后来估计斑斑也喝多了，端相机的手明显不稳，照片也拍得摇来晃去。

当最后一张照片出来时，大家却反常地没笑也没作声——很明显，醉酒的斑斑想拍一桌子的扎啤杯，谁知焦距和镜头方向都不对劲儿，近处的酒桌模糊一片，远处一对忘情拥吻的男女反而勉强可辨。

大家面面相觑中，各自回座位去了。表面看起来，同学们一切照旧，看风景的还在看风景，喝牛奶的还在喝牛奶，咬面包的还在咬面包，只是骤然间安静了很多，嘴都闭上了，耳朵都张开了。斑斑气死了，真的回忆不起来自己怎么拍到这样一张照片，又怎么拍完这张照片还带着对这照片的男主人公的幻想，回房间做了个长篇春秋大梦！此情此景，真让她坐也不是，走也不是。

伊宁面无表情，阴阳怪气地来了一句："斑斑啊，你的摄影技术还真不错哩。"

就这一句，又引来埋头就餐的所有人的侧目。斑斑本就是个直性子的女生，从没有掩饰过对杨阳的好感，也不怕别人知道。但伊宁既然都知道，也都看见，还要多事地捅破这层窗户纸——愤怒、羞愧、委屈，五味杂陈涌上心头，斑斑终于趴在桌上哭了起来。

马君如和阿姚所在的餐桌本来离斑斑比较远，看斑斑哭了，便走过来问究竟。看了照片，阿姚也面红耳赤，不知如何是好。马君如眼疾手快，迅速点了删除键，拉着阿姚迅速离开餐厅。

八卦之心自古有之。何为八卦？《易经》有言："阴阳生太极，太极生两仪，两仪生四象，四象生八卦。"何为阴？女人。何为阳？男人。痴男怨女的爱恨情仇，就好比阴阳衍生出八卦一般斑斓莫测。可以说，爱情真伟大，感天动地泣鬼神，也可以认为，万恶淫为首，误人误己不可恕。但那些令人过瘾地咽口水、令人念念不忘的大部分不是什么圣人古训，而是——八卦，即无关于己的是非，尤以男女绯闻为主。可做名词，也可用做动词和形容词。例句：你可以发掘八卦，你也可以很八卦地去八卦。在以麻辣情爱闻名的巴渝之地，怎能少了八卦？

刘振宇抬眼看了看餐厅的诸位，基本都在，男生只少了一人：杨阳。刘振宇回想起来，昨夜众人酩酊之后回到酒店门口，曾嬉闹多时，杨阳和阿姚似乎就已经不见了踪影。当时，刘振宇并不觉得有异，现在才晓得事情原来如此。看着大家面面相觑的样子，估计心里都有数了。纯纯的小甜甜突然平添了异样风情，一种撩人的风情，这种风情不再让男生们心里痒痒的，而是酸酸的、涩涩的。

刘振宇心里暗暗思量，杨阳这小子，还真厉害！俗语说，兔子不吃窝边草，看起来挺聪明一个小伙儿，这是何必呢？！就说是天子脚下的公子哥，率性随意，可是什么都要有个度啊。阿姚，娇俏玲珑，是个可人儿，但是，杨公子，您也是见过大场面的北京爷们儿啊！即使是国色天香，有的女人也是不能动的，因为凡事要守规矩。刘振宇认为这个世界上只有两种人：一是守规矩的，绝大部分人；二是制定规矩的，绝少数人。没本事制定规矩，对不起了您哪，只有守规矩。杨阳显然是胆子太大，不守规矩又没本事制定规矩，以为一张漂亮脸蛋到哪里都有豁免权。把班主任拿下了，嘿嘿，犯了众怒，看看这位纨绔子弟怎么收场?！

刘振宇此言不差，杨阳确实犯了众怒。阿姚虽然总会有点儿小幼稚，虽然时不时会有些小差池，但在这帮半老的男生眼里，20多岁的阿姚青春靓丽、乖巧可爱，大家不仅体谅、包容，而且喜爱。想想邻班的那位班主任茱莉亚，短小强壮的身躯、横眉冷对的长脸，不苟言笑的姿态，比起来，阿姚这个小美女，总是袅袅婷婷地走来，柔声细气地述说，尤其动不动就低头娇羞地一笑，撩得这些见多识广的大佬心里酥酥痒痒，受用无比。这是道养眼的风景，而且是大家都看得见、欣赏得了的风景，一如国家公园，是每一个人的，也不是每一个人的。你可以在这里划船，在这里野餐，在这里欢声笑语，但是，突然间，把这国家公园划成自己家的后花园了，这就大大不妥，其他人就要维护所谓的国家权益了。

班主任本来就是大家的，开开玩笑，逗逗闷子。大家心照不宣，要玩，要爽，花花世界里有的是机会，既然大家出来人模人样地上商学院，就要守个规矩！居然一夜间，阿姚班主任成了某男生的什么什么人，这国家公园成了杨阳近看、慢慢看、仔细看的私有领地……男同学们不爽，相当不爽，简直是不爽得很！而且，这“私有化”进程太迅猛！令人猝不及防！

刘振宇斜眼看了一眼张旺水，发现他恶狠狠地往面包上涂着果酱，神情很是凶狠，刘振宇暗笑，这位仁兄估计相当撮火。

话分两头，马君如和阿姚溜达到酒店外的闹市，天色尚早，店家大多还没营业，满街的早餐摊儿。两人并无心聊天，只是各自踱步，四处张望。马君如这才仔细看阿姚，原本标志性的齐刘海儿歪在额头一边，脸颊边还有一缕翘起的发丝。看来，这孩子昨天洗完澡头没吹干就躺下了。今早想必起得匆忙，也没顾上重新洗头。

目光扫到她身上，就只见一件暗紫色的松垮T恤配着皱巴巴的牛仔短裤，没款没型，要是自己只敢当睡衣。这小妮子，行头穿戴从来都是随随便便，没个头绪。今天就更不像话，出来玩儿可以轻松点儿，但也没让你邋邋遢遢就出来见人啊。但马君如也不得不承认，阿姚不管穿什么，都是青春洋溢得一塌糊涂。

阿姚因为照片曝光，心里紧张得七上八下，她一方面很感激马君如默不作声地帮自己解围，像抓住救命稻草一般跟着马君如逃将出来；另一方面她也不知道跟马君如怎么开腔，更不知如何面对接下来的几天。

“我陪你去买把伞吧，待会儿太阳就很大了。”马君如若无其事地说，“买完伞，应该接我们出去玩儿的大巴就到了。”

“噢。”阿姚弱弱地回应，她们走进一家街边的小超市。

阿姚心不在焉地翻弄着几款阳伞，小脸儿红扑扑的，顾盼之间，含情脉脉，神采飞扬。不经意中转过头，正好迎着马君如的目光，她微微一抬头，笑笑。

骤然间，马君如心里一沉，就像无端地一脚踏空，低落而无所依。

从小就自命不凡，年轻的她曾经抗拒着一切貌似要“捆”住自己的情感。

“我跟你在一起很开心，但那样的相处是没意义的。”马君如跟自己的初恋男友提出分手的时候说。

“我们在一起，难道不就是意义？”男友睁大眼睛，眼泪都急出来了。

逛了一天街，花光本不充实的钱包，偷偷回宿舍里找上个月省下的菜钱，为的是给他买一条好皮带——没意义？情人节那天，在电影终场的时候，他拉开自己的夹克，原来一直藏着一朵玫瑰——没意义？吵架好几天，终于和好，与他在雨中拥吻，就在马路边，路过的出租车司机鸣笛致敬——没意义？

马君如是怎么回答来着？具体怎么说记不得了，大概意思是，真正的生活不在这里，自己一定要奔出去，一定要逃开当下。所以过往甜蜜，是——没意义的。

对，是没意义的。如果不是那时分开，自己也许来不了北京，也没有今天。

可今天的马君如，看到眼前情不自禁的人儿，眼角却别样酸楚。

……

吃罢早餐，来接的大巴到达时间还早，便各自回房收拾。同学们大都是久经考验的老革命了，自然表面上不露端倪。

刘振宇回到自己的商务套间，在宽大的浴室里放水泡澡。望着飘来飘去的水汽，想起刚刚蔫头蔫脑的张旺水，他觉得哭笑不得，这么个大男人，怎么这么情绪化。

张旺水确实不爽，但是这种不爽，他不能不可以也不知道怎么宣之于口。阿姚，是可爱的，是甜蜜的，但是他知道自己有家室，也知道杨阳单身，全班唯一的单身贵族。男未娶，女未嫁，你情我愿，没什么错，但是，道理归道理，感觉是感觉，不爽，不痛快，不愉悦！

“现在这景致，真是应了那句戏词，良辰美景奈何天，赏心乐事谁家院……”刘振宇想到两周之前，旺水组织了一次骑马活动，为了支持旺水，自己还推掉了应酬。结果，一到马场，加自己只到了三个人，班主任阿姚、旺水和不知好歹非要去做灯泡的自己，刘振宇后悔得不行。

如果说旺水图谋不轨，还真是冤枉，活动是群发短信，邀请班里所有同学，只是大周三下午，大部分同学都上班，只有自己傻子似的，跟着来了。

风尘飞扬的黄昏斜阳下，阿姚穿着旺水送的整套马服，在那匹纯种洋马身上不时地娇声惊叫，牵着马的大英雄般的旺水随声附和着欢笑。

刘振宇很知趣地在外围草场拍日落，同时也拍了两人夕阳前的背影，浪漫得一塌糊涂，绝对美国西部片的抒情范儿。

如果说旺水对阿姚没心思，那肯定是假话，但看得出旺水有自己的原则，他懂得“国家花园”这样一个共识的默契。大把花银子，也就是图美人一笑。或者准确地说，目前为止，也就是图美人一笑。哪里知道北京爷们儿不懂规矩，真下手，而且更可恨的是出兵神速。

麦氏咖啡当年在台湾卖到No.1，那句“滴滴香浓，意犹未尽”的广告词居功至伟。甘醇的味道，加上YY（意淫）想象，感受升级，勾勒出远非一杯咖啡的意境，一下子切中装×白领人士的七寸。可是到了大陆，那句话就不灵验了。当年的大陆正值20世纪90年代，应该装×的小资没资本立足，白领没成气候，文雅的大学教授们口袋空空，文艺青年只买得起汽水。这种速溶咖啡在当时称得上价格不菲，真正有能力消费的是满大街开出租的的士大哥！于是雀巢那句直白的“味道好极了”道出了骄傲的的士司机的心声！雀巢的白话文打败了麦氏的YY！

同样，阿姚在这些男同学心目中是个YY的好对象，大家都规矩地、老老实实地、意犹未尽地YY着。最多不过如旺水般，牵着洋马，马上坐着阿姚，在夕阳里踌躇前行，把“滴滴香浓，意犹未尽”的境界体会得透彻一些！突然间，队伍里冒出个的士司机，直接“味道好极了”，把咖啡一口干了。

做产品营销的竞争，贵在出奇兵，只有这样才能杀出血路。但花了大把银子来这里干啥？是找女朋友吗？No！这大帮同学形成的人脉圈有可能是一生的财富，何必喧宾夺主？即便两情相悦，又何尝不可低调行事？

总之，就刘振宇看来——既然已经做了投资（学费），战略要清晰，随时明确你要什么，切不可为不确定因素很多的短期驱动（比方说两情相悦这种），放弃远期效益的可能性。

时间差不多，刘振宇收拾停当，下楼到酒店大堂。一眼就看见伊宁

和班里的另一位女同学张可站在大门边，聊得热火朝天。

两位御姐当道，刘振宇不便近前，就默默站在旁边。

别以为御姐就是强悍的男人婆，no，no，no！御姐两大标志：一曰气场，一曰派头。

气场一定要强大，不强大非御姐。约会御姐，如果打算吃川菜，送鲜花了事，御姐会客气地收下鲜花，只是看都不看，从玉齿缝隙中挤出来一句："谢谢，费心了。"她们眼里的得体礼物得是Tiffany，Cartier，Burterry。她们比多数男人赚得多，车子够好，房子够大。她们声音不必高，只须那么冷笑一下，即刻让血统非高贵、风度非绅士的男士不寒而栗，这就是强大的气场。

派头一定要盛大，不盛大非御姐。她们周身名牌，贵而精，她们不容得自己从头到脚有一点儿小瑕疵。御姐们跟小甜甜们当然格格不入。小甜甜时不时会低头浅笑，会娇羞面红，让男人们心头摇曳。小甜甜会混搭着不知名的各路衣物，一路看去大大咧咧，而御姐则是端庄的、大气的、不拘小节的。不拘到什么程度呢，刘振宇说不出，反正和她们一接近，就不免拘谨起来。

伊宁，一争班长的气势已经是御姐的典范。张可，也绝不逊色，留日的硕士，设计师，有自己一手创立的品牌，评论别人的穿着是最拿手的本领。

两人虽然是堂堂御姐，但也不能摆脱人性的俗套，她们正在认真地咀嚼今天早餐发生的八卦，作为餐后的一道甜食。

首先，她们回顾了昨晚之前到开学不久之后的蛛丝马迹，在她们人骨拼图般的探索下，汇集众人的流言，然后勾勒出两个人的罗曼史，接着，她们从人生哲学角度对这桩公案进行了学术探讨。

之所以说御姐非女人类，就是因为御姐们不单纯是女人们的八卦，仅仅满足好奇心而已，她们总能在八卦的点点滴滴中观察出、总结出人生和人性的本质，哲学层面的、经济学范畴的、心理学涵盖的，一样不落，深奥、深刻，远非普通女人所能体会及体察。

“杨阳挺好的一个人，我觉得他俩挺配的。”张可说。

“挺配？都缺心眼儿吧。”伊宁很是不屑，心想，这是什么同学啊，到这里来耍公子哥儿威风。阿姚这种小地方的丫头，没见过大场面，小恩小惠就从了，唉，成何体统！

张可大笑：“他们长得都挺好看的。杨阳会穿衣服，不管是T恤衫牛仔裤还是衬衫西装，都很得体。阿姚，太可怕了，简直是抓起什么穿什么。”张可是三句话不离本行。

“好看？不过是年轻了几岁而已。”伊宁撇撇嘴，“我听说，张旺水很献殷勤，送了不少名贵礼物。”

“是啊，阿姚这丫头厉害啊！搞得这帮老男人心里都蠢蠢欲动的。”张可接着。

“不过一丫头片子，他们至于……”伊宁的口气听得出明显的妒忌。

“你这心态就是那些男生说的老女人心态，他们说我们这帮老女人妒忌她年轻貌美，所以说话恶毒。”张可说。

“老女人，我们老吗？！她年轻多少？！我年轻的时候也不像她这样轻浮。”伊宁最听不得这个老字，有点儿急赤白脸。

“老就老嘛，谁没有老的时候。”张可始终不温不火，即使不满不屑，也是轻描淡写，毕竟耳濡目染了多年日本式的隐忍，“希望她到了我们的年纪，衣服可以穿得整齐得体，别像现在这样随便。”

“她……哼……”伊宁说，“除非钓到一个金龟婿。”

“说不定，杨阳就娶了她。”张可接道。

“娶了她如何？杨阳也不是金龟……”伊宁说。

刘振宇站的位置距离不算近，因为两位御姐的声音洪亮，很多对话还是不小心听见了，心中一阵阵发冷。贾宝玉说，女儿是水做的，最是干净清爽，也许年轻的时候也算得上；接近中年的女人，比如前面两位，世故看得通透，人情摸得烂熟，话语说得刻薄，哪里是水，分明是喝了会夺命的烈酒。直到远远看到大巴开过来了，似乎不能再装透明，于是清了清嗓子，算是声明自己的存在。两位御姐回头，调整了一下脸

色，两下无话。

车上，阿姚和杨阳也在，此地无银三百两地一前一后坐了不同的位置。两位御姐迅速占据了仅存的后排双人座，给刘振宇剩下的，是阿姚身旁唯一的空位。刘振宇瞟了眼杨阳，杨阳也正在看刘振宇。

刘振宇在阿姚身边坐下，心想：看什么看啊小子，我就在你家花园边坐坐，出国读书把脑子读坏了吧？以为个个都是你杨阳。就算阿姚是风景美到极致的花园，刘振宇也不会生出据为己有的念头，他分得清轻重，永远都知道自己要的是什么。一路上也没再跟阿姚说过话，抱着胳膊闭目养神。

上午的项目是去歌乐山游览，刘振宇一点儿兴趣也没有，等大家进了革命展示厅，阳光正好，便一个人在外面拍照。他感觉有人在后面跟着，不远不近，回过头，原来是杨阳。

“有事？”刘振宇问。

“哥们儿，聊两句。”杨阳欲言又止。

刘振宇坐到杨阳身边，等着他说话。

杨阳拿出烟递给刘振宇，然后拿出打火机先给对方点着，又点着了自己的。男人之间，尴尬无话说的时候，烟是最好的桥梁，最佳的润滑剂。“这烟怎么样？”杨阳自说自话，“据说是特供中央领导的，你看这烟盒，牛皮纸一裹，别说商标，连个字儿都没有。你抽出有什么特别之处没？”

刘振宇深吸了一口，细细品味：“不觉得，真的。不过，不难抽！”

杨阳笑了，又露出阳光灿烂：“振宇，我就是喜欢你！实在！我也抽不出什么不同！据说是有机烟草，这一条烟要2000多块。我看，纯粹扯淡！”

两个人都笑了。

“呃，早晨听说大家看见张照片，后来马君如删掉那张——”杨阳清嗓子，很艰难地开了话头。

刘振宇并不出声，静静地等着对方倾诉。

“我这人，率性，想干吗干吗，一直都这个德行。小时候，我爸可没少揍我，但是狗改不了吃屎，到现在还这样。”杨阳顿了顿，吸了口烟，“我昨晚，嘿，大家都高兴，我也喝多了……不过，”杨阳顿了顿，咬牙说，“我是真喜欢阿姚。”

这年头，这个道貌岸然的圈子，个个人五人六的，能言之凿凿地宣称爱一个妞儿，这小子，是条汉子！只不过，你忘情之后，如何收场？刘振宇依旧不言语，只是伸手拍了拍杨阳的肩膀，心里是打算帮他了。毕竟，好坏对错都是相对的，敢于面对自己，活得真实通透磊落的哥们儿，值得尊重。

“大家对我有意见？”杨阳问。

“意见？”刘振宇说，“有啊！昨晚上怎么最后你就跑了？不够哥们儿，你知道我是怎么把那几个拖回房间的，几乎是一个个背！差点儿没累死！”

杨阳看了一眼刘振宇，心想，这班长，果真厉害，顾左右而言他，滴水不漏，于是试探地问：“要不，我晚上请大家喝顿酒？你觉得行吗？”

“行啊！太行了！有人请客！”刘振宇说。

“那你帮我招呼大家。”杨阳语气诚恳。

“行！没问题。我替你都叫着。”刘振宇乐了，这是封口宴，还是谢罪饭？不过，无论如何，现在请大家喝一顿是明智之选，这小子没有傻到家。

不论是封口宴还是谢罪饭，官方说法，都是危机公关。大家来读EMBA，除了梳理点儿管理知识，最重要是做social network（人脉圈），但是如果在圈子里产生了品牌危机，比如，小到赖赌账、说话不算数、逃酒，大到睡了别人女友、抢了别人生意……这圈子很小很狭窄，一旦名声臭了，那可就万人唾弃了。

国际大牌是有共性的，它们昂贵、精致、限量、美丽、时尚，就如这些上商学院读EMBA的同学，他们成功、自信、富足、强势、牛×。但是，每个人又各有不同，就如同每个时装品牌有其特性一样。杨阳是运动的、有活力的、阳光的、英俊的、积极的、热情的，很符合阿迪达斯的风格；张旺水同样是热情的，但是他更张扬、更抢眼、更强势、更多金，范思哲更贴近其风格，炫丽、昂贵；刘振宇也是同样热情，但是他更内敛、更含蓄，比较像Boss，款式简单、颜色素净，不花哨。

阳光灿烂的杨阳突然间做了一件大家都认为似乎不太阳光灿烂的事情，这就好像某国际大牌化妆品被查出成分有某某疑点。这种偏离主流的信息，显然不符合人们对于大牌的一贯认知。

诸位同学大佬都是久经革命风雨考验的，看过多少诸侯黯淡、高官落马，究其原因不是因财贪色，就是因色谋财。杨阳那众目睽睽之下之举，身份不符，场合不对，如何能成大器？如何可以深交？又如何可以共事？当然从今往后要敬而远之。

杨阳的品牌在动摇，危机公关必须马上随后。

记得当年肯德基闹过苏丹红风波。形象多好一老上校，居然攒着致癌物到中国来害人，这还了得！要在新中国成立前美帝国主义横行霸道的时候，也就罢了，现在可是80%的中国人自信心爆棚的时候啊！多大一事儿啊，你说说。可人家危机公关及时，看人家道歉那叫一诚恳，食品下架那叫一迅速，让消费者那叫一有面子，再加上以前积累下来的口碑，事儿平息得那叫一漂亮！到现在，在中国吃老肯的还是比老麦（麦当劳）多啊。所以说犯错不要紧，危机公关做得好，就会因祸得福，不然危机就不会有后边那个“机”字。

忽然间，刘振宇有点儿头晕，好像自己在过山车里一样，身体不由自主地晃荡，站不太稳，终于踉跄跌倒。抬头看，眼前的杨阳也在晃动。刘振宇试图站起来，但是东摇西晃地起不来，只看到阳光在树叶的缝隙里不真实地闪烁，同学们惊慌地从屋里冲出来……刘振宇突然明白过来，这就是传说中的地震。

再大的事情也大不过天灾，何况是吃顿饭。刘振宇极力张罗着，晚上饭局到的人还是不多。地动山摇的，大家顿时没了心思关心什么风月，有的直接订机票当晚就回家了。张旺水简直是被刘振宇押送来的，脸上摆着老大的不乐意，来的是一水儿的男同学，都是爱喝上两口的，勉勉强强也算是凑了一桌，大家一坐下就开始谈论关于地震的最新消息。官方的新闻发布了，四川绵阳，离这里不远，所以，当时大家感觉强烈。

一桌子人感慨着、议论着。

“听说八点几级。”

“估计要死不少人。”

“人生苦短啊。”

“你说，要是震中在重庆，我们现在说不好就走了……”

“今日不知明日事啊。”

做东的杨阳一直忙着接电话，屁股就没着椅子，终于坐下了，又是格外沉默。刘振宇看在眼里，调侃道：“杨阳，你请大家吃饭，怎么也不张罗，也不出声，怎么了这是，到底让我们吃不吃？”

“公司的事情。不好意思，大家来了就是给我杨阳面子，今儿，压惊也好，祈福也好，都要喝个痛快！”杨阳回过神来，“来，为了我们现在还好好地活着干一杯！”

大家响应着：“为了活着！”

杨阳说：“我也告诉大家个消息，我明天就进川。”

“什么？你要去灾区？”大家惊叫道。

“是！我们公司在绵阳、重庆都有分公司，公司委派我代表总公司去慰问。”杨阳解释着。

“那里情况到底如何？”大家关切地问着。

“还真不太清楚。绵阳彻底没有信号了。”杨阳说。

“你明天就走？”刘振宇问。

“是。”杨阳答道。

“来来来，我们要给杨阳饯行！大家举杯！”刘振宇招呼着。

大家应和着。

“你怎么去？”张旺水突然问。

“我们这里有分公司，有车。我开车进去。”杨阳说。

“我也想去，我跟你同去。行不行？”张旺水说。

杨阳惊讶地看了张旺水一眼，心想，这位大哥，您怎么什么都凑热闹啊，这不是赶集，这是去灾区。

张旺水见杨阳不吱声，牛脾气上来了：“不带我就算了，不给你添麻烦。我自己也能搞到车。大不了，在这儿买一辆。”

“旺水，杨阳去工作，你跟去干什么？”刘振宇出面劝着。

“我去干什么？救人啊！你没听新闻说，现在很多公路都断了，路上不好走，部队不好进去，很多志愿者主动徒步进川救灾。你们都有正事，就我一个人闲，赶着这个立功的机会，我得去！非得去！”张旺水吵吵着，“我从小就巴望着做次英雄，可是没机会啊，不打仗，不起义，不革命，到哪儿去当英雄！现在机会来了，我必须得去！谁都别拦着！”

“你这是酒话，还是心里话？”杨阳问。

“酒我是喝了，但是，这话是心里话！杨阳，你有公务，有正经事，你可以不带我去，我自己去，我不拖累你！”张旺水越说越起劲。

“旺水，你这要是真心话，我就带你去！”杨阳举起杯子，“咱们兄弟一起进川！来，干一杯！为了我们共同的英雄梦！”

大家自然是积极地应和着。

“英雄，谁不想当！哪个大老爷们儿没有当英雄的梦想！你们说是不是？”杨阳借着酒劲儿，慷慨陈词。

本来是封口宴，现在突然演变成了送别席。面前横着个天灾，什么小情小恩小八卦，都不足挂齿了。酒正酣，话正多，情正浓，大家感慨人生、畅谈理想、赞叹英雄。都是面临中年的男人，大家难得如此尽兴、如此放肆，为了祝福张旺水和杨阳进川一路平安喝了一次又一次，热情洋溢中，刘振宇不由自主地感觉到“风萧萧兮易水寒”的凉意。

重庆归来，马君如打算把陈玉梅那个合作意向推进一步——着手落实国内合作公司。虽然陈玉梅态度很肯定，又加上是同学关系，貌似很靠谱，但夜长梦多，马君如知道自己断断不可大意。

反复研究过陈玉梅那方面的要求，马君如发现，这个项目对于行业数据分析的要求，不仅仅要立足于汽车本行业的数据搜集整理，还需要一些宏观经济范畴的观点支持。毕竟，汽车行业绝对是左右GDP增长的重要筹码。

很自然，马君如想到了自己的面试官之一文如斯教授。文教授是宏观经济领域鼎鼎有名的大牌经济学家之一，如果他能够参与到这个项目中，一定有足够的说服力。况且，马君如分明记得，陈玉梅对文教授也是钦佩有加。文教授自己在上海有家不大的咨询公司，刚好符合马君如最开始对这个项目的设想。马上给陈玉梅打电话，陈玉梅也认为这个案子有了文教授加盟是锦上添花，马君如这样处理没有问题。

想到就去做，马君如从阿姚那里要到文教授的手机号，立即电话联系，请求文教授抽时间让自己到上海拜见。文教授欣然应允，这让马君如喜出望外。飞到上海，马君如开门见山地提出了合作条件——整个咨询项目由文教授名下的咨询公司签署，但除了宏观市场分析那个小模块以外，大部分业务打包发给奥华咨询来做，为此双方再另行签订一份合同。

话刚说完，马君如就开始紧张了。

从开始有这个想法到跟文教授提出合作，好像就是瞬间的事情，自己基本没有考虑对方不答应会怎么样。这一次，马君如没有按照以往稳扎稳打、步步为营的打法，而是凭着头脑中灵光一闪就鼓起满腔热情付诸实施。也许，是文如斯爽快答应了约见的态度鼓舞了自己，但是——眼前的男人，跟自己毕竟只有过一面之缘——他会答应自己吗？

马君如并不知道，其实她恰恰帮了文如斯一个大忙。

文教授一直有意要效仿联合商学院其他教授那样，在某个政府部门做个顾问或智囊专家。文如斯名头够响，但是过于理想化，对于时政总是直言不讳地批评，这也正是他独树一帜的个人风格和品牌。大小论坛总需要不同的声音来点缀，文教授往往就是最好的选择。

大家敬佩文教授的学者风骨，也认同他的很多观点，但是这样的一个人如果要跟体制产生交集，面对他的一般都是软钉子。

而风风火火的马君如带来的正是个好机会。文如斯由此与国资背景的机构签约咨询，是做政府智囊最好的铺垫；同时，也会就此与实权派陈玉梅交集多多，对实现自己的上述抱负平添胜算。

于是马君如在短暂的忐忑后，得到了文教授首肯。并且，更出乎意料的是，文教授邀请她共进晚餐，说是再过两个月就该上北京班的课程了，想听听北京班同学上课对教授有没有什么特别需求。

第二天，马君如乐呵呵地奔向机场返回北京，心里美得冒泡泡。

有了这一单国有背景机构的案子，自己也算在公司开了先河。要知道，奥华曾经盯了多少类似的案子却无功而返啊……那位气焰嚣张的叶女士恐怕要矮一头咯，在公司的日子也能舒服点儿。话说这EMBA几个月时间，自己还算收获满满，既见了世面，又拿了新客户……呵呵，昨天还跟大名鼎鼎的经济学家单独晚餐……

马君如一边心思云飞天外，一边傻呵呵地冲一脸严肃的机场安检员咧嘴，递上自己的机票证件。安检员面无表情地接过来，仔细核对。这时，包里的电话响了。

等马君如掏出电话一看，来电显示是张旺水，安检员这时候把机票证件还给她，并把目光投向马君如背后——

“下一位！”

马君如急忙拎起行李往里走，不必说，个人电脑要在行李过检前掏出来，手忙脚乱中，电话里那人却急了：

“喂！喂！君如？听到没有？”

“你好！我听到了，是旺水吧？我正在机场过安检，等下打给你！”

旺水的电话是通知马君如中午开班委紧急会议，要求在北京的每位必须参加。于是马君如下了飞机，直接赶到了约好的饭店。

“怎么可以这样呢？！说调走就调走？！连个理由都没有？！工作正常调度？！这是理由吗？……”马君如看到坐在对面的张旺水激动地

说着，面前一桌子菜，张旺水看也没看、动也没动，而且越说越气愤，“60个人的班主任啊，关系到我们60个人呢……我们不同意！”

马君如也是刚刚才得知，那位可爱的、小鸟依人的、楚楚可怜的阿姚突然被学校调到其他部门去了，学校给出的理由是正常工作调动，派来了一位新班主任Sara，据说是刚刚休完产假。学院一定是知道了什么，否则怎么会有这样的突然调动。

桃色新闻永远都像长了翅膀，飞得快、飞得远。马君如刚刚工作的时候，曾经卷入一起莫名其妙的桃色绯闻。

当时所在的广告公司，有位副总对新入行的马君如颇为看重，会间偶尔提及，多是赞许。很快，这位副总和马君如关系暧昧的绯闻就传开了，居然有同事说，在茶水间撞到他们举动亲密。究竟谁撞到已经无从考证，也没人真正关心事实真相，同事们只是津津乐道马君如是如何攀上高枝的，同时冷眼旁观马君如如何收场。

那时的马君如心高气傲，在办公室公然和讽刺自己的同事吵了起来。事情闹到了桌面上，马君如自然没有争取到公道和真相，大哭一场之后，辞职走人。那位副总在整个事件中没有露过一次面，没有说过一句话，完全事不关己。

马君如不由得同情这位小可怜阿姚，如果学院只是调动阿姚的工作岗位，想必还是希望此事大事化小、小事化了的。但短期内，当事者必然要承受背后口水的洗礼，你就算是真心相处又如何，同样会被好事者揣测得七荤八素。

感同身受才会理解阿姚的不易。唉，吃一堑，长一智，马君如暗自摇头，这些课本上没教过的事，不经历就学不到。职场女性总是有些事，咬碎牙也不能诉苦，告诉家人、朋友会引来无谓担忧，告诉男友或老公，并不一定被理解，还有可能带来误会，而向同事倾诉，那无异于自毁前程。唯一可以依靠的，只能是自己日渐坚强的内心。

张旺水跟着杨阳进川救灾，拿着杨阳的通行证到处乱窜，而且迅速组织了一队自由人马冲到救援最前线，简直比解放军还解放军……第二周，张旺水就被某一政府部门勒令离开灾区……一回京便听说阿姚被调走，一样突然，一样没有正当理由，张旺水一下子就炸了！他抑制不住自己的愤怒，立即召集所有班委，商议如何和学校谈判。

张旺水不明白，为什么生活总是事出突然，而且急转直下的发展如此令人不悦。阿姚喜欢杨阳？！自己出钱出力，依然被赶出灾区？！好好的班主任被调离？！连个合理解释也没有，张旺水非常愤怒："我们坚决不同意！我们要去理论！去问清楚！"

外联委员伊宁刚巧出差到北京，被张旺水招呼来壮声势。她一边听着张旺水慷慨陈词，一边津津有味地吃着上汤龙虾，眼睛也不抬，心里乐个不停，去问清楚，找谁去问？有什么必要问清楚？难道你张旺水真不知道实情？一定要学院说个清楚？是班主任睡学生还是学生睡班主任？嘿嘿，去问吧，跟着看看热闹，难得一遇的大戏……她不紧不慢地说："是得去问问，秋菊打官司，怎么也要个说法……"于是顺着张旺水的思路继续发挥下去。

生活委员洪英俊看了看张旺水，这位仁兄也是奔四张的人了，激素分泌还这样旺盛，为了一个20多岁的小孩子这样大动干戈，明明知道人家心有所属，依然要出头，也算傻得仗义。洪英俊又看了看伊宁，这个女人长得大脸大鼻子大眼，可是竟然一点儿不大气，更不厚道，这个时候不劝着点儿，还要火上浇油，唯恐天下不乱的居心。以洪英俊多年在国企的腥风血雨，出了这样的状况，学院如此处理已经算是相当开明了。洪英俊喝了一口啤酒，出声了："兄弟，"指了指旺水，"你先别激动，坐下，先吃点儿东西。换班主任这事确实突然，而且也似乎不太对。不过，你想想看，学校有自己的考虑，阿姚还在学校，换个岗位，未必不是好事。这件事不是要出气，是要为阿姚好，她毕竟还是学校的人，因为她而难为学校，学校势必也会难为她……"

学习委员马卫东接过洪英俊的话："英俊说得极是，这件事闹起来，于阿姚于学校于我们都没有好处，只能是让人人尴尬。旺水，你的心，大家都明白，就是咽不下这口气，替阿姚不值……"在外企多年的工作经历告诉马卫东，在其位司其职，干好自己的事情就足够，“好”是不能少，但是也绝不能太多，太多了就是过界，过界就会踩到别人，别人就一定会认为你图谋不轨，即使上司也未必就满意你过分优秀的成绩。凡事做到好已经足够，如果做得比好还多，那只能是那么一点点，否则一定不是更好，那会是好的反面——坏！旺水，这位老弟，现在就是奔着“坏”去了，要拦着他。马卫东真想给大家画个决策树。

作为组织委员的马君如喝完了最后一口燕窝汤，擦擦嘴，抬起眼，习惯性地、不由自主地打量在座的两位女性：伊宁和左丹丹。

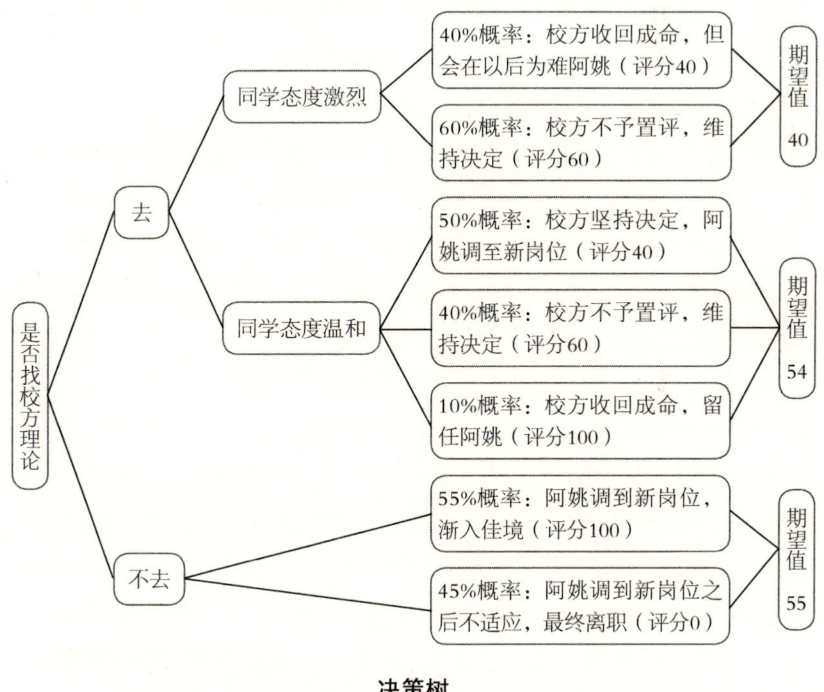

决策树

两位都是通身的名牌，而且是当季的，从开学到现在，这几个月上课，连带着今天的见面，这两位都没有重样的，甚至伊宁的手表似乎次次出场都是不同。刚才一进餐厅，就已经看见左丹丹手腕上的Cartier新款银手镯，耀眼闪烁，比杂志上的广告更夺目……同情阿姚的心思在伊宁和左丹丹身上兜转了几圈，渐渐就淡了下来。

马君如本打算不出声，可是低头看见了吃光的燕窝，心中不忍，吃了人家的嘴短，虽说心中看不上张旺水暴发户的样子，但是张旺水的大方，马君如记在心里。张旺水不是那种嘴上大方手里紧的，次次请客吃饭，永远是点最好的，燕窝鱼翅绝不含糊；而且张旺水不势利，至少面上不势利，送同学礼物永远是一人一份，都是上好的茶叶和特产。和阿姚没有深交情，但是张旺水的场子，马君如觉得自己要捧一下。

在座的各位都是职场老手，马君如知道大家和自己一样很肯定，这种事情，谈与不谈结果都是一样，劳资双方的矛盾永远不可调和。阿姚是打工的，又是新人，而且职位低，绝对弱势，只能听任院方处理。如果说阿姚有选择，就是选择离开，如果要坚守，就必须“愿打愿挨”。自己还不是一样，为公司立了汗马功劳，又如何？！不升你就是不升你，给你个安慰奖，还要千恩万谢。

马君如知道，学生对学院来说都是外人，面子给到足，姿态做到漂亮，结果嘛，还是一样。虽然明知徒劳无功，但是为了张旺水的面子和人情，态度一定要表：“我倒是同意旺水的说法，总还是要去和学校说说，也表达一下我们的意见，管不管用没关系，最重要是表个态，别让学校以为我们无所谓，随便换个班主任就换个班主任，以后还不定会换什么呢。”马君如看到张旺水频频点头，忍不住又加了几句，“阿姚年轻，这样的职场变动对她也许会是个打击，我们表表态，对她也是支持。”

马君如的话在情在理，引得洪英俊和马卫东频频呼应。马君如边说边看着左丹丹，心里想着，美女别光吃不发言啊：“丹丹，你什么意思？”

“我？”左丹丹并没有去重庆，阿姚被换的事情也只是才听说，有点儿不知所措。左丹丹知道班主任突然被调离，肯定事出蹊跷，阿姚那娇滴滴的小样，这帮中年男士肯定是爱怜得不行，成年男女之间，即使是师生又如何……直觉告诉左丹丹肯定是男女之事，女主角自然不必猜疑，这男主角？看张旺水这个样子积极主动而且毫不避嫌，不会是他，是谁呢？左丹丹一时不知如何作答，犹豫间，马卫东出了声：“丹丹都不知道情况，让她讲什么？！”

“不知道什么情况？班主任被换了，就这个情况，丹丹知道了啊。”伊宁最看不过左丹丹被男同学这般那般地呵护。

“明明有内情，你又不是不知道。”马卫东说。

“什么内情？我确实不知道。”伊宁索性顶上来，“你倒是说说看！”

马卫东一下子不知道如何应对，这样的事情很容易被人知，但是很不好摆上台面讲，况且大多数情节自己也是道听途说，一时无语。

“不就是和班上男同学恋爱嘛！怎么不行了？学校有规定？都是成年人，恋爱犯法？！”倒是张旺水毫不忌讳地脱口而出。

座上的所有人都齐齐望向张旺水，这个旺水，真是个汉子！不妄语！不做作！不拿捏！马君如暗暗在心中赞了一声。

坐着一直没有出声的联络委员金鑫终于开口了：“旺水说得对！恋爱不犯法！不违规！学校有明文规定不能和学生谈恋爱了？！我们是成年人啊！EMBA啊！你情我愿的，怎么了？！明明就是好事。中国人总是这样虚伪！这件事，的确应该和学校好好理论理论，我们都别瞎吵吵，听听班长意见，还是要班长亲自出面去和学校要个说法。”边说边看着刘振宇。

刘振宇也是一直没出声，但是耳朵脑子都没闲着：马卫东、洪英俊都在息事宁人，马君如和左丹丹无所谓，伊宁和金鑫很明显是在添乱。伊宁是恶作剧心态，金鑫最可恶，不但说得冠冕堂皇，而且把矛头一转，所有的麻烦全找自己来了。从开学的模拟商战到班长竞选，金鑫处处和自己较量，同行相轻果真不错。

刘振宇知道，到自己必须发言的时候了：“旺水，你先吃点儿东西，你看我们都吃得差不多了，你连筷子都没动。你喜欢阿姚，我们也喜欢阿姚，我们都希望她依然是我们的班主任，每次上课看到她的笑脸都觉得很亲切，她有一种非同一般的亲和力，因为有了她，我们班才如此活跃、热情、温暖。”刘振宇的开场白说得略有些煽情，但是合理，大家专注地听着，张旺水更是频频点头。

“我们喜欢阿姚，就是因为喜欢，我们更要切实地为她考虑，而不是争一时之气，我们图个痛快，给她添了麻烦。联合商学院对于阿姚来说目前是个不错的选择，平台够大，又不是一般的商业公司，毕竟是学院，书卷气息浓一些，她的英文不错，在这里也有发挥机会，关键是阿姚喜欢这里。这次虽说事出突然，被调离了班主任岗位，但是阿姚被调到专家组去做助理，可以直接接触专家，充当翻译，对她以后的职业发展只有帮助没有损害，这是工作层面。就她个人而言，和学生有绯闻毕竟不是一件得体的事情，退一步，也许双方都从容一些，这段感情说不定会开花结果。”刘振宇说得中肯真切，听者无不点头，连金鑫都不能不佩服，刘振宇这张嘴真是千金不换哪。

“那怎么办？不去说了？”旺水已然没了火气，但是依然不甘心就此收手。

“当然要去说，按照金鑫的说法，要去理论，我做代表。”刘振宇边说边看着金鑫，心中在想，我见得多了，你这样的，小儿科。“我们去理论就是按照君如的思路，一是表达我们舍不得阿姚，我们喜欢她，我们留恋她，因为她确实是个很出色的班主任；二是换班主任这样影响到我们同学利益的事情，应该和我们商量。”

马君如见刘振宇认同自己的观点，心中有几分得意。刘振宇最近但凡班里有事情总会和自己商量，被刘振宇这样公认的聪明人抬举，马君如的自尊心和虚荣心都会悄悄地冒泡。

刘振宇继续说：“我们要去表这个态。我看我们就别都去了，我，再有个代表，两个人，比较合适。谁愿意和我去？”刘振宇抬眼望着旺水，“旺水，你和我去？”

张旺水巴不得亲自去，立即答应。大家都没有异议，此事貌似顺利通过。

次日，刘振宇约好张旺水，两人齐齐整整地坐在学院教务处主任陈真信的办公室里。刘振宇事先已经在电话里和陈主任沟通得很充分，今天过来不过是走个形式，也算是对张旺水有个交代。

刘振宇平静地陈述着阿姚的种种优点和全班同学对她的留恋，他发现陈真信心不在焉，甚至有些坐立不安，很明显是急于等待刘振宇的收尾。

以刘振宇对陈主任的了解，他今天的表现很出人意料。陈主任是本学院的第三届EMBA毕业生，离开学校几年，从原来中资公司的人力资源部辗转回到学院工作，很快做到教务处主任，一晃在联合商学院已经十几个年头，也算是开国老臣了，见多识广，胸中全是学院的典故。教务处主任，说白了就是后勤处处长，负责教授的课程安排、助理挑选、教师分配、车辆调度、学生投诉、班主任调配等等琐碎繁杂的事务，面对上到校长下到临时翻译，且不说以往在中资公司权力斗争的耳濡目染，就是这十几年的风风雨雨，也练就了陈主任一脸永远灿烂的笑容、一张口就是热情亲切的语气……以往，陈主任看到同学们，都是主动的、耐心的、热情的，今天绝对反常。

终于，刘振宇收尾了，然后静静地等待陈主任表态。陈主任喝了一口茶，又清了清嗓子，原本就在口边的话却无论如何说不出了，此时的沉默很令人难堪。“杨阳牺牲了。”终于，陈主任爆出一句和之前半小时刘振宇的陈述似乎完全不相关的话，而且非常有杀伤力。

刘振宇和张旺水不约而同地站了起来：“什么？杨阳怎么了？”

“杨阳在汶川抗震救灾的时候牺牲了，刚刚他们公司打电话过来，遗体在回京路上，下周二开追悼会。”陈主任的声音低沉。

“怎么会？！我走的时候，他还好好的！几天前的事情！”张旺水惊讶得几乎喊起来。

“他们公司说，他和他们当地分公司的人员参与一家小学的救援，他听见倒塌的楼里有孩子的声音，自己就钻进去……不巧赶上余震，挖出来的时候，他身下护着的那孩子还有气……”气氛一下子凝重得令人透不过气来。刘振宇和张旺水又跌坐回沙发里，木然的、茫然的、不知所措的三个大男人，面对面呆坐着，沉默，压抑得让人窒息的沉默……

“我走之前还和他大吵一架，骂他虚伪、无情、装孙子、做人不负

责任……”张旺水努力压抑着自己激动的情绪，但泪水还是不听话地夺眶而出。

过了不知道多久，陈主任有几分尴尬地说：“还没通知阿姚，麻烦你们去通知她一声……”声音低得几乎听不见，“麻烦你们……”他抬起头求助地望着刘振宇，刘振宇点点头，连拉带拽地把旺水拖出办公室。

他们坐在校园里，依然是沉默的……

刘振宇拿出手机，拨通了阿姚的号码，简单地说了几句，挂断电话。然后转过身，对着张旺水：“旺水，振作点儿！杨阳是条汉子，我们都知道。让他走得放心些，一会儿好好劝劝阿姚，你别先痛哭失声的。”

张旺水使劲地点着头，用手不停地擦泪水。

不一会儿工夫，远远地看见阿姚亭亭玉立地走了过来，还是那样小鸟依人，刘振宇用胳膊肘儿捅了捅张旺水。

“你们怎么来了？”阿姚笑着说。

“我们来找你蹭饭吃。”刘振宇说，“走，和我们去吃个午饭，我的车就在那里。”

阿姚怯生生地看了看刘振宇和张旺水，看得出来，他们心情都不太好，尤其是旺水，见面时的笑容分明是挤出来的……心下很是担心，这两个人怎么了？

阿姚最近的心情一如过山车，时上时下，先是突然坠入爱河，昏天黑地地陷进去，从重庆回来之后，心情就一直处于紧张担心之中。

这件事很快就被同事发现端倪，那位同事比阿姚略微年长几岁，资历也比阿姚老些，而且手段老辣很多。张爱玲的名言：女人是同行。同行必相轻，被阿姚当作亲姐妹的同事，只是略施手段，这件事便在姐妹的同事圈里传开，大家都貌似关心，不停地帮着阿姚出主意。结果嘛，一如计划和预料的，不多时，学院高层也风闻了……

每次看到陈主任越来越凝重的神情，阿姚开始后悔，也开始后怕，没有了退路，一切只能听学院安排。

这些日子总是找不到杨阳，手机永远没有信号，应该和他商量一下……也许是自己太蠢，或是别人太精明，事已至此，阿姚突然轻松了，反正都知道了，干脆就名正言顺，恋爱大过天，大不了走人。

阿姚跟着刘振宇和张旺水进了餐厅的包间。“阿姚坐，想吃什么？”刘振宇问。以前这些殷勤的工作通通是旺水兄弟的差事，今天他是彻底哑了。

“我无所谓。”阿姚依然很担心，他们到底要说什么。学院的处理方式比阿姚想的温和很多，只是换了岗位给她，没有批评，也没有故意刁难她。阿姚心下感恩，不希望班里的学生再闹出什么枝节。“你们有事找我？”

刘振宇望了一眼张旺水，心里想，旺水是指望不上了，只能自己说了，“阿姚，你知道杨阳在汶川？”

“是啊。说是被派去探望当地分公司。”阿姚说。

“杨阳牺牲了，为了救一个小学生……”突然，张旺水爆发了，紧接着就是痛哭。

阿姚一下子没反应过来：“你别开玩笑了，这种事情……开不得玩笑的……”看到张旺水双眼红红的样子绝非伪装，又望着刘振宇，“怎么回事？杨阳怎么了？”

“阿姚……”刘振宇深吸了一口气，把陈主任说的情况又陈述了一遍，说得很缓慢。阿姚一动不动地坐着，整个人突然没了神采，像灵魂出了窍，两只大眼睛愣愣地盯着刘振宇，一句话不说，刘振宇不忍心再多看一眼。

杨阳的追悼会由单位主办，相当隆重，杨阳被追认为一系列的标兵、模范、若干奖章得主，花圈从灵堂到接待厅摆得满满的。刘振宇作为联合商学院的联络人很早就到了现场，一进灵堂，就看见一位穿着军装的老人，一定是杨阳的父亲。刘振宇仔细看过肩章，少将，从来没听杨阳说过，只知道他是军队大院里长大的，家里条件不错，加上他那玩世不恭的少爷做派，一直当他是个纨绔子弟。

“杨将军，您好，我是杨阳在联合商学院的同学刘振宇，我们之前通过电话。”刘振宇主动上前介绍自己。

杨阳的父亲似乎很受用这个称谓，紧紧地握着刘振宇的手：“振宇，你好。谢谢你们这么关心他。”

刘振宇抬眼看这位老将军，挺拔伟岸，虽然难掩悲痛，但是依旧张弛有度。“杨阳这孩子，聪明，但是不用功，淘气，从小就这样，在你们班也是个捣乱的主儿吧？”

“瞧您说的，杨阳是我们的体育班委，组织了很多活动，热心能干，大家都喜欢他。”刘振宇说。

“是吗？长大了，能干点儿正经事了，他也是30多岁的人了，该成器了……”杨阳的父亲转过头看着杨阳的照片，照片里的杨阳浓眉大眼，满脸的英气，很有其父之风，阳光般的笑容，嘴角微微上翘，带着几分不羁、几分不屑，这是杨阳的招牌笑容……正是而立之年，就这样走了，刘振宇望着杨将军的满头白发，心中凄然。

“杨阳这孩子，人缘好，小时候被我打，隔壁的小伙伴都会跑过来一起认错。有一次居然把老师叫来，害得我被老师好好地教训了一顿，哈哈……我总是说他、骂他，嫌他吊儿郎当，指责他妈把他宠坏了，认准他是个不肖子……看来是我错了，杨阳是个好孩子，是个争气的孩子，没给老爸丢脸……”杨将军声音哽咽，强压着的悲痛因为不得宣泄，反而更快地扩散到了周围……刘振宇强忍着泪水。

班里的同学们陆陆续续地来了，大家都静静地站在一处，各自思量。从来没有过这么多的同学聚在一处，却这样安静。60名同学，除了两个在国外出差赶不回来的，其余全部到齐，一色的黑色衣衫，整齐肃杀。

因为司机走错了路，陈玉梅来晚了，差点儿错过开场，她悄悄地走进来，静静地站在同学队伍的最后一排。悼念厅很大，但是依然站满了人。

灵柩放在厅的正中间，上面铺满了粉红色的香水百合，一进门就闻到浓郁的花香，这颜色和香气都与这英雄式的诀别不合拍。陈玉梅记得，闲聊的时候谈起喜欢什么花，杨阳说，自己最喜欢香水百合，而且是粉红色那种，其他女同学都嘲笑他艳俗、品位低下。他笑着说："怎么了？！我就是喜欢它颜色艳丽，浓烈味道，花嘛，就要像花……"同样在军队大院里长大的陈玉梅特别理解杨阳的心情，他们从小就是满眼的军绿，单调但是无法选择，一旦离开了那个环境，对所有鲜亮的色彩都有种变态的喜爱。

陈玉梅研究生都是在军校就读，大半的青春都是葱绿色的，刚退役的时候，她买了很多极花哨的衣服，被丈夫嘲笑得了色盲。在家里，她穿着五彩斑斓的衣服照来照去，但最终还是灰黑蓝白出街，她对颜色的掌控能力和勇气似乎被阉割了。陈玉梅望着遗像里的杨阳，笑容这样灿烂，他肯定是看到了这些鲜亮的、浓艳的粉红色香水百合，他知道家里人关注他，爱他。

直到杨阳追悼会前，马君如才约到时间，去了陈玉梅办公室，拿到了陈玉梅方返签的项目合约，所以两个人是一辆车，也迟到了。

整个案子马君如进行得干脆，没有节外生枝，异常顺利——在来时路上，马君如心里只有这一句话：剩下的工作就是敦促文教授那边的公司跟奥华签约了，一鼓作气，一鼓作气！

然而，到了会场，马君如的满腔兴奋马上就被绑架到了爪哇国。

从一开始，面容酷似杨阳的杨妹妹就左顾右盼，时而微笑，时而拍手，找不到一丝悲伤，那双黝黑的大眼睛满是纯真——杨阳居然有个智障的妹妹，意外！沉重的父亲，哭得面目模糊的母亲，尤其是兴高采烈的妹妹把这家人的悲、伤、苦、痛烘托得淋漓尽致，惨不忍睹。

马君如不忍心抬头看他们，杨阳妹妹的一笑一颦比眼泪、哀乐、悼词都更有杀伤力，自己的眼泪就在眼圈里打转。在单位代表、大学同学代表讲话之后，张旺水站到了麦克风旁。怎么会是他做代表？他明明和杨阳不睦啊？马君如和其他大部分同学一样非常惊讶，阿姚的事情足以让这两个男人反目，全班同学似乎哪个都比张旺水讲杨阳更适合，尤其在这个场合，临别赠言，不应该是赞美之词洋溢吗？这是谁的主意？刘振宇？他也有昏头的时候。马君如和所有同学一样，屏息凝神专注倾听。

“第一次看见杨阳，很感慨，高大威猛、英俊潇洒、开朗热情……所有的好词都用上了，外形帅得让我们这些男生心里暗暗妒忌……”张旺水没有拿讲稿，从从容容地娓娓道来，“后来渐渐发现，你不单是帅，而且人缘极好，女同学都愿意找你帮忙，于是，我们又暗暗地妒忌你，也有些鄙夷，取悦女人算不得什么真本事……”

马君如和其他大部分同学一样再一次惊讶，马君如抬起头，看到张旺水凝视着杨阳的照片，仿佛只是对杨阳一人倾诉：“我们这些小人，看不到你是舍得拿出时间、精力和真心来帮别人，不计较得失、利益，你是能帮别人就开心，不要回报。我和你一起去了汶川，一路上，我们哥俩儿同吃同住，一起吹牛，谈理想，说抱负，才知道你也是个热血青年……在汶川，我和你一起救过人，没有工具，你就用手，你那双漂亮的会弹钢琴的手，很快就血肉模糊，你全然不在意……你真是不惜命啊，舍得拿自己的命去救别人……我们这些苟且活着的，都做不到，兄弟，你是真汉子！”

张旺水语气激动，他深深地吸了一口气，努力平复自己的情绪，但是声音依然哽咽：“我们现在更妒忌你，你知道吗？兄弟！因为你有血性、有爱心、有勇气，而且有运气，在这样的和平年代，你却死得像个英雄，一个真英雄，一个赢得我们永远尊重、永远爱戴的英雄！你硬生生地插在我们心里，让我们无法忘记，让我们痛。这次，轮到别人也妒忌我们了，因为我们是你——杨阳的同学，我们一起喝过酒，一起读过书，一起骂过娘，一起憧憬过未来，一起……”张旺水的泪水不停地涌出来，他说不下去，实在说不下去了……

刘振宇走上来，声音同样哽咽：“为了纪念我们的好同学、好兄弟，杨阳，我们搜集了所有能找到的资料，编了一个短片。”大屏幕上出现了杨阳的身影，开学典礼上的发言、小组讨论的调侃、运动会上的冲刺，举手投足之间洋溢着迷人的朝气和活力。屏幕中的杨阳，笑容灿烂，身形潇洒，他似乎就在身边，随时过来拍兄弟的肩膀，随时过来帮女同学端茶倒水，随时举手发言……

但是，他今天躺在那里，就在大家面前，静静的，完全没了声息……屏幕中那个生龙活虎的杨阳已经离开大家先走了，这样年轻，这样美好，这样急促……人生无常如此，怎能不令人唏嘘……

杨阳的妹妹望着屏幕上的哥哥，突然睁大了眼睛，专注地盯着，露出一如杨阳般灿烂的笑容，欢快地大声叫着："哥哥！哥哥！妈妈，你看哥哥，哥哥回来了！"这欢声笑语彻底打垮了大家原本已经压制得不能再承受任何附加的情绪，原本的抽泣演变成呜呜哭啼，泪水决堤而下。

屏幕上出现了重庆的如画风景，杨阳在酒桌上豪言壮语："我这辈子有三大愿望：第一，做个英雄，做不了一世，也要做一次英雄！羡慕我家老爷子啊，英雄，战场上的英雄！第二，我要好好照顾我那可爱的妹妹，希望她一辈子都快乐！第三，和心爱的人朝夕相处，白头到老。我还是羡慕我家老爷子，娶了我妈，我妈真是爱了他一辈子……"

杨阳的父母如何禁得住这样的话语，铁汉父亲一声不出，但是老泪纵横。杨阳的母亲早就肝肠寸断，由亲友搀扶着勉强站着，此时此刻看见儿子的音容笑貌，岂能不伤心欲绝，满脸全是泪水，来不及擦拭。

有个人站得最远，躲在角落，身体不停地抽搐，牙齿咬着下嘴唇，已经出了血。短片结束了，杨阳不在，屏幕上只剩下四个黑白大字："兄弟，走好！"影像不再，一如杨阳不再回来，不再有他温暖的拥抱，不再有他甜蜜的话语，不再和他有今天，更不再和他有未来，剩下就是回忆……阿姚眼前一黑，昏了过去。

按照仪式，接下来的遗体告别最令人哀伤。杨阳的遗体本来要在当地火化，杨阳的母亲坚持要见儿子最后一面，杨阳单位极力争取，费了不少周折，把杨阳的遗体英雄般护送回来，当然也是因为杨阳的事迹让相关部门大放绿灯。

杨阳躺在灵柩里，周围布满了他最喜欢的、鲜艳的、浓烈的粉红色香水百合，此时此刻来看他最后一眼的都是好友亲朋，以前也许是虚情假意，但是今时今地，他已经不能再和他们比，不能再和他们争，所以，他们不吝啬自己的哀伤和泪水。

大家依次走到灵柩旁边和杨阳告别。马君如看到，先是穿着军装的一群，哭得惨烈，哆哆嗦嗦地行军礼，这也许是杨阳在军队大院的发小们；接着是有领导气派的一群，面容戚戚焉，内敛地、恭敬地鞠躬，也许是现在单位的头头们；还有一群群同龄人，应该是小中大学的同学们。接着轮到EMBA的一群，洪英俊哭得脸不是脸、鼻子不是鼻子，左丹丹的眼睛已经红肿，玉梅领导不停地抽泣，刘振宇也是用手不停地擦脸。

轮到马君如走过去，马君如看着躺在灵柩里的杨阳，这个直率的大男孩，就这样走了，神态安详，嘴上似乎还带着一丝笑意，耳边响起了杨阳平时的调侃："君如，你累不累？这么较劲何必呢，凡事尽力就好。"

马君如的眼泪止不住地流下来。

要盖棺了……

马君如泪眼婆娑中看到，众人拉开一定要哥哥起来陪自己玩耍的杨妹妹。

"嘭"的一声，盖棺了。

真的再也看不到杨阳了，杨阳的母亲整个人趴在灵柩上，任凭谁拉都不肯离开。杨阳的妹妹此时不见了哥哥，又见妈妈如此伤心，便跟着号啕痛哭起来，孩子般地伤心，毫无顾忌。看者听者无不动容，大家的心就像被掏出来，胸中空落落的，不知道用什么去填。

马君如感到没来由的、无边际的孤独。有人说，只有经历过生死，一个人才能真正成熟。在这个世间，早已忘记自己是怎么来的，跌跌撞撞走着，经常会摔一跤，为了不让人看到软弱，想也不想就赶紧爬起来，继续往前走……没留意身边的同伴，没顾着经历的景色，等到有个人这样永远转身，才发现原来每个人的结果都是一样，弥足珍贵的就是自己曾经并不在意的过程吧。

第六章 要玩就玩大的

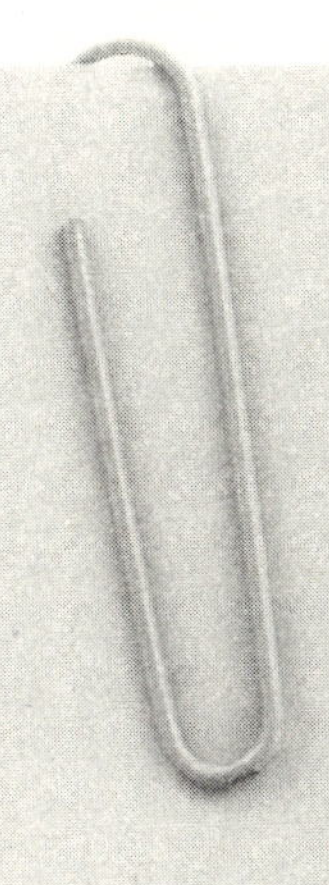

商学院笔记之逆向博弈论

所谓博弈，无非局戏、围棋、赌博，英文叫作game playing。“博弈论”，文艺点儿说就是在充满冲突与合作选择的世界中，认真思考自己和他人的行为互动，取得下一步行动的先机。坦白点儿说，就是不要缺心少肺，凡事说话动手前都动动心思——了解对手如何战胜你，然后战而胜之。

关于动心眼儿这回事，我们的老祖宗从来就不缺乏智慧，而现代应用科学熠熠生辉的明珠——博弈论，最早相关著作之一就是《孙子兵法》。

博弈论中有个经典的概念——逆向归纳法（backward induction），是求解动态博弈均衡的方法，是指博弈参与人的行动存在着先后次序，并且后行动的参与人能够观察到前面的行动。向后推理，向前展望。这种逆向思维法，即面向未来，思考现在，站在未来的立场来选择现在的最优决定。

马君如坐在办公室里，望着眼前一堆来自同学的邮件，一时理不出头绪。不过一个周末没有查收自己的私人邮箱，怎么突然就多了这么多邮件。直觉告诉马君如，肯定是有故事来了。

按照时间顺序，第一封是张旺水的，标题是“让好兄弟好同学杨阳安心地走”。乍一看到这邮件，马君如心里忍不住觉得，旺水这家伙真能搞，追悼会也过去了，哭也哭过了，难道还要再搞一次不成？细看邮件，旺水同学号召大家给杨阳的妹妹捐款，自己大大方方地真金白银拿出50万，同时表示同学们多少不拘，都是一份同学情谊。

跟着下面几封，都是同学们的回应，有认捐10万，有认捐5万的，最少一位也是1万的整数。马君如心中作难，同学情谊，理当认捐，但是，依照这些回复的邮件，最少也是1万，自己一个打工仔，一个月不过几万收入，比不得这些大佬，一单生意下来就是上百万成千万的进项。这1万元就是自己两个月的房租，马君如现在又想起海南岛的话：“君如啊，你现在可是富贵学生了！身价不同了。”

富贵？表面的身价是富贵了，但是没有富贵身家啊。

接下来的一封邮件更让马君如心惊。发件人是金鑫，标题是“杨阳基金”。

邮件写得不短，先是支持张旺水重情义的举动，然后阐明现在通胀猛于虎，并引用经济学教授的名言“存款十年之后还有一半就不错了”，于是推导出成立基金的必要性，让钱生钱，每年有固定收益，这样，杨阳妹妹一辈子才可以无忧。

马君如细细地看了看已经认捐的同学和金额，以张旺水50万为首，算上金鑫，一共15个同学在榜，从30万到1万不等，已经有300万之多。马君如还是那个感慨，富贵同学。海南岛说得一点儿不错，EMBA的同学真是富贵同学，随便搞个捐款就捐了300多万，不能不说是富，而且马上就成立了基金，有了组织成了体系，不能不说是贵气。

但是，在如此富与贵之间，马君如找不到自己的位置。

再下面一封邮件，单是标题已经让人惊讶：“谁见过常胜长命的将军？”署名是伊宁。

开篇先讲了，常胜的将军都是短命鬼，接着又说了长命的将军没有不输的，从春秋战国到军阀混战，有名有姓一一道来。然后，突然话锋一转，细细地算了一笔账，这笔捐款是用来维持杨阳妹妹的体面生活，杨阳妹妹今年34岁，至少还有40年的寿命，杨阳基金是否要维持40年？如何维持？现在同学们无私奉献，那以后的漫漫岁月呢，奉献一辈子？且不说40年，就是两年毕业之后当如何？雷锋可以一时，如何可以一世？最后讲到最致命的要害，这笔钱用来投资，连小孩子都会说：投资有风险，入市须谨慎。没有百分百赚的投资，赢了当然是皆大欢喜。但是，如果输了呢？让好心的雷锋同学补齐？不合适吧？可要是真输了，那岂不是会影响杨阳妹妹的生活？那岂不是辜负了众多同学的心意？

马君如看过邮件，不能不赞叹伊宁的好文笔，思路清晰，逻辑分明，诙谐幽默，句句切中要害。聪明人不少，但是敢于直言的聪明人未必多，尤其同学之间，大家都努力营造和谐气氛，谁会如此直接尖刻？怪不得，伊大小姐平时总是一副居高临下的架势，果然称得上有见识、有胆识。马君如不相信这么多大佬就没人看出端倪，只是未必有伊大小姐的魄力。

马君如像看连续剧似的读了所有邮件，她哪里知道剧中的各个主角各有忙碌。

金鑫最近是背字当头，大市从去年年底的6000多点直落到现在的4000点，不过半年时间，大市过山车般不见了1/3。当时公司打了鸡血般进货，金鑫屡次建议过要留些仓位，根本没人搭理，现在老板出面了，骂娘骂爹地说业绩不好。这怨谁？！金鑫心里默默地重复：老板永远是对的，再蠢的老板也永远是对的。金鑫明白职场生涯只有两条路：要么走人，要么忍着。

金鑫虽然不是名牌大学的科班出身，但是胜在入行早，资历够老，研究生一毕业就立即告别老家呼和浩特，只身南下闯深圳，运气极好地进了银行的证券部，真正地从底层做起，一步步积累，成功也有，失败也有，一路摸爬滚打坚持到了今天。

今年面临40岁关口，不惑之年，男人生命中最重要的分水岭。

成家立业是40岁男人最基本的要求，家成了，老婆也是当时千人追的美女，儿子也有了。立业，在证券投资行里混了这么多年，钱自然是挣下了一些，和普通老百姓比，称得上是富足、衣食无忧。但是，如果抬头向上看看，且不说和行内的那些大佬比，单单是班里的这些同学，自己就未必居中。每每午饭中的闲聊，在大家经意或不经意的透露中，金鑫掂量着每个人的身家，就拿居住这硬性指标来说，班里同学住别墅的有，住城中繁华地段顶层复式的有，三口人住200平方米单元还吵着不够住的有，更有住着一套投资好几套的……以此衡量自己，全家三口连带阿姨四口人，住在四环外知名小区150平方米的房子里，在班里最多是居中，也就是平均水平。

革命远没成功，金鑫同志太需要努力！

金鑫对自己和未来一直是有要求和有规划的。出来闯江湖，无非就靠这几件事：家庭出身、教育背景、智商情商、机会运气。前两者就别指望了，父亲虽然是个当地的小官，在老家也许算得上是个人物，但是在北京这样局长都火车拉的地界，完全不能提。

金鑫知道，自己就读的内蒙古大学，在这帮清华北大、名牌海归的眼里简直就等同于野鸡大学。家庭和学历指望不上，老天爷还算公平，后面两样都给了自己。

刚进银行证券部门，隶属行政部，说白了就是打杂儿。不过，极会看眉高眼低的金鑫很快就巴结上了业务部的主任，一来二去就调去做了业务，赶上1999年的牛市，狠赚了一笔，迅速冒出头，成了独当一面的基金经理。

这个时候，金鑫做了一个非常英明的决定——转型，开始接触融资上市业务，在紧接而来的五年大熊市中，由于金鑫及时的业务转型，避免了很多基金经理人在二级市场中的惨败，不过，常在河边走，哪有不湿鞋？！金鑫的名誉是保住了，但是私房钱损失殆尽，几乎是从头做起的，一直挣扎到现在。

去年，金鑫决定加盟现在所在的私募基金——宏基。虽然这是家新组的民企，但老板是业内资深人士，不论证监会、银行，还是各行各业的领头企业，人脉都极熟。金鑫放弃了去某些国资背景或大规模基金公司，而选择了宏基，一是奔着合伙人的资格来的，二是虽然民企手里掌握的资金量小，但是这里的运作更灵活、更便利，业务面也更广，现在自己主要做上市前的股权投资，同时也兼管二级市场的运作。

金鑫有着自己的野心和盘算，做专业二级市场的基金经理人，牛市的时候，风生水起，赚得盆满钵满，就如自己1999年和去年的光辉战绩，但是今年呢，唉……

且不说，风险多大，压力多大，单是这不能真正做主就十分郁闷。拿着公司筹来的钱，就要听老板的，虽说基金经理人有自己的判断，有自己的职权范围，但是实际上依然会被老板左右。5000点了，还是天天逼着加仓，自己哪里真做得了主？！

真正当家做主，钱就必须是自己筹来的，这样才有真正的话语权。股权投资亦是同样道理，钱是公司的，上市之后获益的绝大部分自然要留给公司。所以，有能力集资才是立身之本，集到资才有选择的自由，留在公司是给你老板面子，独立出来也顺理成章，只有具备集资的能力才是进退有路。

集资筹钱，对有些人来讲极容易，对有些人来讲极难，如同好的项目不仅不缺钱，而且还会苛刻地挑选资金。

有钱的主儿把钱给你，那是因为相信你给他们赚更多的钱。信任，这需要时间沉淀、苦心经营和机缘巧合。

金鑫一拿到同学的通信录就开始仔细分析每个同学的背景，把这些人归成三大类：一、金主儿，有钱的；二、手里有项目的，通常是民企的老板，经营状态不错，有上市可能；三、余下的，目前看起来没用的。

不过这没用的也分几种，在政府就职的，班里有各大部委的、北京办的、国字头基金银行的，这些同学是要积极应酬的，说不准哪天就会派上用场。

每次上课、同学聚会，金鑫都会针对不同的同学来验证自己的判断，原则是不能错过一个有用资源。经过这几个月的交往，无论是单独的、集体的、直接的、间接的、有意的、无意的，有钱和有项目的这两大类人的名册已经了然于心，等待的就是机会，等待一个可以撬动这些资料的机会。

对有企图的人来说，机会总会有的，而且说来就来了。

金鑫专注地看着一封联合商学院同学的邮件，邮件写得真诚感人，同时附着一张杨阳和妹妹小丽的照片，兄妹俩都有双会笑的大眼睛和阳光般灿烂的笑容。刚刚经历了追悼会的同学们，伤心还在，同情心高涨，面对老年丧子、智障妹妹这样的人间惨剧，金鑫相信同学们没有不伸手的理由。对于普通同学来说，一次拿出50万确实有点儿夸张，但是一万几千的断不是问题。

金鑫估计这次捐款至少可以凑个200万，接下来的问题是这200多万如何处理呢？绝妙的好主意，金鑫从心里笑出来，自己提的好主意，又是专业人士，这个基金当然就要放在自己手里。200多万，不是什么大数目，金鑫清楚，自己是拿不到什么好处的，但是这份热情、这种真诚，特别是小试牛刀之后的成绩，都会为自己以后在班里有所作为铺平道路，信任就是这样建立的。

金鑫也非常清楚，班里像他这样做基金证券的同行至少有五个，谁敢说哪个人不像他这样打算？读EMBA，40万的学费再加上两年的时间，难道真是为了这张昂贵的文凭？为了那十几门的课程内容？

为的是人脉啊！

班里60名同学，同年级北京、上海、深圳各开两个班，共六个班，300多名同学，40万除以360，平均下来，等于在每个同学身上投资1000多元。金鑫的花名册上有几十个有价值的同学，保不齐这几十个1000多元里哪个1000多元生出100多万或者1000多万啊！多结交一个同学就多一条路，谁知道哪条路会直通罗马。

向后推理，金鑫相信同学们会积极参与募集，会欣然接受自己的建议；向前展望，金鑫看到自己的热心真诚感动了同学，自己操盘这200多万的业绩说服了同学，自己可以在不久的将来，在同学中成功集资。

刘振宇，刘班长，处处占先机，回回抢风头，这次，对不起了，这场博弈，金鑫一定要赢，而且一定会赢。

金鑫并不打算和刘振宇共谋杨阳基金，试想，金鑫一人独占鳌头，会拿足100分，如果和刘振宇分享，便只是50分。

不和刘振宇共谋，刘振宇有两个选择。一是公然反对，那么，阳光基金可能做不成，刘振宇也不好再谋划此事，所以一分便宜也占不到，而且在金鑫的烘托下，有可能落下个捣乱搅局的名声，会得不少负分；金鑫虽然做不成基金，但是可以落下个热情助人的好名声，自然也拿到不少分数。二是沉默，既不丢分数，也不拿分数。

如此推理下来，金鑫料定刘振宇一定不会出言反对，而自己则抢了先机，拿足了这100分。金鑫可以甩开刘振宇，但是必须得到旺水的支持，然后才能逐个联系“有钱的”和“有项目的”，没有什么比这个更适合的机会、更冠冕堂皇的理由了。金鑫雀跃着拿起电话。

该剧的另一位主要角色伊宁，同样坐在自己的办公室里，琢磨着同学的几封邮件。前有张旺水捐款，后有金鑫成立基金，明摆着是这两位老兄做了个局出来，死人最大，再加上同学情谊，杨阳又是英雄牺牲，这种种理由，哪个同学也不会说不。不过，捐款也不会是上千万的数额，这区区两三百万，金鑫也拿不到什么好处，他图什么？伊宁心中冷笑，金同学不外乎联络感情，借此事摸摸各位同学的底，同时秀秀自己，为以后谋事铺路，司马昭之心而已。

伊宁和金鑫也算是同行。不过，伊宁自认为级别相差很大。伊宁所在的合资企业——华投铁石，无论是前面的中资华投还是后面的美国铁石，都是响当当的投资界翘楚。

伊宁想当年曾经以山东济南文科状元的头衔进入北大，本科读英文，硕士读法律，倚仗着一口流利的英文和法律专业知识在外资企业扶摇直上。伊宁心明眼亮，很快认准投资行业是朝阳产业，迅速转到投资银行，顺顺利利做到现在的执行董事。

职业是自己挑的，三高行业——眼界高、接触的人素质高、收入高；老公是自己选的，三高人士——高学历、高收入、高智商，IT精英，专业人士，不需要外出应酬，接触人不多，远离声色场，而且越老越值钱；儿子是自己生的，也是自己一手教育的，三高儿童——起点高、投资高、要求高，就读国际学校，争取做到中文是母语，英文是mother tongue，围棋、跆拳道、书法，该学的一样不少。

不论是工作还是生活，一切尽在掌控之中。在伊宁心目中，自己一直就是自己设计的伊宁，美丽、精致、优雅、智慧，一点儿不能走样。

伊宁读联合商学院是相当偶然的。自己本以为有个北大硕士学位已经足够，而且十几年的从业经验，文凭这东西已不那么重要。但是，无意中翻看公司管理层的履历，突然发现几乎个个都是美国排名前十商学院的MBA，不知不觉中自己竟然成为学历最弱的那一拨。

马上就40岁了，真要去正经八百地读个博士学位，有点儿累了。于是，伊宁开始咨询和搜集合适的深造途径。联合商学院EMBA自然而然地成了最佳选择——上课时间合理，每月一次，不耽误工作生活；课程安排历时两年，不长不短；学院有国际背景，是国内最国际化的商学院；名声不错，在国际上也有些知名度。

选择上课地点的问题上，伊宁犹豫了很久，自己本身生活在深圳，原本应该就近在深圳分部读书，但是打听了一下，发现同行中很多人都是联合商学院的，既然读书当然希望认识些新人新面孔，于是决定北上到北京去读。

一是，公司有分公司在北京，自己本就需要一个月来一次；再有北京是天子脚下，多在这里接接地气总是好事，而且相信这里的同学应该和深圳不一样。

但是，几次课上下来，伊宁有些许失望，同学们并不如她想象般英明神武，而且居然也有不少和她一样是外地过来的，单是深圳就有五人，可见看似不英雄的和她这英雄的想法也一样。

班级里充斥着很多民企、国企的大佬，他们的做派，伊宁是顶看不上眼的，说话声音大，动辄就喝高，喜欢勾肩搭背，英文一点儿不会，有的甚至普通话都讲不清楚，衣服更是穿得乱七八糟……林林总总，怎一个“土”字了得!

每每想起班长竞选失败，伊宁心中就难免不平，当时如果不是那个土包子张旺水出来搅局，也许她就顺理成章地当班长了。伊宁不由得就讨厌这个旺水，旺水同学以为处处都是你老家温州，可以呼风唤雨。

这金鑫也当真可气可笑，不知名的小公司还敢出来招摇，做基金炒股票，也不看看谁的资历够老、牌子够硬。这邮件上的名单不看也知道，全是钱多的主儿，金鑫倒是一个也没落下，一网打尽了，真以为钱多就人傻？！

伊宁笑了，傻也没关系，自己作为内行，必须提点大家，要不怎么体现同学情谊深，怎么体现伊宁我的专业资格深。

伊宁的邮件写了，而且群发了，这还不过瘾，怎么也要倾诉一下，拉几个同盟军。班里的十二名女生，只有两名自己开公司，一个是做服装的，一个是做塑胶材料的，剩下的九名全部是打工的，除了自己之外，两名人力资源的老总、一个财务总监、卖房子的一个、卖药的一个、卖广告的两个，做咨询的一个没什么共同语言，只有陈玉梅这个女司长看起来风度不俗，于是，拨通了陈玉梅的电话："玉梅，忙呢？看了我的邮件了？"

陈玉梅刚开完会，一分钟前才坐下来："还没呢。有急事？"

"倒也不是，就是杨阳基金的事情。玉梅，你怎么看？"伊宁问。

陈玉梅之前确实看了张旺水和金鑫的邮件，还没完全理清头绪，伊宁又追问上来，于是说："我先看看你的邮件，然后我们再通电话。"

先是张旺水捐款，然后是金鑫的杨阳基金，现在是伊宁的质疑，电视连续剧般。本来，同学英年早逝，无比伤心，家中陡生变故，又是那样的一个状态，深切同情，捐款义不容辞。可是，紧接而来的基金筹集有些突然，而且细究其详，陈玉梅觉得有欠妥当，只是碍于同学热情，不好表态。

陈玉梅身处政府部门，看的听的都是大投资，虽然不计较蝇头小利，但是市场运作的规律，陈玉梅是十分明白的。正在思量，手机响了，伊宁又来电了："玉梅，看了吗？你怎么看这件事？"

"你说得有道理。"陈玉梅很坦诚地回答。

"那你是什么打算？"伊宁问。

陈玉梅有些犹疑，不是不方便告知对方，只是确实没想清楚，于是说："我还没想好。"

"是啊……那……"伊宁的口气显然不满意陈玉梅的回答。

陈玉梅虽然听得出来伊宁的不满，不过倒也不介意，自己是军人出身，虽然不太爱说话，但是有话一向直说，从不转弯抹角，也不太在意别人如何评价自己，于是保持着沉默。

"那你是不打算捐了？"伊宁咄咄逼人地继续追问。

"捐，我一定会捐。但是杨阳基金的事情，我觉得你的疑虑正确，所以，我需要考虑如何做最妥当。"陈玉梅直言道。

"说得对！玉梅，我也是要捐的，但是，又不甘心别人拿这钱去练手，你说是吧？”对于伊宁的尖刻，陈玉梅并不接话。

“等我下次去北京，我去找你，我们俩好好聊聊。班里女生，我就佩服你。”伊宁这话并不完全是假话，班里这些女生，也就是陈玉梅，伊宁看得上眼。其他那几位，大俗大艳的、攀比没实力的、开小作坊的、一副革命大妈嘴脸的……都不值得浪费时间。

陈玉梅听过了伊宁的唠叨，反倒理清了思路，心里有了主意，很简单，捐款10万，但是不参与杨阳基金，直接交给杨阳父母。这件事显然不方便也没必要知会所有同学，就通知一下刘振宇吧，也需要他帮忙联系杨阳的家里人。

身为班长的刘振宇完全被排除到了整场戏外，甚至连跑龙套的机会都没有留给他。一封封的邮件，张旺水、金鑫、伊宁、陈玉梅，一场大戏，但是没自己的角色，刘振宇如何不郁闷？

“杨阳基金”的邮件一如炸药包，搞得刘振宇五脏六腑难受不堪。

作为一班之长，第一次看见，第一次了解，第一次知道，这“杨阳基金”读起来真是刺耳，看起来真是刺眼。张旺水那封群发的捐款邮件，刘振宇之前并不知情，不几日之后的杨阳基金，就更不知情。

张旺水是性情中人，想什么做什么，捐自己的钱再号召同学们，想必是冲动之举，没和自己这个班长商量，情理之中，可以理解。但是，成立基金，而且联系了十几个同学，居然也不知会自己这个班长？！

赶巧这几天出差开会，本打算一得空就找张旺水聊聊，现在木已成舟，倒不好随便说什么了。金鑫同学这次脑子够快，手脚够快，终于忍不住冒出头了。

刘振宇细细地看了看已经认捐的同学和金额，以旺水50万为首，算上金鑫，一共15个同学在榜，从30万到1万不等，300多万，金鑫自己掏了10万。没有人问过自己，没有人咨询过自己，是预计我刘振宇不舍得掏这个钱？当然了，邮件写得很清楚，“这只是部分已经认捐的同学，欢迎其他同学认捐，如有意向，请直接联系金鑫。”

游戏玩得很有规则，也很有顺序，已经捐款的同学都是班里大户，其他同学是否认捐或认捐多少已经无碍大局，这件事是铁定成了。

下面伊宁的邮件一样是炸药包，不过，炸得刘振宇有点儿心花怒放。伊宁虽然平时嚣张得有点儿跋扈，但是这次真真是句句说中要害，刀刀见血，单是这“输了怎么办？”一句，已经切中命门。伊宁说了自己想的而且不方便也不能说的，哈哈，从没发现伊宁如此可爱过。自己现在可以坦然地沉默了。

再看陈玉梅的邮件，更是令人欢喜。在刘振宇眼里，陈玉梅这位女领导，永远不温不火、不急不躁，对每个人都很客气，但是又保持着距离，随意性的、群体的、混乱的、没有特别主题的饭局，她从不出现，她解释说，自己不喝酒，怕影响大家兴致。有主题的、班委组织的活动，她也不出现，她每次都会不好意思地郑重解释，有应酬，要开会，很抱歉。所以，玉梅领导不是一般的同学，刘振宇对她总是客气中带着敬重，勾肩搭背、插科打诨断不会用在陈玉梅身上，不单刘振宇不会，刘振宇也没看到其他哪个同学和她熟到那个地步。

在杨阳这件事上，陈玉梅一样不同于众人。陈玉梅的邮件不是群发，只发给他一个人，10万捐款，直接给杨阳父母，请自己代为询问账号，而且明确表示不参与杨阳基金，没有寒暄，没有解释，没有质疑，没有批评，直来直去，清楚明了，这就是玉梅领导的风格。

刘振宇心里暗暗佩服这个女生，同时也琢磨着，陈玉梅直接捐款这件事似乎、好像、应该也必须让金鑫知道。

提及金鑫，现在的刘振宇对他的感觉，绝不是同行相轻那么简单了。金鑫的司马昭之心，刘振宇如何不知道。看看他那封邮件和认捐的同学名单，盲人也看得出来，他是何打算。

刘振宇的激动和震动，不只是因为看透了金鑫的居心，而是自己本也有相同打算，但是不承想被金鑫抢了先机。这就好比，一岸上的人等着坐船过河，自己在这里精心打造木舟，还没完工，突然杀出个金鑫，划着只破竹筏，吆喝着免费送大家过去，结果，人都上了竹筏，怎生叫刘振宇不气！现在既不能拦着这些人上竹筏，也不能冲过去拆了那竹筏，能做的就是盼着有人来拆，盼着有人不上去，盼着这竹筏走走就沉了。

一如金鑫同样赶上了1999年的大牛市，刘振宇活动的平台更大，他手下的几只基金一直位居基金排名榜前十，是当时赫赫有名的王牌基金经理。接下来的五年熊市，不输钱几乎是不可能的，但是刘振宇手里的基金依然是输得最少的，而且累计计算，依然盈利。

股市上的刀光剑影，越发练就了刘振宇特有的敏锐、机警，他不是不错，但是对的时候多，而且看准的时候手够狠。战绩显赫是他连续升职的主要因素，当然，人情世故的练达也帮了刘振宇的大忙。

在建奇这样国资背景的证券公司，单纯靠业绩优秀，从掌握两三只基金的基金经理升到掌管十几位基金经理的投资总监已经到天花板了，打算继续高升，没有强有力的后台是断断不可能的。

刘振宇30岁成为投资总监，33岁就升至业务副总，而且进入投资委员会，几百亿的投资，年轻的刘振宇和投资委员会的其他老爷子一样都有话语权。如此扶摇直上，刘振宇心里非常清楚，一是靠自己铁打的业绩，二是靠郑总的鼎力提拔。

郑总是刘振宇的老领导，刘振宇从进入银行到建奇证券一直跟着郑总，是其麾下最闪耀、最心爱的大将，为了报答知遇之恩，刘振宇确实为郑总和建奇证券立下了汗马功劳。刘振宇以为靠着这棵大树，可以十年之内无忧。可惜，人算不如天算，一年之前，郑总突然被“双规”，失踪三个月之后，他又回来了，没有结论，没有解释，被调往外地一家银行做了个副总，显然是明升暗降，一个没有实权的摆设岗位。郑总走之前，竟然连刘振宇的面都不肯见，没有只言片语，留下刘振宇一个人茫然不知所措。

新来的这位老总，貌似温和，六个副总，一年之内仅换了三个，对刘振宇始终客气，估计指望他带动业绩。刘振宇明白，升职一时半会儿是不要打算了，自己这个副总的位置再往上一步只能是建奇证券公司的总经理，虽说只有一步之遥，但这一步是质的变化。

建奇虽然是股份制公司，但是有浓重的国资背景，第一把手的选择通常需要国资大股东提名或认可，再由董事会批准、聘用，最后还要报证监会批准高管任职资格。刘振宇原本是这样想的，郑总在老总的位置已经五年了，近一两年升迁的可能性极高，如果郑总去证监会、银监会或几大行做个头头，自然会极力推荐自己一手带大的兵，刘振宇也就很有可能就此上位了，更何况，和郑总推杯换盏间，已经听了多次的许诺。只可惜，人走，树倒，桥断，算盘只好重打。

副总的位置，刘振宇已经坐了三年，在刘振宇的奋斗史上，三年不升职不加薪就是挫败。当时，自己计划着，从副总到老总的位置，需要五年时间，现在虽然还差两年，但是，可能性微乎其微。

这位新老总是个空降兵，刚来一年，这个位置不坐个五年是不会动地方的，退一步，如果他有什么闪失，好像郑总那样，建奇连连出事，也断不会升一个建奇内部的人，再来的还会是空降兵。

所以，左右思量，自己前无进路，不得不另谋出路了。去其他证券公司？和建奇同级别的十大基本也都是国资背景，做到一把手位置，一样要有后台支持，换地方当个副总，平级就犯不上折腾，外人还以为和建奇结了仇，声誉也不好听。

不是没有其他民营证券公司伸出橄榄枝，只是那些公司规模、资产、历史、名气都远不如建奇，即使去那里做了正主，也不见得光鲜许多。

可以选的似乎不多，一是去大外企或者合资基金公司，这么多年的赫赫战绩，刘振宇在行内也算是小有名气，不愁没有人要；二就是自己创业，这么多年的积累，客户、关系、人脉也足够自己整家私募公司。无论洋老板、国老板还是民老板，自己始终还是打工，多少有些不甘心。

今年是刘振宇的本命年，他认准应该是自己人生的转折点，下决心认真为自己创业谋划。

主意拿定，刘振宇马上开始行动，做事先做人，做人做到家了，事情没有做不成的道理，这最关键的人脉需要进一步拓展。

人到了一定的年纪，有了一定的职位，就有了固定的社交圈子，打算再结交一些新人是很困难的。总听到投委会的老爷子们感叹高处不胜寒，以前觉得他们不过是在变相吹嘘自己位高权重，现在细细体会，才明白个中道理。

刘振宇的社交圈基本分三类：一是同事、领导、上级，二是客户，三就是同学。

同事、领导、上级多年也就是那些，和他们不能走得远，也不能走得太近。客户，这么多年，积累了不少，有的甚至是十几年的交情，大家都是称兄道弟的哥们儿，这些客户也都会把自己的亲朋好友介绍给刘振宇认识，不外乎看重他对股票市场的精准判断和分析，这些人，刘振宇都刻意应酬着。走得近的同学，大都是同行，共同语言加之青春年少时的情谊，交往中少了几分功利，多了几分真诚，同学之间帮个忙、办个事，大家都不推托。只可惜，当时本科是少年班，全班不过30人，研究生读金融，全班22人，现在留在国内的恐怕连一半都不到，时常聚会的不过就是六七人。刘振宇每每感慨，如果同学遍天下，该是多幸运的事情。

一次偶然的机会，听到一同行说正在读昆仑商学院的EMBA，刘振宇好奇地仔细打听了一下，心下明白了，这哪里是学校，分明是另类社交场，这是一个充斥着有钱佬、淘金者、机会主义者的交际平台，扩充人脉资源，没有什么比上商学院更英明、更直接的选择了，当下决定，马上查看资料报考商学院。

刘振宇打了报告，说明了自己打算继续深造读书的意愿，不承想，有意外惊喜，老大不仅同意，而且在高管会上提出表扬，并且报销学费，同时给了两个名额。会后，刘振宇被叫到老大办公室，看见同坐的还有另一财务副总，是老大的心腹，不用问，另一名额是留给他的。

老大开门见山地谈道：自己咨询了一下这几家商学院，昆仑呢，费用最贵，比其他的高出太多，就别冒这个头，免得别人以为我们公司乱花钱。这在刘振宇听来全无逻辑，但是不便也不能反驳。老大接着又宣称，F大星耀学院、D大经济管理学院、联合商学院都不错，你们自己挑，两个人别上同一家，在不同学院，可以互补不足。刘振宇当下表示，自己D大出身，不想再回去，有意去F大。那位财务副总不知道是诚心和自己捣乱，还是真的也仔细衡量过，一口咬死也要选F大。

老大出面调停，嘻嘻哈哈地说，刘振宇英文好，就选联合吧。定案了，虽然学费报销，但是刘振宇心中依然不平，自己打算读个书，还有人出来抢。唉，这地方估计待不长了，去意更坚。

对于刘振宇来讲，自己是被迫上了联合商学院，却给他带来了歪打正着的惊喜。

首先，同学来自各个行业，别看表面上温温和和，深聊起来，就会发现行业内的精英不少；而且，跟政府沾边部门的同学不少；再有，真有有钱的金主儿，单说张旺水，刘振宇参观过他的工厂、高尔夫球场、果园、森林，粗粗计算，几个亿的身家肯定有。

班里的这些资源，刘振宇一如金鑫般仔细盘点过，心里也有一本清楚的小账。

金鑫捷足先登，刘振宇很是不甘，但是静下心来再想想，未尝不是一件好事。同学们刚刚相识不过三个月，加上吃饭喝酒，最多也就是见过七八次，说不上十分熟络，让金鑫同学先去摸摸底、探探路。走在最前边的不一定都是前驱，也有可能是烈士。

现在的股市，大落小起，铁定的熊市，不知道会不会持续个一年半载。金鑫要使出十八般武艺，而且要有上好运气，才能不在一年半载之后躺在烈士公墓里。

第七章
怕什么来什么

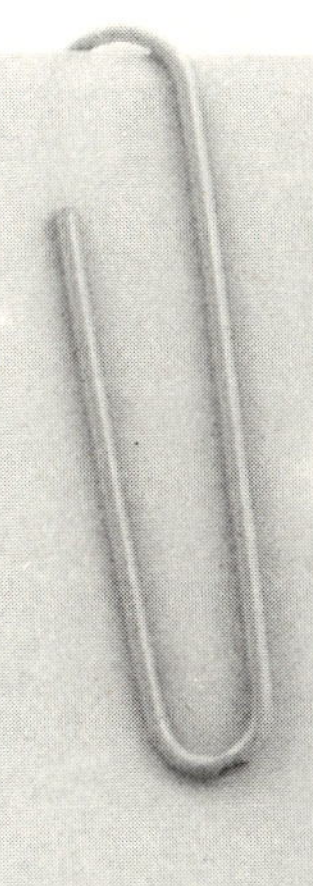

商学院笔记之帕累托改进

所谓“帕累托改进”，就是利己不损人——至少多一个人更开心，而不会让其他任何人不开心。

如果帕累托改进的一切机会都用尽了，事情发展到再要对任何一个人有所改善，就不得不损害另外一些人，一定要有人不开心，别人才开心，除此无法，那这个情况就可以称为“帕累托最优”。一种状态还不是帕累托最优，就意味着存在帕累托改进的可能。

不过生活里更多的是，不管有没有帕累托改进的可能，看到别人比自己倒霉一些，我们就开心；或者，还有人愿意用自我牺牲换取别人更大的苦难，如制造自杀炸弹的恐怖主义，这显然不是帕累托改进，而是人性使然。

窗外，一场意料之外的大雪漫天纷飞，北京似乎很多年不曾有过这样早、这样大的雪了。雪花密密麻麻，铺天盖地，来势凶猛，转眼间一切银装素裹，衬得联合商学院别有一番气质。

课室里，这堂课真是上得应景——宏观经济学，正值股市止不住地大跌，楼市也一蹶不振，而执课的教授文如斯正是多年不改的唱空派。

当股市从1000点刚刚升到3000点，文教授就开始站出来宣称这已经是峰顶，股市持续走高到4000点、5000点，以至高峰时期6000点，文教授从不松口，坚决彻底地唱衰，形容股市高烧、抽风，进入疯狂状态，在一片看好的形势下，他的声音尤其刺耳。

果不其然，股市从6000点开始下落，文教授更加高歌，反复鼓吹股市应该符合正常的市场价值2000点。

台上教授侃侃而谈，在座听讲的学生们则各怀心思。

金鑫整个人仿佛被埋在雪地里，从里到外透着寒气，只是这冰冷来得比这场雪要早很多。股市从6月份的3500点直落到现在的2000点，那300多万的杨阳基金和大势走平，剩下不足200万。任凭谁也很难预料到，大势会在一年之内从6000多点自由落体般跌落，一直重挫了2/3。从4000点开始，就有大把专业人士叫嚣着谷底来了，金鑫在6月份的时候也非常肯定地相信，3000点应该是谷底了，跌了一半，即使不回暖上升，也会徘徊止跌了。

人生一如股市，股市一如人生，总有意外，而意外往往都不是惊喜，而是惊吓。

每月上课的时候，金鑫都会把杨阳基金的情况汇报一下，历时五个月，没有一个月是盈利的，跟随着大势，每个月下挫10%左右，每个月都是同样的总结：相信大势已经是谷底，重仓以备反弹。这次，金鑫已经失去了重复的勇气。金鑫几乎认为，老天爷打算整死自己，自己不能不死！

金鑫觉得，这位文教授简直就是自己的天敌。20世纪90年代叫嚣千点论，自己不见了退休金。今年叫嚣2000点论——中国股市回归自我真正价值，自己丢了同学们的信任。

达成共识成立杨阳基金，共计390万，由金鑫来操作，每个月定期给杨阳父母1万元，如有特殊需要另外计算。该基金永续滚动，所得的利润全数归杨阳父母，如其父母过世则归杨阳妹妹所有。

这些参与基金的同学当初面临反对、质疑、观望、支持的种种态度，最终还是被金鑫无偿的服务做法感动，从而共同推动这个项目，但今天——

感动归感动，基金操作是商业行为，既然是商业行为，说白了就要赚钱！是有那么句老话，“投资有风险，入市须谨慎”。大家心里也清楚，大势不好，暂且不赚钱，理解。但是，哪里有只亏不赚的买卖呢，持续性的亏损就有些说不过去了吧。即便大市不好，作为资深的专业人士，也有可能在熊市赚钱，即使不赚钱，也可以持平，即使不持平，也可以少亏，对不对？

现在的情况是，杨阳基金的成绩和大市持平。也就是说，如果一个行外人士，什么都不懂的下岗女工，拿这笔钱去买了指数基金，基本也就是这个结果。

金鑫同学，我问问您，那专业人士之专业在哪里？资深人士之资深又在何处？

大家碍于自己的身份和面子，没有人当面指责，但是，眉宇之间的冷淡显而易见。当初质疑和反对的，这时在神色中露出“是不是我早就说过”的意思；当初观望的，现在不免要背地里赶紧把自己骑墙派的嫌疑洗干净，说当时没撂下狠话不过是因为同学情谊；而当初坚定支持的张旺水等人，自然面上无光，但嘴上还在死撑，可想而知，并不是因为信任金鑫，而是为了自己当初那些撒出去就收不回的豪言。

金鑫看在眼里，凉到心中——这次虽然钱只输了100多万，但是毁了自己的专业信誉，丢了同学们的信任，进而丧失了未来集资、合作的可能性，大大降低了人脉关系价值，几乎使上EMBA的价值归零。

不只是跟阳光基金相关的同学，这厢马君如也正处多事之秋。绿海房地产的老项目尾款拖了一个月还没付清。给在绿海多年的内应打了几次电话，对方都是支支吾吾，说自己年末的提成都还没兑现，估计年底前解决对外费用应该是悬了。

奥华咨询的内战已经由新上任三把火升级到怒火中烧。叶小姐重新审核了马君如的业绩报告，火眼金睛般拎出几个有注水嫌疑的合约，如绿海草签的明年新项目意向。

“马小姐，大家都是资深人士啦，”叶小姐操着相当清楚的港腔普通话，“就算绿海是老客户，那新项目的合同意向只是草签，第一笔预付款都没到，怎么就能够把标的全额算到业绩里面呢？再有，已经算进你上一个季度业绩里的绿海老项目尾款，到现在也没有到哦！咱们做销售不能这样子啦——如果去掉这笔尾款，其实你并没有提前完成全年任务。如果这么说的话，公司奖励你去读那么贵的EMBA，很亏的哦！”言外之意，下一年度的学费是要挟的筹码。

马君如无言以对，心里恨得咬牙切齿。

这个VP，把自己当小孩子管。老娘是大客户部总监，职责就是谈到把合同签下来。回款固然要负责，但公司是有跟单的销售人员的，怎么能事事都摊到我的头上！这规矩是Tim年初定的，并没说要求当年的单，当年必须到账，今儿你改了规矩，总得适当地调整任务达成额度吧！好，就算我督导不力，没有让客户按期回款，怎么就扯上了公司给我付学费的事？这可不是给我的业绩奖励，这明明是因为你来了，把本来就是我的位子挤掉的安慰奖好不好！

明明是借题发挥，以追责回款之名，行排除异己之实！

“最近几个房地产客户都是这样的情况，包括港建。”马君如清了清嗓子。

叶小姐的脸色并无变化。

马君如提及同样拖款的港资房地产客户，为的是封住叶小姐的嘴，这个客户是叶小姐刚从竞争对手手里抢过来的。

当时，叶小姐曾经不无得意地挤对君如：“内地的客户呢，价格谈不上去，人还累得惨兮兮的。像港资企业就不同，只要你的业务对接够高度，提案够水平，沟通够通畅，价格是没问题啦！”

港资企业也架不住国家的宏观调控政策吧，也银根吃紧吧，好了，叶小姐你谈来的客户也一样签完合同没按期付款，为什么明明自己是乌鸦，还看别人身上黑呢。

“港建不同，新开发客户要给对方表示下诚意，何况在香港分部那边港建的项目是预付了全款的。”叶小姐一笔带过，接着穷追猛打，“但绿海似乎有点儿过分了哦，据说他们的常务副总就是你们班同学，马小姐，你做客户关系一向不都是强项吗？这个周末你去上课，尾款的问题你要想想办法咯！”

“好，我这个周末跟左总单独聊聊，”君如敷衍道，她同样避轻就重地回击，“叶小姐所谓的内地客户，就是一些民企的大单咯，这次我们跟商务部下属单位做的这个项目，相信就不会出现这样的软肋。”

“你是说跟上海涌斯咨询合作的那一单吗？亚太总部的法务说，合同有些保障性条款不够严密哦！”叶小姐针锋相对。

“叶小姐是在怀疑国家商务部的诚信吗？如果你有此怀疑，叶小姐

应该写个邮件给总部，建议奥华从中国市场撤出。”马君如礼貌笑答，“至于涌斯咨询，如果不是通过它转包给我们，政府背景的机构与纯外资咨询机构合作的可能性几乎为零。而这类项目执行起来，只会比港建成本更低，利润空间更大——”

“坦白讲呢，”马君如学着叶小姐拖长尾音，“如果以此项目为标杆，发展同类客户，相信明年我们奥华一定有大发展哦——”

叶小姐脸色发黑，没等她开腔，马君如又道：

“真要感谢公司奖励我去读商学院，涌斯咨询就是联合商学院头牌教授的，商务部方面对这个项目有知名度这么高的学者加盟很满意。虽然我们奥华大腕儿也不少，比方叶小姐你，对吧，但是本土知名度大过天啊，我们是外企，更加有深刻感触的哦——叶小姐，没什么事我今天就早点儿回去了。我要预习下周末的课程，正好就是文教授的课，给教授留个好印象，也能增进下合作方对我们的良好印象哈。”

留下叶小姐一个人在背后喘粗气，马君如悠悠然踱出办公室，这次算是扳回一个回合。

绿海的事情，怎么也要有推进，有这个念头在心，马君如始终不能全情听课，不住偷眼看看旁边一排落座的左丹丹，只见这位大美人正襟危坐，心无旁骛。

左丹丹目不转睛地看着台上这位大名鼎鼎的文如斯教授，是他行使了教授特许权，使自己能跻身联合商学院学习。

直到面试过后，左丹丹才想起来，其实陈卓经常会提到他，说此人桀骜不驯，说话极不客气，在学术上很有见解，只是太偏激，不入主流。而以前，文教授也曾受邀出席房地产的论坛会议，左丹丹也会看到文如斯教授上台讲上几句，论调确实都不太入房地产大佬们的耳朵。

左丹丹从不妄加评论，她有自知之明，不像有的人不懂一二但偏偏要说出三四，结果完全不着四六，乱七八糟，九个听的笑死十个。陈卓很早就一再叮嘱她，多听多看，少言少语。这许多年在陈卓左右，左丹丹确实学会了很多，其中一条就是藏拙。

前两天的课程，左丹丹听得极度疲乏和劳累，开篇的银行体系和货币政策，貌似简单易懂，但是真正计算起基准利率上调0.5%对银行和货币走向的影响，左丹丹彻底蒙了。以前在学校学的是《春江花月夜》，哪里有这些推导计算？现如今，别人轻松地两三下就搞定了，在左丹丹面前就是整本《葵花宝典》，根本攻不破，只能败下阵来。

左丹丹就要打算放弃之时，邻座的马卫东看出了端倪，马上主动充当老师，拿着例题不厌其烦地讲解，一步一步演示，一点一点说明，把课间、午休的所有时间全部贡献给左丹丹，势必把这个学生教会。

马君如本来想趁课间跟左丹丹提提合约尾款的事情，结果让马卫东这位义务辅导挡得泼不进水，无可奈何，索性闷头翻弄发到手中的指定教材——但就文教授所说，这本书并不适合他的教学需要，“顶多有1/3的篇幅可看”。

文如斯开篇就先再三强调，只讲述经济理论，不探讨政策法规。在文教授设定的前提下，经济规律是一道道的数学公式，一切有理可依。

马君如记得自己在大学选修过西方经济学这门课，但在文教授的不同视角下，则观点迥异，同一个理论听上去也大相径庭。

单拿凯恩斯主义来说，就当年大学所学，诞生在资本主义社会、强调国家干预力量的凯恩斯主义，再一次证明了资本主义社会标榜的自由经济运转失灵，从而导致资本主义社会迟早灭亡。

在文教授口里，凯恩斯主义绝非如此简单，产生有因由，假设有条件，推导有模型，计算有公式，一环扣一环的逻辑推导之后，结论很明显，凯恩斯主义倡导政府干预伸出的那只隐形的手，并没有真正地拉动经济，反而牺牲了长期增长，换取短期的收益。

从凯恩斯主义谈到日本20世纪90年代经济衰退的政府干预无效，进而提及现今的中国经济政策，政府那只强有力的手时松时紧，中国经济也随之时高时低，起起伏伏，进进退退……文如斯语气沉重，心痛之情溢于言表。

教室里坐着的都不是一般的学生，有仰慕名教授的风采，对其见解深信不疑的，也有在各个行业叱咤风云、身经百战的老江湖，听到不认同之处，忍不住出声辩驳。

“政府有政府的难处啊，中国这么大，人口这么多，经济发展地区差异这么大，牵一发而动全身，政府也是左右为难……”有同学站起来直言不讳地提出疑问。

文教授皱着眉头，不急不慌地说：“政府为什么不可以放开手试试？这么多年，干预来干预去，经济是否真的就如期发展呢？这位同学提及的政治原因，在此处不做讨论，我研究经济，不懂政治。就像你让我估计房价和股市，我从经济理论方面可以推导出结论，但我没办法预测非经济方面的因素！”

如此偏激而执着，他不识时务的坚持，在众人眼里反而更添了几分学者风范。当代学者中，太多的人云亦云，太多的趋炎附势，这种不同的声音太难能可贵。

文如斯自从回国后就被排挤在主流之外，一是因为他奉行的那一套自由经济总是和政策过不去，再加上他那有话直说的学者脾气，在不少场合令不少人感觉不舒服。

久而久之，文如斯成了一道不同寻常的风景，旭日阳光中吹来丝丝寒风，有时反而显得阳光更灿烂，因而文如斯在近几年越发有了机会宣讲自己的主张，声名日渐远播。

文教授屡屡被打断，时不时被挑战，但是他不急不恼，一贯地微蹙眉头，缓缓道来，对于同学们的穷追不舍，他总是淡淡地回应：

“我在刚刚开始的时候已经说过，如果我们开始理性地探讨，那么我们今天需要离开此岸，到达彼岸，大家需要放下此岸的现实和执着，跟着我的逻辑，在彼岸研究、讨论。你们的这些问题不在我的假设前提之下，不符合我的逻辑，都是此岸的苦恼和困惑，我们在此不做讨论。”

文教授反复强调彼岸和此岸之说，此岸有着大家周围的现实生活，经济预测、各类统计数字、明条例、潜规则，繁杂混乱，真实丰富；彼岸是理想社会状态，运行合理的经济规律，逻辑严谨，步步推导，层层解析，有根有据。

芸芸众生中的大部分都在此岸现实中挣扎，看不到彼岸的理想和真理；少数看到了，纠缠搅扰，落得水中，也游不到彼岸，在中间徒然煎熬；有极少数能力出色的，奋力上了彼岸，欣喜若狂，徜徉留恋，不再回来；其中，仅有凤毛麟角居然肯离开彼岸，带着理想和真理又回到此岸。

课间时分，同学们三三两两走出教室，针对彼岸和此岸大发感慨。

“你觉得彼岸是什么样子？”不知道谁问了一句。

“充斥美女，遍布美食。”有人答。

“我就希望不用每天晚饭前跟老婆汇报……”

众人笑。

“各取所需，各尽其能，世界平和，国泰民安……”又有人接口。

众人又笑：“共产主义社会啊，那我问你，你在顺义的大别墅咋办？飞机晚点让我住不？”

“平等、自由、公正……”

“没有污染。”

“上学不用走后门。”

“去美国不要签证。”

众人笑着说着。

第二天，马君如俨然成了文教授的第二个助教——在讨论国家宏观政策对传统行业的影响部分，文教授几次请马君如上台，跟大家介绍已经开始进行的汽车制造行业调查数据。

上课前，文教授跟马君如提前沟通的时候，她有些犹豫，文教授递给自己的资料，远比给陈玉梅在签约前做过的更翔实。把资讯全公开给同学们，这样做是否合适？她思索着怎么开口问，文教授又递过来一张纸——是陈玉梅方项目对接人签过名的资讯使用授权书。授权书同意文教授出于教学科研的目的，把汽车制造业行业走向作为一个案例讨论。

马君如大乐，好啊，听听这些大佬都有什么看法，对自己将来的项目结论大有裨益啊！文教授不但学问做得好，也善于利用资源！

接下来马君如忙着发言，众目睽睽之下，也就没顾上留意左丹丹并没有在教室。

下午，直到班主任摇起了上课铃，左丹丹才进入教室坐下，旁边的马卫东悄声问：“怎么才来啊？”

“家里有事。”左丹丹答道。

马卫东抬眼看了看左丹丹，素颜，明显的黑眼圈，神情萎靡，和昨天比好像换了一个人，一朵鲜花打蔫了，看在心里不由得心痛：“没事吧？需要帮忙吗？”

左丹丹挤出一个笑容：“谢谢。没什么事。”

话说昨晚左丹丹上完课，又烦劳马卫东讲了当天不是很明白的几处方才回家。到家已经是将近十点，推门看见斜卧在沙发上的陈卓，打了声招呼便打算去洗澡，突然听得一阵急促的敲门声，左丹丹大声问道：“哪位？”外面没有回答，只是敲门的声音更加急促。左丹丹和陈卓对望了一眼，左丹丹走到门边，开了门，门还没安全打开，自己已经被一股人浪冲开，险些跌倒，抬声急问：“你找谁？”

进来的不是一个人，是一男两女。冲在最前面的女人指着陈卓：“我找他。”进来的唯一男子是跟了陈卓十几年的司机老张，他张口结舌地解释：“陈总，我打过你电话，你关机了。陈太太，她……”陈卓摆摆手：“没你事，你先出去吧。”

左丹丹电光石火间明白了。预料当中，只是这一天来得太晚，以至几乎忘了，很久不曾在心中演练这样的场景，应该如何出招，如何应对。沉默，拿不准说什么做什么的时候，沉默永远是最佳的选择，陈卓无数次和她说过，现在真正派上了用场。左丹丹默默地站在原地，仔细地打量着面前的两个女人。冲在前面的女人年纪50岁上下，身材臃肿，盛怒之下当然面目狰狞。听得那女人厉声质问：“陈卓，你是不是很过分？你有老婆孩子，你女儿今天就在这里，让她自己看看她的好爹是什么样子！”

陈卓并不接话，只是对后面的女子说道：“婷婷回来过圣诞，怎么不早通知爸爸，我好去机场接你。”

被叫作婷婷的女子，20岁出头，手插在兜里，靠在门边，清秀的脸上写满不屑和不耐烦：“我妈不让。”

陈卓转过头，对着陈太太：“你自己来闹还不够，还带女儿来参观？！你的脑子在国外待坏了吧？！”语气透着丝丝寒意，“我送你们回家。”

“回家？这不是你陈卓的家吗？”陈太太猛然转过身盯着左丹丹，“果然是好身材好容貌，什么出身啊？模特还是演戏的？哪个小地方的？中学毕业了吗？跟了陈卓多少年了？他出手大方，没少给你吧？你们签了几年合同？捞够了就换地方吧！不过，你看起来也岁数不小了，再出来混，不容易找下家了吧？那就狠狠地宰陈卓一笔，然后就走吧。我们是一家人，我这次回来就不打算走了，我和老陈要安享晚年。你服侍了老陈这些日子，应该功成身退了。”眼神胜似利器，言语冷过寒冰，“别以为保安、阿姨当你是陈太太，你就是陈太太了。做陈太太，要老陈认可、老陈的父母认可、社会认可。你？自己掂量掂量？做人要知足，该收手就收手吧。”

曾几何时，左丹丹也设想过，注定有这么一天这位太太会找上门来，自己会被扇耳光、暴打、痛骂，狐狸精、婊子、骚货是管用的词语。终于，这位太太出场了，没动手，甚至声调都平缓了下来，没有一个脏字，但是这种高高在上的鄙夷像五毒散直接泼向左丹丹，不伤害你身体，不抓破你脸皮，只羞辱你的心。左丹丹知道，自己现在能做的就是沉默。

陈卓走到门边伸手搂着女儿，回头问：“说完没有？！走不走？”

陈太太调整了一下脸色，露出了一个笑容：“我们全家都走了。你该走也走吧。”

一家三口真的开门走了，陈卓似乎把左丹丹忘了，没有回头说句话，甚至没有看她一眼。左丹丹打开电视，把声音调到很大很大，然后一个人埋在沙发里号啕痛哭。

一晚上，左丹丹在等陈卓电话，没有音讯，前尘往事翻涌，凌晨才昏昏睡去，于是乎黑眼圈、憔悴容颜，看上去真是我见犹怜。

等到小组讨论的时间，马君如终于逮到同在一组的左丹丹，问神情依然有些游离的左丹丹："丹丹，你怎么了？昨晚没睡好吧？"

左丹丹点点头。

"咋了？有什么可以帮忙的？"张旺水的心思始终都不在功课上。

左丹丹笑笑："不用。谢谢啊。"

"这就对了，要多笑，女人嘛，笑起来才春光明媚。"张旺水继续贫嘴打哈哈。

"丹丹，你们绿海现在情况如何？我可听说，你们拖欠施工费。"冷不防，洪英俊突然插嘴。

左丹丹一愣，果然是好事不出门，坏事传千里。她顿了顿，这样回答："现在这个形势大家都钱紧，但是还不至于不给工钱。"又转身扶了扶马君如的胳膊，"我们跟奥华的下一年度广告合作力度比今年还大呢，是吧？君如。"

马君如心想，是啊是啊，单子是签得很大，但是丹丹同学，我问你，钱呢钱呢钱呢？！一时苦笑不作声。

俗话说，光看贼吃肉，没看贼挨打，这次绿海的麻烦真是不小。

这次政府突然收紧调控，绿海出现了始料未及的现金短缺，之前的扩张太过激烈，一下子买了好几块地，同时动工。现在银行一刀切收紧，陈卓动用了不少关系依然贷不足需要数目的款项，开工的楼盘已经停了三个，但是之前欠下的款项还没有落实，形势一下子变得严峻了。

陈卓最近也是为了此事烦心不已，到处拆借，依然不得要领。银根松的时候，个个有钱在手，好借好还，现在银根一紧，个个都叫苦，自己还养不饱，哪里能借给别人。

现在左丹丹手里有个项目，一栋酒店式公寓低价发售。精装修，每平方米11000元，两年之后交房，现在首付15%，而且承诺买家两年之内可以转名一次。条件如此优厚，可见绿海是多么急于现金回笼。陈卓要求两个月之内把房子全部卖掉，至少要收回来一个亿现金。

“也是，你们也算有实力的，应该不会有问题。”洪英俊说，“丹丹，你们最近要推出绿海新城四期了？我看到广告了。”

“是。而且有栋酒店式公寓……”左丹丹借机把情况说了一下，正好也卖卖广告，看看哪个同学有兴趣。

同组的除了马君如实在没有心思也没有财力，其余的张旺水、马卫东、洪英俊和李易祥都听得极认真。

“价格确实不贵。”洪英俊说道，心里清楚这次绿海确实有麻烦了，要不如何会贱价割肉？调控之前，这个地段至少14000元起。

“丹丹，你说，值不值得买？我们都听你的。”张旺水总是快人快语。

“我当然觉得超值，不过，我们要听听专业意见。”左丹丹转头看着李易祥，“李同学，你在住建部，你怎么看现在的调控政策和楼价？”

李易祥一向低调，唯恐同学们知道他的身份，每每被问及房地产走势问题，总是嘻嘻哈哈，一副我党我政府准备如何如何的官腔，搞得同学们很是没意思，以后也就不去自讨没趣。这次被左丹丹问道，李易祥一反常态：“这次调控来势突然、凶猛，历时半年，政府也未必预计到打击面会这么大，我觉得可能不会持续太久。”

“也就是说，政策又要变？”洪英俊问。

“不好说。但是，看蛛丝马迹，政府也觉得有点儿狠了。”李易祥说。

左丹丹思量，如果老李说得有理，也就是说在近几个月，调控政策会出现缓和，银根一松动，房价会马上再涨上去，那么现在这11000元的房子实在是值得投资，自己也应该盘点一下手里的现金，买上几套。现在和陈卓的关系随时可能发生变化，不能不多为自己考虑。

英雄所见略同，同学们的认识也大同小异。张旺水急急表态：“按照老李所讲，政策一变，房价必然首先反弹，丹丹这房子，就现在而论也是笋货，我看我们要下手。”

洪英俊和马卫东也频频点头。

“丹丹，我看这事，你需要和刘班长商量一下，问问他的意见，班

里也会有其他同学感兴趣。”李易祥建议着，同时强调，“如果这房子真的照你说的条件卖，也通知一下我。”

“目前没有变化，就是这样的条件。”左丹丹答，“我明天把户型图拿来，大家挑挑。”

课题小组没有讨论案例，竟然搞出了购房团，大家叮嘱着左丹丹务必当件大事来抓。

铃声响起，案例讨论时间结束。大家蜂拥而入，对于此时的左丹丹而言，马君如更加不便跟她提及绿海项目尾款的事情了，不免灰心。

文如斯在前侃侃而谈，帕累托改进——“有人受益，无人受损”。他一如既往地跟马君如互动多多。

如果马君如知道左丹丹跟陈卓决裂的日子不远了，她给文教授的回答一定更加精彩——

离开陈卓是帕累托改进。

对陈太太而言，左丹丹的离开只有受益，没有受损。

对陈卓而言，十年的身心都放在左丹丹处，已经是相当长情。在这个圈子里，换女友一如换车，可能频率还更高一些。喜新厌旧本就是人之常情，所谓旧的不去、新的不来。更何况，左丹丹并非原配，原本就没指望天长日久。左丹丹清晰地记得陈太太的话，他们三口是一家人，要相濡以沫、白头到老的。走了左丹丹，来的也许是更年轻美丽的右丹丹。有无受益，未定论，但至少无受损。

对大美女左丹丹而言，十年的青春也不算蹉跎，相比之下，马君如自己胼手胝足地打拼十年，又如何？不及美人丹丹，名下有车有房有现金。离开陈卓，不用再听他的讽刺打击，不用担心有太太过来羞辱，不用看一个男人的脸色，一切可以重新开始，有受益无受损。

下个课间一到，左丹丹叫上刘振宇，和他细细说明缘由。刘振宇不时地提问、确认，再提问再确认，10分钟的时间，已经了解了大概，有了自己的基本判断，接下来，需要和两个人确认，一是李易祥，一是张旺水。于是说道：“丹丹，我听明白了，容我想想，看看怎么和同学们说这件事。毕竟是你的公司，由我来说，比较中立中肯。我个人觉得值得投资。”

左丹丹点头称是。

上课铃声再次响过，大家纷纷落座，这次轮到刘振宇走神。

对金鑫操刀的杨阳基金，刘振宇一直非常关注，正如当时自己所料，不尽如人意。熊市赚钱是要有真本事和好运气的，少了哪一样都不可，看来，金鑫两样都不足够。刘振宇对于杨阳基金的惨况，并没有完全幸灾乐祸，反而担心今后在班里再有类似的集资投资筹资，会阴影多多，困难重重。

现如今，机会来敲门。左丹丹刚刚所讲的项目，确实是个不错的投资，整个盘子不过一个亿，如果整体购买，势必还有折扣，把单价压到1万元，就是现在的形势也是低过市价15%左右，横竖不会亏。再加上李易祥对政府政策的分析和预测，如果半年之内政策松动，房价势必第一时间冒头反弹。

班里有钱的主儿不在少数，光是参与杨阳基金的大户就有十几个，手里拿出一千几百万现金不是难事，只要他们确认可以赚钱，没有理由放掉机会。这件事，由自己来挑头主理，左丹丹来落实，李易祥做参谋，张旺水捧场，肯定可以成事。

这才是真正的帕累托改进：对于绿海公司，拿到现金，暂缓现金流危机；对于左丹丹，在其位谋其政，为公司卖了房子，帮同学们赚了钱，自己也有了声誉和实惠；对于同学们，买到比市场价格低的房子，且不说以后涨到什么程度，单是抵御通货膨胀已经是上佳的首选；对于自己，项目不是自己的，政策预测不是自己说的，钱自己是拿出来了，力自己是出了，赚了，皆大欢喜，借助此事聚拢人气、拓展人脉、增强信誉；不赚，不是自己操刀，只能归咎形势使然。

第八章
房事需谨慎

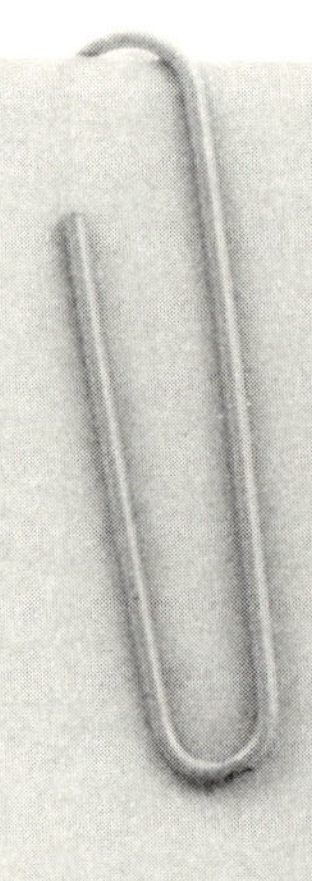

商学院笔记之战略上藐视——STEP，
战术上重视——PEST

所谓STEP或PEST分析，其实就是指对企业外部所处环境的一种分析方法和分析模型。（S即社会因素，T即技术因素，E即经济因素，P即政治因素。）

只要是有利可图，剖心剥皮也是要做的，有问题就会有方法，故外部的因素分析要一步一步来（step by step），所谓战略上的藐视。

就像你不可能改变任何另外一个人，除非他人愿意一样，企业外部所处环境是难以受到企业掌握和改变的。如果外部环境存在致命因素，纵使是一本万利，也会有功亏一篑的风险。所以要对这些可能的有害物（pest）持审慎及警惕态度，所谓战术上的重视。

绿海项目的回款暂时没有下文，马君如只得全力推进陈玉梅方面的汽车制造行业咨询项目。

几次前期诊断访谈过后，马君如对陈玉梅的工作有了深入的了解。

这位商务部的女司长主抓大型项目，手上有几个长期项目，部里毫无例外地没有压倒性决议。个中原因马君如也心领神会，这里不单是商场，更是官场，每个人所坐的位置不同，利益因而不同，考虑问题的角度自然也有差异，所谓屁股决定脑袋。

陈玉梅认为，对于国内整体经济形势的明确认识，特别是前瞻性、全球性的视角是大家普遍的短板。她希望马君如能够协调文教授，给这帮官人、国企的大佬开一个相关主题的研讨会。

因为整体合同已经签订，所以这个课程需要另外付费，马君如索性联络了联合商学院的EDP（高级经理人发展课程）部门。毕竟不是咨询部分，这需要约商学院的教授课时，绕过学校就不太好了。由EDP部门回复来的消息是，文教授一早就定好了欧洲学术休假，并且已经有几个讲座要进行。如果能够协调的话，研讨会只能是在万里之遥的欧洲举行。双方谈定，课程奥华咨询方面抽佣30%，

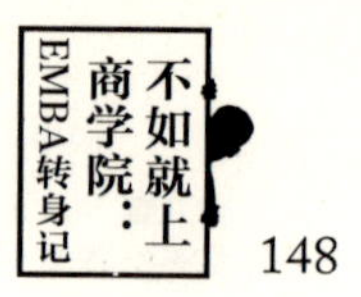

并负责此次行程的整体协调。

司局级别的公务官员到欧洲做项目或者开研讨会，多少有些招摇，且奢侈了点儿，但是为了迁就，只能如此。听讲座本是件枯燥之事，但是加上了欧洲之行，顿时有了色彩。大家兴致勃勃，报名的人数多，成行的人数也达到90%，可见参与之踊跃。

奥华方面，由于这次与会人员的级别非同小可，是发展新合作意向的绝好机会，理所当然是叶小姐领队前往，马君如随同。

无论是官员还是企业的老大们，大多数都来过欧洲，因此这次来或多或少都带着购物的任务，打算象征性地开一两天会之后，就直奔购物中心血拼。但是，没承想这次开会的地点是慕尼黑郊外的一个大学城，所谓城，不过是一所大学、几万人，远不如北京的望京大，更谈不上繁华。文如斯在这里的大学有客座讲演，所以，徒随师便，众人只得落脚在这个静谧的小镇。

每天在小旅馆一样的酒店里封闭上课，剩下的娱乐活动就是在蓝天白云下散步，周围有山有水，星星点点有些住宅，大家狠下心叫了的士去了趟镇中心，窄窄的街道连人影都不见几个，走了很久才发现有个超市，购物中心？嘿嘿，当地人笑笑，答：去慕尼黑吧，离这里三小时车程。大家大眼瞪小眼，心里不免抱怨主办方不力，把讲座安排到这荒郊野外。

眼见课程已过三天，购物单子上的东西一件都没有买到，加上连续几天大家都是上顿吐司火腿，下顿三明治，回到房间是开水泡面，个个难免心生抱怨，尤其是几个企业的老大，都抱怨出了声，甚至主动提出赞助酒店费用，要求集体搬家。

文如斯教授本打算利用这次欧洲之行好好休息一下，之前已经约好了三五好友去自驾游，突然接到学院通知要给这帮官爷上课，心中固然不美。身为经济学教授的文如斯心里自然明白，这样的短期课程，是学院收费最高、利润最高的项目，身为学院力捧的明星教授之一，学院的任务要完成，学院的面子也要给。

文如斯自从回国后就被排挤在主流之外，他心里清楚，自己始终不能走进主流，不能直接参与和影响中国的经济建设。所以，每每有近距离接触领导们的机会，文如斯还是会欣然前往。

三天的课上下来，文如斯有些失望，这帮官爷开始还给个面子，认真听，一天过后，疲态就出来了。一下了课，就派叶小姐跑过来问，课程能不能早点儿结束？请教授一起去玩儿。文如斯心里叹气。

其实叶小姐这样也是情势所逼，左右为难。她从出行之初就一直高调，说欧洲是自己求学几年的地方，一定有求必应。所以向主讲教授反映民意这件事，就落到叶小姐头上了。

马君如乐得无事一身轻，专心听讲。

就马君如来看，文教授的课程一如既往的精彩，理论框架清晰实用，对于接下来的项目评估工作，实际意义非常大。

而在不自知的某些时候，马君如会望着文如斯出神，不知道单独和他在蓝天白云下散步，会是什么感觉？

马君如得使劲摇摇头，才能甩掉这些胡思乱想，可是往往一个念头被割断，另一个马上会晃晃悠悠地冒出来，正当这个时候，文如斯刚好把脸转过来，目光炯炯地直视着她。马君如的心猛烈地跳，一边躲避着教授的眼光，一边强迫自己低头看讲义。

四天的理论介绍终于告一段落，在模拟评估具体项目之前，拿出一天休息、游览和购物。文如斯教授鼓动大家去郊外的新天鹅堡游览，而且自告奋勇当导游，可惜很多人纷纷要求在叶小姐带领下去慕尼黑逛街。第二日清晨出发时，马君如发现，竟然只有自己一个人去新天鹅堡。又有了跟文教授独处的机会——文如斯从朋友处借来一辆吉普，带着马君如上路了。

马君如坐在车里，看着阳光照着路上密密麻麻的树木，空气中有股芬芳，微风轻抚人脸。文如斯教授的笑容被阳光镶嵌了金色边框，无论以后如何，此情此景，马君如知道自己都会铭记一生。

在这样的阳光下，文如斯一贯冷峻的脸也柔和了，那种温暖的柔和，使马君如一向紧绷的心开始变松，变软，软得像摩天轮前面贩卖的棉花糖……

在这样的阳光里，马君如带着这样柔软的心，静静地跟在文如斯身后。

被叫作新天鹅堡的宫殿是早年德国尚未统一时巴伐利亚王国的王宫，马君如并没有提前做过什么功课。但真正到了城堡跟前，她有些吃惊，曾经有一张保留了很久的贺年卡封面上的照片，就是新天鹅堡。自己在小女孩的时候，也爱看童话，也曾有自己的公主梦，而这些梦想都被锁在那张贺年卡封面上的城堡里。

“巴伐利亚人民至今感谢当年的帅哥国王路德维希，他殚精竭虑地为自己造的好几座梦幻宫殿，到今天仍吸引着大把观光客来掏钱买门票。”文如斯的声音把看城堡看得入神的马君如拉回现实，他把套票放在她手里，“进去转转好了，我当导游。”

马君如是个勇于面对现实的人，她一直告诉自己做好本分才能更进一步，根本无法理解一个只醉心于建筑和音乐，而不去巩固王权，最后又被架空的国王。与其说马君如是在听文如斯一路对城堡如数家珍的讲解，还不如说她在安心享受文教授抑扬顿挫、磁性的声线，而不必担心教授随时抛出问题来问自己。

与建造新天鹅堡同一个时间，第一座摩天大楼正在美国修建，现代建筑文明在美国已经生机勃发。路德维希却花费大量财富，仿照中世纪的浪漫古堡，打造幻想之中的童话之城。他规划建造的新天鹅堡，后来成了建筑迪士尼乐园中城堡的灵感来源。

马君如发觉，文如斯口中的新天鹅城堡，就好像他在课堂中营造的“彼岸”，完美、严谨，自成体系，洋溢着古典气息、名家风范和真知灼见，却未必能在纷繁世事中得到印证并实现抱负，正所谓曲高和寡。

听说当年文如斯还不是文教授的时候，在出名的投行是一位业绩垫底的基金经理，人送美誉“说得好，做不好”。文如斯的长项在于对于宏观经济的理性解构和长线分析，但国内经济走势表现和投资环境往往更多地取决于随机性的政策和短期社会现象。学问做得好，未见得业务做得好。现阶段的房价疯长，文如斯的观点非常鲜明：严重泡沫。不过，同时他也声称，按照他的理论体系，房价虚高是必然，可他无法用这套理论去左右政府的抉择。

马君如觉得，就是这样“不识时务”的坚持，使文教授充满了魅力。置身于这样童话般梦幻的城堡中，马君如暗暗地希望时间流逝得慢一些，再慢一些。

不舍地走出城堡没多远，文如斯一把拉住马君如：“你回头看。”顺着文如斯的手指方向望去，只见夕阳中的梦幻城堡被镶上了金色，美得炫目。

马君如知道自己离文如斯很近很近，她能感觉到他的呼吸，甚至听到他的心跳。马君如似乎也听到了自己的心跳，急速而慌乱。

她听到文如斯教授赞叹：“美得多不真实！”

马君如就势向后退了一步，接口道：“一如彼岸。”

接着，她听到文如斯的笑声：“对，彼岸……”

辗转一夜，第二天的课程照例十点开始。马君如刚巧在走廊和文如斯相遇，彼此客气地互相打着招呼。

一旁的叶小姐端详着马君如：“马小姐，昨天你们玩得很高兴吧？风光如何？你今天的气色可真不错啊！”

无心之话，在马君如听来突然觉得有些刺耳，她笑笑，并没有作答，同时抬眼打量了一下文如斯，刚巧文如斯也望向马君如，替她接了话：“新天鹅堡是出名的旅游胜地，多少人千里万里赶来，你们近在咫尺竟都不肯去看看。”

叶小姐刚好抓到表功机会：“我也想去的哦，是女孩子都想去的哦！可是学员们硬要我帮忙购物啊，没办法，身不由己哦，文教授！”

文如斯教授谈兴甚浓，正式开讲课程前，把新天鹅堡的风光大说特说了一遍，同台的官员大佬们听得心生向往，很后悔昨天没有跟着去，忙不迭地说："错过了，可惜啊。你们有没有拍照片啊？"

马君如记得在离开天鹅堡的时候，文如斯问自己是否需要拍照留念，自己摇摇头。"马君如同学说，美丽的风景应该印在心里。"文如斯看着马君如说，"我觉得极是。"

马君如始终保持着笑容，沉默，目光时不时地从文如斯的脸上扫过，这张棱角分明的面孔现在看起来似乎多了些柔和，而这些柔和又如阳光般照得马君如心里暖洋洋的。

项目模拟评估要求大家运用之前四天所学的分析框架来做实操，形式以分组讨论为主，文如斯教授在各个讨论区巡视聆听。现在拿出来讨论的每个项目回去都要真正做决策，容不得丝毫马虎。

这个时候，作为协调方的叶小姐和马君如反而轻松些，叶小姐说自己昨天走多了路，回房间休息，留下马君如在会场照应。

马君如发现自己经常走神，往往是别人叫到自己的名字才恍然醒来，时常前言不搭后语。

下午的茶歇时分，文如斯过来问道："你怎么不在状态？是不是不舒服？"

马君如不知说什么好，支吾道："有点儿头疼。"

"怎么了？受寒了？昨天吹风了？"

普普通通的几句话，在马君如听来格外动听，连忙解释："没有，只是有点儿头疼而已，没什么大事，药也是不用吃的。"

马君如看到文如斯从西装口袋里拿出一盒药片："这是阿司匹林泡腾片，我头疼的时候就吃一片，似乎很管用。我这里只有四片了，都给你，你先试试，不知道对你是否有效果。"

文如斯边说边撕开药包，把药片倒在马君如的杯子里。杯子里的水顿时生出无数的小气泡，翻滚着往上涌。马君如静静地望着滚动着的气泡，忍不住想起一句老话：人与人的交往就像两种物质相遇的化学反应。这小小的药片一落入水中就掀起千层浪，一如沸腾的水泡，几乎夺杯而出。

文如斯和马君如就这样都静静地坐在彼此对面，看着杯子里的水泡沸腾、翻滚，终于最后一个气泡也消失了，一杯水完全归于平静，依然清澈透明，不知道的永远看不出端倪。

文如斯端起杯子，递给马君如，马君如接过来，彼此的手指不经意地触及了一下。她下意识地把手往后一撤，可巧文如斯已经把杯子递了出来，杯子在两个人手间跌跌撞撞了几下，不情愿地落在桌子上，然后顺势滚到地上，啪的一声碎在那里。

周围的人听到动静，纷纷望过来，有好事者已经奔过来："没事吧？没伤着吧？"

马君如连忙站起身："没事，没事。不好意思。"

待一切收拾妥当，已经过了休息时间，大家都离开了休息室。文如斯拿起桌子上的药包，再拿出一片，放在刚到好水的杯里，瞬间千万个气泡涌起来，两个人还是那样静静地望着，一言不发，直到最后一个气泡消失。

这次，文如斯并没有再伸手拿杯子，只是静静地坐在那里。

马君如慢慢地端起杯子，喝了一口，咸中带着一点儿甘，有点儿像在上海喝过的盐汽水，并没有药的味道，于是一口气喝完，然后轻轻地把杯子放回到桌子上，望向文如斯。

文如斯向她笑笑，然后站起身，走了，没有一句对白，留下马君如一个人，心里升起千万个翻腾的气泡。

德国之行之后，再没机会见到文教授。

临近年底，一年一度的商学院戈壁挑战赛庆功宴如期举行。入学以来，这次聚会应该是本届EMBA最盛大的一次，春季和秋季、上海、北京和深圳，一共六个班级齐齐欢聚。依次落座，大家照例先是天南地北，然后就是张三李四，这次谈论最多的就是最近刘振宇和左丹丹组织集资买楼这件事。

马君如自知荷包不鼓，这件事本打算礼貌回避。既然这次聚会免不了要提及，她其实是想推说有事情不来的，哪知道刘振宇在聚会前一天特地约她一起吃饭。

轰轰烈烈的杨阳基金，相关邮件自己都能收到，马君如本以为是全班群发的，后来才知道并不是。但自己并没有出钱啊，怎么会在邮件组里？于是她问刘振宇，刘振宇泰然地说："你是组织委员，所有组织，包括正式组织和非正式组织的动态，都得备份给你。"

这回答使马君如心中更是生出疑窦，但也不好表示，感觉刘振宇毕竟拿她当自己人看待。

"杨阳基金虽然我没参与，但旺水托我做监事。嘿嘿，你知道，我和金鑫是同行，不好多话，于是推荐你。"刘振宇说到此处停住，等待马君如反应。

"我？做监事？不好吧？我又没参与。"马君如说。

"就是因为你没参与，才方便做监事。游戏规则就是监事不得参与投资。"刘振宇振振有词，"我觉得你合适做，而且我和旺水说了，他也同意。"

"哦？"君如半信半疑，心想，自己何德何能给这帮大佬做监事，"我没做过监事。"

"君如，就算是你帮我吧。其实我平时事情很忙，这种同学间的事情，我又不大方便麻烦我的助理。每份邮件你帮我存档，方便的话按主题整理下。所谓监事，也就是开会记录、存档之类的事情。"

"好吧。"马君如觉得似乎没有不答应的理由，同学这么看重自己，那就上吧。就这样，马君如成了杨阳基金的监事，知道所有的内情和近况，当然对于金鑫的尴尬处境也十分了解，对于同学集资这事更加戒心重重。看着大家这次又轰轰烈烈地集资买房子，心中纳闷，他们怎么伤疤没好就忘了疼。

"房子的事情，你不参与吗？很划算的，我觉得。"刘振宇试探着问马君如。

“呃，这方面我不懂，算不过账来。”马君如支支吾吾地回应着，心中感慨，自己可不比你们，个个都是兜里揣着钱不知道怎么嘚瑟。

刘振宇看得出马君如的态度，当然不会再多嘴，知趣地聊起另外的话头。

毕竟是男女同学单独吃饭，交谈甚欢。饭后道别，马君如回到自己车上，抬眼望见镜中的自己，脸色泛红——很久没有经历这样令人愉快的约会了，她对自己说。头脑里不知怎么的，又映出了文教授的面庞。

马君如大力摇头，摇掉那张曾经照耀得自己那么温暖的脸。

这一整间的宴会厅，二三十张桌子，300多人，单单这一头花白头发一眼就被马君如看到。文如斯教授和左邻右舍谈笑风生，还是那张硬朗的面孔，笑起来也是眉头微蹙。

“你们看看文教授左边那位，”坐在同台的伊宁说，“那是文夫人。文教授有家咨询公司，就是叫作涌斯咨询的，日常都是文夫人打理，生意做得很好。”

马君如望过去，看不到正脸，只看到大半个背影和三分之一侧脸，听得伊宁继续说：“年轻时也是出名的校花，现在嘛，岁月催人老。”正巧，文夫人转过脸和一个熟人打招呼，马君如看到一张五官精致的脸，笑起来尤其迷人，现在依然是大美女，而且透着股干练。

其他女生也在审视，文如斯有太多的铁杆“斯粉”，大家对文太太自然充满好奇。

“一看就像女强人。”一位说。

“那绝对是女强人，据说挣钱比文教授多很多。”伊宁接口，“把文教授管得服服帖帖。”

“他们也算是绝配，夫妻都这样出色。”马君如半天没说话，搜肠刮肚地开了口。

文教授今天一身深蓝色西装，文太太一套同色的西装裙，文教授系的领带和文太太西装套裙里的衬衫同款同色，均为蓝紫色水纹图案，更

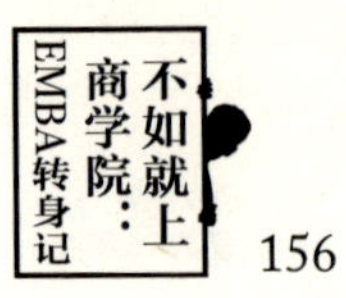

为精巧的是，文太太的耳环和文教授的袖口是同款同色，用心良苦啊。这文太太绝对不只是女强人这样简单。

“是圈子里有名的金童玉女。”伊宁说，“你现在知道为什么文教授没有绯闻了吧？文太太除了年纪是弱项之外，其他样样好，文太太让绝大多数女人望而却步，所以说再多的‘斯粉’也只是‘斯粉’，文太太始终是文太太。”

“他们简直是上帝的杰作，恩宠太多……”马君如故作感慨，心中却柔肠百结。

为什么自己去上海的时候，没有遇到文太太？

为什么直到奥华跟涌斯这么大一单合同签好了，自己还没有发现文太太的出现？

是文如斯刻意隐瞒，还是自己下意识回避？

现在想来，应该是后者吧——马君如记得，文教授的无名指上有一枚素戒……

其他同学依然在轰轰烈烈地谈论，瞬间话题就转到了集资购房一事。

“一定能赚钱？”伊宁撇撇嘴，“赚多少？我现在的股票收益年均30%，能比这多？”大家都一边倒地力赞这个项目，伊宁这个不同声音显得特别出众。

“伊总，您厉害！要不，你组织个基金，帮我们也炒炒股票？”有的同学顺口提议。

“别了！同学之间，干干净净。扯上钱，就说不清楚了。”伊宁边说边瞟了一眼金鑫，心里冷笑，组织个基金，看看金鑫这个先烈，算了吧。

张旺水最看不惯伊宁这副嘴脸，于是接话：“扯上钱，也能清清楚楚、干干净净。再说，同学之间合作，就是个信字。我投了，我觉得这个项目靠谱，操盘人是刘振宇和左丹丹，也靠谱。你不投就不投，用不着夹枪带棒的。”

“我夹枪带棒？”伊宁撇撇嘴，“不过就事论事。”

在座的刘振宇、马卫东、张旺水、洪英俊都很高调地参与了这次“房事”，席间热情地回答着其他同学的询问。

“左丹丹那边的关系稳妥吗？”有人问得很直接。

“稳妥。我见过他们老板，已经谈过。”刘振宇清楚地回答，看了马君如一眼，顺口说道，“丹丹的老板，君如也认识，和君如他们有合作。”

刘振宇无心的一句，又正说中马君如的心事。澳洲婆非要求销售跟单从头到尾，所有款项收足，才可以记入绩效。绿海这不多不少的200万，让马君如好生作难。

马君如硬着头皮问过几次，左丹丹都客气地说：“现在我离职了，真不方便插手。”只得再去绿海打探，内线的消息是钱很紧张，公司内部已经裁员，追款这事实在不敢问。给陈卓打过几次电话，手机没人接听。马君如气闷得厉害，真想冲到绿海财务室去问个究竟，但是又怕伤了和气，那明年的合同就真废了。

所以，就马君如来说，打心眼儿里巴望刘振宇和左丹丹都尽快凑够款项买下绿海的房子，解了绿海的燃眉之急，也解了自己的燃眉之急。

“房子质量如何？”有同学问。

“这个，我有发言权。”马君如突然开了口，“今年我们帮绿海做了咨询项目，其中就涉及建筑的用材、面积设计、开间格局等，绿海的建筑用料绝对是中上水平。”

马君如的力证让左丹丹有些吃惊，不由得向她笑笑，感激之情彼此心照不宣。左丹丹哪里知道，马君如话一出口就后悔，尤其瞥见了伊宁犀利的眼光，她真怕伊宁扯着嗓门儿问：“君如，你准备投资啊？500万呢，不是小数目。”还好，不等伊宁发难，已经有同学继续追问：“那价格呢？君如，你们觉得绿海这个楼盘的价格如何？”

问得如此具体，马君如一时不便作答。刘振宇接上了话：“价格是个硬指标，你可以做做市场调查，看看周围的楼盘都是什么价位。”

“这事情，振宇，你必须主导。”

刘振宇说："那是一定，不过具体操作还是要靠左丹丹，她是行家。"刘振宇知道同学们质疑左美女的职业能力，同在一条船上，刘振宇斩钉截铁地为左丹丹打包票，充分肯定她。

"一定要500万起？"

"是。"刘振宇答。

"大家都是500万起？"有人追问。

刘振宇笑了，每种游戏规则都不同，这个游戏自己定的规则，除了当时上课和左丹丹一组算发起人的可以低于500万，其他同学必须500万起，掏不起，可以不玩。现在刘振宇手里已经有3200万，尚余6800万，盯准像张旺水这样一出手就2000万的几个大户，刘振宇非常有信心这钱很快凑足。最怕哆哆嗦嗦地拿出一百几十万的主儿，钱不多，事儿多，把情况问个底儿掉，真是投了也会天天追问结果，这样的，不参与最好。

"大概什么时候可以有回报？"老王问。

刘振宇看了老王一眼，这是个大户，刘振宇估计他的身家几个亿肯定是有的，拿出千把万现金不是问题，于是很慎重地说："一年之内肯定有成效，快了也许半年。关键要看政府的房地产政策，只要一松口，房价马上就会触底反弹。房价涨了，我们有很多种选择，可以出售一部分，留一部分待价而沽，或是整体出售套现。生意没有100%赚钱的，这个项目，我有80%的把握不亏。"

老王点点头，80%不亏，刘振宇的话说得实在，没有满打满算。老王也做过相关的调查，这个价位即使在现在同区也绝对不贵。政策已经不可能再收紧，放宽只是时间问题，赌就赌时间长短。于是，他小声和刘振宇说："我现在手里不宽裕，不能拿更多了，和旺水一样吧，2000万。"

坐在旁边的老刘一直默默地听着，看着老王和刘振宇窃窃私语，忍不住问："现在还有多少余额？"

刘振宇答："哦，不多了。"

“老刘，你也动心啦？”老王调侃着，“那你要快点儿下手啊。你不用回去问问你老婆？”老刘怕老婆是出了名的，但凡聚会，只要老婆电话一到，老刘必定立即打道回府。

“振宇，你给我留1000万额度吧。”老刘说。

刘振宇点头答应着：“不过，要快。以钱到账为准。我们就凑一个亿，多了也没用。先到先得。”

老刘应承着：“知道，知道。我回去就办。”

“爆个料。”刘振宇接着说，“文如斯教授也感兴趣，说也要跟我们玩一票呢！”

“是吗？”经济学教授也跟投，可见这项目十拿九稳。这一说，马君如的心又紧缩了一下。众人心里却都是一动。

商学院，顾名思义，就是教给大家如何去赚钱，赚更多的钱。到这里来学习，当然就是为了现在或以后在商业社会获取更多的利益。如今，貌似赚钱的机会来了，同学们哪里会错过。自从刘振宇在班里说了这件事，每个人心里都盘算开了。

用战略管理课程中STEP理论框架来分析这次集资买楼。

首先这S，就是社会环境。中国人根深蒂固的房子拥有情结很难改变，这种价值观导致人人希望拥有房产；城市化进程迅猛，北京是首都，全国各地及全世界各地的人蜂拥而至，人口密集度会越来越高，因而住房的需求量也越来越高。

T是技术环境，这里没有什么好讲的。

接下来的E是经济环境，人民币面临升值，国内通货膨胀压力大，个人储蓄量极大，这些都有利于房价的上涨。

最后的P是最关键的，政治环境。政府的政策严重左右着房价。

外部的环境分析清楚了，还要仔细琢磨操盘项目的人。左丹丹，样貌身材，不用说了，大家心里有数，一级棒！但是，经商的头脑，嘿嘿，胸大无脑这四个字，没人会说出口，但是心里想想肯定会的，这不

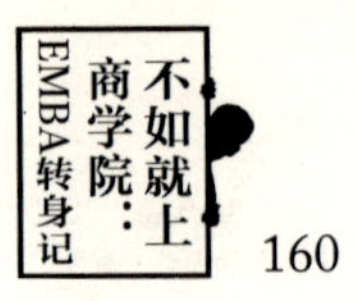

是选美，这是真金白银拿出来投资，赚了当然加大欢喜，但是谁保证肯定赚？！相信左美女的眼光？嘿嘿……

但是再看刘振宇，个人实力不可小窥，有他鼎力支持和积极参与，这件事应该可以认真考虑。再加上李易祥也积极附和，政府背景的都出面了，这项目似乎不能不赚钱了。老李，政策风向标，而且，公务员有多少钱，都肯拿出来投，这个项目应该值得投资。

舞台上响起了强劲的音乐，戈壁挑战赛庆功会开始了。所谓戈壁挑战，是亚太区众多商学院参加在戈壁举行的徒步比赛。每次庆功会都异常隆重，校方领导必派代表，也都会请知名教授出席助阵，比如这次的文如斯。

开场白及几番推杯换盏之后，晚宴步入正题。

全部参与徒步行走的队员集体上台亮相，先是现身说法，分享辛苦历程，然后高唱队歌，歌声高亢，全场激情澎湃。

在马君如看来，这种装备精良的徒步游戏实在不算壮举，只不过是这帮大佬自掏腰包买装备，从头武装到脚地自娱自乐而已。

大屏幕上播放着一幅幅戈壁画面，台上的同学们仿佛又回到旧地，有的同学甚至忍不住热泪纵横。功利至上，世风日下，这帮人毫无功利之心地投入一个挑战中，真真实实地走上三四天，也确实不是易事。而在奋力奔走的过程中，体力付出被情感渲染过，变得分外有意义。而那些共患难的同路，也因为彼此相伴的一段路而分外亲切。

今年也不例外，联合商学院又蝉联了冠军，参赛的同学给本校争了光，学院领导和教授也来捧场。文如斯跟在学院教务长身后，亦步亦趋地挨桌跟同学们敬酒。马君如这个班刚刚上完文教授的课，轮到这两桌，大家起哄般把文教授围住，分明是要跟教授多喝几杯。

马君如站在后面，望着文教授，想起他说的彼岸——当锦衣玉食变得稀松平常，当爱恨情仇变得轻描淡写，这些有钱有阅历、正在逐步踏入中年的男男女女，在最简单不过的行走这件事上，找到了内心的安宁、幸福的真谛——这何尝不是他们的彼岸？

不过，眼见这满口彼岸之说的教授，也要加入班上的集资房事。

今年的春天和冬季的暴风雪一样来得急速和迅猛，三月底的北京已经一副春意盎然的景象，尤其是高尔夫球场上，一片极养眼的嫩绿，接待处的杏花、梨花，白的、红的、粉的，争相吐艳，簇拥着巨型横幅，上面大书着“09春季商学院高尔夫球联谊赛”。

各个商学院的学员们三三两两地闲聊着，脸上满是笑容，洋溢着和谐的气氛。马君如面带微笑和过往人等打着招呼。这次春季高尔夫球赛，由联合商学院主办，学院哪里会有这样的时间和精力，于是很自然地委托给了学员们。张旺水是高尔夫球发烧友，号称联合商学院北京高尔夫球第一人，义不容辞地接过这出风头的营生。

张旺水可以出钱，也可以去忽悠其他同学出钱，但是对这样公关活动的具体操作完成不明就里，抬眼望望屋子里的同学，马上就锁定了马君如。张旺水哪里分得清公关公司、广告公司、咨询公司的具体区别，总之，他觉得马君如肯定可以搞定这件事。

马君如听了张旺水的要求，拒绝的话在嘴里转了一下就咽了回去。虽说这位大哥搞不清自己所在的是咨询公司，不是开会、活动、演出之类的公关公司，但误会也未必是坏事。马君如听得懂张旺水的意思，无非就是承接这次春季高尔夫球赛，搞得体体面面、红红火火、开开心心，钱不用省着花。马君如已经很久没有接私活儿了，以前在民企的小公司，难免隔三岔五地接点儿私单，现在在外资公司，时间、精力都不允许自己有外心，时间一长，似乎彻底绝了跑私单的想法。这样天上掉馅饼的好事，马君如差点儿本能地拒绝，真是什么都可以习惯。

马君如找了自己相熟的公关公司，顺顺利利地接了这个活动。高尔夫球，马君如是临时抱的佛脚，跟着张旺水下了几次练习场，勉勉强强知道了挥杆的规矩。这次作为主办人自然必须下场，心里有些局促不安。

张旺水是这次商学院高尔夫球联谊赛的主办方代表，又是出资人之一，同时兼做联络员，好说歹说把班里的女同学们拖来凑数。女生实在是太少了，照着旺水的话，只要胳膊腿健全，会动就能下场。班里女生们的全套行头通通由张旺水赞助，球衣、球鞋、球具更不用说，张旺水自己有好多套，倒腾出来够半个班同学用的。

马君如打量着周围的人，熟人不多，马君如只看到伊宁和刘振宇。伊宁穿了件粉色的风衣，风衣领子上清晰可见的标志和自己身上的一样。马君如并不熟悉高尔夫球的品牌，自己这套球衣也是张旺水带着买的，据说非常知名。伊宁的娇笑时不时地冲击着马君如的耳膜，可以肯定，伊宁被左邻右舍的男士们簇拥着非常受用。

马君如抬眼望向刘振宇，见他与文如斯教授和绿海的老大陈卓相谈甚欢。刘振宇撞到马君如的眼光，微笑地向她招招手。

马君如犹豫着，要不要过去打声招呼。和文教授有了生意来往，算得上合作伙伴，又一起去过欧洲，把臂同游过新天鹅堡，自然相熟很多，本应热情地招呼，但是自从在戈壁庆功会上见过了文太太，即使文教授现在只身一人出现，马君如似乎也可以看到文太太如影随形地跟在文教授身边，匹配的服饰、匹配的微笑……

“君如。”刘振宇叫出了声。

马君如不能不走过去，客套着：“文教授好，陈总好。”

马君如抬眼望了望陈卓身边的文如斯，文如斯一如既往地淡定，微微地向马君如笑笑。马君如努力地想从文教授的眼睛里捕捉些什么，但是究竟捕捉什么，自己也不清楚。

“君如，你都认识？”刘振宇问，指的当然是陈卓。

“当然。陈总是我们的大客户。”马君如答，心中在说，也是我们的欠债大户。

“这里没有总，都是同学。”陈卓笑着说，接着问道，“奥华咨询的马总是老相识了，一直都很优秀。”

“是啊，”马君如答，“不过，我这几年主要是和左总对接。”

刘振宇马上接口：“我和君如都是丹丹的同班同学。”

陈卓点点头。

不确定是不是心理作用，马君如觉得无论是提到奥华还是左丹丹，陈卓脸上的表情都有些僵硬。前者是债主，后者是叛逃者。马君如努力压制着自己追债的欲望："陈总，您什么时候可以把咨询费用清了？""陈总，您不能拖欠咨询费啊？！这么大家公司，不能没信用啊！"……君如紧闭着嘴，唯恐这些话脱口而出。

"我去那边看看，你们先聊。"马君如觉得必须适时闪人，否则迟早会上演"马世仁追债"。

刘振宇跟着马君如："君如，你看见旺水了？"

马君如仰头示意："那边。"

刘振宇走过去，拉住张旺水："来，我给你介绍一个人。"

"谁？"张旺水问。

"陈卓。我们的校友。"刘振宇说。

"是啊，绿海的老总，丹丹的老大。"张旺水一下子来了兴趣，忍不住压低声音问，"我们那单交易，他肯定是知道的，有什么表示？"

刘振宇心里笑了，我们那单交易，好歹也是近亿，不要说现在银根如此紧张，就是白花花的银子大把流通的时候，上亿的交易也要得到老板的认可。他如何不知道？！只是他不提，自己也不便提，毕竟狠杀过价格，多少有点儿乘人之危的嫌疑，虽说买卖是漫天要价、就地还钱，到底自己是捡了个便宜，陈卓如果不是手里太紧，一定不会如此贱价地出售整栋楼。于是说："他没提，我也没说。"

"嘿嘿。"张旺水也笑了，"你们北方人总是说，买卖不成仁义在，有的时候，买卖成了，仁义倒未必在了。我们这次整栋楼拿下，价格确实很合适，按照老李的推论，政府马上要出新政策了，到时候……"

刘振宇并不想在此处提及这单公案，人多嘴杂，于是打岔道："老李来了吗？据说他也要来的。"

"不单是他，他们建设部还来了个副部。"张旺水说。

"我们校友？"刘振宇问。

"星耀学院的。"张旺水边说边回头问马君如，"君如，你没有把参加的人员名单发邮件给振宇？"

不等马君如回答，刘振宇抢着说："收到，没来得及仔细看。过去和陈卓打声招呼吧。"

马君如并不想过去再和陈卓搭讪，除了追债，实在是无话可说。此时此景，马君如觉得无论如何都不是追债的好时机，更何况这场活动自己是主办人，没必要惹恼客户，令人尴尬，要是生出麻烦，都是自己的不是。于是大声道："振宇，你们先过去，我刚看到个认识的人，过去打声招呼，一会儿过去找你们。"

马君如看着刘振宇和张旺水走到陈卓身边，热情地寒暄起来，又望了望周围，几乎全部是男士。男人主宰着世界，无论你是否承认，这都是事实。

"请各位安静一下，09春季商学院高尔夫球联谊赛马上开始。"一个旗袍小姐上台宣布，大家陆续安静下来，望向台上。

陈卓代表联合商学院第一个走上台，近50岁的年纪，虽然青春不再，身形也略有些发福，但是依然器宇轩昂，依然神情抖擞。陈卓操着纯正的北京腔，站在台上侃侃而谈，体面而庄重。

"绿海现在如何？难关过了？老陈这家伙气色看起来不错啊！"马君如听见旁边的一位男士在窃窃私语，忍不住转头望了一眼，是一高瘦的中年男。

"所谓债多了不愁。听说他把一栋楼贱价卖了，不知道买家是谁。应该会过亿，好像不是行内的。你听说了？"接话的是个矮胖。两个人身上都戴着昆仑商学院的标志。

"还真没有。不过，老陈确实找我拆借过。"高瘦男士回应。

"你借了？"矮胖问。

"我也是困难哪，哪里有闲钱外借。"高瘦叹气。

"我愿意借给他。不过，我看上了他近郊那块地，他又舍不得卖。这年头，哪有样样都自在的？我借钱给你，你把地抵押给我，过个一年半载，你缓过来了，多还我些利息而已，把地再要走，我又不是放高利贷的。”矮胖说。

“我们做房地产的，地就是命根子啊。他舍不得，也难怪。”高瘦还是叹气。

“你倒是替他想，怎么不见你借钱给他？”

“我？我手也紧啊！老陈平时为人不错，我倒是很想帮他，只是确实没能力。像你张总这样财大气粗的没有几个。这次您老不是赞助商吗，一出手百万，我们只有高山仰止……”

马君如听到这里，寒气涌上来。绿海尾款尚未结清，已经拖了一个多月，现在看来形势严峻。即便陈卓有了这一个亿，也有的是窟窿要堵，那也许是上千名工人闹事的大案子。相比之下，这区区的200万咨询费，外企的秀才们最多不过就是告上法庭。万一追不回来，马君如想都不敢想叶小姐那张脸会是何等难看，那张嘴会吐出何等不堪的语言。

说闲话的那两位仁兄哪里晓得站在后面的马君如听得心惊肉跳，继续过着嘴瘾。

矮胖的张总笑笑：“你别这样说，我们也是运气好一点儿而已。”语言是谦逊的，但是得意之情溢于言表，“之前都是老陈的绿海赞助大头儿，今年我也出出力，也算是为昆仑商学院争脸。”

“是啊，免得他们联合商学院一枝独秀。”高瘦忍不住又问，“老陈这样的光景，这球赛他又赞助了？”

“听说一二十万而已，意思意思。”矮胖满脸的不屑，“你可听说，他们那个美女副总辞职了？”

“好像是。张总，你消息够灵通的啊。”高瘦挑起眉毛，“打算收到麾下？”

张总嘿嘿笑了笑，不置可否：“那确实是个美人。”

马君如当然知道他们说的是左丹丹，左丹丹辞职的消息已经传开了。马君如心想，如此完全不留余地，看来左同学是找好下家了。马君如左右寻找着左丹丹，这艳女定是没来，否则不会淹没在人群中。这样的场合，陈卓又是嘉宾，左丹丹不出席，看来传闻非虚。

台上的陈卓断不会听到下面如此的私语，否则再大度也不会从容笑谈："照以往的规矩，我们的比赛依然是友谊第一，比赛第二，情谊永远大过球技。"陈卓边说便扫视下面的人们，这里面绝大多数都是相识的，知道出身来历，还有很多是同行，近几年房地产一如掘金，蓬勃发展，行业里鱼龙混杂，很有些人以为有了钱，再混个什么EMBA的学历，就是有钱有闲有学问的上等人了。

陈卓心里是一百个不屑，眼光扫过张胖子，看看这家伙春风得意的样子，终于拔了头筹，当了一回赞助商，小人得志便猖狂，一点儿不假。下面站着的若干同行，陈卓这次都向他们伸过手，客气回绝的，避而不见的，见面了顾左右而言他的……心中难免感慨，平时都是推杯换盏的哥们儿，到了真金白银的关键时刻全都撤了，生意场上哪里有什么交情，利益在交情在，财势在交情在，现实得不近人情。

别说这帮酒肉朋友，就连自己身边的人，也是大难临头各自飞。左丹丹一个月前就递了辞职信，陈卓把这封信放在办公桌上，时不时地拿出来看看，信是电脑打的，标准格式，标准用语，最下面是左丹丹的亲笔签名，工整得找不到一丝瑕疵，工整得不带一丝人情，工整得寒气逼人。

10年前那个跟着不成气候的外地土财主混的北漂，现在已经脱胎换骨，不仅有了钱，有了房子，还上了高等学府，而且认识了一帮相当有本事的同学，可以一起合谋算计自己。做生意的本事真像我陈卓调教出来的，干脆利索，条件全在台面上，愿者上钩，只有阳谋没有阴谋，对方即使知道吃亏，也只能感叹命运不济，不好怨恨对手。

陈卓自认待左丹丹不薄，他不相信就是因为老婆上门大闹，10年的情意就没了，在自己最困难的时候，不仅撒手而去，还勾结外人来算计自己。当然了，那也不能完全算是算计，卖给谁都是卖，而且必须卖，只是，中间经过了左丹丹，陈卓无论如何都不能泰然处之。

马君如听了一半，走出人群，穿过大厅准备去球场进口看看准备是否妥当，刚巧看到在大厅吧台坐着的左丹丹。左丹丹全神贯注地盯着屏幕，屏幕上是陈卓的特写。

每次这样的活动，全程都会录像，以备剪辑成册，刻成碟，派送给参会者留念。这摄影师也真有想法，50岁上下的年纪，又不是职业的演员，哪里禁得住这样的大特写，皱纹、鱼尾纹、法令线、双下巴，沟沟壑壑一览无余，平时离得近，竟不太注意。左丹丹暗暗吃惊，陈卓显现老态了，岁月催人，任凭你是英雄还是红颜，一样蹉跎，绝不留情。

10年的光阴，左丹丹下意识地向左边的镜子里看看自己的脸，还好，自己还认得自己，还是那个左丹丹，还没有皱纹，皮肤还紧致，身材还标准。左丹丹心里知道，很快自己也会出现皱纹，皮肤会松弛，身材会走样，一切都会被地球吸引着下垂。自己已经把女人的黄金时间给了陈卓，当然也得到了很多，现在，自己向中年迈进，年老色衰就在眼前。看看球场上这些服务员，个个二十来岁，青春靓丽得触目惊心，这帮男人无不赏心悦目地看了又看。自己必须为未来仔细打算，陈卓是对自己有情有义有恩，但是他不会娶自己，分手只是迟早的事情。

左丹丹望着屏幕中的这个男人，曾经一度他几乎就是自己的全部，时过境迁，自己已经远不是原来的自己。在左丹丹眼里，陈卓似乎永远是口若悬河，谈笑风生，谈及什么都流畅从容。今天的演讲，简简单单的开幕词，对陈卓来讲是小儿科，不需要准备，上台就讲，张口即来，外人看不出端倪，但是左丹丹看得出，陈卓的五分钟讲话，有重复，有间歇，有犹豫，有游离，远不如从前的风采，钱是男人的胆，现如今的陈卓随时会发出一分钱难死英雄汉的感慨。

10年都没有回国的老婆都被从美国搬回来当救兵了，陈卓需要岳丈的银行势力和权力余威以渡过目前难关，矜持和面子已经被现实压倒。美人和事业，事业是男人的命，美人，逢场作戏，有钱就有国色天香，选择明确而简单。左丹丹非常理解，她主动撤离，免得他人为难。好来好散，左丹丹并不觉得陈卓亏欠了她什么。

时间到了，曲终人散而已。

左丹丹轻叹，一转脸，看到马君如，忙招呼一同坐下。

屏幕上换了一张胖脸，张大胖子，最近频繁出现在各个高峰会论坛，俨然地产新贵的派头。以往在陈卓的饭局上遇到过几次，每次见面，张大胖子总是和左丹丹开一些有颜色有味道的玩笑，内容并不过分，只是态度非常暧昧，令左丹丹厌恶至极，又不便发作。每每和陈卓报怨，陈卓总是说，脸长在别人身上，你只当作没看见没听见，没反应，他下次也就知趣了。可是，这张大胖子偏偏不是那种会看眉高眼低的人，下一次还是如法炮制，又来YY一遍。被镜头拉扁了的胖脸越发不顺眼，他的年纪应该和陈卓不相上下，早年在内蒙古做奶制品起家，赶上了好时候，狠赚了一笔，近几年才步入地产行业，手里现金充裕，买地大刀阔斧，在北京是出了名的强龙，像陈卓这样的地头蛇也要惧他三分。

张胖子开篇先讲，赞助这次球赛如何荣幸，奖品、服装、晚宴通通全包……这做派岂止财大气粗四个字可以涵盖。“刚才陈总讲了友谊第一，比赛第二，我觉得我们大家聚在一起本就是联系感情，所以我提议不讲球技只谈情谊。我最近挑头搞了个百杆会，热烈欢迎大家参加，我们只吸收百杆左右的会员，陈总，你七八十杆的水平，我们就不欢迎你参加了。”大家哄笑起来。张胖子更是得意地咧嘴大笑：“女士免费参加，欢迎所有的美女同学，各个学校的，我们都欢迎。”张胖子不时地斜斜眼睛，貌似献媚地送秋波。左丹丹最恨他这个表情，每次讲笑话的时候，这死胖子总是这样，说不出的暧昧，甚至猥琐。

虽说和陈卓在一起没有名分，但是，陈卓教会了左丹丹很多东西，不单是吃喝玩乐的花钱本事，人情世故如何打理，生意买卖如何促谈，左丹丹看了这么久，学不到全部，五六分是有的。陈卓人长得体面，懂得尊重，至少在场面上很给左丹丹面子，左丹丹从来不觉得和陈卓在一起是一件委屈、见不得人的事情，所以，一蹉跎，才挥霍了10年的好光阴。

如果和张胖子这样的人一起，即便是10年前的左丹丹都未必肯，更何况现在财务自由的左丹丹。她知道很多人都垂涎自己的美色，但是她需要挑选一个除了爱自己外貌之外，还可以娶自己回家的男人，这个人需要家世清白，教育良好，身体健康，收入不用太丰厚，但是必须自给自足，而且必须把自己如珠似宝般宠爱。左丹丹仔细地审视着每一个献媚的男人，努力辨别着他们的实际斤两。

屏幕上又出现了一张国字脸，方正，不难看，但是毫无特点，神情很严肃，居然还准备了发言稿。这是哪位神仙？

刘振宇也在好奇地和张旺水低声私语。

“就是他。”张旺水说，“建设部的部级干部，刘部长。”

“怎么没安排他第一个讲话？”刘振宇问。

“我也好奇地问过，据说这次活动纯粹以私人身份参加，仅代表学院，所以按照以往顺序。”张旺水解释着。

“难怪老李不来了。”刘振宇说，李易祥和这位部长隶属同一部门，又是上司，而且不同校，同时参加这样的玩乐活动，估计老李觉得不方便。

“是啊，我找了半天也没找到他，原来答应来的。”张旺水说，“当官真是麻烦，打个球还左右不是的……”

这位国字脸的部长讲的都是官话，中听但是没什么实际内容，友谊、团结、进步、健身，过了耳朵什么也记不住。下一位上台的是D大经济管理学院的代表，某大钢铁集团的老总，把打高尔夫球当成与时俱进，关联到发扬民族精神，光大祖国传统。

“这老兄可真能扯！”张旺水叨唠着，“讲几句意思一下得了，没完没了了。”

“员工都下岗了，没什么机会开大会发言，今天可逮着个机会了……”旁边一位男士接口道。

刘振宇听着，笑着，这帮同学没一个是省油的灯，面子上笑呵呵，心里哪个服哪个，出言之恶毒不输老丑的妇女。

各院校的代表终于讲话完毕，大赛正式开始。四个人一组，比赛结束之后，除了按照杆数多少列出前三甲，还会评选出最佳球手、最佳组合、最优美一杆、最优美球员，总之诸多之最。

刘振宇、文如斯和代表昆仑商学院讲话的刘部长被分到第一组，三个人寒暄着。

“刘部长好。”刘振宇客套着。

“别叫部长。”刘部长慌忙摇摇手，“叫我老刘，我们班同学都这样叫我。”抬眼望了望文如斯，“教授们也都叫我老刘。”

“老刘，你好。”文如斯招呼了一声，在大小不同的地产、房产会议上，他和刘部长也见过几面，只是彼此没有近距离接触过。

“文教授，听过你的高论，总想和你好好聊聊，今天可有机会了。”刘部长说。

文如斯笑笑：“我的论调很不讨人喜欢的。”

“忠言逆耳。”刘部长说。

文如斯笑容更深了，眉头依然微蹙着：“忠言，领导给的评价真高。”语气平淡，听不出是赞扬还是讽刺。

“文教授的论点很有道理，只是在中国，有中国特殊的情况，不可一概而论。”刘部长说。

“中国特色，最可怕的就是这个，中国有什么特殊？难道真的可以摆脱经济运行规律？”文如斯最恨搬出中国特色来搅乱视听，点到死穴，不由得要长篇大论。

“我们组好像是四位，还有一位女士，怎么还没到？”刘振宇适时地插了一句。

正说着，一位红衫女士迎面走了来，人未到，一阵香气扑鼻而来，接着就是银铃般的笑声：“对不起，对不起，我来晚了，没耽误你们开球吧？”刘振宇认得这张出名的面孔，某卫视的当红娱乐女主播，于是夸张地说道：“大名鼎鼎的欣主播，真是荣幸之至，能和欣大主播一组，我是联合商学院08级的刘振宇，帮我签个名吧。”

又是一阵娇笑。“开什么玩笑？！签名？！别逗了！你好，刘同学，我也是08级的，不过在昆仑商学院。”转过头望向文如斯和刘部长，“这两位是？”

“这位是我们联合商学院的文如斯教授。”刘振宇一一介绍，“这位是昆仑商学院的……”

“04级的刘继云。”不等刘振宇说完，刘部长主动报上自己的全名，生怕刘振宇又抬出部长的名头。

“一位是教授，一位是老师哥，多多关照啊。小妹可是第一次打高尔夫，打好了150杆，打不好200杆。”欣主播嬉笑着，全然没把这两位男士放在眼里。刘振宇暗暗好笑，果真是娱乐主播，不看时事和财经节目。

另两位男士显然也并不知道这位欣大主播是何许人也。“欣主播，是哪个电台的？”文如斯问道。

欣大主播眯起杏仁大眼，瞥了文如斯一眼，挑起左边的眉毛，一字一字说道：“湖江卫视。”语气中老大不乐意。

“是啊，我几乎不看电视节目，所以不知道，多有得罪。”文如斯倒是并不气恼，和颜悦色地说，“想来，欣主播一定是很有知名度的，敢问是主持什么节目？”

“《快乐大扎堆》。”欣主播语气稍见缓和，不过这张妆容一丝不苟的脸上依然摆满不悦。

“是周几播出？有机会一定看看。”文如斯认真地询问。

“每周五晚上。”欣主播似乎被文教授的主动热情打动了，脸色柔和了很多。

“第一组准备了。”球场的球童过来招呼着。大家跟随着走到发球区。

“女士优先。”文如斯边说边看着欣主播，“欣主播，你先来。”

欣主播娇羞地笑了笑：“我可打得不好，你们别笑啊。”于是，站位，摆姿势，挥杆，击球，动作很标准，只是力道不足，球飞得不远。

三位男士马上鼓掌称赞。

接着，刘振宇和刘部长都极力谦让文如斯。文如斯也就不再相让，一切都是信手拈来，挥洒自如，“砰”的一声，大家的视线跟着球高起，远飞，直奔，缓缓下落，足有300码开外，直上果岭，观看的人报以热烈的掌声。

“文教授，你这球可真是厉害啊！”刘部长赞扬着。

“哪里哪里，运气好而已。”文如斯笑着说。

“文教授，您可要好好教教我。”欣主播一面说，一面举杆摆出姿势让文教授指教，文如斯指指点点，欣主播娇笑连连，两个人一呼一应，好生热闹。

刘振宇和刘部长自然被甩在后面，刘振宇借机正好探听一下政策走向，于是看着文如斯不无感慨地说：“文教授20世纪90年代大唱千点论，果真跌到千点，去年大唱2000点论，股市果真跌到2000点，神仙一般。老刘，你怎么看？”

“股市预测，那是他们经济学家和你们金融专业人士的作为，我们普通老百姓看看热闹就好了。”刘部长说。

“您可不是普通老百姓。普通老百姓都像您这样高瞻远瞩，国家腾飞就指日可待了。”刘振宇说。

刘部长笑了：“瞧你，真会说话。我可不就是老百姓一个，在这个岗位，给你坐个凳子，给你戴顶帽子，站起身，什么也不是。”

“通透啊，老刘，你说得通透。”刘振宇附和着。

“你这个专业人士怎么看股市？给我这老百姓指点指点。”老刘问。

“指点谈不上。我倒也同意文教授的论点，不过，我觉得现在已经过了谷底，应该会稳步有升。”刘振宇说，“我觉得现在的房价也是过了谷底，老刘你怎么看？”

“房价和股市不同，受政策影响更大，现在各个发展商叫苦不迭，到处去游说去诉苦，我们天天收到相关信息。”老刘说着，抬头看了看一片绿色，深呼了一口气，“大家都有难处，国家也有难处。不过，国家也不会把人都逼死，总要大家活下来继续建设。”

刘振宇努力听着弦外之音。

“去年突然收得这样紧，很多房地产商都撑不住了，就像你说的，过了谷底，一切就会见好。”刘部长说着。

“那也就是说，政策很可能会放松？”刘振宇试探着问。

“放松是迟早问题，紧紧松松，一贯的。我个人看，很快，只是我个人意见。”

刘振宇点着头，心中暗喜，和老李口径一样，看来政策马上要放口了，压制了这么久的房价一旦涨起来，绝对势头凶猛，年初这单买卖注定是赚到了，只是多少问题。刘振宇不由得心情大为舒畅，几杆挥下去，杆杆顺手到位。

文如斯站在旁边忍不住出声赞扬：“这一杆打得极漂亮，既穿过水面，又躲过了沙坑，球不偏不倚地落在果岭上，高！”

“运气，全是运气，瞎猫撞上了死耗子。”刘振宇客气道，“香港有个炒股高手，电视采访他如何取胜股市，他说，运气。记者问，难道不需要眼光？他答，运气好的时候眼光极准。我就是运气好的时候，手法极准。”

大家都笑了。

“那也要有些本事。”文如斯说，“我是不相信偶然的，一切都是必然。”

刘振宇笑了，文教授课里课外都是坚持。

“我就是运气再好，也打不出这样的球。”欣主播嚷嚷着，“你看，我的球不见了一半，要不是文教授教我，我的球恐怕都没了。”边说边娇笑着。

打球本就是娱乐，春光明媚，微风徐徐，这大好景致如果只是雄性盘踞，没了万绿丛中的点点红色，实在太过单调，所以，球场上的女士是奢侈品，男士们都会爱惜有加，打得好坏，无关痛痒。刘振宇这组因为欣主播的“出色”球技每每不能按时交场，已经让过了两组，从第一组变为现在的第三组，三位男士都不计较。尤其文如斯教授，刘振宇抬眼看他，只见他满面红光，额头微汗，眉头依然微皱，神色一如这大好春日，英雄难过美人关哪。

那厢的左丹丹在发球的时候发现竟然和张大胖子一组，真是冤家路窄。张大胖子一贯主动，一看到左丹丹就笑呵呵地打招呼：“美女啊，我们一组，真是好福气啊。”左丹丹笑笑，并没答话，抬头看了一眼同为一组的张旺水：“旺水，你好。”

张旺水热情地招呼着：“丹丹好。”转过头看向另一位不认识的男生，“这位是？”

“陆繁盛，星耀学院，08级的。”陆繁盛主动自我介绍，并伸手和大家一一握了握。

张旺水自我介绍后，问道：“在哪里高就？”

“兴华建筑。”陆繁盛答。

“老洪的同事？洪英俊？”张旺水问。

“洪总，他是我的上司。”陆繁盛说。

“这么巧，今天老洪没来，说是出差了。”张旺水说。

“洪总忙。”陆繁盛说。

看得出来，陆繁盛比较拘谨，话不多，有问有答，无问不语。

“也算是同行了。”张大胖子说，“我，鼎盛置业，张印权。”

“张总大名，我一早就知道。”陆繁盛客气地寒暄。

“旺水兄，你的球技，我是听闻了的，很是厉害，据说在联合数一数二？”

“要看发挥，前三是肯定的。”张旺水老实不客气地答应着，平时张旺水基本不拿捏不做作，但是提及高尔夫球球技，颇为自负，不遇到高手，绝不让人。来之前，张旺水已经打听过各院校的高手，里面没有这个张胖子，所以，根本没放在眼里。这次，张旺水也是奔着夺魁来的。

张胖子看到这位仁兄一副当仁不让的架势，说句好话竟当真了，心里很是不满，打球不过娱乐，真要是争高低，生意场上见分晓，这里可争个什么。于是，很无趣地转过头问陆繁盛："小老弟，你的球技如何？"

"我？我可不行，100多杆，倒是可以参加张总您的百杆会。"陆繁盛谦逊地说。

"那好啊，欢迎参加。"张大胖子又转过头看着左丹丹，"丹丹，你也来参加吧。我非常热情地邀请你。"

左丹丹不置可否地笑笑。

四个人打着聊着，到了第四洞，正前面是水，左前面是沙坑，右前面是个高坡，此球必须过水而且球线要直，要求有力度有准度。左丹丹先打，挥起一杆，越过了水，但是偏向了左边，球直落入沙坑。陆繁盛抬手就是一杆，力度够大，但是太过偏右，居然越过了高坡，不知去向。左丹丹和陆繁盛纷纷感叹："这个球洞真是刁钻。"

张胖子左看看右看看，自己现在落球的位置实在不理想，太过偏左，直打球势必进沙坑，只能向右前方打，又要过水，又不能击中高坡，否则反弹回来一样落水，左右为难，于是，抬头看看其他三个人，见大家都在观察地形，就悄悄地用脚把球往右边踢了踢，踢了一次不过瘾，觉得还是不正，于是抬脚又踢了踢。张旺水一早就瞥见，满脸的不屑，本来就是百余杆的水准，不承想还是靠耍赖。张胖子终于站好位置，抬手挥杆，不承想用力过猛，球杆击偏了位置，球飘飘悠悠，不争气地落了水，这一杆算是白费了。

张旺水忍不住笑出声："张总，可惜了。"

张胖子讪讪的，又气恼又尴尬，没有回应。

张旺水抬手挥杆，球一路高走，越过水面，速度陡然放慢，轻轻缓缓地落在果岭上，距离球洞不过两米。

“太漂亮了！”左丹丹和陆繁盛齐齐鼓掌，大声赞叹，“这球简直神了。”

“旺水兄，你这球简直有了灵魂！说快就快，说慢就慢，想在哪里停就在哪里停。”陆繁盛感慨着。

张旺水得意地笑了，这球打得确实漂亮，在张旺水的记录里也是屈指可数的好球。“你说得挺有道理，这球就是有灵魂的，高尔夫球这东西，为什么迷人，就是这个道理。”

“是吗？说来听听。”陆繁盛请教着。

“18个洞，前几洞你觉得打得特别顺手，杆数少了很多，以为下几洞也是如此。心中正在得意，往往事与愿违，后几洞会打得特别不顺手，把你之前的杆数全部补回来，就是因为你心里得意了，心里自满了，心里飘了，球看得出来，所以，教训你一下，告诉你，你还是你自己。高尔夫进步几杆都是日积月累，取巧不得。”边说边抬眼扫了一下张胖子。

“是啊，这么多学问，难怪这么多人痴迷，绿色鸦片果不其然。”陆繁盛说。

“你看，篮球、足球是一群人打，网球、羽毛球至少是两个人打，高尔夫球是自己打，和别人不相干。高尔夫就是自己和自己的较量。季节不同、天气不同、风向不同、球场不同、每个洞的位置不同，每次发杆的力度不同，每次起杆的角度不同，次次都是新鲜，看似简单的挥杆，其实千差万别。”张旺水侃侃而谈。

左丹丹频频点头，暗暗称是。每次和陈卓打球，陈卓也是讲位置、谈风向、说角度，而且总是强调球不骗人，你这次动了位置，做了假，下一个一定打得很烂，马上把杆数补齐。高尔夫要打得好绝对做不得假。不承想这套理论今天又从张旺水嘴里听到，英雄所见略同，左丹丹不由得抬眼细细端详他。浓眉密发，五官不突出不难看，整个人看起来粗手大脚，说话语速快，声音响亮，从面试第一次见她就认准了这是个土财主，接着的阿姚被调离事件、杨阳基金，又让左丹丹看到了张旺水的热情助人，在现如今这样的功利世界，这份真心十分难得。听了刚才那番话，又发现了原来这个土财主并不土，很有些内秀和见地，不由得刮目相看。

“旺水兄弟说得对，打洞当然是千差万别，洞和洞那是肯定不一样。”张胖子原本就不甘被冷落，现在抓住话茬儿赶快接口，眉飞色舞地继续发挥，而且时不时地向左丹丹挤挤眼。大家都是成年人，谁听不出这意淫的味道，如果都是男士，倒也无妨。现在偏偏有左丹丹在，而且一早就是火在胸口，她马上拉了脸，正色道：“张总，你说话尊重些，有女士在。”

张胖子笑着说：“哎哟，丹丹急了，不会吧？！以前都是好脾气的。怎么离开陈卓，脾气也大了？”

左丹丹听他提出陈卓，又是当着同学的面，语气不干不净，更加气恼：“张总，你说话说清楚，不懂得尊重就别出声。”

“我怎么了？洞和洞确实不同嘛！”张大胖子不知收敛地继续嬉笑着，“你离开陈卓，大家都知道，你是不是在找下家？到我这里如何？你开条件。”张胖子料定左丹丹不过是摆摆样子，哪里会真急了。

左丹丹此时已经是恼羞成怒，手里握着球杆，随时要冲过来和他厮打。不等左丹丹动手，一记老拳已经打在了张胖子的脸上，动作迅猛凌厉。张胖子全然没有防范，一下子跌坐在地上，捂着脸哀号：“你疯了？你为什么打人？！”

张旺水站在对面，揉着拳头：“打你，因为你不懂得尊重别人，我这是替你妈教训你。”

张胖子的右眼已经封上，满脸都是血，他不停地哀号着：“打人了！打人了！我要报警！我要报警！”

左丹丹和陆繁盛都被眼前的情景惊呆了。陆繁盛刚才听到张胖子的话语如此低俗很是不屑，他搞不懂左丹丹、陈卓和这胖子是何关系，但是听得出话外之音，觉得颇为过分，难怪地产商口碑极差，确有这样的不雅之徒。眼看张胖子倒地哀号，忍不住要乐，心里大大称快。

左丹丹更是另一番心情。想不到张旺水替自己出头，这一拳真真是解恨，痛快淋漓，自己恨不得扑上去再添几脚。找下家？他当自己是什么？真以为自己是坐台的小姐？批发零售均可？现在的左丹丹不缺钱，凭什么被人这样羞辱？！是因为自己曾经为五斗米折腰？再光鲜靓丽的外表也不能掩盖残缺不全的内心，再锦衣豪宅的现在也不能改变不堪回首的过去。这么多钱却连一点点尊重都买不到，左丹丹突然没了力气。

马君如作为主办人，最后一组下场，刚来了兴致，准备好好地挥几杆子就被叫到了接待处。马君如连奔带跑地过来，远远就看见几个警察，心里大骂张旺水，打架？！小孩子啊！这不是拆台添堵，是什么？！

马君如虽然气在胸口，但是心里早有了盘算，让当事人和警察快速离开现场。现在大家都忙着打球，还不知道内情，只要把人打发走了，就可以当作什么事情都没有发生。马君如和警察简单核实了事情，立即附合警察的决定：受伤者坚持验伤，就去医院；肇事者和目击者去派出所录口供。三下五除二的工夫，各自送上车，开车走人。马君如见大家都散了，叮嘱公关公司的人，少说闲话，多做正经事。有人问起来，就说有人不舒服去医院了。

一切平静下来，马君如坐在太阳伞下的椅子上，深深地呼了一口气。还好乱子不大，知道的人也不多，这要是颁奖的时候闹起来……马君如不敢想后果。这张旺水是怎么回事，平时随随和和，怎么突然就动起手来了？刚才忙乱中，只听得大概是为了左丹丹，真是红颜祸水啊！

第九章

视而不见

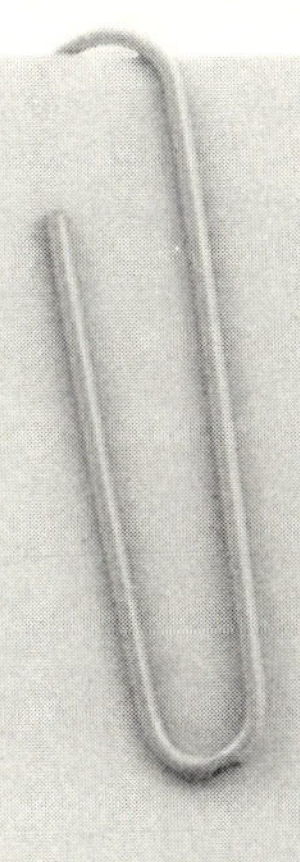

商学院笔记之4P必须扯上4C

20世纪60年代以前，市场营销的教科书一般都是按照产品来编排的。第1章是“消费品的市场营销”，第2章是“工业品的市场营销”，第3章是“服务业的市场营销”，第4章是“农产品的市场营销”，等等。

直到有个牛人，在1964年的一个早晨，一觉醒来，意识到所有的章节实际上都是一样的，都涉及产品、渠道、价格和促销。这个人就是当时密歇根州立大学的杰罗姆·麦卡锡（Jerome McCarthy）教授，一招鲜，吃遍天。别看就这么简单的4个P，老麦同学可以混吃混喝一辈子，人生，就是这么公平和不公平。

过了一阵子，另一个老头子，叫作鲍勃·劳特伯恩（Bob Lauterborn）过来叫板。他说，老麦的4P太过自大，P来P去的，都是从卖方角度考虑，做营销应该由己度人，从客户体验角度看问题。于是，

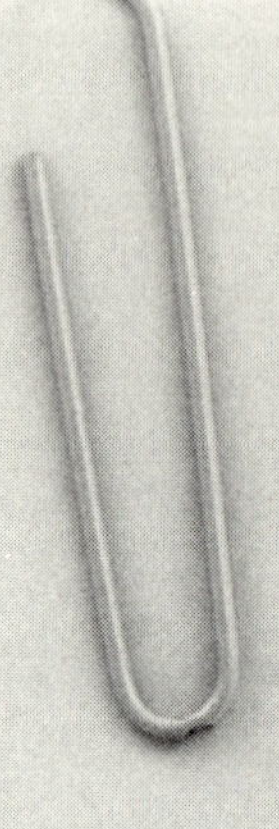

劳特伯恩建议我们用4C来取代4P：客户的需求，而不是产品；成本，而不是价格；沟通，而不是促销；便利，而不是渠道。

4P还是4C？这是个问题，由此又给了无数学者写论文、做案例、混饭吃的由头。其实，劳特伯恩的4C是麦卡锡4P的“体验型”表现形式，不能反应到改善C（客户体验）的P（营销工具），一定不是好P；同样，不能从P出发的C，也不会是有效益的好C。[①]

① 参照《细节营销》，柏唯良著，机械工业出版社。

4月的杭州几乎是一年中最美的时候。张旺水虽然是温州人，但是在杭州有投资有买卖，也算得上半个主人，主动请缨组织了班里的春季游学活动。

60名同学，居然来了近一半，一是杭州盛名，大家乐得故地重游再览美景，二是张旺水这次联系了寒水寺的知名高僧静海法师，和大家谈禅讲法。

风头正劲的静海法师闭关数月，刚刚出关，平时不见外人，只因和张旺水相识多年，面子难却，正所谓缘分难得。经商之人大多迷信此道，班里同学自己有上师的不在一二，所以很多同学都是慕静海法师大名而来，渴望佛光在普照之余，也能格外保佑自己多财多福。

却说寒水寺坐落在山腰处，被树木遮盖，从山脚观望竟看不见一丝迹象。庙在深山，有仙则灵。众同学沿着小路缓缓而上，张旺水走在最前面，一路大家甚是安静，参天古树比比皆是，空气沁人心脾，忍不住深吸气之后再深吸气，真是个养气修身的好去处。

正在大家有些力竭的时候，远远地看见了一行石梯，沿着石梯而上，庙宇就在前方。大家一鼓作气，奔进了寺庙。

小和尚们已经在寺门守候，带着大家进到大殿休息，上茶的当口，一位年长的僧人扬声："各位施主，今天远道来到本寺，是我们的缘分。寺庙不同外边，这里有我们的规矩，请大家语要低声，行要轻走，收心静气。"

这僧人声音洪亮，整个大殿的每个角落都能清楚地听到："今天的安排是这样的：大家先在此处小坐歇息，一会儿有师父过来叫大家打坐、吐气、静心，然后静海法师和大家谈法讲禅。中午各位施主在寺庙用斋膳，平时大鱼大肉惯了，今日委屈大家。下午还有两堂课，一堂教大家站桩和一些简单的佛家养生之道，一堂大家到抄经阁去抄经。"

每人一个蒲团，须席地而坐。身材壮硕的几位男士叫苦连连，被四周的同学们取笑："老范啊，你是和佛无缘啊，坐都坐不下。"

"谁说的，我坐得下，但是不一定起得来。"老范反驳着。

大家一阵嬉笑。

站在旁边的小和尚忍着笑，绷着脸，示意大家噤声。

刘振宇坐在最后一排，抬眼寻找张旺水，一进寺庙他就不见了踪影，估计是应酬静海法师去了。

这位静海法师在宗教界如何，刘振宇不得而知，毕竟不在门槛里，不便评论，但是在红尘凡世，静海法师大名鼎鼎，出席各种法事、场合，接受媒体采访，俨然是弘扬佛法、造福百姓的代言人。

虽然很多炒股票的人都是信奉神佛道之类，新来的大老板便是个典型——开张、启事都要看黄历，办公室请香港大师看过风水。碍着国企、共产党员、领导的身份，虽然不敢在明显处张贴符标，但是功夫都是做到十分充足，刘振宇不能不暗笑。

刘振宇典型的理科生出身，笃信科学，内心深处并不相信这些摸不着、看不见的东西。他相信图表、相信走势、相信分析、相信政策、相信规律，更相信自己，这么多年，没见得有神灵护佑在旁，自己一路也走得步步高。

张旺水在来之前已经再三叮嘱刘振宇，此行务必要来，而且要介绍静海法师给他认识，那个热情劲几乎是要劝他就此皈依。刘振宇笑笑，并没有接下文。

他知道，这位旺水兄无论荤素都信十分，用他的话说，信了有好处就赚了，没好处至少也没坏处，不过是散掉些银子而已。旺水几年前在这里已经皈依，而且年年朝拜，时不时过来小住。这两年生意风生水起，张旺水便坚信自从认识了静海法师，人生就此不同。

道有不同，刘振宇并不多言。

抬眼望向同学们，大都跟随着僧人的指示，打坐闭目吐气，每一张脸都显得安静平和。尤其是自己前排最右边的马君如，窗外阳光刚好落在她的身上，刘振宇看到她三分侧脸，被阳光映得金灿灿，眼微闭，嘴微张，胸部微微起伏，腰身依旧笔直，坐姿优美，散发出一种平时罕见的女性柔美。这种美让刘振宇突然有了种感动，马君如跟自己一样，出身平常，凭着一种不服输的性格来到大都市闯荡，平日里行事处处小心，谨言慎行，难得像今天这般平心静气。

这江南暖阳，伴着微风拥簇在自己身旁，也罢，他决定也闭目放松一会儿。

小憩过后，静海法师在张旺水的陪同下终于现身了。本人比照片里更高些，不像一般高僧那样身形略胖，静海法师非常清瘦，动作敏捷，脸上棱角分明，一双鹰眼，随便一扫，精光四射，令人不敢逼视，全然没有大家心目中高僧应有的圆润、温和，好有棱角的一位高僧，果然不同凡响。

张旺水先来了几句开场白，不外乎赞扬静海法师的功力如何深、胸怀如何博、学问如何渊。大家都静静地听着，各有想法。

马君如对神鬼之说，一向也敬而远之。今天抱着看表演的心态而来，果不其然，一场秀，不过看来今天的秀场，要比上次高尔夫球赛的八仙过海主题鲜明得多。

首先，这主角不同凡人，卖相极有特色。

静海法师一现身，马君如心里就忍不住喝彩，简直就是从金庸武侠小说里走出来的人物，深得少林真传的神气，一出手便是百步穿杨，随

时可以万佛朝宗。一身功夫是马君如幻想出来的，真假不得而知，但是静海法师的嘴上功夫可让马君如大开眼界。

静海法师席地而坐，与同学们面对面，闲言碎语不多讲，直奔主题。先说佛教起源，正史、野史加之自己的考证娓娓道来，再讲佛法传承经过，历朝历代，中间穿插着历史名人故事、各种典籍出处，时不时地说上几句梵文，也并不解释其义，只当是备注而已。嗓音低沉，同学们愈加屏息静听。

静海法师口齿清晰，表述有张有弛，间歇停顿拿捏得十分到位，一听便知讲过多次，虽说熟能生巧，但是巧成如此也确是功力。张口即经文，出处、作者、翻译甚至原文都信手拈来，而且深入浅出，绘声绘色，佛法在这里一点儿也不艰涩。大家听得兴致勃勃，当然个个也是心生敬仰。

马君如在广告咨询界混了这么久，海内外的大忽悠见过不少，做起培训、讲起提案也是口吐莲花，中英文通通招呼，时不时也是引经据典，有铺垫有高潮。这位静海法师和这些高手相比也只上不下，而且他身披袈裟，头顶有佛光，自然比一般俗人更多些气场和神威。

马君如坐在这一排的最右边，侧目之间正好把第一排最左边的张旺水和左丹丹尽收眼底。

张旺水发过言后，就坐在了左丹丹旁边，时不时和左丹丹低语几句，偶尔间也会眼神交流。看得出，左丹丹同学听得蛮认真，一副求知若渴的样子，连风衣衣角被压在屁股下面都浑然不觉，可怜这件一万多元的Burberry风衣，这短款深蓝色风衣是今年的新款，刚刚上市的时候，马君如已经关注了很久，经典的款式衬得左丹丹越发年轻靓丽，自己的眼珠吊在这件风衣上，张旺水的眼珠吊在左丹丹身上。

马君如一路看到两个人低声细语，左丹丹时不时地娇笑着，张旺水也跟着傻笑几声作陪。一个班的同学，相处到如今也有一年的光景，彼此也都挺熟悉，男女同学之间开开玩笑，逗逗闷子，也是经常。左丹丹是出众的美女，男同学都乐于和她说笑，所以张旺水走在一旁，大家并不觉得特别。

目光如炬的马君如并不这样想，尤其是上次出了高尔夫球场打人事件。马君如觉得，那个乱子虽不因自己而起，却明明白白告诉大家，这位知名外企出身的客户总监，搞不掂这群高端客户。只要是念头转到此事，马君如都会面红耳赤，大家会不会认为，自己跟那金鑫，又有何异？唉！

好好的活动，结果怒发冲冠为红颜，报了警，录了口供，影响了比赛，给商学院丢了面子。

但这位张大英雄虽然丢了冠军，赔了钱，却是因祸得福——赢得了美人心。

听说辞了职的左丹丹确实跟陈卓分道扬镳了，也不知她以后如何打算？马君如想到这里，不免暗自摇头——和自己不同，她本就不是什么靠打工吃饭的女子，自己可替她担什么心，不知道多少男人上赶着呢。不像自己，怎样也要苦兮兮地熬着，天天侍候那个勤奋到几乎变态的中年妇女……

还是多想想自己的明天吧，上次小试牛刀，一力承担的活动操办虽说出了乱子，但也还算有可圈可点之处，就像刚刚蹒跚学步的小雏儿，摇摇摆摆地边走边长大……

不知道这口若悬河的静海法师是否会看命？预测未来？

一转眼工夫就到了提问的时候，同学们纷纷提问，天南地北、东拉西扯。

“真的是相由心生吗？”

“有前世？有来世？能知道自己的吗？”

“入门读哪本经书？”

“南怀瑾的书，法师觉得如何啊？”

“皈依到底要守几戒？”

“不吃斋不念佛，心中有善，是不是也是修为啊？”

静海法师在来言去语中，挥洒自如，引得笑声阵阵。

站在旁边的僧人走过来提醒时间："最后一个问题。"静海法师环顾一周，目光留在马君如的脸上。

"这位女施主，想必心中思虑多多，又不便开口，最后一个问题就由你来问吧。"

马君如心里一惊，这法师怎知自己心中思虑多多，转念一想，在高僧眼里，大抵我们这样的俗人都是欲望蒸腾，焦虑不止。如果静海法师可以参透人生，看穿未来，自己倒是很想请教，只是她不相信所谓的预测特异功能，那些不外乎投人所好、含糊其词的伎俩。

静海法师精光四射的双目注视着马君如，等待着她的发问："你心中有话。"

马君如笑了："静海法师，我确实心中有话，哪个人会心中无话。千言万语都是心事，我们这些凡尘俗世的愚钝之人，欲望太多，索求无度……"

静海法师笑了笑。

"佛法无边，静海法师，您刚才林林总总讲了很多，我们如果一心向善，最应该做什么？有什么简单可行的办法？"马君如问道。

静海法师从马君如脸上收回目光，扫向大家，从左到右，似乎每张脸都被他凌厉的目光抚摸过。"一心向善，现在最应该做什么？"语气在此处顿了顿，"应该给生命五天时间，来我们这里静修，重新认识自己，重新发现人生。"

演出结束了。马君如惊讶于这个收尾，精彩得无与伦比，这是马君如听过的最出色的讲演，心里忍不住要大声呼叫，这静海法师太牛了！她几乎怀疑大家认为自己是被收买了，这一问一答，成就了几近完美的结局。

同学们随着小和尚从大殿往饭堂走去，一路感慨纷纷。

"给生命五天时间，当务之急啊。"

"是啊，是啊。这静海法师可以去讲市场营销，销售于无形，功力深厚。"

“你没听到，他随便就提及多少歌星、明星、企业家通通在那里修行过。往来无白丁啊。”

“这静海法师倒像读过EMBA的，套用4P理论来分析一下：

“产品是五天的培训课程，价格包吃包住6800元，对于关注养生的高端人群来说并不高，反而衬出身份，此处山清水秀，就算休假也是很好的去处；

“营销渠道有点儿特色，这所谓的养生课程不是一般产品，基本依靠口口相传，需要熟人带熟人。如果不是旺水，我们也不清楚这里有培训课程，而就是因为旺水，可信度极佳；

“最有趣的是他的促销手段——先把静海法师塑造成一个半神，上刀山下火海，闭气绝食走电，因而引出其特别的养生理论——引来众人景仰，争做粉丝追随——想健康吗？想长寿吗？想没有烦恼吗？给生命五天时间，立竿见影——来吧，上培训课程吧。”

话音一落，众人哄笑。

“你看寺庙这么多人，都要衣食住行，哪样不是钱，且不说体面和排场，维持就不简单。”

“据说，这寺庙原本就是座荒废的破庙，不过10年时间，静海法师已经把这里建得层层叠叠，大殿、偏厅、饭堂、住宿，可以容纳100人住宿。不简单啊。”

“那是，静海法师绝对是个人物。”

“据说他和地方官员也是关系极好。”

“官商勾结，官僧勾结……”

“这话听起来着实不好听，您老口下留德吧，毕竟在人家的地界。”

“可不，一会儿拉闸放狗……得了，人家明明是官方PR（公共关系）做得到位嘛！就算是我们联合商学院，每年不也是会收政府部门的学员的，那学费——”

“哎——不说了，不说了！”

大家嬉笑着，走进饭堂。一瞥见桌子上的菜式，虽然心里早有了准备，料定是青菜萝卜红薯豆腐，但是没想到分量这样少，四碟，每碟里面宽松地躺着几片，每桌10人，每人面前一碗白饭，半两左右。

“各位施主，动筷之前，我先讲一下我们这里进食的规矩。”一僧人扬声，“首先，食不语，吃饭过程不能说话；其次，不要互相观望，看着自己的饭碗；再有，每一口要咀嚼36下。”

话音一落，即刻有人惊呼：“36下，不会吧？！又不是口香糖！”

众人笑。

“请大家安静。”僧人一早就知道有人如此发问，“细嚼慢咽，每一次咀嚼都要仔细地体会这米、这菜的味道，体会这些营养如何进入我们的肠胃、身体，这是老祖宗们给我们留下的经验，也是高僧们长寿的秘诀之一。请大家用心体会。”

同学们面面相觑。

马君如心道，各位僧人做派说法都面面俱到，整齐划一，从营销学角度叫作统一话术。这里的BI系统可比联合商学院到位多了，假以时日，这里必定风生水起。产品理念到位，方案完善，也还要有好的团队来实施，这正所谓知行合一，知易行难。而且，自己知道，贯彻到实践是第一步，要把第二步进行下去，要求团队每个人都完全拷贝到位，却不见得是在商学院上两年课程就能够学到的。

回想自己刚做完的高尔夫球沙龙，要总结学习的地方真是太多了！

僧人一声“各位施主可以用餐了”，大家慢慢地拿起筷子，不知道伸向哪里好。马君如夹起一块红薯，放在嘴里，努力地数着，数到19下的时候，嘴里已经全然无物，红薯已经不知去向，只得停止，抬头看看左右，大都如此，有人忍不住问：“没了还嚼吗？”

大家又是哄笑。站在旁边的僧人赶忙示意噤声：“各位施主，大家尽量做到每口36下。”

不多一会儿工夫，每个碟子里面已经不剩什么，尤其男生们，白饭也下了肚，菜也没了，吃素就算了，怎么还不给饱饭吃，这张旺水搞什么东东？！

“吃完了，可以走了吗？”有人问。

僧人只好点头称是。于是，大家如遇大赦一般，鱼贯而出。

距离下午的课程还有近一个小时的时间。大家三三两两地在寺庙里闲逛着。饥不择食的老范三钻两钻，居然找到一个老百姓家里，买了三个馒头狼吞虎咽，引来众人笑。

金鑫走进偏殿，看见里面供奉着三座财神，不由得赶紧跪拜，香火钱是少不得的，金鑫懂得规矩。

坐在一旁的僧人半睡半醒，悠悠地说道：“施主急于求财，是因为去年有损耗。”

金鑫心中一惊，抬头望向这不起眼儿的僧人，身材不胖不瘦，长相中规中矩，远不像静海法师那样神采不凡，若不是袈裟在身，怎么看都是一个平庸的路人甲。瞎猫撞到死耗子，看他如何继续。“请问高僧，有何指点？”金鑫道。

高僧笑了笑：“你心中不信，我说了无用。”

金鑫被点破了心事，有些不好意思，毕竟在人家寺庙，来了就要给面子，于是坦然道：“高僧没有说破，我不知道信是不信。”

“你去年有损耗，皆因错用别人钱。”

金鑫心里琢磨，杨阳基金确是别人的钱，错用？投资失误也算是错用吧，于是静听下文。

“不过，到了今年下半年就会有转机。”

金鑫抬起眉头，现在已经是4月，下半年不过是两个月的事情，难道股市会大好？从去年年底最低谷的不足2000点，股市一路跌跌撞撞爬到现在2300点左右，还会继续升？忍不住问道：“如何有转机？”

高僧笑了笑：“有贵人相帮。”

金鑫听了不免失望，做人做事，有哪件事不是人做的，贵人相帮，用到哪里都不错。

“男贵人，而且现在已经出现在你身边。”高僧补充着。

金鑫挑起眉毛，这话说得具体些了，不过这世界上除了女人就是

男人，已经出现？自己已经年近四十，人脉积累了这么多年，不知是哪个？于是问道：“本人愚钝，请高僧明示？”

“我已经告诉你了，你只是视而不见。”那僧人回答。

金鑫心里叹了口气，嘴上还是谢谢连连，又捐了些。满脸困惑地走出来，迎面碰上左丹丹，灵机一动：“丹丹，里面有个高僧，可以看命。”

“哦。”左丹丹问道，“准吗？”

“不能说不准。”金鑫说的是实话，含混不清的，也不能说是完全不靠谱，“有兴趣，你去试试看。”

左丹丹点点头，走了进去。原来里面供奉的是财神，陈卓每次必拜的地方，自己现在不急于求财，要的是婚姻，明媒正娶的婚姻，不由得有些后悔。因为有僧人坐在那里，又不便即刻退出去，于是磨磨蹭蹭地走进去。

“女施主，可是欲求婚姻？”坐着的僧人并没睁眼。

左丹丹一愣，问道：“高僧如何看出来？”

“不用看，感觉得到。”那僧人依然做睡眠状。

“请高僧指教。”左丹丹索性屈身跪拜三位财神，香火钱自然不少。拜过之后，站在那里等着僧人下文。

僧人这时睁开了眼睛，端详着左丹丹：“女施主，命带桃花，处处有缘。”

左丹丹嘴角一翘，但凡算命的都是如此说，看见漂亮的女性这说法肯定是屡试不爽。

“一个没走，又来一个。”那僧人继续说着，“都是有家室的。”

左丹丹听得这话，心下不由得不惊，一个没走，陈卓对自己的辞职和搬离到现在也没有明确表示，又来一个，哪一个？都是有家室的？张旺水够殷勤，有家室，但是人家也没明确表示什么啊。这僧人不知是瞎蒙还是真的看出端倪？于是问道：“请问高僧，这两个人应当选哪个？”

僧人笑了笑，又闭上了眼睛：“哪个都不行。”

左丹丹听了，转念一想，也是，两个人都有家室，当然哪个都不行，自己这不是瞎问嘛。

“但是，下一个肯定行。”那僧人补充道。

“下一个？什么时候出现呢？”左丹丹问。

“已经在了。”僧人的语气十分肯定。

左丹丹皱皱眉头，已经在了，在哪里？肯定是在地球上，唉。

“就在你眼前，你看不到。”这僧人似乎听到了左丹丹的叹气，继而肯定地补充。

“是吗？”左丹丹疑惑。

“所谓视而不见。”僧人说。

左丹丹追问：“请高僧明示。”

“时候到了，你自然看得到。”那僧人语毕，不再出声，索性打起瞌睡。

左丹丹自然不便再追问，于是又添了香火钱，揣着满心的疑惑走出来。迎面看见金鑫，不由得开口说道：“高僧说我视而不见。”

金鑫一听笑了，原来都是一样的口径：“说我也是视而不见。”两人相视又是一笑，金鑫小声说：“一样伎俩。”

下午的两堂功课，一武一文，武的是站桩功，双腿微曲，每节五分钟，连站十小节。伴随着悠扬的音乐，先站了几小节，这群金贵之人哪里受得了这样的折腾，个个腰酸背痛，叫苦不迭。

教站桩的这位师傅，是个矮胖子，身形就如一桩子，站在那里纹丝不动，“坚持一下，各位施主。这样的修炼很是难得，还差最后一节，双腿微曲，双手平展，微微闭上双目，然后前后轻轻晃动身体，这样可以通脉络、活精血、排毒素，天天坚持，比什么健身运动都好。动起来，晃起来，快起来，加快速度。”

大家在他的督导下，都跟着摇动着身体。刘振宇偷偷地睁开眼睛，看见每个人都在摇摆，好像中了蛊一般，只觉得好笑，又不敢出声。

睁眼的还有马君如，看见同样的阵势，也觉得可笑，这可比保险公司早上集体喊口号，摆几个固定的姿势来得凶猛，眼看着旺水同学最是投入，速度之快犹如装了电门。马君如习惯性地寻找着左丹丹，刚瞥了一眼，就听见桩子僧人大声说："那位女施主请闭上眼睛，继续晃动，还有两分钟，坚持。"

左丹丹本也是好奇地想睁眼看看，被这样一说，倒不好意思睁眼，突然觉得这样晃动简直像极了小时候看见矿里的李婆婆跳大神。嘿嘿，左丹丹不能不乐，于是顾不得许多，睁开眼睛，果真集体跳大神，无论如何绷不住，咧开嘴笑起来，只是强忍着不出声。好在时间到了，大家都停下来，个个气喘吁吁，汗流浃背，只有张旺水只是脸色微红，其他一切如常，旁边的同学赞道："旺水，你行啊，不喘。"

"我天天练，习惯了。"张旺水说。

左丹丹惊异地望着张旺水，开玩笑吧，天天跳大神，忍不住笑出来。张旺水不知为何，只觉得左丹丹脸色绯红，眉目间笑意浓浓，头发有些散乱，张旺水看在眼里，心中一下子春意荡漾，不由得有些呆了。左丹丹是个不折不扣的美女，从第一次见面，张旺水就把这张脸刻在心里。怎么会有这样美的脸，居然还是同学，男生们众星捧月是理所当然，旺水也是巴巴地献殷勤，暗暗地观察着，左丹丹对谁都很客气，话不多，不挑剔，完全没有持靓行凶的迹象。张旺水当然也看得出女生们并不待见她，她也不介意，一副叫我我就去、不叫我我就不去的从容，远近得宜，张旺水很佩服这女子的行事作风。

几个月前集资买楼一事，左丹丹的精明干练更让张旺水大吃一惊，这女子绝不是花瓶，绝不是胸大无脑之流，而且处事公道，讲明绿海确实急缺现金，但是也说清楚出价不可以低过成本，同学和自己绝不吃亏，但是也不能让旧雇主亏损。从此，张旺水对左丹丹生了敬意，而且不只是敬意，怎么看这女子都觉得可心。高尔夫球场打架事件，张旺水丝毫不后悔，如果有后悔，便是后悔出手慢了，让左丹丹多听了几句废话。张旺水知道自己是有家室的人，以往在外面也有过胡天胡地的时候，男人嘛，总是有不节制的时候，但是那些女人，不过是逢场作戏，张旺水懂得轻重。可是，这次大大不同，这不是一般的女人，是女同学，是个美丽精明的女同学，张旺水知道自己不可以越雷池一步，否则，同学情谊没了，自己清誉也毁了。可是，每每看到左丹丹，都忍不住去亲近，身体和心都不受控制……

杭州之行顺利圆满地结束了，张旺水送大家到机场，同学们个个兴高采烈，纷纷感谢张旺水的热情招待，好吃好住好玩。这三天张旺水累得不轻，但是地主之谊做得十足，礼物每人一包，全是浙江特产，春茶、虾酱、鱼干，想得十分周全。

“旺水，你拖个行李做什么？”刘振宇问他。

“我跟你们回北京啊。我正好有事情办。”张旺水说。

“你这地主可真是厉害，把客人送回老家。”刘振宇玩笑着。

大家也都哄笑着：“旺水，你对我们这么好，我们可要爱死你了。”

“别，你们爱我没用。”张旺水脱口而出。

“咦，这话蹊跷！那谁爱你有用啊？”马君如马上接口问道。

张旺水一下子接不上话，呆了一下：“你，你爱有用。”

马君如撇撇嘴，斜眼看了一眼左丹丹：“鬼才信。”

张旺水笑着：“真的，你爱我最有用，这次的功课你帮我写？”

马君如又是撇撇嘴：“你写功课的时候才会想起我！”

“平时都想的，不敢告诉你。”张旺水说着，不自觉地瞥了一眼左丹丹，刚巧左丹丹也望向他，张旺水马上觉得心里甜甜的，正准备继续调侃马君如，突然看见左丹丹身后熟悉的身影，脸色一下子严肃了。

左丹丹马上发现异常，回身望去。

只见一农村老太，绝对是农村老太太，而且不是张艺谋电影里的北方老太，而是苏童小说里的南方老太，一件青花大褂，干干净净，周身没有多余饰物，人很清瘦，脸上布满皱纹。旁边一位孕妇，孕妇左手拖着一个五六岁大的女孩，电光石火之间，左丹丹知道张旺水的全家到了。只听旺水说过有个女儿，倒不知道张太太又怀孕了。

张旺水急忙奔过去：“妈，你们来干什么？”

老太太一口浙江温州话——号称世界上最难懂的方言，左丹丹听不分明，但是知晓大致意思，估计是怨张旺水这许久不回家，这次到杭州来看亲戚。老太太边说边打量这边，虽然是乡下的衣着，但这气派可是大家庭的架势，一看就知道是个精明厉害的主儿。老太太边说便往这边走，张旺水只得跟着介绍："这是我妈。"

"伯母好。"大家马上展开笑容，齐声招呼着。

张老太也笑着说着，嘴不停，不住地拍打着张旺水。

"我妈让我翻译，说这次都到家门口了，也没请大家去家里坐，是我的不是，让我下次再请大家来，一定去家里吃饭。"张旺水说。

大家心中纳闷，张旺水不是家在温州吗，杭州离温州且有段路呢，怎么就是家门口了？人家是热情，大家也就跟着寒暄、感谢，气氛很是热烈。

张老太想必是扫过一圈了，突然转过身拉住左丹丹的手，问："这闺女长得真是水灵，嫁人了？"

左丹丹虽不懂温州话，但意思是明白了，猛地被这样一问，不知该如何作答，干脆就装听不懂，咧着嘴笑，笑总不会错的。

张旺水用温州话回复着："妈，您别瞎问，这是人家的私事，不便问的。"

张老太并不管这些，依旧笑着说："我问问嘛，关心啊。"

张旺水把老妈的手从左丹丹手里抽出来，准确地说，是把左丹丹的手从老妈手里解救出来。

张老太又拉着刘振宇的手："你是班长，我们家旺水总说起你，说你能干聪明，你可要好好看着我们家旺水。"

刘振宇点着头，赔着笑脸。

"我们家旺水有点儿小孩脾气，自己都是两个孩子的爹了，还贪玩。"张老太说，"你要劝他，工作归工作，也要经常回家。"

刘振宇完全不知道接什么，于是继续赔着笑脸。

"妈，我们的飞机要飞，我们现在马上要进去了。"听得出张旺水的口气有些急了。

“伯母，我们要走了，您多保重。”刘振宇赶快顺坡下驴，招呼着大家，“大家赶快进去吧。”

于是同学们跟着刘振宇走了，剩下张旺水一家。

“妈，您这是干什么啊？！”张旺水有些火了，“这么多同学都在，您这是让我出丑。”

“怎么让你出丑了，你的同学跟我们说说话，就不行吗？”张老太毫不退让。

张旺水幼年丧父，由寡母一手带大，由于他是张家独苗，母亲唯恐他受委屈，竟然一直未嫁，很吃过些苦。张旺水对母亲极孝顺，有求必应，媳妇也是老妈挑的，总之家里一切老妈做主。平时，老妈是不理会自己在外边做什么的，今天却让自己十分意外。他这时才抬眼望向老婆：“你和妈瞎说什么？”

张太太看了一眼婆婆：“我没说什么。妈自己要来的。”

张旺水呆呆地看着自己的老婆，这个因为怀孕而身材走样的女人。人都说孕育新生命的女人别有风情，张旺水想，恐怕是因为男人看这个女人怎么都对眼，而他对满秋——自己的老婆，一点儿感觉都没有。并不是因为相处多年以后的麻木，而是自己从来就没有对这个女人有过怦然心动的感觉。

张旺水和老婆是初中同学，大专二年级暑假回来，硬是让老妈撮合成了对象。县城并不大，对象处了两年，没有啥大意外就该成亲，否则会让人说三道四。毕业了，张旺水一门心思就想好好做生意，虽然谈不上有多喜欢满秋，可这个女孩并没什么错，是个男人就得负起责任来。于是接下来结婚、育子顺理成章。

张旺水对妈妈的要求从无二话，而妈妈给自己选的这个女人，他从心底里知道，是个好女人。她善良忠诚——多年来自己在商场打拼，起起伏伏，她从没要求、从没抱怨；她孝顺踏实——把母亲照顾得无微不至，让自己在外无后顾之忧。

男人有钱会变心，这话不假，可是对满秋，张旺水不认为自己变过心，因为打一开始，他就没有动心。如果不是趁着几次酒后性起，满秋是绝不会有身孕的。这点满秋心里也明白，每当屋子里就剩下旺水和满秋，两个人都会挺尴尬。话基本上是没有的，连动作都生硬得紧。

有一年中秋节过完，两个人曾商量着离婚，是满秋先提出来的。

两个人瞒着母亲出发去县里办手续的时候，张旺水心情很好，心里盘算着怎么给满秋补偿，怎么和满秋共同带好孩子。然而，在路上，他无意中看见并排走着的妻子在暗暗拭泪，他的心就像被什么粗糙的东西摩擦了一下。

在湿润的空气里，满秋的鬓角已经开始生出白发。那天的阳光不刺眼，刚好就那么柔柔地笼罩在满秋的面庞周遭。满秋把一缕散下来的乱发捋到耳后，那一刻，她的侧脸好美。旺水看呆了。在那一刻，他体会到糟糠之妻的含义，他把满秋揽到自己怀里，轻轻说："秋，咱回吧，咱别离了。"

满秋柔软地偎在张旺水怀里，任凭眼泪倾泻而出。她也是新时代长大的女性，她何尝不知自己的男人并不爱自己，她又何尝不想挣脱这种无爱的境地。只是，她又怎么舍得年幼的孩儿爹娘分离，她又如何面对视如母亲的婆婆？她抬起泪眼，细细端详这个注定要亏欠她一生的男人，回答道："这一次之后，我们别再闹了。我不管你在外面的事，我只要你能记得咱们的孩儿和妈！"

就这一句"我只要你能记得咱们的孩儿和妈"，张旺水再没动过停妻再娶的念头，直到自己惹火上身。

这一次旺水的魂算是被勾走了，满秋真真儿地看在眼里。每次有那个漂亮女同学的风吹草动，张旺水都巴巴地赶过去。这次去杭州一早就打听好那女子是哪班飞机，自己好亲自开车去接。这个男人从来不在意穿什么，却在出发前对着镜子照了又照。啥叫鬼迷心窍？这就是！

满秋没有期待自己的丈夫就守着自己这么一个女人，就算他在外面有什么，满秋知道早晚他能回来，他疼老母，疼他们的娃。但是，这一次，满秋觉得他不但没把自己放在心里，就连这个家也会丢了的。

于是她鼓动婆婆跟张旺水叫板，让他知难而退。

是因为左丹丹漂亮？是，但也不是。如果你问张旺水，他会这么回答。

不但人美得勾人心魄，更重要的是，她和张旺水能够有共鸣。他们有着同样不起眼儿的出身，从籍籍无名，靠着忘我的打拼、不为人所知的手段争出头来。昔日寻常燕雀，今日登堂入室，不比那名校、名门出身在谋略、才智上矮一丝一毫。他们不再是围着石磨盘转圈圈的毛驴，但也不是那气宇轩昂的高头骏马——我们是，嘿嘿，与众不同的两头骡子，前无古骡，后无来骡！张旺水在假想中大声接嘴。

也亏得旺水有这个气魄和度量能如此自嘲，他自然不会知道在近100年前，有个叫作啥啥米契尔的也曾这样不无揶揄地形容两个同样不拘一格的男女，斯嘉丽和白瑞德。不然，旺水就会认为自己和丹丹是天生一对，就像白瑞德理所应当地认为他和斯嘉丽是天生一对一样。

遇到满秋，娶满秋，跟满秋生儿育女，张旺水一直都觉得应该如此。可现在，他梗着脖子在较劲儿——钱，我赚了，以后还能赚更多，可是我爱的女人，一转身就错过了，做多大的生意，多少钱也换不回来！我得为我自己的心，活一回！我旺水为什么不可以跟我爱的女人在一起？我从未这么爱过！本来就没再想过离婚的念头，现在又开始蠢蠢欲动了。

分。满秋要什么，给就是了。旺水没敢把这话跟老母亲提，通过满秋的弟妹，也是他杭州公司的行政主管，把这话递给了满秋，同时声明这件事一定要瞒着老母。

满秋听了弟妹的话，垂泪不语，没有答复，说是回娘家住阵子，考虑考虑。旺水等她回音一时没等到，家里公司事务一忙，也就放下了。谁知道，事到临头，这满秋又当众上演了一出不请自来。

他不能当众问满秋，说你干什么来了，他也无法解释，为什么老婆要千里迢迢地追随自己而来，目前他只能做的是——做足自己的戏份。

满秋过来，很聪明，她不会哭天抢地，她只是想给大家一个强烈的视觉冲击——你们都瞧瞧，张旺水的正牌太太是我。你们中间要是有谁想撺掇他停妻再娶，就请再思量思量！

经过这一回合，张旺水觉得满秋不再是毫无心机、只为维护自己的单纯女人。这个女人，原来也会用心计来控制自己，想到这里，心里便平添了几分厌恶。那日在夕阳里剪下来，模糊地贴在内心角落里的温柔侧脸也被这分厌恶冲得无影无踪。

“来干什么，你们大老远从温州赶过来干什么？”张旺水气恼地嘟囔着。

“我想爸爸了，爸爸！”张太太推了推女儿，女儿上前扑到父亲怀里，此一举胜过千言万语。

张旺水搂过女儿，摸摸她的头发，女儿好像又高了，自己是很久没有陪过她，他心中惭愧，不由得声音也软了。“爸爸这次去北京出差，三两天就回来，给你带礼物。”

小女儿点点头。

“等爸爸过两天回来，带你出去玩儿。”张旺水嘴里喃喃。

“既然要走，就走吧，早点儿回来，我们一家大小都等着你呢，我们也都指望着你呢。”张老太做了总结。

都说是亲疏有别，世人却往往因利益来往而对外人礼数有加，反而对至亲之人疏于关注，并不知道原来家人之间更需要包容和润泽。久而久之，家不成家，亲生嫌隙！

张旺水望着老中小三个女人，深深地叹了一口气。

第十章 暗度陈仓

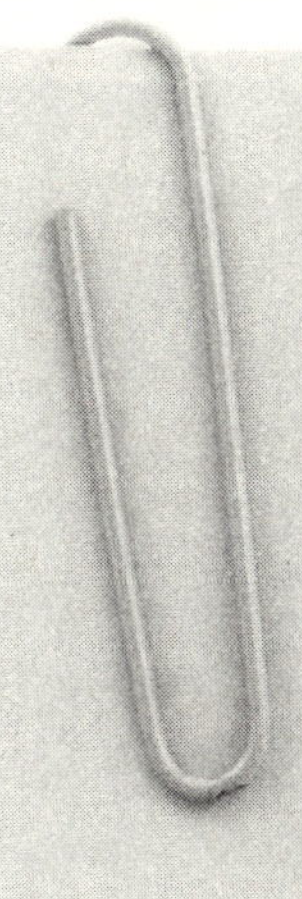

商学院笔记之杨三角御夫术

杨三角理论[①]的基本前提：成功的企业=战略×组织能力。

战略这个乘数对了，组织能力这个被乘数的放大镜才能起到正面作用，否则只能适得其反。所以恰当战略的确定，自然是大前提。

所谓组织能力是指团队整体发挥的战斗力（为客户创造价值、超越竞争对手、可持续发展，是组织内部的DNA）。

商业模式和战略方向易被模仿——老美有google，我们就有百度；那边facebook如火如荼，这边开心网亦步亦趋。但落实战略的组织能力这个层面，属于企业的DNA，一旦形成就难以被超越。

打造组织能力须有缺一不可的三根支柱，比喻为等边三角形的三个顶点，彼此即构成整体，又相互支撑、相互制衡：员工能力（会不会）、员工思维模

---

① 参照《组织能力的杨三角》，杨国安著，机械工业出版社。

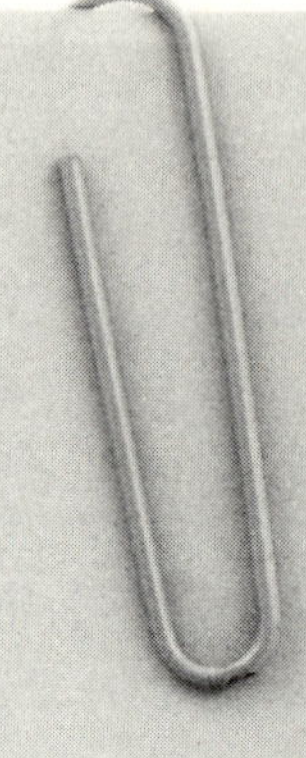

式（愿不愿意）、员工治理方式（容不容许）。

管理企业如是，管理老公亦如是。

对于大好单身女青年们，外在高富帅，内有乾坤略，是选择终身伴侣的大方向（战略）。当然，你也许品位独特，那是小概率事件，这里暂且不探讨。

首先，他会不会？具不具备你如意郎君的素质及能力？有人青睐香港脚，有人偏爱斗鸡眼，每个大好女青年的标准细节不尽相同，这里不一一列举。总之，你爱，那就好。

接下来，他愿不愿意？他愿不愿意为你奉献，与你分享，跟你同路？各花入各眼，您大小姐纵使倾国倾城、多愁多病，那也要跟他合了节拍、对了频道。即，他爱，那才行。

最后，相互容不容许？彼此能否在欣赏的同时包容各自的短板？你不能等着一个天天为了升职加班不休的老公回家做晚饭，甚至，似乎你得给为陪客户而宿醉的他做顿丰盛早餐，才能让他体会风流诚可贵，老婆最伟大。同样，如果他没办法给你想要的生活品质，那他也没理由去阻碍你选择的生活方式，如果他不能包容，很显然，他就不是那个Mr. Right。在这一部分，很多方法和措施能够调整、改善前面两角，增进彼此的信任理解。不过当然了，不爱就是不爱，爱就是爱，调整和改善仅限于固定区间，实在不成，就只能开除高富帅，换个乾坤略了事。

以上三角因素，互相支撑，互相补给。如果您的婚姻美满，那想必您的组织能力三角目前还平衡，恭喜，请保持。如果您现在的那位高富帅同志不知道哪里有点儿不对劲，请对照以上三角因素，一一查证核实，以便及时改善修正。

7月12日经济版头条，“京城地王昨天下午产生”。刘振宇仔细地翻看着内容，东四环外，广渠门路上，应该离陈卓的楼盘很近，在网上搜到地图，果真不过一条马路之隔。整版的分析和预测，新出炉的地王楼面价格15000元一平方米，加上建筑成本、时间成本、银行利息……一年之后，3万一平方米的价格出售是预料之中。这消息绝对称得上是惊喜。3月份，相关房地产政策一如李易祥预料的突然松动，刘振宇当时估计半年之后，房地产就会繁荣昌盛起来，不承想这次复苏来得更快，而且来得更凶猛。年初从陈卓那里整栋购买的精装修房子，要价1万元，现在一街之隔的楼面价格已经是15000元，这半年时间简直是冰火两重天。想必陈卓看了这新闻，一定是哭笑不得，人生啊，就是这样，处处有惊喜，时时有惊吓。

正在感慨时，手机响了，一看是李易祥。

“老李，你好啊，正想你呢。”语气热力四射。

“哈哈，想我？”老李那边的声音一样洋溢着热情，“看财经新闻了？”

“是啊，头条。”刘振宇说，“怎么打算？咱们这几天聚聚，商量商量？”

“商量什么，都听你的。你拿好主意，告诉大家就行了，我看没人反对，都信得过你。”李易祥说。

“老李，你这话说的，我压力大了，行，难得你老李信任我，我合计合计，回头咱俩先碰碰，然后再和那几位商量。”刘振宇笑呵呵地说。

“行。我等你招呼。”

刘振宇挂了电话，脑子里细细地盘算着，年底交楼，精装修，连家电都是全齐的，参照今天地王的价格，均价3万一平方米一点儿不夸张。不到一年200%的利润，这是什么样的生意啊？！难怪是个人有些钱就往房地产这个行业里钻，赶上好时候，真是满地是金子。刘振宇正统科班出身，奉行不懂不做、不专不做的原则，所以不打算涉猎自己不擅长的行业，这次纯粹是投机行为，赚了套现走人，不打算有下次。

如何套现？整体出售？一如当时陈卓那样？还是外包出去销售？还是自己成立销售团队？自己不做房地产，不知道行内门道，这件事必须咨询左丹丹。于是，拨通了左丹丹的电话，约她一起吃午饭，左丹丹非常痛快地答应了，不扭捏，不做作。经过这次楼宇买卖，刘振宇对这位美女同学刮目相看，这女子绝非花瓶，话不多，但是句句都能说到点子上。

为了操作方便，利益划分清晰，在刘振宇的建议下，参与买楼的15名同学成立了一家公司，其中2%的分股留给这个项目的操作团队，其余98%的股份按照大家投资的比例分配，集资总额1亿。参与的同学以当时上宏观经济课和左丹丹一组知道此事的同学为基础，该组同学有先发优势，所以没有投资最低限额。当时组里的同学只有金鑫没有参与，其余的五人都有投资：张旺水出资2000万，马卫东出资300万，李易祥出资100万，洪英俊出资200万，左丹丹出资300万，共2900万。

剩余的7100万，除了刘振宇参与管理，只投了300万之外，其他同学的最低投资额原则性要求500万。一是因为李易祥（政策风向标）、左丹丹（内幕消息）、刘振宇（人精参与的从众心态）的参与，二是自个儿评估之后也都觉得价格实在合理，不足一周已经有8名同学参与，并补足剩余的6800万。

这个项目共有15名同学参与，项目由刘振宇和左丹丹负责操作和管理。在分配2%的管理股份时，左丹丹主动向刘振宇提出："我只是搭个桥，卖这栋楼本就是我分内的事情，不给我管理股份我也是应该做的，既然大家这么尊重，我也不推托，我要0.5%就可以了，剩下的1.5%，你和老李分吧。你的作用就不提了，没你，不能成事。老李在这件事上就是政策的方向标，他不参与，大家是不会这么快下定决心跟进的，老李就是大家的定心丸。"

这番话说得入情入理，让刘振宇既惊讶又感慨，左丹丹看得通透，利益拿捏清楚，自己以前真是有些狗眼看人低了，心中暗暗惭愧。他连忙接口："丹丹，你这么说真让我惭愧，这个项目我只不过是组织一下，准备文件之类的，没有起到重要作用，买卖楼宇是你的长项，大家都仰仗你呢。我看这样如何，你肯定是1%，老李和我一人0.5%就足够，多了，我倒不自在了。真心话，以后你们要是投资炒股，我肯定当仁不让，拿最多的。"

左丹丹笑了："行，听你的。那你和老李商量吧。我想，给老李管理股份这事，最好就我们知道好了，免得给老李添麻烦。"

"是，是。你考虑得周全。我和老李说。"刘振宇答应着，心里对左丹丹有了种心悦诚服的敬佩。不是因为她的主意多，其实这些自己静下心来也都会考虑到，只是这些从左丹丹这样一位美女嘴里说出来，总有些出人意料，美女有头脑，总让男人们有些心有余悸。

左丹丹一进餐厅，刘振宇就看到了，牛仔裤白色T恤，清爽简单，美女就是美女，浓妆淡抹总相宜，一路走进来，引起男士们注目。刘振宇急忙起身，热情招呼着："丹丹，这里。"

左丹丹坐在刘振宇对面，一张素颜的脸，眉清目秀，神采飞扬。

"丹丹，你的气色真好。"刘振宇称赞道。

左丹丹笑着说："你不也是气色极好。人逢喜事精神爽。"

刘振宇也笑了："是啊。新闻看了？你怎么看？"

左丹丹望向刘振宇，对面这位男子，貌不出众，言不惊人，但是永远得体，态度诚恳，言语谦和，让人挑不出什么毛病，在班里人缘极好，那么多年纪大的、钱财多的、才高气傲的，也都推崇他，真是难得。和刘振宇在一起，总是如沐春风。左丹丹记得陈卓说过，一个人总有死穴，有的人你一眼就能看出来，不遮不掩；有的人你多看几眼也会寻得蛛丝马迹，毕竟是半遮半掩；可是有的人，你前看后看左看右看，也看不出破绽，这种人才是最可怕。人不可能没有死穴，只是这种人遮掩得太好，让你无从发现，也让你无从防范，一旦他们出手，一定会要了人命。在左丹丹眼里，刘振宇和常人一样好财喜色，吃喝玩乐，他都乐得参与，只是他很有节制，什么都不贪多，就处处节制这一点，让他和常人有了很大的不同。左丹丹觉得，刘振宇和陈卓应该是同一类人，是那种做大事的男人。这种男人问别人怎么看一件事情，势必心中早有盘算，于是左丹丹问："振宇，你怎么看？"

"我不懂房地产，这不，请教你呢。"刘振宇说。

左丹丹笑了："我只知道买卖房子。我们这单，究竟如何操盘，是现在卖还是等等，我拿不了主意。"

刘振宇也笑了："我和老李也商量了一下，想先听听你的意见，毕竟你是行家。"刘振宇做着客气的开场白，"你知道陈卓那边新楼盘的价格是多少？"

"两个月前新开的楼盘均价13000起，期房，毛坯。"左丹丹答，"现在，这个月底有一栋又要开盘，之前听公司内部人说，均价17000，现在看来，上浮20%，2万绝对打不住。我会再确认一下。"

"陈卓那边的现金情况好转了吧？"刘振宇问。

左丹丹笑了笑，那是肯定，3月份的新政如此宽松，房地产一下子就解了冻，谁也没料到升温如此之快。"他们现在肯定是现金不愁，而且楼市正好，让他们回购不是不可能的。"

刘振宇暗暗佩服，这女子真是冰雪聪明，自己还没说透，她竟然就点破了。"你觉得回购，开价多少合适？"

"眼看他们的新楼盘价格，保守估计，有可能均价22000元。我们手里这栋，一是年底就交楼，等于是准现房；二是，精装修带家电。上浮20%，卖到26000元起不成问题，七折回购，就是18000元，我们是全部卖出去，还是留一部分在手里？”左丹丹问。

“如果是这个价位，卖出一部分，把大家的本金先收回来，剩下的看看形势再做打算，你觉得如何？”刘振宇问。

左丹丹还是笑笑：“挺好啊，听你的。”

“别听我的啊，我是外行，我要咨询你的意见。”刘振宇赶忙说。

“你不是和老李商量过？老李什么意思？”左丹丹问。

“老李只是说，目前政策没有任何变化的迹象，具体运作，他说听我们的。”刘振宇说。

“既然老李也同意，就按照你的意思办吧。你需要我做什么？”左丹丹问。

“和绿海那边的谈判还是你的责任，没什么问题吧？”刘振宇问。

左丹丹依旧笑笑，陈卓恐怕是恨死了自己，半年时间，向他拿回了同样的钱，却只还他一半的房子。生意场上，虽然瞬息万变，但是衡量标准只有一个：利益。所谓杀头的生意有人做，亏本的生意无人做。当时陈卓迫于形势，万般无奈，忍痛割肉，也是为了活下来，熬到今天，赚更多的钱。现在，七折收回，再卖出去，现成的销售团队，没有额外投入，钱依然是赚定的。左丹丹相信陈卓有这个气量和头脑。于是，向刘振宇点点头：“行，我来办。有问题，我找你商量。”

“丹丹，你说这次我们赚了钱，这钱是分了，还是什么打算？”刘振宇问。

左丹丹笑了笑：“钱放在手里只能等着贬值，听了文教授的课，想起存在银行里的钱天天减少，真担心。除了房子，也拿不准买什么。你是专业人士？有什么建议？”

“我有兴趣组织个基金，不单是我，大家个个都有资源，把这些资源汇总整合，应该会生出不少机会。你看呢？”

“好啊。你挑头，大家肯定都是跟着走的。”左丹丹说，“回头，聚会的时候把你的意思和大家仔细说说。”

刘振宇送走了左丹丹，回办公室途中遇到了自己的老板，建奇证券的老大。“宋总，你好。”刘振宇热情招呼着。

“小刘啊，你好。气色不错嘛。”宋总照例说着每次见下属的那几句。

刘振宇微笑寒暄着，望着这家伙的背影，进了最尽头整栋楼最大的办公室，有独立洗手间、秘书房、小会议室的套间。每次目送宋总走进办公室，刘振宇都是心情复杂。这老家伙，以前是外地某银行的老总，不知道搭对了哪条线，居然被调到天子脚下，在建奇这样规模前十的证券公司做正主。组织部人事调动，外人不好质疑，就是质疑也只能心里问问，于是乎这些来路不明、本事没有、背景不清但是后台绝对硬的家伙，在国家利益、组织安排的大旗下，冠冕堂皇地满天飞升。这位宋总来了也有一年多了，没什么业绩，也没什么过失，庸庸碌碌，平平淡淡，嘻嘻哈哈……那个位置，只要不出大的差错，上面的后台还在，坐下去不是难事。

刘振宇今年36岁，坐在副总的位置已经近四年，本指望老上司升迁了，自己可以被扶正，去年夏天的人事大变迁，老上司被挤走，自己的梦想也随之烟消云散，腥风血雨之间，安稳地留下来就是万幸。本已打算、同时也暗暗筹划自立门户或者转投其他的私募基金，这行业圈子不大，来来往往的这些人大都相熟，平时酒桌上也称兄道弟，去年下半年，刘振宇对几家规模大的私募暗送了不少秋波。刘振宇曾是金牌基金经理，几乎所有的私募都张开怀抱欢迎他，他需要做的只是做好决定选好下家。

虽说无论是自己出来单干还是投靠私募资金，赚钱都不是问题，但是，离开建奇，等于离开了“祖国”的怀抱，再也不能回到这条阳关大道上来了。建奇证券，直属五大行之一的银行，做到建奇的老总，下一步就可能是某家银行的副总，然后有可能进入银监会、证监会，一路青云，这才是刘振宇给自己规划的人生之路，赚钱对刘振宇来说永远不是目的，只是手段。所以，是否离开建奇，to be or not to be，令刘振宇格外痛苦犹豫。但是老天厚爱，海南岛的意外升迁，让刘振宇看到了新的机会。

今年，春节后的银行系统的春茗聚会上，刘振宇又遇到了海南岛，他热情地招呼着："吴处，恭喜发财。"

吴处旁边的同事赶忙说："现在不是吴处了，是吴局了。"

刘振宇赶忙说："恭喜恭喜！这喜事怎么也不早告诉一声啊，做兄弟的好替大哥张罗张罗，庆祝一下。"

不等海南岛出声，旁边的已经替他都说了："吴局现在在银监会组织部。"

刘振宇又是一惊，这位老哥这把岁数了居然还真能升迁，而且坐在一个这么有权有影响力的位置上。在刘振宇印象中，海南岛不谙功名，不走仕途，现在怎么突然转性了？就是突然转性了，这样的好机会哪里说要就能来呢？刘振宇压住所有的好奇，对海南岛说："吴哥，你先忙，饭后咱们俩一定好好聊聊，不能推，我死等你。"

海南岛一如既往没有架子，缺乏气势，笑呵呵地答应着："好，好，一会儿聊。"

会后，海南岛果真没有爽约，高高兴兴地跟着刘振宇找了个安静的地方又喝了一顿，无论是刚才的大庭广众还是现在的私人独处，刘振宇都隐隐感觉到了海南岛的变化。这种变化并不是气势上的，有的人升了官，顿时气势腾腾。但海南岛不是，依然笑笑呵呵，大大咧咧。刘振宇观察到，海南岛的淡定中多了从容，无所谓中多了认真。以往聚会聊起金融系统内部的人事变迁、花边新闻，海南岛总是表现出事不关己的冷漠，现在，他不仅不打岔，而且会隔三岔五地接上几句或评论一二。以前是彻彻底底的局外人，这些人和这些事虽然近在身边，但是自己不在其中，不得要领。现在因为工作的调换，刹那间，自己似乎被扔进了圈子，牵牵扯扯，自己和这些人、这些事一下就有了关联，由不得你不去关心不去留意。

自从去年相识，刘振宇对海南岛一直都客客气气。海南岛对刘振宇也是十分热情，一来，刘振宇这位年轻才俊谈吐不俗，不像银行系统内的那些人除了挣钱升官谈不出其他。海南岛一向标榜自己是个杂家，天文地理历史，什么都聊得上来，第一次和刘振宇见面，就聊得风生水起，海南岛立马把刘振宇当成了哥们儿。而且，刘振宇是马君如的同学，这个意外发现让海南岛觉得刘振宇越发亲切。

海南岛因意外升迁，一下子就跃居到了刘振宇的VIP单子上。刘振宇自然地启动了例牌调查机制。第二天一大早，就召唤了大明来办公室。

“大款？你的新客户？查什么？例牌那些？钱从哪里来的？”大明问。大明是刘振宇的高中同学，大学考了警官学院。几年前因为涉嫌逼供被撤了职，现在是所谓的私人侦探，经常帮刘振宇查一些大客户的背景。

“家庭背景、工作情况，特别是最近动态，和谁在一起，做什么。”刘振宇说。

“特别留意和什么女人在一起？”大明故意压低声音问。

“所有人。”刘振宇忍不住又加了几句，“你老毛病又犯了？好奇多事。”

大明嘻嘻笑着：“知道，知道。”

“这个人，你自己去查，不要别人插手。”刘振宇叮嘱着。

“知道了。”大明答应着，“兄弟我办事，放心。不会有第三个人知道。”

两周之后，大明把图文并茂的资料摆在了刘振宇面前。海南岛的应酬似乎很多，照片多是饭局，一桌一桌，看不出特别。大明挑出一张，递给刘振宇。

刘振宇接过看，男男女女一大桌子。只听得大明介绍：“这是他岳父的生日宴。”边说边指着一位老人家。刘振宇之前打听过，知道海南岛的岳丈是银监会的要员。“老爷子马上要退了，明年到期。”大明说，“所以，再不拉女婿一把，就没机会了。这就好像托孤，不能不给面子。”

刘振宇顾不上大明的胡乱比喻，突然在这一桌子人里看到一张熟悉的面孔。“这是谁？”刘振宇问。

“海南岛的大姨子。”大明说，“她是海南岛老婆的堂姐。她家老爷子是海南岛岳父的亲兄弟，军队的，老革命。”

陈玉梅居然是海南岛的大姨子，世界真奇妙。

大明指着陈玉梅身边的一位男士：“这是她老公。军队大院出身，他家老爷子是个将军。他是真正的根正苗红，关系极多，且不说他们家老爷子和现在的几位老大都扯得上关系，就是这个张建国，也是个人物，今年刚刚40岁，是组织部最年轻的副部级干部，前途不可限量。”

“组织部……”刘振宇默默重复着。

“他和海南岛的关系不错，来往密切。”大明说，“他们有个小圈子，都是军队大院或官二代，这些人每周一聚，几乎是雷打不动。”

“每周一聚？”刘振宇默默重复。

“对。他们有个相当高雅的爱好。”大明说。

“高尔夫？”刘振宇问。

“桥牌。”大明答，“古典吧？”

刘振宇默不作声，心里渐渐理出了头绪，脸上露出了笑容。第二天，刘振宇拨通了陈玉梅的电话。“陈同学，我是刘振宇，我想和你聊聊。”刘振宇开门见山，“关于我的工作，希望听听你的建议，你哪天有空？”

陈玉梅并没有推托，很痛快地答应着：“明天中午怎么样？你过来，我请你吃饭。”

刘振宇马上应承。第二天的午餐之约，进行得出乎刘振宇意料的顺利。刘振宇直言不讳地表达了自己打算在体制内继续奋斗的决心和野心，同时说明了晋升的难处，当然也点明陈玉梅的老公在组织部也许可以帮上忙。陈玉梅听了刘振宇的陈述之后，并没有追问刘振宇如何知道自己的老公在组织部工作，也没有立即表示什么，只是沉默地喝着汤。

近在咫尺的陈玉梅，虽然素颜，但是脸色红润，皮肤光洁，新烫过的头发别在耳朵后面，整个人看起来依旧干练。无论是不经意间嘴角的微微上扬，还是从耳后露出的弯曲的发卷，都让陈玉梅多了几分女人的妩媚。陈玉梅继续沉默着，刘振宇心中又开始忐忑，如果陈玉梅拒绝，自己又当如何？

终于，陈玉梅抬起了眼睛，看着刘振宇："你这件事，我帮不了你。"

刘振宇一听，心里一寒。这女司长够决绝。

"我老公是不是可以帮到你，我也说不准，不过，你可以跟他聊聊，我觉得你的条件很好，上位是迟早的事情。"陈玉梅接着说。

刘振宇大松了一口气，只要见到她老公，得到她老公的指点，事情就可以慢慢图谋。"谢谢你，陈同学。真是给你添麻烦了。"刘振宇的感激绝对发自真心。

"同学嘛，别说见外的话。我问问他时间，这几天约你。"陈玉梅没有一句废话，事情就敲定了。

见陈玉梅老公张建国之前，刘振宇是好好做过功课的，对张建国的喜好兴趣摸得十分清楚，不喜爱户外互动，围棋桥牌是最爱，凑巧得很，刘振宇的围棋和桥牌都十分了得。见面之后，一如刘振宇计划的、预料的，相谈甚欢，即刻就约了下次打桥牌的时间。

也一如刘振宇预料的，牌局上遇到了海南岛。海南岛不改热情，大力称赞刘振宇，自然增加了刘振宇在张建国心中的分量和安全值。不知不觉间，刘振宇进入了另外一个圈子，刘振宇深刻地体会到这个圈子所散发出来的浓郁的权力的味道。每次桥牌聚会，都是不同的会所，这些会所大都是不挂牌的，外面普普通通，看不出端倪，入里才发现，辉煌的辉煌，奢侈的奢侈，不同风格、气派，但是有一点相同，私密。刘振宇不多言不少语，牌品和牌技一样出色，口碑极好，渐渐地，张建国不去的牌局，海南岛也会拉他去，即使他们两个人都不去的牌局，也有做东的人把他约了去，显然已经不把他当外人。刘振宇强烈地感到和这群人在一起，离自己的理想近了，虽然不清楚具体怎么走过去，但是心里踏实地知道肯定可以走过去。

刘振宇和海南岛的关系现在更是密切。海南岛一向是没有什么官架子的，和刘振宇本就聊得来，现在刘振宇可以应酬，更觉得是知己。一日，三杯两盏之间，话题已经由国家大事转到了EMBA，然后又转到了马君如身上。刘振宇边听着海南岛絮叨，心中边忍不住笑，英雄难过美人关。在海南岛嘴里，马君如能干能吃苦，有才华，有骨气，有性格，总之是一百个好。

“听说你们同学集资炒房子呢？”海南岛突然问道。

刘振宇不知海南岛的用意，不便深说，只是点点头。

“我听君如说的。她没参加，我还说她呢，下次有这样的事情招呼我一声，我替她出钱，赚了大家分嘛。”海南岛说。

刘振宇笑了，这老哥有趣，看起来大大咧咧，其实心中的小九九算得清楚。马君如出个名字，海南岛出钱，既讨好了红颜知己，又赚了钱。对自己来说，这绝对是个好消息，把海南岛套进来，一来壮大了基金的声势；二来拉近了和海南岛的关系，这家伙肯定有些来头，说不定哪天就能派上用场。于是他大方地说：“吴局，这事情君如怎么好意思和您开口，这事我办就行了。这次炒房子是错过了，有些可惜。不过，我们马上要搞个基金，我亲自操刀，你有兴趣，可以掺和一下。”

“好啊！你这个王牌出马，铁定赚钱啊！不过……”海南岛犹豫着，有些话不知该如何说。

刘振宇拿不准海南岛哪里为难，不便插嘴，静静等着他自己说。

“君如那里，怎么和她说呢？她性格倔强……”海南岛支支吾吾。

刘振宇心里又是笑，这老哥还真是喜欢马君如，什么都要顾及着，于是说：“吴局，你真是难得，为别人考虑得如此周详，我都替君如庆幸，有你这么个知己。”

海南岛嘿嘿笑着。

“吴局，你要是真有意思掺和玩一把，你出的钱就挂在君如名下，我跟她说。”

海南岛笑着点头。

这不过三个月的工夫，刘振宇对自己的未来有了完全不同的计划。这次炒楼赚了钱，树立了自己的威信，在班里筹划成立基金的事情已经成熟，这一笔上亿的利润就是个好的开始。刘振宇很确信，说服张旺水他们成立基金，把钱放在自己手里打理绝不是问题。只是，当时自己谋划着辞职出来，现在看来升迁又有了新的希望，不能就此放弃。基金的事情也不能拖后，赶巧这单赚了钱，必须趁热打铁，把这件事落实，只有这样自己才能进可以攻、退可以守。现在自己暂时不全身出来做事，势必要找一个人代替自己，这个人聪明是必需的，勤快是必需的，听话更是必需的。这个人，要收得服，让他真心实意地听从自己，让他切实地相信和认同帮助刘振宇就是帮助他自己。刘振宇忽然想到一个人，此时此刻，他就是最合适的人选。

金鑫接到刘振宇的电话，有点儿惊讶，他们两个人之间从来没有单独联系过。刘大班长居然邀请他一起共进晚餐，是何用意？难道是代表同学们来过问杨阳基金的事情？杨阳基金现在亏蚀10%，比年初最惨淡的时候好了很多，可依然是亏损，虽然没人公然指责，但是金鑫也听了不少风言风语，自己不争气，怨不得他人讽刺。金鑫看着现在股市的势头，很有信心在今年之内扭亏为盈，而且小有斩获，只是之前成绩不尽如人意，现在已经不好再表决心，赚了钱才是硬道理。

两个人都很准时，在电梯间遇到，热情地寒暄着。进了单间，刘振宇继续和金鑫闲聊，从人民币升值到楼价走向。金鑫满腹心思盘算着刘振宇问起杨阳基金应该如何应对，可是，这刘大班长偏偏就是不入正题。三杯两盏之后，金鑫忍不住了，直接问：“振宇，你今天约我有事？”

“咱们哥儿俩是同行，可从来没机会好好聊聊，有事没事的，聊聊总行吧？”刘振宇嘻嘻哈哈地说着，他看得出来金鑫很紧张。

“那是，那是。”金鑫附和着，心中依然忐忑。

刘振宇从楼市讲到了左丹丹的项目，慢慢地切入主题：“金鑫，不是我说你，上次左丹丹那个项目，你真是应该参与一下。你看现在，不到半年，楼价翻了至少一倍，看这形势，还要继续涨，参与的同学都乐坏了。你这聪明人，走眼了吧？”

刘振宇这番话刺得金鑫浑身不舒服，的确是自己走眼，错过了一次发财的机会，一是炒房子不是自己的长项，二是自己搞的杨阳基金不阴不阳，现在去参与别人的投资，有点儿难堪；再有，他看得出来，同学们对他也是爱搭不理的，金鑫觉得主动凑上去有些自讨没趣，所以，也就作罢。现在经刘振宇提起，当然是浑身刺痛。

刘振宇话锋一转：“我知道你金鑫够聪明够明白，断不会走眼，只是你不好意思，不好意思去参与别人挑头的投资。你是怕同学们挖苦你，说你杨阳基金没打理好，却去投资别人的项目。是不是？”刘振宇看了金鑫一眼，并不等他表态，自顾自地说下去，“炒股票这东西哪里有常胜将军，就是神仙也有打盹儿的时候，何况我们这些凡人，你我都是行内人士，谁没输过几百上千万的……人强不过势去，一个人，你就再有本事，能逆得过大势？所谓形势迫人，兄弟，你那些亏空，说白了就是点儿背，你时运不济，没辙，你就得认命，你说是不是？”

金鑫听到这里，本来紧张的心情渐渐缓和，身体也随之放松，再加上几杯酒下肚，整个人松弛了下来：“是啊，去年我运气背，怎么小心，怎么折腾，怎么计算，都是输……外人以为，我们拿着别人的钱瞎嘚瑟，想买什么买什么，哪里知道，我们是盘算了又盘算，小心了又小心。你看我，振宇，你看我的头发，不夸张地说，就去年到今年，白了一半。”金鑫终于有了吐苦水的机会，“就这300万，说多不多，说少不少，简直愁死我，输的不是钱，是我金鑫的脸面。你看看同学们现在看我的眼神，那天老翟当着我的面，居然说什么可不敢把钱委托给别人去投资了，专业人士也是输……”

金鑫喋喋不休地唠叨着，刘振宇耐心地倾听着，时不时地附和着，在酒精的作用下，金鑫的话匣子一下子打开了，从杨阳基金，到现在跋扈的老板，一一详述，刘振宇越发觉得自己找对了人。

运用刚刚上过的人力资源管理课程中非常有特色的理论框架——杨

三角来分析：

首先，企业成功=战略×组织能力；刘振宇在战略上的正确判断，保证了阳光基金的成功公式中被乘数部分的精准，而这也正是金鑫的软肋。

接下来是组织能力的三角分析：

越发确认金鑫就是最合适的人选。角一，会不会。有没有这个能力，金鑫肯定有。在业内摸爬滚打了这么多年，武功没有十八般也有个十七般。角二，愿不愿意。金鑫是否愿意全身心地投入阳光基金？刘振宇在未和金鑫面谈之前有五成的把握，现在倾听了金鑫的牢骚和不满，已经有了九成的把握。很明显，金鑫现在的处境不上不下，有个好机会，他就能上一个层面，运气不济，也只能在这里将就着。更何况，谁也看得出来金鑫有想法有野心。阳光基金钱虽然不多，只有两个亿，但是只要基金成功滚动起来，两个亿只是个开始。如果金鑫加盟，他就是基金的创始人和操盘人，不仅有话语权还有面子，比金鑫现在在小基金公司打工要更有吸引力。最后一个角，容不容许。有刘振宇做坚强的后盾，金鑫可以放手大干。

“兄弟，废话、扯淡话、客气话我也不说了，我有件事想请你帮忙，不知道你肯不肯？”刘振宇见金鑫诉说得差不多了，于是言归了正传。

金鑫抬起头，满脸的疑问，借着酒劲问：“你刘大班长有事求我，这不是开玩笑？”

“你这话就不对了。人在江湖走，哪有不求人的时候。我今找你，就是求你帮个忙。”刘振宇认真地说。

“承蒙你看得起，说说看，看我是不是能帮上你。”金鑫说。

“你肯定能帮得上，关键是看你愿不愿意。”刘振宇把成立基金的想法、打算细细地说了一遍。

“挺好的啊。同学们之间有基本信任，而且资源多人脉广，同学里这么多老板，单是自己人的项目就可以好好筹划。钱有了，项目也不愁。你又是股神出身，没有好项目就做做二级市场。多好的事啊！”金鑫的酒到此时已经完全醒了，本就喝得不多，现在听到切身利益处，当然就更是十分清醒：“振宇，这么好的事情，你自己为什么不做要找我？”

“做这件事必须要有人全身心地投入。我嘛，一是现在不是辞职出来的时机，不能全职来做这件事；二是在建奇这个平台上，消息多、人脉广，放弃了有些可惜。如果你肯出来做，我来辅助你，一明一暗，里应外合，无论是二级市场还是投资项目，都会事半功倍。只是不知道你愿不愿意、舍不舍得放弃你现在的平台？”刘振宇话说得诚恳。

金鑫明白了刘振宇的用意。刘振宇不打算出来单干，可见在建奇还有发展，又不甘心放弃自组基金的机会，如果不辞职，兼职打理这个基金且不说精力时间是否够，单是这名不正言不顺，就会给刘振宇惹不少麻烦。鱼与熊掌不能兼得，于是想了个两全其美的主意，找个人来操盘基金，自己安坐原位，既不影响升官，也不影响发财，又可以借用国有平台的现成资源。金鑫不得不佩服刘振宇，想得真周全，这才是所谓的帕累托改进，无人受损，人人受益。金鑫还有一点不是很确定，为什么会选上自己？与其含含糊糊，遮遮掩掩，不如干脆问个清楚明白，也方便自己决断：“兄弟，我听明白了。可我还有个问题，你为什么单单选我？”

刘振宇早就料到金鑫会有此问，答案已经熟谙于心，不慌不忙地慢慢道来：“好问题。一是安心，我们是同学，不是外人，一年的交往，彼此都有了解和认识，我们这帮同学你是知道的，找个外人，他们是信不过的。交给你操盘，我们大家都安心。二是放心，你在这行内够资深，门道清楚，凡事一看就明白，交给你做，我们大家都放心。”

刘振宇这般话说得在情在理，把金鑫的优点夸大了些，但是不离谱，金鑫听着极其舒爽。

“兄弟，话已经说到这里，我是掏心窝子和你交底。我知道，你现在处境不错，老板器重你，有一定的话语权、自由度，整体的报酬也不错，手里也有项目在进行，让你现在动地方难免有损失，为难你。”刘振宇在此处顿了顿，看了看金鑫，金鑫不置可否地听着。刘振宇心里明白，自己这番话绝对是夸大了金鑫的处境优势，刚刚金鑫才抱怨过，老板不放权，有事没事都插一杠子；激励体制不明确，到现在相关股份奖励分配细节还在商讨；手里的项目要到年底才有分晓。“不过，兄弟，我也站在你的立场为你筹划了一下，加入阳光基金，一是起点好，有发展；我们这个基金虽然现在不过两个亿，但只是开始，你知道我们这些同学，个个都很有潜力可挖，只要基金做出成绩，募集个十亿八亿不是难事，再有作为私募两个亿也算是不错的起点；二来这是创业，你过来，且不说你自己是否投钱，肯定拿管理股份，自己创业是事业新起点；三是有话语权，请你就是看中你的专业，就是要仰仗你；最后，当然了，也有好的报酬，生意就是为了赚钱。”

刘振宇这几点处处说到要害，金鑫的心已然是动了又动，但是，话还是如是说：“振宇，谢谢你看得起兄弟我，这事不是小事，你容我几天时间好好想想。”

“那是当然。于你于我于同学们，这可都是大事。”刘振宇举起杯，“来，来，走一个，为了共谋大业，共创前景！”

两人一饮而尽，宾主尽欢而散。

第十一章
有钱的人总想更有钱

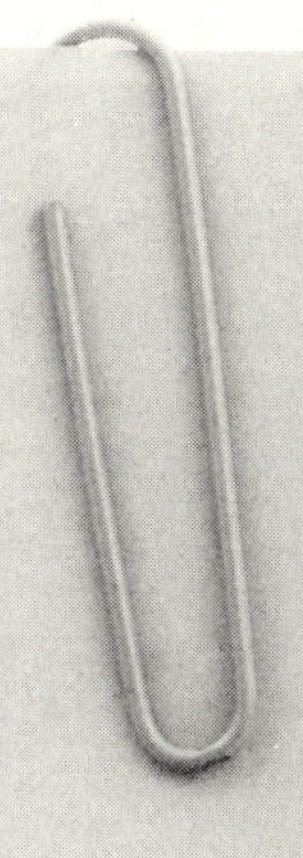

商学院笔记之价格歧视是生财之道

价格歧视，又称价格差别，指厂商在同一时期对同一产品收取不同价格的行为。价格歧视既可以是对不同购买者收取不同价格，也可以对同一个购买者的不同购买数量收取不同价格。

平均来讲，一个公司的产品价格哪怕只上涨1%，利润就会上升11.3%，所以你在定价策略上花再多的精力也不算过分。

有一个实验，让精神病学家决定要不要释放某一精神病患者，当精神病学家被告知“100个相似的病人中有20个”会在被释放后6个月内发生暴力行为时，59%的精神病学家会选择释放这个病人；而当被告知“相似的病人有20%”会在被释放后6个月内发生暴力行为时，79%的精神病学家会选择释放这个病人。

结论：打折时讲绝对金额，收费时讲百分比。

经常给老人家与学生提供特价优惠的真正原因

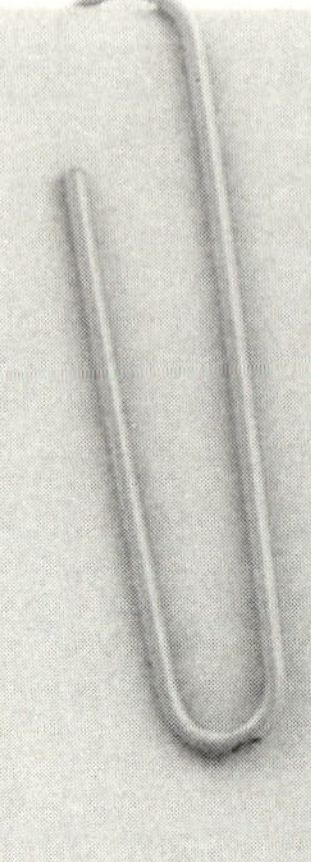

不尽相同：老人家有更多的时间进行挑选，货比三家，所以公司会给老人折扣，而学生也会花很多时间进行挑选，货比三家，是因为他们没钱。

结论：应该尽量根据每一个人的支付意愿程度进行定价。

价格高低可以根据消费时间来区分（时间早的演出的价格低一些，周六的航班价格低一些）；根据下单渠道来区分（网上订购的价格低一些，或者提前三周订购的价格低一些）；根据选择的多少来区分（有五种选择的产品价格高一些，只有一种选择的产品价格低一些）；根据购买地点来区分（在有风景的露台上，啤酒价格高一些，在室内则价格低一些），等等。

结论：比起发明新产品更能创造新利润空间的方式，就是运用创造力、想象力来寻找价格歧视新方法。[①]

---

① 中欧国际工商学院市场营销学教授柏唯良教授原创。

市场营销课程的张教授是混血儿，听说有黑人血统、拉丁血统还有日本血统，国际大融合之下，张教授显然吸收了各路精华，身形修长健美，衬衫下隐约可见饱满的二头肌，屁股更是在服帖的西裤下翘得像古巴的女排运动员一般。

教授如此性感，让同学们惊叹。张教授身边的男助教却矮矮胖胖，走起路来浑身的肉直颤悠。两人前后走进教室，相映成趣。

马君如刚巧坐在前排中间，抬眼就是教授的近镜头，发型整齐，紫色衬衫与暗绿色底紫色斜条的领带极为匹配，加之暗绿水晶袖口遥相呼应，张教授的衣着风格绝对不寻常。他的教学风格也有特色，非常活泼，虽说是用英文讲述，但经常是翻译没口译以前，已经有一拨儿英文不错的同学忍俊不禁，等翻译话音一落，更是全班爆笑。

虽然外形气质不走寻常路线，但张教授不讨人厌：首先，玩笑开得够猛料，但点到为止，得体大方；其次，因为曾求学名校，世界知名CEO不为人知的趣事信手拈来；最重要的是，张教授相当亲民，完全没有像文如斯那种清高阴损的气质，课余同学聚会和活动一概参与，对同学的玩笑和小恶作剧不以为意，修养良好。

马君如想起早年认识的一让全国人民满天飞去听他课的策划大师，他是凭嘴皮子忽悠来套客户单子的，这位大师曾自鸣得意地对她说："君如啊，我的课受欢迎的诀窍只有四个字——说、学、逗、唱！所谓品牌市场营销就那么几招，讲来讲去干巴巴的，不过加点儿逸闻野史荤段子，那就叫作寓教于乐。郭德纲也不一定有我的出场费高啊，他再被叫作大师也就是一说相声的，大家可都是叫我某某老师！"

马君如想，联合商学院就更高明，教授个个都是国际名校背景，行头脸皮样式百变，而且讲课穿插的段子更加冲出华夏，走向世界。比如这位张教授，竟是当年盖茨高速发展时期加盟过美国微软的，甚至还曾跟"神奇小子"共进过午餐。同学们听张教授讲起当年他跟盖茨煮酒论英雄，绘声绘色，叫人心驰神往，竟也略有身临其境之感。毕竟同学中可以一掷千金跟巴菲特共进午餐的人并不多见，所以张教授这类伎俩大家还受用得很。

马君如课间休息时，用手机看新闻网页，赫然发现一个大标题：养生大师被拉下神坛，揭静海法师画皮背后的敛财之道。

标题下面的内容，无非是把张旺水奉为神明的静海法师的底细探究个底儿掉。

说这静海法师十几岁就步入社会，家境贫寒却虚荣心极强，一心要出人头地。生意多次失败后，不知是看破红尘还是悟到全新商机，原名汪天翼的静海法师遁入空门。

静海很快在一个不知名的小寺庙中崛起，原因很简单，他总能拉到不菲的善款。静海并不像某些小家子气的僧人有点儿本事就居功自傲，拉帮结派，因而得到当时住持的青睐。取代老板自己捧自己，大多数会很快遭到棒杀，很少有好下场，君如就是最明显一例。这静海，虽然只受过全民普及的基本教育，却早就参透了这条混迹职场的真谛——要想自己快速升迁，最佳选择是让自己的上司去顶高天花板，而不是自己去充大头。

静海很快被本寺住持视为左膀右臂，并辅佐住持坐上省佛教协会会长的宝座。地位稳固的住持投桃报李，推荐静海到另外一个风景宜人的地界做开山大和尚，并利用自己的关系资源为当时羽翼尚不丰满的静海保驾护航，扫清静海从无到有发展过程中的种种障碍。到住持功成圆寂时，静海已经成为远近闻名的高僧，并有护协本家师的美名，毫无争议地成为佛教协会会长的继任者。

韬光养晦多年，终有发力的一天——静海的禅修课程不是奔着工薪阶层的普通香客去的，他的目标客户是至少富甲一方的企业主，当然了，这跟联合商学院的客户群重合率极高。张旺水中招不足为奇，本身静海法师的个人魅力早就招徕了大把商界、艺能界天王天后级别人物，甚至有少许政界高管暗中皈依为徒。联合商学院也因此和代理静海禅修课程的培训公司联合办了价格不菲的EDP课程，同学们虽然算不上趋之若鹜，名额也很快就被报满。于是乎，不知不觉间，静海法师已身兼多个头衔：英国牛津大学客座教授、某东南亚小国中医学院教授，并曾应邀在国内外知名院校讲授国学和养生文化。

课堂上张教授刚讲到所谓价格歧视，马君如想，再没有比静海法师玩得更高明的了，倒是应该请他老人家来现身说法讲案例再合适不过——

且说这给生命五天的禅修课程，本质上跟普通香客在寺庙挂单区别不大：在清净庙宇吃斋诵经，适时舒展筋骨和进行必要的体力劳作，若是一般工薪阶层的老百姓来了，也就收个招待所的价位加上自愿香火钱算顶天了。毕竟，善男信女怀着一片诚心而来，行善要随心。

而一旦以名僧的禅修课程面目出现，那目标客户要么是身居高位的官员，要么是蜚声海内外的天王巨星，要么是富甲一方的企业主，一如张旺水等商学院的学员。当然了，这些人并不都是只买贵的、不买对的那种暴发户。至少，他们是肯花费多些银子来满足自己的需求的，换句专业化的说法，购买力要大得多。

几款不同课程组合的产品，从起步价的8600元到几万元不等，这个价位可以跟团出国去吴哥窟、日本、巴厘岛、欧洲任何一地或购物或浪漫五天。可是去那些地方，这些吃饱了撑的、钱多了空虚的、事业大了累着的、名气响了心理失衡的大人物早就不新鲜了。他们渴望心灵的宁静、身心的静谧，甚至——如果有个人能说些稍稍刺痛但又不太过火的废话，能激发他们所谓的内观、自省，那可是千金不换！

这明摆着的价格歧视是专为那些钱多名重位高的人量身定做的，高！

可惜人算不如天算。静海法师样样红，就一样欠妥——脾气不大好，说时髦点儿就是情商有提升的空间。家大业大，不免有底下人作怪，一次外界领导来视察座谈，寺中各位管事僧人都到场，静海自认为一向待他不薄的一个副手定音公然开腔说只有静海一人有专车是不合理的。静海大怒，心道你真是为老不尊，本座将你从一个穷乡僻壤的寺庙请来，一直也都多方照顾你，怎么有意见平时不说，到这样的场合你夹枪带棒？！怒从心中起，恶向胆边生，静海当众愤然掌掴定音，也许真是平日养生有道，这一巴掌力道着实不轻，使得定音面颊肿胀，鼻血直流，场面上煞是好看。

其实定音平日早就跟静海提过专车的事情，只是静海这几年膨胀得快，两耳根本听不进去。而定音当众说这件事的意思，本是希望各方领导能准许本寺再多配一些住持专车以外的车辆。但看来静海跟定音结怨已久，就算是好意也听得逆耳。当时大家都很尴尬，四下将两人拉开，草草收场。偏巧同日有个新闻记者好事，做了条小豆腐块的社会新闻。要在平日，以静海法师的气度，淡然处之，大事化小，小事化了也就罢了。谁知在这当口，这个管闲事、说闲话的记者竟被人暴打。没证据表明说这件事跟静海有关，但两件事时间相隔如此之近，说跟他无关也牵强。此记者将伤痛化作力量，发扬方舟子反伪科学斗士之精神，明察暗访，终于查到了静海的陈年底牌。总之突然间老底被翻了出来，铺天盖地地登了报纸上了新闻，连带着经济问题、男女问题、迷信问题，静海呼啦一下子被掀下神坛。

君如在网上把静海倒台的来龙去脉研究完毕，脖子有点儿酸，思量着，这条新闻不知道张旺水看后有何想法？忍不住抬头张望寻找张旺水的身影，只见他正在和左丹丹侃侃而谈，两个人脸上都笑开了花。

休息过后，张教授开始新话题。联合商学院并不要求学员的毕业课题论文学术性很强，但要求在商业方面有可操作性。整个课题呈现就是一个咨询方案，最好有具体的效益成果。而且学员自由组合，四至五人一组，课题内容必须可以实操。张教授是国际班毕业课题的辅导教授，因而就这个机会，也提提建议。

“在具体讲做毕业课题的要求前，我首先带领大家做做头脑热身。比方说，”张教授慢悠悠地讲，“小护士这个品牌2003年被法国欧莱雅收购，慢慢退出市场。原因大家都很清楚，因为欧莱雅要打自己的低端品牌。但要知道，小护士品牌收购来就束之高阁，是不是有些浪费？如果是你，你会怎么经营这个品牌，同时不影响既有的低端品牌规划？再比如云南白药，把品牌延展到创可贴没见有多大发展，而云南白药牙膏则出奇制胜，再做面膜，据说效果也不错，如果你是掌门人，你选择的下一步会是什么？马应龙也面临同样的问题，你的意见是什么？我这几个问题，大家准备下，十分钟后大家可以上台来探讨，当然，你更可以结合自身企业的实际情况，自主提出创意。”

等到班主任再次将上课铃声摇响，大家陆续进教室入座，已经有人要求上前发表观点。张旺水健步走上讲台：“张教授好，各位同学好，我们小组对小护士品牌再造有个完整计划！”只见张旺水所在小组成员一脸坏笑，君如暗想，要是老张知道他重点推介的名师高僧已经成为众媒体狂踩对象，恐怕就不会表现得如此高调了，想来是一路劳顿来上课，还没来得及看报纸和电视。而张总这样的大老板，一般是不会上网看新闻，也不会时时查看手机发送的信息的。

“作为男人，作为正常男人，”张旺水一本正经地说着，“小护士品牌的定位我一直很不理解。如果我记得没错，好像是给小女孩用的化妆品对吧？其实，小护士这个品牌是可以开发男性消费群体的，比方说身体乳液和润唇膏。”

台下部分同学已经明白是怎么回事，哧哧偷笑，当然也有陈玉梅这

样的人丈二和尚摸不着头脑，一脸无辜。

“小护士，一向是制服诱惑的重点组成部分，是男人性幻想的主要对象之一。想想看，小护士的魅力！广告词我们都想好了——润唇膏就是，早一次，晚一次，天天亲吻小护士；身体乳液就是，早一次，晚一次，天天感受小护士……”

张旺水语毕，全场笑翻。

张教授听了翻译之后，咧开嘴笑个不停：“你们真特别！我上了这么久，教了这么多同学，第一次听到这样的创意。”

张旺水要继续发挥，被洪英俊打断：“旺水，你别都说了。留点儿给我们组说。”

不等张旺水下台，洪英俊已然站起身，走上前来。“我们对云南白药的拓展用途也很有创意，我代表我们组说说。我们一致认为，这个品牌可以开发避孕套，消炎、杀菌、迅速愈合，主打功能性……”

“既然是主打功能性，贵小组打造的云南白药避孕套，是治疗用还是预防用？”一在药厂工作的女同学突然发难，大家在前仰后合的爆笑中一下子停住，紧接着又是爆笑一片。

一从上海班调课来的同学死活要求上台发言：“同学们，我叫梁幕潮，我是做润滑油的。刚才我们组讨论说，我的润滑油不要只做车辆用，应该发展其他用途，比如人体用。我觉得你们北京二班同学真是非同一般，连广告词都给我想好了，幕潮润滑油，幕幕有高潮！”

场面失控。

讲台上的张教授很开心，因为课堂气氛轻松热烈。

早前他曾在几个国家的商学院上过课，大多是MBA和DBA课程。三年前应邀来联合商学院，张教授开始接触有中国特色的EMBA学生。他们在大学阶段学的大多不是商科，甚至从业之初并没有立志经商。但是在中国经济神奇增长的20年来，他们却更加神奇地无师自通，成为商界的佼佼者。

以张教授过往对中国的主观认知，他觉得中国学生会保守一些、严肃一些、古板一些。但是这三年在联合商学院的经历，让张教授完全改观，中国学生不仅思维活跃，而且提出的解决方案非常具有创意及灵活性。他渐渐知道，台下的这些学生，个个都是在中国这样竞争激烈的恶劣商业环境下生存下来并且至少小有成就的。别看自己站在讲台上是教授身份，很多时候与其说是上课，不如说是在跟学生们探讨，并且时时可以在这些商海沉浮中驰骋着的强人身上看到闪光点。

他很清楚，诸位同学赚钱和升职，更多凭的是对商业的本能敏感和过人的胆识和心计，如果自己有在座学生的头脑和手腕，就绝不会到学校做学问。自己善于做的是把既有的成功商业案例做所谓科学理性分析，在顶尖商业研究期刊上发表华丽丽的文章，借以谋得顶级商学院的教职。

要让这些大佬去严谨地学习分析模型，运用对于他们来说天书一般的数学方法，是不可能会受欢迎的。因为张教授之流的压力并不仅仅在于定期要发表文章以稳固学术地位，学员们课后的匿名调查问卷更是随时悬在他头上的利刃，随时决定他在学院中的教授座次排位。

明星教授四处受学员追捧，取得商业咨询项目的机会也多。最好的商学院教授年薪一般也就在100万到200万之间，要在财富方面有更高的追求，那就要取悦最有潜力的客户——商学院学员。一个咨询项目的报价很少低过200万，对于来自顶级商学院教授的咨询报价，哪个学员会磨牙砍价呢？

除了在这家商学院签了长期教授，其实张教授还会接受其他商业培训机构的邀请去教课，只要他的时间排得开。商学院教授的标签使得他在商业培训市场上有个好价钱，谁也不会跟银子过不去，而且更主要的是，讲课是推广自己咨询服务的最好方式。

静海法师多年给自己营造的光环经不起推敲，铺垫破绽百出，而商学院的教授却根底扎实，左右逢源，两下比较，天壤之别。但究竟是静海的养生之道更能让人平和快乐，还是商学院的教授更能道出致富法宝，这倒是仁者见仁智者见智了。马君如苦苦思忖自己在公司的下一步棋，难得其解，看静海和张教授却透彻清晰——人为财死，鸟为食亡，机关算尽的原始驱动就是一个钱字。而构筑在这个驱动之上的三尺讲台不过是赤裸裸商战的折射版本而已。

马君如被工作狂老板折磨得透不过气来，每每愤愤然间便萌生去意，但转念一想，书没念完，还指望公司支付第二年的学费；衣食住行都是开销，手里的储蓄绝不能支持自己长期高品质的生活，都是一个钱字，为五斗米折腰，马君如只能忍。

午餐时间班委们约好了一起去，顺便开个班委会。君如心想，嘿嘿，倒要看看旺水这位大哥怎么说“静海翻船”这件事。桌上果然伊宁提起，要说最不给旺水面子的，也就是这位御姐了：“咦，旺水同学最近有没有跟静海法师继续学习？啊，不，应该是修行哈？但是据说静海那里的静修班已经停办了吧？”

众人屏气不语，一边佩服伊宁话里带刺的勇气，一边好奇旺水怎么回应。

旺水这厢却没发作，不直接作答，越发引起众人好奇：“出事之前静海法师还找我投资扩建他的机构呢，呵呵。”

“那你投钱没有？”洪英俊问。

“不可能了，跟着学习学习，散散心还行。要当门生意，我看还是做小护士靠谱！”旺水半真半假地回答。

“那你怎么看静海法师被媒体攻击这件事？”君如忍不住插话，心想自己再唐突也好过伊宁了。

“静海所说所做，其实也不是原创，都是老祖宗的东西，本身对人无害，大多数时候，还算有好处。少吃多动，少言多行，少荤多素，看淡名利，清心养性……你们说对不对？”旺水平静作答，他看在座大多点头，继续说：“静海法师这个人，很聪明，很不错的。我跟他很有共鸣，都是苦出身。但我们的不同是，我做生意就做生意，其他时间我还做普通人；他呢，把包装自己当成做生意，要我看，他要么就做他的名僧，要么就还俗做他的国学生意，又是信仰又是赚钱，多拧巴的事情。”

“两个事情搞到一起去，就不好办。一搞到一起去，开始看起来发展快得很，大家都又崇拜又舍得花钱。问题是一开始他忽悠别人，慢慢地被忽悠的人一多，他就也被自己忽悠了，以为自己真是个神人了，百毒不侵。这事情就比较麻烦了，肯定就能被抓到小辫子。有个文明词咋说来着？树大招风是吧？”

众人点头。

“你有多大能耐办多大事。”旺水接着说，“没被自己忽悠的时候，静海挺精明挺牛，反正我佩服他。不过这老哥后来就被自己一忽悠，以为自己无所不能，就好像是一辆奥拓车，在高速上也要提速到120迈、130迈。行啊，你能开。问题是，刮个超过5级的风你就容易翻车啊。奥拓就是奥拓，不是奥迪，你那个配置不是在高速上跑120迈的配置啊。不过被自己忽悠过的人，基本上也等不及去买奔驰、宝马再提速！”

金鑫忍不住插嘴：“哈哈，旺水兄高见！寒水寺的高僧还给我算了一卦，当时觉得不着调儿，现在想想，竟然也说中不少。”金鑫清楚地记得，财神殿里的僧人说贵人已然出现，只是自己视而不见而已，现在看来，刘振宇应该算得上是自己的贵人，而且一早就在身边。

“我们去寒水寺的时候，看你跟静海法师相交甚笃，还以为你们趣味相投。领教了！我说旺水兄，你跟他交情那么好，干吗不提醒他就是一奥拓，就别轻易提速啊？”金鑫话音未落就后悔了，心说自己还说别人，当时从3500点入市，自己何尝不是辆奥拓？

“寒水寺那个地方风景妙，风水好，老实讲，我捐了很多香火钱。不过不只是为了静海，也为了自己能常去，能找个自己待得舒服的地方不容易，是不是？他那套课程，我给静海面子，去上过，其实修身养性也不错，但要真好到改变人生改变命运，那我又何必来这里呢？”旺水接着说，“不过指望着在联合商学院镀镀金，就能改变人生改变命运，似乎也没那么神通。”旺水把脸往伊宁这边转一转，笑道，“但认识一帮高素质同学，时常聚聚，谈谈笑笑，这也值了！”

伊宁假装没看到，接着咄咄逼人：“那依你看，旺水同学，给咱们讲课的这些教授，算不算有奔驰和宝马的啊？”

“有啊，没看文如斯教授的座驾就是一辆奔驰E系嘛！”刘振宇插话进来打哈哈，“午餐时间紧迫，咱们赶紧商量点儿正事吧。一件是成立课题组，还有一件是班费差不多用完了，这次有人提了个建议，举行个拍卖会，筹集的款项就是班费，外班也有类似举动。大家觉得如何？”

班委们七嘴八舌地讨论着，商议明日下课全班讨论课题的选定和课题组的组合。

有钱的人，总想更有钱。高管们的学费虽是公司掏的，他们却未必都打算在公司继续兢兢业业地干下去，如果另有高就，他们定不会放过机会；还有的在公司已经升到天花板位置，自掏腰包来商学院走一遭是为了寻找人脉和创业的机会；本就是企业主的，巴望着有新的客户源或是生意机会；袋子里有大把银子的，巴不得能搭上个什么投资的顺风车，让自己在财富积累上加法变乘法；而本身做投行生意的，无论在机构里还是单干，多多结交权贵更加不在话下。

学业时间过半，彼此之间的来龙去脉已然熟悉，谁更有价值，谁的气场更投缘，同学们个个都心知肚明。第二年的活动范围很有可能更多地局限在自己的课题组里，所以什么课题不是重点，和谁在一起组成课题组才是关键。四至五人一个课题组，组里的同学通过一年时间的频繁接触，感情会处得更深，火花会闪得更亮，人脉资源整合的好机会，大家都跃跃欲试。

刘振宇、金鑫的阳光基金已经初见成效，让很多同学趋之若鹜。班里为数不多的几位政府官员，也成了抢手的热山芋，同学们纷纷抛出橄榄枝。马卫东所在的公司正在进行一个小型金融模型构建，一切都是现成的，很适合想轻松毕业的同学，马卫东刚做完介绍，立即有若干同学纷纷报名参加。当然也有的同学，抱着一贯的无所谓态度，只要顺利毕业，就万事大吉。于是大家各怀心事，往来谈论。

马君如当然也想加入刘振宇一组，可是自己也知道刘振宇那组，肯定有金鑫、张旺水，看架势张旺水必然会带着左丹丹，四人已然成组，多出一个名额，想必也会有很多同学挤破脑袋。

自己只能另做打算。

正在犹豫不定间，刘振宇走上讲台："各位同学，每个组需要搭配不同专长的同学，而且要男女搭配，这样干活不累。我刚听说了，很多同学都愿意加入我和金鑫这个组，谢谢大家支持。阳光基金正处于刚刚起步阶段，目前运行良好，将来努力运行得更好。参与我们这个基金的同学很多，不可能都进入阳光基金这个课题组，所以我们这个课题组暂不招募其他同学。再有马大哥那个项目也是现成的好项目，也先不招募同学，我和马大哥的课题组留着给那些没来得及选的同学当个后路。大家先抓紧把课题题目定下来，然后根据题目选择自己感兴趣的参加。"

只见白板上写出的课题琳琅满目，大致可以分成三类：

一类，如马卫东的课题，本身是自己公司的项目，而且已经启动，会配备公司资源操作，这种课题最是省时省力，参与组员只需要把课题稿整理清楚即可；还有一类，是突发奇想，想到了就提出来，看看有没有同学有兴趣，从者寥寥；另一类则刚好相反，是处心积虑已经盘算很久，准备自己实际操作的项目，现在拿出来分享，无非就是征集合作伙伴。

高端个性化服务最吸引眼球，从私人餐饮、服装定制、度身家教到婚恋猎头，无所不包；设立幼儿国学院的创想也引来啧啧称奇；高档老年公寓项目似乎切实可行，关注者众；还有PC电脑定制、创立连锁双语幼儿园、网上支付宝推广营销，林林总总，五花八门。

班里60名同学，状态各不相同，想法自然迥异。马君如目前的工作忙得几乎要了命，当然希望挑个现成省力的，而且也希望组里的同学都是谈得来用得着的。

班里就12名女生，所以个个都金贵，主动去哪个组，都会受欢迎。

马君如看着白板上的课题，拿不定主意投靠哪个组。

只见伊宁相当积极踊跃，她手里有现成的项目，而且有团队可以指挥，执行力超强的她首先招呼身在发改委的老陈，紧接着又找了班里颇有身家的老刘，然后锁定一个财务总监小肖，不到几分钟时间，四个小组名额已经凑齐了，只要凑齐四人，该小组就可以成立，否则，提出课题的同学就要放弃自己的课题转投其他课题组。

马君如看在眼里，心中几分妒忌几分不屑也有几分佩服，伊宁这姐姐果真厉害，且不说这个课题是否做得好，单是她找的这几个人就足见她的心思。老陈，政府官员，尤其是在发改委这样的核心要害部门工作，哪个同学不愿意跟他交往；老刘，身家过亿的大老板，捐款杨阳基金、集资买楼，哪件出钱的事情也没落下；有官位的，有钱财的都有了，再找一个干活的，财务出身的小肖再合适不过，人严谨，办事认真，而且脾气好，听话。三下五除二，伊宁已经人马齐备了。

有心思的，没心思的，终归都要有个去处，正好上课的这几天大家天天在一起，磨合下来，也都有了归宿。

刘振宇笑着总结：“大家都有主了，恭喜各位。明天最后一天上课，课后大家就各奔东西了，所以今天晚上，我们如期举行拍卖大会。我在这里再把规则说一遍。请每位同学准备一件礼物，什么都可以，有形的、无形的，价格不拘，形式不限。班里有的男同学说，打算拍卖自己的初恋情书、儿时全裸照……”

“谁啊？”班里笑声一片。

“还有男生提议，让我们班的美女同学拍卖约会权。”刘振宇接着说。

“这个好！”又是一阵哄笑。

“起拍价2000元，每举手一次即表示加价200元，不设上限。如果你的东西没有人出价，就是专业术语的流拍，对不起了，你只好自己掏钱买回去。规则都清楚了？”刘振宇笑着问。

大家笑着称是。

晚上，同学们欢聚一堂，五星级酒店的宴会厅里犹如大开喜宴，五大桌，齐齐坐满。

第一个拍品是马君如的爱马仕名片夹。马君如被邀上台展示拍卖品，她想3000多元买的，2000元的起拍价肯定不是问题。

马君如不好直接说价格，但是又唯恐有些同学不知道这名片夹的价值。除了再三强调这是今年最新的款式，而且是限量版之外，马君如也给了这名片夹更多的附加值："金色是今年的流行色，下面同学有五行缺金的或者是饿金命的，这个名片夹会是好选择。而且，它有一个吉利的出身，我五一假期去澳门玩老虎机中了奖，这就是斩获的战利品。"

"这吉利啊！"下面的男同学们纷纷叫着，"开始拍吧，我要了，一会儿斗地主拿着。"

"4000元。"张旺水一张口已然比起拍价高了一倍。

"4500元。"

价格一路飙升，最后在老刘和张旺水之间展开拉锯战。

"8888元。"老刘大声喊着，"旺水，你就别和我争了！"

"行，刘兄，你的。"

马君如有些惊讶，3000多元的名片夹拍了近三倍的价格，这些大佬真有钱。

这仅仅是个开始，后面的玫瑰精油、纪念币、红木算盘、瓷瓶……不管是什么通通都是五位数字成交。马君如心中更是惊讶，什么鬼东西都是2万、3万成交，张旺水、老刘和几位大佬争相哄抬物价。

马君如心中盘算，这样下去，自己可就什么也拍不到了，如果大刺刺地拿出3万来交班费，心疼，真心疼，如果只坐着不举手，又似乎不合适。马君如看看其他女生，似乎大家也都不是十分踊跃，只有这几位大佬自娱自乐地充当主角。

"4万元。"张旺水大声叫着。

马君如往台上望去，左丹丹站在那里，手里拿着一个玉镯子，这镯子在灯光的照射下，翠绿闪亮。

“45000元。”金鑫叫着。

身为拍卖官的刘振宇，兴奋地吆喝着：“这么好的质地，这么美的手拿着，我动心了，5万元。”气氛又被渲染得更热烈了。

马君如和身边的一个女生小声嘀咕着：“5万元了，这通货膨胀可真厉害。”

“可不，这帮大佬。”

“55000元。”马卫东加入了战局。

“马大哥出到55000元了，还有没有加价的？”刘振宇大声吆喝着，“不过，同学们请注意，拍卖的是镯子。”

大家哄笑着。

张旺水冲着马卫东说：“马大哥，兄弟不敢加了！您的了。”

“55000元，一次，两次，成交。”刘振宇痛快地落了锤。

“请马大哥上来和丹丹拍合影。”刘振宇张罗着。

马卫东笑呵呵地站在左丹丹身边，负责照相的洪英俊起哄着：“马先生、马太太笑一个。”

左丹丹早就习惯了同学们的玩笑。几杯酒下肚，男生少不得逗贫嘴，不过，大家并不过分，只是调侃，而且听得出没有恶意。左丹丹的脾气是好到家的，这是多年锻炼的结果，面对同学们这些小儿科的调笑，左丹丹大都能够淡然处之。倒是马卫东有些不好意思，少不得解释：“丹丹，不好意思。他们都是口无遮拦。”

左丹丹笑笑。

“下一件拍卖品是个大件，可以住人！”刘振宇的声音喊得有些嘶哑了。

“住人？”同学们议论着，“房子？”

“夸张！房子都拿出来拍卖？”

“大家答对了！是房子！”刘振宇应和着。

马君如心中又是一惊，当然心中一惊的不单是马君如。

“谁？”下面一片呼声。

“张旺水同学拿出一个20平方米的开间来拍卖，支持我们筹集班费。”刘振宇向大家介绍着。

这件事，左丹丹第一个知道，张旺水一听拍卖筹集班费就和左丹丹商量，把他们手里的一个小单位贡献出来，自己按照市价出钱，然后再捐出来拍卖。左丹丹挑了一个最小的单元，虽说是只有20平方米的开间，但是即使按照最低市价也需要40万以上。

楼盘图和户型图赫然打在大屏幕上，大家啧啧称奇。

“大手笔啊！旺水！”老刘对张旺水说。

张旺水笑笑：“等刘大哥你支持！”

马君如望着大屏幕，心里百感交集，居然有人可以把房子都拿出来拍卖？！同学一年多了，彼此的状态大都了解，钱多钱少、位高位低在这里也都是同学。大家同吃同坐，虽然也清楚有的同学身家过亿，但是平时相处感觉不到差距，即便是上次的捐款和集资也没让马君如感觉到现在这般火辣辣的煎熬。

现在是面对面的展示，数字与数字的较量，一切都没了温柔的面纱，2000元、4000元、1万元、5万元，都是银码，赤裸裸的钱似乎就那样摊在大家面前。40万，几乎是自己一年的薪水，人家就轻轻松松地捐了出来，一套房子，人家高高兴兴地拿出来拍卖。这样的差距让马君如有了窒息的感觉。

压力不仅仅压在马君如身上，即便是作为拍卖官的刘振宇也感受得到，自己身为班长，当然是要为了筹集班费出力，而且要以身作则，自己贡献了一套金币，且不用说这套限量金币的收藏性和稀缺性，单是现在的金价就接近2万，这不是小手笔，应该可以赢了面子。现在和张旺水的房子一比，什么都显得微不足道。起初听张旺水说拿房子拍卖，也不免一惊，这家伙什么都要占头筹。

“依然2000元起拍。”刘振宇介绍完房子的状况，开始拍卖。

“40万。”金鑫脱口而出。金鑫到现在还没有拍到任何一样物品，此番上来气势非凡。他知道这是左丹丹他们上次集资买楼中的一套，房子价格一早就心里有数，一出口的40万，绝对合理。

刘振宇一看金鑫这么快就接了价格，不用担心冷场，于是，大声吆喝，鼓动着气氛："房子啊！各位童鞋，40万……"

"42万。"同样参与集资买楼的老刘也出了价。

"45万。"也是同样参与集资买楼的老王出了价。

来来回回，基本在自己人手里折腾，外人都看着热闹，几万的数额，大多数同学都愿意举举手，几十万的数额，大部分同学都是观望。

刘振宇在前面吆喝着："现在买房子是好时机，以后房子继续看涨，存房子比存钱肯定划算，有女儿给女儿当嫁妆，有儿子给儿子当聘礼……"

同学们哄笑。

"50万。"老刘又报了价格。

没有人再出声应接。

刘振宇高声："50万一次，50万两次，50万三次，成交。"

张旺水和老刘握手欢笑："谢谢，谢谢。"

有了50万的高潮，同学们的心理价位显然被刺激升高了，3万能拍个东西已然是合算的捡便宜。马君如坐在那里，死了心，不再做拍到东西的准备。邻座的女生也嘀咕着："看这架势，没个3万是拍不到什么了。"

不待马君如接话，邻座的洪英俊出了声："我次次举手，到现在也没拍到什么。同学们够猛的啊。"话声刚落，又赶快举手叫价，"23000元。"

"拍什么呢？"马君如问。

"不知道。"洪英俊说。

马君如乐了。

在各位大佬的齐心协力下，拍卖会顺利结束，负责记账的小肖同学汇报："大概总计216万。"同学们又是啧啧称奇。

马君如也听说，外地班搞拍卖集资班费收了100多万，当时心里还觉得这帮人真嘚瑟，居然能拍出100多万的班费。现在再看看自己班，原来人家是小巫。一早就听话多的海南岛说，读EMBA不仅学费不菲，而且连带开销也不是小数目，果不其然。虽说自己这次什么也没拍到，但是快窒息的压力，让自己周身不舒服。

让马君如略感欣慰的是，并不是所有同学都拍到了物品，女生不过是风头劲的那几个，伊宁自不必说，人家是财大气粗，陈玉梅这位位高权重的根本就没有参加。不少男生也是空手而回，有的是积极举手但是没有头筹，有的是看看热闹，有的处境和马君如相当，普普通通的打工族，一件简单的拍品已经是一个月的月薪了。还有一些是国企的高管，看着这帮大佬来来回回哄抬物价，自然也不愿意充这个大头，况且底气也不足。

散场时分，人群自然地分化成两群，拍到物品的，举着战利品互相展示；双手空空的同学，互相调侃。

“你拍到了？”

“没有啊。喜欢那幅字，叫了3万，瞬间就6万了。”

“可不，同学们猛！”

“旺水拍了三件。”

“老刘、老王都不弱。”

“嘿嘿，人家是老板。”

“还是要自己做。”

“算了，吃得咸鱼忍得渴。他们有他们的难处。”

“那倒是。”

“像我们这样没有拍到东西的，或者没来的，就不交了？”

“不知道啊。君如，你听到刚才咱们财务小肖说什么？”

“出了拍品就可以了。没有出拍品，也没有拍到东西的和今天根本没有来参与的，按照平均价交班费。”马君如听得一清二楚，自然说得明明白白。

“均价？估计多少？”

“你一除就知道了，216万，60人，36000元。”

“也不少啊。”

马君如暗暗在想，读这书还真是花费大，班费均价已然36000元，好在自己主动提供了拍品。忍不住好奇，那些不来的难道真的会交这个费用？有的同学基本从不参加班里的活动，让他们也交这几万块。一样米养百样人，并不是个个同学都是张旺水。

第十二章
女人就是江湖

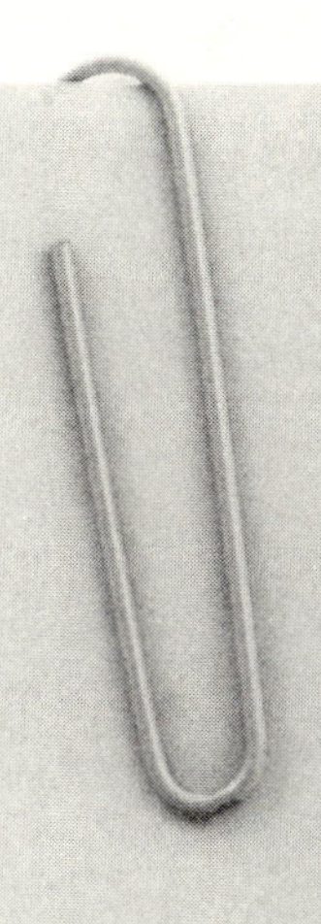

商学院笔记之寻租

寻租的意思并不难懂。因为政府对经济活动进行管制，增加官员的干预权力，使得能够接近这种权力的人利用合法或非法手段，如游说、疏通、走后门、找后台等，得到超额收入。

这里也有一个关于寻租的小故事。

亚当跟正芙是一对恩爱夫妻，他们有一群可爱的孩子。他们轮流带着孩子们做游戏，游戏内容很简单，就是从山脚爬到山顶。

一开始亚当给的规则很简单——起点是山脚，终点是山顶——孩子们一二三出发吧。（宽松的市场政策，公平市场竞争。）

大个儿的孩子们迅速行动，遥遥领先，但也有小个儿的孩子走着走着找不到路。正芙在一边看，非常担心。亚当安慰正芙说，放心亲爱的，会有一只看不见的手（自由市场机制）领着他们全部上山。

可是正芙眼看着大个儿孩子们与小个儿孩子们之间的距离拉得越来越远，有的大个儿孩子还联合起来故意挡住小个儿孩子的去路（垄断出现，貌似违背

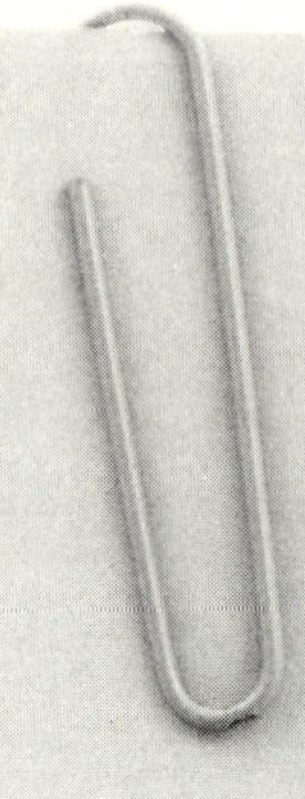

自由市场机制），终于按捺不住。她找到了自己最信任钟爱的孩子大棒，要他去管管秩序，让孩子们都走一条路，距离别太远。（政府监控干涉。）

大棒很快把大家集中到一起，宣布正芙的规则。这时，有一个大个儿孩子把大棒叫到一边，悄悄给大棒一把半山腰采来的果实，要他挡住其他大个儿孩子跟小个儿孩子。（寻租机会。）

大棒偷偷看了看正芙，正芙是十分钟爱与信任大棒的，所以非常放心地去准备晚餐去了（对监控人员监控不力）。于是大棒收下了果实，答应了这个大个儿孩子的要求（寻租空间）。大棒由此受到启发，他划地为界，自设路障，声明："此山是我开，此树是我栽，若想从此过，留下买路财。"（利用权力创造寻租可能——设租。）

正芙做好饭，回来看到大棒的行为，非常痛心。但是她换另一个心爱的孩子小棒去做这件事，不久也得到了同样的结果。（行政权力垄断，是腐败的根源。）

有的孩子知趣地去讨好大棒和小棒，有的孩子就这样永远失去了登山顶的机会，大棒和小棒越来越贪婪，索要无度，越来越少的孩子享有公平机会，大家在山脚下你推我搡。（寻租从根本上是与劳动和公平原则相违背的，也是对公共资源的侵害和浪费。）

结果大家在一片混乱中，都没有到达山顶。（市场机制受到践踏，其对整个社会经济的伤害远远超过了垄断的危害。）

亚当痛心地叫："有一只无形的脚（寻租行为），踩到了无形的手（自由市场机制）！"正芙对老公亚当嗔怨："都怪你啦，这个游戏搞得大家一团糟！"（把寻租归咎于市场经济。）

亚当是个老实敦厚的人，他能够理解老婆正芙的难处，所以默默地听着。但是他相信，只要让无形的脚真正消失（限制权力，建立法治），孩子们一定会把游戏开心做下去（社会公正，正常市场秩序）。[①]

---

① 参照《当代中国经济改革教程》，吴敬琏著，上海远东出版社。

金秋的北京十月，校园里的枫树已经黄得深深浅浅了，马君如站在树下，望着飘落的枫叶，想起从去年3月的开学典礼到今天，一晃一年半过去了，还有半年就要毕业了，感慨时光如梭；想起杨阳的离开，感慨人生无常；想想现在的自己，从感慨到惆怅。

“君如，发什么呆呢？”陈玉梅走到马君如身边，轻轻唤着。

马君如缓过神来，叹了一口气，什么也没说。

“叹气？有不顺心的事情？”陈玉梅问，“工作的事情，慢慢来，你这个工作狂，也悠着点儿。”

马君如笑笑，现在自己这个全世界都公认的工作狂失业了：“我准备辞职了。”

陈玉梅仔细端详着马君如：“你看你一脸倦息，不工作正好可以好好休息休息。”

马君如无奈地点点头。

陈玉梅继续劝慰着：“君如，先别急着工作，好好谈个恋爱，把自己嫁了。”

马君如深吸一口气：“是啊，要赶快嫁了，这年头，过30岁的女人，不是老婆就是老太婆。”

陈玉梅笑笑：“你条件好，不用急，挑个人品好、知道疼你的。不过，真是打算嫁人，也要抓紧，时间一晃就过去了。”

马君如点点头。这些体己话从陈玉梅嘴里说出来，有些让马君如惊讶，也有些感动，“你也不介绍一个给我？”

陈玉梅笑着说：“你这厉害女子，我就知道你会这样说。我倒是很想帮你介绍个男朋友，可周边实在没有合适的，要么就是离异的老人家，要么就是小年轻……你没有看看班里的男生哪个单身？”

马君如习惯性地撇撇嘴：“咱们班，就那一个。”

陈玉梅知道马君如指的是杨阳，那个有着阳光般灿烂笑容的杨阳。

“其他的，没听说。和我同龄的男士早早就结婚成别人老公了。逼得我要不姐弟恋，要不就得恋父情结。”马君如半开玩笑半抱怨地说。

陈玉梅笑着说：“别急。这事讲究缘分。”

“说什么呢？这么开心？”伊宁扬声叫着。

“我琢磨着给君如介绍男友，问问她有什么要求。”陈玉梅答。

“什么要求？说来听听，我也帮你找找。”伊宁说。

“也没什么要求，聊得来就好。”马君如说。

“聊得来？乍一听，是什么要求也没有，其实最难的就是你这种。”伊宁侃侃而谈，“讲感觉，谈情调。你要是真的一个个硬件条件开出来，反而容易了。”

马君如不搭话，伊宁那种女王般的气场让马君如很少主动和她说话。

“君如，你虽然不年轻了，但是依然还有些青春的余波；虽然钱不多，但是好歹经济独立；虽然不是国外名校，但也是有学历的……所以，只要你放低身段，总可以找个相当的。”伊宁这话说得让陈玉梅、马君如都不知道如何接下文。三个虽然，三个但是，话有些刻薄，但也是实情。

尴尬间，左丹丹也走了过来。

伊宁看着左丹丹，嘴不停：“丹丹，你也是单身，而且硬件够好。你要抓紧，别蹉跎下去……”边说边扫了一眼马君如，“丹丹、君如，你们也都是时代新女性，为什么不主动出击？现在流行重组，看班里哪个男生顺眼？主动拿下……”

“我们说正经的，你又来开玩笑。”陈玉梅不能不打断伊宁。

“我认真的，没开玩笑。”伊宁说，“玉梅，你看着挺年轻的，怎么这么守旧，老古董似的。据统计数字显示，历届上EMBA之后，每班离婚、重组比率平均1%，也就是说每个EMBA班有2名同学上完课之后婚姻有变。”

“这么夸张！谁信啊？！”大家都笑。

“说什么呢？这么热闹！”其他几个刚到的女同学都凑过来。

“她在讲统计学。”陈玉梅指着伊宁说。

“我说的是真的。你们看，咱们班，马君如和左丹丹单身，如果她们毕业之后结婚，那我们班也符合这个规律啊，婚姻有改变，结婚、离婚、再婚都算啊。”伊宁指手画脚地说着，“不过，咱班的男生品质一般般，丹丹，君如，你们可以考虑教授啊！”

“教授？！”左丹丹接口，“你可真有想法！一群老人家！”

“老？不过四五十岁，你以为自己二十几？商学院的教授有经济实力、有社会地位，对你们这样三十好几的单身女士绝对是个好选择。”伊宁争辩着，“我就喜欢文如斯。”

“是吗？那你不主动出击？”马君如和伊宁逗着嘴。

大家嬉笑着，马君如也跟着笑，脸上忍不住有些发热，自己心里也是喜欢文如斯的，只是无论如何，自己可不会这样直白地说出来。

“你就是喜欢文教授那张嘴，薄嘴唇的男人，性感。布拉德·皮特、休·格兰特、吴彦祖……”伊宁越发肆无忌惮。

“你这个疯丫头！”左丹丹调侃着她，“其他人都离得太远，你还是去试试文教授吧。不过，文太太你是见过的，你敢？”

马君如听到此处，已经完全不能接话。“薄嘴唇、性感”这几个字一下子烙在心里，文如斯的那对薄嘴唇，曾经离自己很近很近。对于文如斯的性感，其他女生是动嘴去说，马君如不动嘴，但是她不敢保证自己没有动心。

又有几个女生凑过来。

“据说今天这个养生大师挺神的。原本学西医的，后来又学了中医，只看脸色就能说出你的病痛，还能说出你的心事。”伊宁说，“我本来这几天在北京开会，今天偷偷跑出来听的。”

“是不是那个北京台的《看面相说健康》的那位？”一位女生接话。

“就是他。”伊宁很肯定地说，“看得极准。”

“这么神？”马君如心中厌烦伊宁嘴多话快，成心接话，“别又是一静海法师吧？”

“你可真会说话。这是养生大师，和神鬼无关。”伊宁撇撇嘴，“再说，当时听静海法师讲禅，我看你听得可认真了。”

“你不也是一样。巴巴地还主动去请教。”马君如记得在MSN群聊天时，伊宁对这位养生大师很是崇敬，于是故意说，“现在神鬼都打着养生旗号，何况不是神鬼的。不谈延年益寿、美容养生哪里有人气，哪里能把您这样英明神武的专业人士从深圳忽悠来。”

大家又是笑。

马君如不容伊宁解释，接着说：“在北京的女生都来了，这次我们女生可以聚一下，自从选修课后，我们很久没聚会了。”

“是啊，是啊。”大家都附和着，“要不是今天这个讲座，还真凑不齐人呢。”

“到点了，我们进去吧。”大家熙熙攘攘地进了会议室。

主讲人，被主持人称为秦老师，西装衬衫、领带皮带，整洁体面，人不胖不瘦，不难看不好看，怎么看都不像一般人想象中穿白大褂的中医大师，在马君如眼里，这位秦老师简直就是写字楼里走出来的任何一个外企高管，不免有点儿惊讶，也有点儿失望。

今天这活动是以08级2班女生的名义主办的，班里的医学女博士刘瑾邀请了当今最红的养生中医大师秦淼为联合商学院女生讲女子养生。

班主任Sara一再邮件、电话、短信提醒、督促，几乎哀求班里的女生都要参加，毕竟是主办方，总要到一些女生来撑场面。在京的女生都很给面子，一是班主任出声了，怎么也要给自己班撑个场面；二是要给同学刘瑾博士个面子，保不齐哪天求人家问个病找个医生什么的；三来，养生保健美容全是女人最爱，听听总有好处。

所以，班里在北京的女生都到了，再加上伊宁这样不远千里来的，12名女生来了8名，班主任Sara有些喜出望外，刚才在外面等的时候，已经叽叽呱呱说个不停：“不是我说，看看咱们班女生，再看看其他班的，差得太远了；看看其他班女生，再回过头看看咱们班女生，要个有个，要相貌有相貌，把联合商学院女生平均水平都拉高了……”这话有些夸张，但是08级2班的12名女生确实素质不俗，且不说左丹丹这样的美女，即使像伊宁这样的，虽然样貌不出众，但是气宇轩昂，个个都是精神抖擞。这8名女生坐在一处，在一屋子六七十个女人中颇为抢眼。

秦老师也不免多看了坐在最前面的这几位女生几眼。随着主持人介绍完毕，秦老师站起身，面对大家，未语先笑：“各位女生好。我第一次面对这么多位女生，有点儿紧张，也有点儿兴奋，还有点儿得意。紧张，是因为你们不是一般的女性，个个饱读诗书，都像刘瑾博士这样，边听我说边挑我错，不能不紧张。”

台下的女生笑。

“兴奋，也是因为你们不是一般的女性，我相信我们的交流会更深入更广泛，而且，我也期待你们的挑战。得意，是因为我刚才问过校方，我是第一个来联合商学院讲中医养生的，也是第一个来这里专门给女生讲中医养生的。女人都好美，其实男人也一样，你们猜猜我多大？说明一下，我没拉过皮，没染过发，没整过容。”

大家又是笑。

刘瑾坐在马君如旁边，低声问：“你觉得他多大？”

马君如自诩有X光般的穿透力，刚才一进门已经仔细观察过这位秦老师，穿着虽不是什么大名牌，但是合身得体，人长得普通，但是顺眼，现在把眼光聚焦在秦老师脸上，皮肤干净，眼角有些笑纹，头发中有几丝白发，不精细扫描，不太看得出，怎么看也就是40多岁，肯定不超过50岁，于是，很笃定地说："45岁。"

刘瑾笑了。

"不对？48岁？"马君如不甘心。

刘瑾还是笑。

马君如心想难道50岁？这时，秦老师揭开了谜底。"承蒙这么多位女士看得起，那位说的我最年轻，40岁，谢谢。这位猜的我年纪最大，52岁，也谢谢。我今年61岁。"此话一出，全场皆惊，一片惊诧声。

马君如脱口而出："怎么可能？！"

"这位女同学不相信。"秦老师指着坐在第一排的马君如，"没关系，我这里有身份证。"于是，真的拿出来递给马君如。

马君如也老实不客气地接过来，看见上面清楚地写着："秦淼，出生日期：1949年11月3日"。马君如不能不相信了，总不能这位秦老师拿个假身份证出来骗大家，于是大声读出生日。

全场又是一片惊诧声。

"他真的是61岁了。我见过他父母、大学同学、以前协和医院的同事。"刘瑾在马君如耳边说，言外之意，身份证可以假，父母、同学如何假？！

"秦老师，您是怎么保养的？"马君如和大家一样，惊诧之余，这个问题脱口而出。

旁边的、周围的、后面的同学跟着呼应。

秦老师笑了，心里十分清楚，这帮不得了的女生到现在才算是服了，才会踏踏实实地听自己讲。于是从容淡定地娓娓道来，台下的女同学们个个专心静听。

秦老师从头发讲起，不单是耳鼻喉舌，连带着脸上每个部位，色泽、光润度、是否起包、是否有痦子、毛孔粗细都反映出不同的身体状态，乃至心理状态，说得女同学们不时地发出感叹声、赞许声、笑声。

两个小时的讲座，时间一晃就过去了，大家都不肯离去，纷纷提问："秦老师，我看过您在北京台的节目《看面相说健康》，您能不能拿我们当中一位同学做例子说说她的健康现状？精神状态？”

问题一出，大家纷纷应和。

秦老师的眼光扫过第一排08级2班的女生，落在陈玉梅身上。“好。那我就请这位美丽的女同学站起身，面向大家。”他一边伸手邀请陈玉梅一边说。

陈玉梅是极不情愿出这个风头的，迟迟不肯起身。

“玉梅，帮帮忙。”刘瑾知道陈玉梅的个性，急忙好声央求着。

陈玉梅碍于刘瑾的请求，只好站起身，面向大家。

“大家请看这位女同学，身姿挺拔，气宇轩昂。”秦老师大赞，“以前是军人吗？”

陈玉梅有些吃惊地点点头。

“头发乌黑，面色红润，眼带流光……”秦老师继续称赞着。

陈玉梅一听忍不住心里笑出来，这夸人夸得真是肉麻。

秦老师称赞之后，话锋一转：“但是，也有美中不足，陈同学最近是否睡眠不是很好？略有些黑眼圈。”

陈玉梅点点头。

“黑眼圈有很多种成因，肾气不足、气血亏、严重失眠都会导致黑眼圈，陈同学的应该是工作压力大，情绪焦虑所致。你不熬夜，但是经常睡不踏实。”秦老师说到这里，停顿下来，看着陈玉梅，等待她的确认。

陈玉梅点点头，她手里经管的一批投资项目的筛选工作这几日要尘埃落定，好项目因为没有后台撑腰拿不到足够的钱，而那些不三不四的项目，因为推荐人有头有脸，反而拿到充裕的投资。陈玉梅知道这就是国情，这就是现状，但是心有不甘，难免纠结挣扎努力。

“陈同学气色红润，可见气血充足，你一定不会手冷脚冷？”秦老师问。

陈玉梅再点点头。

“所以，你的黑眼圈只能是工作压力大，情绪焦虑所致。用中医理论来讲，你身体是水，柔和顺畅，但是心中是火，煎熬焦虑。”秦老师笃定地说，“陈同学，对吗？”

陈玉梅又点点头，心中对这位秦老师不能不生出敬畏。秦老师免不了劝慰几句，工作重要，但是健康更重要之类的话。

陈玉梅坐下之后，秦老师又把左丹丹请上台，端详着左丹丹，娓娓道来：“这位美女，刚好和刚才那位相反，她是身体是水，心里是火，而你是身体是火，心里是水。我猜你单身，对是不对？”

左丹丹点点头。

“我再猜你现在没有男友。不知道这样说会不会得罪你？”秦老师说。

左丹丹笑笑：“确实没有。”

“你看你脸色光洁，单单是下巴有几粒粉刺，可见气血充足，但是激素分泌不调，大千世界但凡生物都要阴阳调和……”秦老师大讲调和之道，虽然没有直接指出，但是大家都听得明白，这是在说左丹丹阴阳不调，没有男人滋润之故。左丹丹被说得哭笑不得，又不能翻脸离场，只能拿出招牌笑脸支应着，但是心里不得不称道这秦老师果真有几把刷子。今年2月，从陈卓处搬离，到现在，都是独自一个人，不是没有男人上赶着来，只是左丹丹没有兴致，她打算认认真真找个好男人嫁了，而不是随随便便找个什么男人上床。

自从政府政策松动，房地产复苏，陈卓便开始主动联系左丹丹，显然是缓过气来，有时间精力打理感情生活了，目的很明确，要再续前缘。左丹丹并没有断然拒绝，她应约。

她需要重新审视这个曾经朝夕相处了10年的男人，10年，朝夕相处，除了没有那张证书，点点滴滴的生活都如同一段真实的婚姻。面前的这个男人，身形已经发福，脸部和身体肌肉已经屈服于地球的吸引力，全面下垂，眼睛有些水肿，口若悬河，喋喋不休，左丹丹奇怪，这么多年自己是怎么忍过来的，难道就没觉得吵？难道就没觉得烦？

陈卓一如既往地教育她、劝诫她、警告她，他总以为面前的左丹丹依然是10年前的那个左丹丹，有点儿傻，有点儿贪财，有点儿幼稚，他看不见左丹丹的变化、成长，或者说，陈卓根本就不接受左丹丹的成长和变化。陈卓叙说了很久，见左丹丹不表态，于是直接问："丹丹，你到底要怎么样才肯回来？"

左丹丹只是笑，并不接话。

"我正在办离婚手续，快了几个月，慢了一年。之后，我娶你。"陈卓说。

娶自己回家？曾几何时，左丹丹做梦都渴望成为陈太太，甚至暗暗祈祷少活几年也值得去争这个名分。现在，那张昔日被自己看作龙椅的位置马上就要空出来了，这个男人承诺自己可以坐上去，且不说这承诺是否会兑现，就算梦想成真，只可惜左丹丹此时此刻的梦想并不是再做陈太太。嫁给陈卓，永远听他教育，看他脸色，仰他鼻息，矮他半头，不，不，左丹丹已经不甘心。

财务自由给了她寻求平等爱情的权利和机会，她要嫁人，而且她要嫁的这个男人必须尊重她、疼爱她、欣赏她，不知道她的过去，不了解她的发家史，只爱现在的左丹丹。离开陈卓，等于离开过去，开始一段新的感情，可以做一个崭新的自己。左丹丹决心不再回头，就是金山银山也不再回头。

陈卓以为左丹丹的回绝是耍小性，犹抱琵琶不过希望得到更多，于是投其所好，给左丹丹买了辆过百万的奔驰跑车，牌照是左丹丹的生日。让他感到意外的是，左丹丹居然拒绝了，话说得很客气周到："心意领了。礼物太重，已经不在一起，实在不能接受。"以后的左丹丹便不再应陈卓之约，她收拾心情，开始新的生活。

在左丹丹这样的美女面前，选择总是多样的。有位男士比陈卓更主动更积极，为了博取红颜一笑，离家出走，天天侍候左右，随传随到，不传也到。张旺水已经不能自拔，自从杭州之行之后，几乎常驻北京，天天约左丹丹，坚持不懈表决心。张旺水似乎找到了传说中的爱情，一个猛子扎进去，甘心沉溺，任凭谁也不能把自己拽出来。

左丹丹看着张旺水在水中苦苦挣扎，并没有伸出手，她非常不确定自己如果拉了张旺水，是两个人都奋力游上岸还是一起沉到湖底，所以，她一直犹豫着、观望着。不言自明，张旺水十分喜欢自己，甚至可以说是痴迷，他带她去打球，手把手地教她，送她整套球杆和行头；他带她去骑马，为她牵马，送她整套的马具，如果不是左丹丹断然拒绝，甚至要送她一匹马。

他所做的一切都是为了博取美人欢心，左丹丹不是没有被男人宠爱过，但是10年前那些男人的小恩小惠只为了她的身体，近10年，陈卓也不是不宠爱她，物质上都满足她，只是陈卓没有那么多时间和精力，更重要的是，无论是陈卓还是那些男人，都当她是个附属品，带着她这个精美的摆设，给那些男人挣面子。他们从内心深处并不尊重她，因为她的手向上对着他们，她靠他们吃饭。

现在，一切已大不同，左丹丹不需要靠什么人养活，她有房子有车有现金有股票，现在围在她周围的男人，她和他们平起平坐，她高兴就笑，不高兴就走人，她终于可以让别人看她的脸色。他们送她名贵的礼物，绝对不是因为她买不起，他们就是为了讨好她，她收了是给他们脸，不收那是骨气。拒绝了陈卓那辆百万奔驰，左丹丹一点儿不觉得可惜，反而觉得心中从未有过的舒爽痛快。现在的自己才真正是自己的主人。

张旺水宠爱她，他不介意她的过去，当然对于左丹丹的历史他只知道皮毛。张旺水全心全意地守在她身边，但是从来不敢越雷池半步，他总是守礼的、拘谨的，甚至有些紧张、害羞，十足的小男生追求校花的风格。

左丹丹曾经发过誓，决不再和有妇之夫来往，但是她拒绝不了张旺水，因为他的追求简单含蓄，完全不像都市成熟男女的快餐交往，今天一起看电影，明晚就一同开房。左丹丹没有青春，她的过往世界，童年之后就是成人，在张旺水这里，左丹丹体会到了不曾有过的青春时光，单纯、愉快，只有精神，没有肉体。

快乐并没有使左丹丹忘记，这个男人是有妇之夫，而且老婆怀孕，寡母凶悍，万万招惹不得，但是她又舍不得这快乐，所以，左丹丹既不敢往前一步，又不愿后退一步，就站在那里，看着张旺水在水里挣扎。

左丹丹被一阵哄笑声拉回了现实。只见秦老师指着伊宁：“来来来，请这位女同学上台。”伊宁不肯起身，推搡着身边的马君如：“我没有典型性，还是说君如吧。”马君如痛快地站起身，然后拉上伊宁：“秦老师，您刚才都是一个个地说，现在不如说说我们俩，这样也好对比。”

在座的女生顿时齐齐鼓掌赞成。

伊宁却拗不过大家，白了马君如一眼，只好站起身。

“这位美女，你身心都是火，无论是心里还是身体都需要好好调养。请问，你是否现在工作压力极大？同时和男友关系不稳定或是处于分手状态？”秦老师指着马君如，依然快人快语。

“算是吧。”马君如不置可否地说。

“你本是美人坯子，可惜了。你看你脸色暗黄，眼睛下面灰暗，可见睡眠不好，情绪不稳，压力很大，而且时间不短了；下巴及嘴角皮肤有干纹，可见阴阳不调和……”秦老师一一道来，全不是动听的好话，说得马君如站也不是，走也不是，难受无比，干脆开口说：“照您这么说，我简直不能活了。”

“那倒不是。我想在座的很多同学和这位美女同学一样，都有工作和生活各种压力，大家需要静心养气，静心是为了理清思路，看明方向，知道自己到底要什么，放下焦虑，缓解压力；养气，是为了健身，调理身体……”秦老师说得有条有理，下面很多女生频频点头。

马君如也是暗暗认同。自己最近焦头烂额，几乎被那位澳洲叶整死。

这位顶头上司来了一年多，不见家里人过来，据说老公带着上小学的孩子在澳洲不肯过来，嫌北京空气污染。

两地分居使得马君如的上司，在北京成了单身人士。

叶同学没家没孩子没老公，有的只是工作。与其回住所一个人面对四面白墙，不如在办公室有人使唤，有人听话。于是乎，早上七点就到办公室，晚上八九点不回家，自己干不过瘾，隔三岔五地还要召开深夜会议。

马君如叫苦连连，这简直是农奴时代啊！夜夜挑灯夜战，民企的老板也不会如此废寝忘食，何况这里是美资公司。

马君如觉得这个女人不熬死自己，绝不罢休。

更有甚者，马君如的客户，她个个要见，见面之后，会亲自单独再约见，而且往往不知会马君如。一到例会时分，开场白和结束语都会重申："客户不是私人资源，是公司财产。"马君如十分恼怒，无奈老大Tim面对投诉不作为，自己节节败下阵来。

最让马君如不能忍受的是这位叶妇女居然不肯支付自己的学费。上学前老Tim承诺支付学费，60%已经在第一学年开始时交了，剩下的40%本应该在今年5月缴纳。这个新来的叶妇女上司百般阻挠，就是不肯批复。

马君如从老Tim那里得到信息，现在公司财务政策有变，马君如的任何支出必须由顶头上司先行批准。和这位澳洲妇女理论多次，她都坚持，非要等到年底业绩出来了，达标了，才能支付。现在的学费让马君如先行垫付。马君如气得几乎要吐血，但是又无可奈何。

这样的工作状况如何不是怒火焚身？这样的工作状态又如何有心情有时间找男友谈恋爱？真真正正的是身体是火，心里是火，里外煎熬。

昨天，坐在办公室，久久对着电脑，辞职信开了头，删掉；再开头，再删掉。

辞职，现在没有下家，只能先在家待业。

待业是什么概念，树上的苹果，新鲜亮丽，有人愿意出价去摘去挣去抢，摘下来的果子，放在那里，时间就是最大的敌人，越久越不值钱，要么烂死在篮子里，要么贱价赶快出手。

但是继续干下去，马君如觉得自己迟早要死在这位澳洲妇女手上，一份工作不能没了尊严，少了健康，现在还不见了合理的报酬。

跟涌斯咨询合作的汽车制造行业项目正到了付第二期款的节骨眼儿

上，马君如不打算在这件事上有什么作为。自己多年积累的客户大多已经被叶小姐巧取豪夺。就是这一单，叶同学也认为借着上次带团去欧洲做研讨会，控制权志在必得。

她并不知道，这个项目的主导推动者陈玉梅那一次并没有去欧洲，而由于陈司长公务繁忙，澳洲叶始终没有接触到这位关键人物。

国有背景机构通常现金流良好，不会有意拖欠款项。但同时，体制内机构繁冗，不免有人浮于事的现象，没有得力的关系，往往也会出现到期款项不到位的情况。既然叶小姐那么咄咄逼人，马君如觉得自己没必要把这一层说得那么明白。

而且每期款项都得通过涌斯咨询账户转划过来，该留存在涌斯公司的那部分已经到位，所以就算自己不催陈玉梅，文太太也不会来骚扰。

顺便说，欧洲之行过后不久，由于研讨会十分成功，政府方面的讲座邀请纷至沓来，文教授忙于讲学，这个项目就由文太太直接与马君如对接。其实文太太人还真不错，她搞清楚马君如跟澳洲叶的恩怨内幕后，非常明白地表达了涌斯咨询的立场——力挺马君如。

“君如，我和如斯谢谢你牵线，给涌斯咨询这样一个跟政府背景机构对接的机会，涌斯需要这样的发展方向。奥华跟涌斯咨询的案子，我肯定是唯你马首是瞻！你头脑清楚，年轻有为，要不是公司规模还不够大，真希望能请你到公司来！”在马君如面前，文太太一脸亲切。

一番话，婉转地表示，如果马君如想进入涌斯咨询的话，还是另做打算的好。

马君如听着秦老师的分析，抬眼望向伊宁的脸，离得很近，看得真切，虽然伊宁的脸上打了很厚的粉底，但是依然可以看到下巴、脑门处星星点点的痘痘，妆容画得很精致，但是脸上的干纹、笑纹、嘴角纹、法令线明晰可见，伊宁的状态只能比自己还差。果然，轮到评论伊宁这张脸时，秦老师的词语更是不讨人欢喜：“这位女同学……”开场白改了称谓，不叫美女，叫女同学，马君如看到伊宁嘴角撇了撇，不高兴的样子已经摆了出来。

“脸色显得焦黄，皮肤有些干燥，脑门部分发黑，你是水火交融，心身焦虑，状态不是很好。”秦老师语气凝重，“这位同学，最近是不是工作压力很大？”

伊宁撇撇嘴：“也没有，我们这行，一直都这样。”

“一直压力大，难怪身体如此反应。”秦老师说。

伊宁本来已经很是不高兴秦老师的评论，没有一句好话，自己的工作生活用得着别人来评论？于是情绪抵触：“压力也不是很大，我早就适应了。”

“适应，那是你对自己的要求。身体长时间处于紧张焦虑，难免会超负荷运转，久而久之，就会留下痕迹，你会不会偶尔有气短、心口疼的现象？又会不会……”秦老师一一指出伊宁的症状。

伊宁不置可否，但是秦老师说出来的一样样，自己确实都有类似的症状，本想争辩几句，但是又挑不出明显的错处，同时也担心若是自己强争辩，这秦老师会再说出些更不堪的话来。于是，默默听着。秦老师就表象论症状，言谈之间，“如果”“可能”“也许”“会不会是这样”这些不确定的用词使话语变得温和，就事论事，让伊宁渐渐不觉得那么刺耳，更重要的是秦老师所言让伊宁觉得有理有据。

在投行做了十几年，早就适应了这种高强度、高压力、高竞争的环境。也许秦老师说得对，适应这样不人道的环境是迫不得已，心理和身体都勉强接受，年轻的时候不觉得，随着时间的推移，不良反应逐步显现。自己用的是顶级护肤品LAMER，一瓶面霜就要3000多元，美容只去思妍丽，外人看起来风光靓丽，但是只有自己知道这张卸了妆的脸，黄斑累累，就像秦老师说的，在两颊肝和心反射的部位，心火盛、肝火盛。工作先且不说，一直以来都是压力重重，适应不适应也已经习惯，现在是突然后院起火，让伊宁恼怒不已。老公和某一年轻美女在西餐厅烛光晚餐刚巧被伊宁一极八卦的闺密撞到，立即向伊宁汇报。伊宁静等老公李亮回家，若无其事地问：“忙什么去了，这么晚回来？”

“加班，开会。”李亮头也不抬，脱口而出。

伊宁想起，这段时间他经常晚归，偶尔问起，就是如此这般回应，今日知道内情，怒火中烧："是吗？还真不知道您李总有分身术，一个在公司加班，一个在拉斐尔法餐厅和美女共进晚餐？"

李亮这时抬头看了她一眼："你知道了？"语气平淡，完全没有伊宁预想的惊慌。

"你这是什么意思？我知道了什么？你说说清楚。"伊宁见他如此态度，不由得更加恼怒。"说什么啊？你不是都看见了。就是和一客户吃饭，因为是女人，而且比你年轻，所以，不愿意告诉你，免得你叨唠。"李亮依然是口气平淡，"我先睡了，我累了。"说完，进了洗手间，把伊宁一个人晾在客厅。

依着伊宁以往的性子，必然要把李亮从洗手间里揪出来理论清楚，但是李亮180度转变的态度让伊宁一下子乱了方寸。李亮可是自己千挑万选的，比自己大两岁，名校计算机系的高才生，人长得并不出众，伊宁一直觉得靓仔没本心，男人太帅了，即使自己守本分，也架不住别的女人往上扑。结婚这十几年，李亮一直本本分分，伊宁并没发现蛛丝马迹，本以为老夫老妻，也就这样了，谁承想，"惊喜"来了。

李亮从洗手间里出来，躺在床上，不一会儿工夫，伊宁就听到了呼噜声。居然就睡着了，倒是心中坦然，也许真是如他所讲，也就是和一客户吃饭。伊宁反复思量着，一反常态地决定，不去深究。这一个月多，每每想到此事，心里难免忐忑不安、愤愤不平，但是也只能不断宽慰自己，否则生活就更不容易继续。

本年度的最后一次大课，08级北京班的全体学生一起上李老的中国经济。李老堪称中国经济学界的泰斗，今年整80岁，如此耄耋之年依然坚持亲自给学生上课，谈起中国经济的发展，时而慷慨激昂，时而痛心疾首，时而诙谐幽默，整整三天课程，一丝不苟，让同学们敬佩不已。

上课期间，有位男生就李老的某些论点提出质疑。

李老如是答："有问题很好，但是你提的这个问题，很显然你没有看课前预读材料，第五章第二小节清楚地回答了你的问题。你还有什么其他问题？”

同学们笑。那位提问的男生有些不甘，忍不住争辩：“我的意思是当时没有其他变通方式？一定要放权让利吗？这样不会导致国有资产流失吗？像原苏联一样？”

李老如是答：“讨论问题，首先要在一致的假设前提和相同定义之下，请你仔细阅读放权让利的定义，放权让利和国有资产流失是两个不同的概念，中国和原苏联的情况也很是不同，请你清楚界定你的问题。”

提问的男生一下子被说呆了，自己本来也没搞得很清楚，就是顺嘴一问，谁承想这位老爷子如此较真，一时间不知道如何应对，只好含糊地说：“那我没问题了。”

“没问题？不是啊，很显然你没懂，有很多问题。”李老如是说。

所有同学爆笑。那位提问的男生站也不是，坐也不是，好生尴尬。

课间休息，大家纷纷议论。

“到了那个年纪，且不说头脑是否清醒，就单是让你连说三天话，也未必做得到。”金鑫感慨不已。

“可不。这老爷子的脑子真是灵光。思维缜密，逻辑清楚，厉害！”刘振宇也是赞叹不已。

“不敢瞎提问题了。”马卫东接口，“提个问题，反被问得目瞪口呆。李老的反应真敏捷。”

大家又是笑。

“80岁了，到了这个年纪，我们就是有力气说话，也未必有人肯听了。”张旺水说。

马卫东频频点头，是啊，退休在家多年，除了老婆还有谁，老婆，现在说话她都懒得听，自己也懒得讲，说了，她也未必能懂。且不说80岁如何，现在距离80岁还有35年，这12000多天可怎么过啊？！家里的人不懂自己，自己也不懂家里的人，每天庸庸碌碌，两点一线，想起来真是无趣。

“老马，中午，我们几个碰碰。”刘振宇的话打断了马卫东的沉思，“说说房子的事情。”

马卫东回过神来，眼光扫过刘振宇，落在他身边的左丹丹身上：“听说，赚了不少。”

左丹丹笑笑：“我们运气好。”

“是你带来的好运气。”马卫东说。

左丹丹笑笑，没接下文。她非常清楚，这个老男人的眼光总是时不时地落在自己身上，不言而喻，他非常喜欢自己。马卫东，年纪大点儿，也不过45岁上下，人看起来老实诚恳，相处起来也温柔得体，专业人士，靠本事吃饭，高大挺拔，外形也过得去，好处多多，但是那又如何？他和张旺水一样是别人的男人，张旺水这里还不清不楚的，自己断不会主动再去招惹一个。

“丹丹，中午的时候，你把房子的情况仔细说一说，我估计他们未必仔细看邮件，把总成本，总利润，交易时的税项、代理费用一一说清楚，虽说他们都信任我们，账目还是要清清楚楚。”刘振宇在左丹丹耳边悄声嘱咐着。

左丹丹边听边点头。

这次房产投资，一个亿的投入，今年6月份卖出60%的房子，回款一个亿，本金已经收回。到今天剩余的40%的房子全部售罄，回款1.5个亿，这个项目历时整整一年，利润1.5个亿，利润率高达150%，空前的成功。

在刘振宇的倡导下，6月的一亿本金，参与的14名同学全部同意拿出部分或是全部继续投资，成立了基金，因为有杨阳基金在先，故取名“阳光基金”，委托刘振宇管理，金额7000万。刘振宇坚定地认为，这次回收的1.5个亿，很有可能同学们会全部或是部分继续投入该基金，凑足近2个亿应该问题不大。有这笔钱在自己手里，无论是二级市场操作还是PE投资都会灵活从容很多。之前成功游说金鑫加入，他在台面上，自己隐在后面，打着联合商学院EMBA同学基金的名义，很多事情都易于操作。赚到钱不是机会问题，是时间问题。

一年半前，刘振宇几乎认为自己升迁是个死局了，现在不但有缓，而且冒出了丝丝生机。

在陈玉梅老公张建国介绍参加的牌局上，刘振宇认识了张建国的同事，组织部的陈局，他专门负责金融系统的人员调配，张建国特别郑重地介绍两人认识。上天让自己遇到贵人，刘振宇不会辜负了上天的垂爱，不显山不露水地卖力巴结。刘振宇出色的牌技牌品本就赢得了陈局的好感，再加上刘振宇主动要求帮助陈局打理股票户头，一来二去，不到半年时间，相处得竟像老友一般。

两个人除了牌局，也会出来一起吃个饭，喝个酒，互相发发牢骚。酒过三巡之际，陈局偶尔也会在刘振宇面算酸溜溜地说起陈玉梅的老公、自己的同事张建国，不外乎就是张建国有后台少本事，而陈局自己实打实地苦干，从基层一点儿一点儿爬上来，吃过苦，受过气，挨过整，看见张建国四十出头就稳稳地坐在局长位置，而且一副太子爷的做派，难免心中不平。刘振宇的背景和陈局很有相像之处，都是没家世无后台多出力勤干活的苦孩子，惺惺相惜，情谊又是不同。

刘振宇是何等聪明人物，对陈局更是兄长一般侍候着。三杯两盏之间，倾诉着自己的两难现状，陈局酒是喝了，但是脑子不糊涂，一听就明白这小子有求于自己，难怪如此殷勤，把自家的股票户头打理得妥妥当当，不足半年工夫，就有了70%的利润，老婆提起刘振宇总是满口称赞。天下没有免费的午餐，陈局一路拼杀上来，当然明白这个道理。刘振宇聪明而且低调，好背景好学历，有能力有业绩，只要有人托一把，上位是顺理成章的事情。人在江湖走，总是要拉场子增人气，帮刘振宇上位，对自己只有好处。再者，同样的道理，没有免费的午餐，陈局也确实有事要和刘振宇谋划，想升迁的不是只有刘振宇一个人。

共同的利益才可以把两个人紧紧捆绑，桑拿房里的每一次深谈，都在拉近刘振宇和陈局的距离。刘振宇知道得越多，越感慨内里门道之多、关系之复杂，远非门槛外的人可以想象的。自己以前觉得只要业绩好，层层升上去是迟早的事情，现在才觉得自己的想法多幼稚，上面没有人给你指点，帮你布局，你就是干死也就是现在的职位了，也许可以弄个烈士。每一次深谈之后，刘振宇都会觉得金光大道就在眼前，努努力就可以上路了。天下没有免费的午餐，刘振宇清楚陈局要什么，他不是做不到，只是自己要计算清楚产出是否大过投入？收益是否大过风险？

两个男人在雾气腾腾的桑拿房里赤裸相见，彼此的需求就如同彼此的身体，虽然隔着蒸汽看不真实，但是物件大小，彼此心里都明镜一般。

当刘振宇听到李老痛斥寻租，心中自是感慨。

利用手中权力谋取利益的行为被称为寻租，所获得的利益就是租金。李老痛心疾首地指出，租金总额占GDP的比例高达20%~30%，而租金总额就是贿赂总额的上限。

听课的同学们发出惊讶之声，议论纷纷。

“这也太多了吧？”

“二八定论，20%的特权阶级赚取了80%的利润。”

“权贵资本主义。”

“怪不得我们民营企业越来越艰难。”

“官商勾结，自古今来。”

“老百姓不能活了。”

刘振宇默不作声，坐在旁边的张旺水低声问：“振宇，你说，我们这次买卖房子算不算寻租？”

刘振宇看了一眼张旺水，这位仁兄真是口无遮拦，什么都敢招呼。倒腾几套房子，市场上来市场上去，明码实价，白纸黑字，手续清楚，哪里就算得上寻租。不过，自己打算要帮陈局做的事情，不只是寻租，而且是非同一般的寻租。自己也曾经是热血青年，上过街，游过行，写文章痛斥过腐败，入党的时候坚信自己就是新血，就是国家的未来，不过十几年光景，新血早已经旧了、凉了。所谓出淤泥而不染，根本就出不来，在淤泥里侵蚀着，谈什么染不染？！

“算是不算？”张旺水觉得一年前的房地产投资，如果不是李易祥的加入，大家不会如此肯定和大手笔投入，李易祥的取舍就基本等于政府政策的风向。这虽然不是直接的权力谋取利益，但是信息的先知难道不是因为有权力？这难道不应该算寻租？！

“当然不算。”刘振宇说得非常肯定，“我们这是纯粹的市场行为，公平交易，开始是愿买愿卖，最后是愿卖愿买，都是你情我愿。”

张旺水听了，也觉得刘振宇讲得不错，看起来似乎一切都合规守法，于是点着头说：“有道理。我们这是自由恋爱，不是王霸天强抢民女。”

刘振宇实在忍不住乐了：“旺水兄，你可真有意思。你的自由恋爱谈得如何了？”同时扫了一眼坐在前一排的左丹丹。

张旺水叹了口气，一副一言难尽的样子：“哪天喝酒时慢慢聊吧。”

中午，刘振宇和之前投资房地产的同学，一行14人，浩浩荡荡地开着车离开了学校，去了附近的餐厅，张旺水定的单间，菜已经上好，大家一坐定，张旺水就开了口：“下午还上课，不能喝酒，不过，这么大的喜事，总要庆祝一下，班长，我们就喝点儿啤酒意思意思？”

大家齐声赞同，刘振宇不置可否。

“我们这是第一次合作，短短一年时间，就有如此丰厚的收获，真是大喜特喜啊！”张旺水兴奋地说着，“来来来，我们先举杯庆祝！”

大家齐齐举杯，一片欢声笑语。

“再有，这第二杯，我们要感谢一下刘振宇和左丹丹同学，这个项目，都是他们两个人忙前忙后，我们什么也没干，就坐等着收钱了。你们说，是不是应该敬他们一杯！”张旺水说。

大家自然又是齐声应和。

“我说一句，这一杯应该敬丹丹。”刘振宇急忙站起身，抢着说，“这件事，从买楼到卖楼，手续复杂，加上联系代理、交税等等，事情烦琐，全是丹丹一个人张罗，我只是出了出主意。丹丹，辛苦了。”

大家又是纷纷响应，齐齐举杯向左丹丹表示感谢。

“我有个提议。”张旺水说，“当时我们说好，2%给丹丹、振宇他们做管理费，现在我们一年时间就赚了1.5亿，如果是PE投资，赚的钱是要分20%给管理团队的，所以，我建议赚的这部分再拿出5%给他们做奖金。大家觉得如何？”

大家心里都有一本账，当时总投资1个亿，现在一共回收了2.5个亿，赚了1.5个亿，短短一年之内，回报率150%。首先，是踩对了点，跟对了政策，所谓的运气好；再有，左丹丹介绍的这个项目确实是个好项目；第三，刘振宇和左丹丹买楼、卖楼都找对了时机。三个成功要素，刘振宇和左丹丹占了两个，可见功不可没。当时，大家预期一年之内的房地产投资，赚30%已经很不错，现如今，多赚了这么多，拿出650万当奖金似乎不是问题。而且，张旺水本就是这次投资的最大户，他现在张口提议，谁也不好去公开反对。

“别！这样不好！当时说好了。我们已经拿了2%，不能再额外拿钱。”左丹丹马上反对。

“是啊，丹丹说得对！”刘振宇也赶快随声附和，“我们已经拿了不少。”

“可是你们也出了不少力啊！按照PE规矩，你们拿得太少了。”张旺水说，“我们白白捡了个大便宜，什么也没干，坐等着分钱，这对你们不公平。”

“我同意旺水的说法，钱赚了这么多，比预期高很多，就是公司多赚了钱也会拿出来些发发奖金，何况我们是同学，哪能让同学吃了亏。”马卫东附和着。张旺水说得很在理，而且受益的有左丹丹，他如何能不支持。马卫东也知道自己投资很少，说话没分量，但是积极表态，力挺张旺水是必然的，同时，他问洪英俊：“英俊，你的意思？”他料定洪英俊是绝不会反对的。

果不其然。“支持啊！”洪英俊爽快地答应着，“赚了钱，奖金肯定是要发的。我们还指望你们以后继续找项目，带着大家发财呢。”

“我也同意。”李易祥适时地附和着。2%管理费里有他0.5%，若不是左丹丹和刘振宇出让，自己不可能有这样的额外收益，饮水思源，支持他们获得更多分成更加义不容辞。“丹丹和振宇确实应该奖励。”

有了三个人响应，其他的人似乎也不能不表态。“我也同意旺水的建议。”老王也出声了，他出了2000万的，投资份额和张旺水一样，两个大户都出声了，这件事也就成了定局，剩余的同学自然齐声同意。

“既然大家都同意，这件事就这么说定了。”张旺水边说便举起杯，“来来来，再庆祝一卜！”

在张旺水的极力推动之下，刘振宇和左丹丹多拿了650万奖金。如此意外惊喜，左丹丹不能不高兴。

她仔细算过自己的收益是200万的管理费，300万原始投资回报450万，再加上650万奖金的一半325万，一共975万，辛苦忙了一年，有近1000万的收益，十分值得。

而且收获的不单单是金钱，对自己能力的肯定更加重要。且不说张旺水和马卫东，这帮大佬同学，现在对左丹丹的态度、看她的眼神大不同于以往，他们不再单纯地把她当作漂亮女人，而是把她当成合伙人、同类，甚至哥们儿，有些同学更是直接表示，以后凡是房地产的项目，只要左丹丹参与，他们都有兴趣。左丹丹第一次感觉到自己的价值不是体现在身体和容貌上，这种被尊重被认可的感觉太美妙了！在这个男权的社会里，左丹丹突然找到了和男人平等对话的机会。

一个月前，左丹丹过生日。一大早，她就收到三束鲜花，忙不迭地开门签收。第一束是红玫瑰，一看就知道是陈卓送来的，年年如此，想必今年和往年一样，秘书一早定好，按时送来，生日卡也是年年大同小异，都是电脑打印出来：“祝左丹丹生日快乐。陈卓。”左丹丹漫不经心地掂了掂手里的信封，这次的卡片够厚重，一拆开，掉出来一把钥匙，奔驰的标记跃入眼帘，左丹丹看着手里的卡片，是陈卓的笔迹，没有称谓，开篇就写道：“车已经买了，总不能去退，你就开着吧。小刘会帮你办手续。生日快乐。陈卓。”这可是份大礼，那辆暗红色的奔驰，任凭哪个女人看了都要动心，左丹丹不是不爱，当时拒绝，是因为不甘心，为了一辆车，继续付出自己和时间。左丹丹已经有能力去买，不需要再为了物质去牺牲自由、快乐和尊严。天下人都是贱客，尤其男人，贱法更高些，女人越是不稀罕，他们越是上赶着，也许陈卓原本是打算有所回报的，等了等，见左丹丹全无回应，于是，想了想，不能输了脸面，尤其像陈卓这样的北京爷们儿，总不能让一个外地女人说自己小家子气。为了爷的这口粗气，不就是一辆车嘛，送了。左丹丹想着忍不住想笑，自己得了这么大个便宜。她太了解陈卓了，既然这样说了，他必定是给了也不再期望其他。

第二束鲜花也是红玫瑰，一共34朵，这位有心了，知道自己的年纪。左丹丹抽出生日卡，慢慢打开："亲爱的丹丹，祝你生日快乐！青春永驻！张旺水。"收到张旺水的鲜花是情理之中，这个旺水同学真有耐力，持之以恒地献殷勤，也有小半年的时间了，有时候，左丹丹很是不落忍，忍不住劝他："你不回家看看孩子？"

这个时候，张旺水总是突然红了脸："你讨厌我？我回不回家是我的事情。再说，我北京有生意。"

左丹丹哭笑不得，只好由着他。

有的时候，张旺水也会主动表示："丹丹，我一定要娶你。你等着，我离了婚就娶你。"

这个时候，左丹丹会红了脸，急不得，恼不得，只能说："你喝多了。"

"我没有喝多。我要离婚娶你。真的，相信我，我一定要娶你。"张旺水坚定地说。

左丹丹知道他的坚定是说给自己的。离婚，谈何容易？老婆刚生了一个，两个孩子的爸爸，还有一个彪悍的寡母，一大家子人啊，哪里可能说分了就分了。左丹丹是不相信张旺水的话的，但是听多了，也会生出想法，偶尔，左丹丹也会想象一下，如果和张旺水结婚了会是什么样子？他是不是会一直把自己视如珍宝？想到这些，左丹丹会赶紧收住这些想法，觉得这些奢望会害人，会害自己也会害别人。

张旺水的电话随着鲜花也到了："丹丹，晚上我们一起吃饭？"

"我约了人。"左丹丹并不想在这个特别的日子和他共处。

“那中午一起吃饭总可以了吧？”张旺水并不死缠烂打。

左丹丹只好答应。

张旺水定了法式餐厅，在车上的时候就告诉左丹丹：“这家餐厅是轮胎三星，据说北京就此一家。”

左丹丹笑，把米其林三星说成轮胎三星，只有张旺水可以这样，他从不掩饰自己的出身，他的口头禅，农民就是农民，还不是一样进城。和张旺水在一起，左丹丹没有丝毫的负担，不用担心自己的出身、自己的过去。张旺水让她觉得安全自在，而且张旺水可以让她笑。

“而且，我告诉你，丹丹，我们在这里吃饭，是法国人给咱们端盘子。”张旺水说，“我们满意就给他们小费，不满意就不给。”

左丹丹笑。

菜式丰富，从开胃菜、汤、主菜、甜点，道道可口，左丹丹饱得不行，大呼：“实在吃得太多了。”

“我给你看个东西，帮你消化消化。”张旺水边说边拿出一个小盒子。

左丹丹看到Tiffany著名的粉蓝色方形的小盒子，里面放的应该是戒指，左丹丹突然有些紧张，她很怕张旺水会猝不及防地跪下来上演求婚大戏，那样太尴尬。还好，张旺水没有那样的戏剧细胞，只是把盒子递给左丹丹：“生日快乐。”

左丹丹接过来，慢慢打开，随着盒盖的开启，一道亮光夺目而出，站在旁边的侍应竟然忍不住发出惊叹声，一枚钻戒闪闪亮亮，钻石恒久远，一颗永流传。左丹丹心中一惊，原本以为就是普通的一枚装饰戒指，想不到是枚钻戒，圆形，足有两克拉，光芒四射，左丹丹努力地克制住把它拿出来戴在手上的欲望，她轻轻地盖上盒子，递回给张旺水：“旺水，谢谢你。但是太贵重了，我不能要。”说了这句话，左丹丹不免一惊，这话和当时拒绝陈卓礼物时说得一模一样。

张旺水不肯接：“送给你，特意给你买的。你不喜欢？”

左丹丹笑，钻戒啊，哪有女人会不喜欢？！只是，不在一起，不能要，尤其是这枚钻戒，怎么看都似订婚戒指，哪里要得。于是又重复了一遍：“太贵重了，我不能要。”左丹丹把盒子轻轻地放在张旺水面前。

张旺水有些急了：“丹丹，我没别的意思，我就是送你个生日礼物。不贵重，不贵重。”

左丹丹还是笑。不贵重，这枚钻戒要50万起，如果成色出色些，过100万也不出奇，还不贵重？！就是有钱佬，钱也不是这样随便花的。于是开口说：“旺水，你的心意我领了，但是这礼物我断断不能要，真是太过贵重了。难道任何一个女同学过生日，你都送钻戒？”

张旺水急忙分辩：“不是，不是，我没送过其他女生礼物，只送给你。”

左丹丹听出张旺水会错了意，他以为自己质疑他送礼物给其他女生。“我是说，这礼物太贵重，你不会每一个同学过生日都送钻戒吧？所以，我不能要。”

张旺水死活不肯拿那盒子，把盒子又放回左丹丹面前：“你不要就是不给我面子。丹丹，你看不起我。”

左丹丹哭笑不得：“旺水，你这可是胡说。面子一定给你，但是这钻戒一定不能要。”

这个时候，张旺水农民的执着本性表露出来了，就是一定要给，你左丹丹必须得要。

左丹丹抬眼看见，几乎整个餐厅的侍应都过来看热闹了，如此僵持下去，肯定不是办法，于是提议：“旺水，你看这样好不好，这枚钻戒我肯定是不能要，我们去那家店换个别的东西如何？”

“行。随你。”张旺水把盒子放在左丹丹手里，松了一口大气，要了就好，至于换什么，随你。

左丹丹下午还要去赶另外一场，男主角是第三束鲜花的主人。第三束是几朵白色状如蝴蝶的鲜花，左丹丹叫不出名字，轻轻闻了闻，味道清新，和之前的红玫瑰相比显得淡雅许多。左丹丹马上就喜欢起来，同时也十分好奇，这是谁送来的？打开信封，一张信纸，满满全是字。

左丹丹细细读来，原来这花叫作姜花，生在南方，全身是宝，根茎可以入药，自古就被为政清廉、高风亮节者赏之。姜花象征淳朴、信赖、素雅、高洁，整张纸写的全是花的来历、介绍、寓意，最后面才写道："花如其人，祝生日快乐。马卫东。"左丹丹想不到马卫东有这样一手好字，而且这样有心，有新意，心中涌起丝丝感动。花如其人，淳朴、素雅、高洁，从来就没有人这样形容过左丹丹，甚至连她自己也没想过有一天会和这些词语有关联，自己从来都应该是物质、虚荣、艳丽、复杂，不知道马卫东同学是花了眼还是盲了心?

马卫东约左丹丹一起喝下午茶，酒店的咖啡厅，阳光从玻璃屋顶照进来，冬日晒太阳，是种奢侈，左丹丹半靠在沙发上，身上暖暖的，神情有些懒洋洋的。

"累了？"马卫东问。

左丹丹不好意思地笑："中午，旺水请客，贪心，吃多了。"

马卫东也笑了。

"姜花，第一次注意。挺好看的。谢谢。"左丹丹说。

"我在花店转了很久，觉得哪种花都不像你，突然发现这个，我也是问了才知道名字，姜花，觉得特别特别像你。"马卫东说。

"是吗？为什么？"左丹丹好奇。

"说不上，就是觉得像你。美得很干净，香得很清淡，很居家的感觉。你看那些玫瑰啊、百合啊、向日葵啊，都不像摆在家里的东西，姜花就可以，非常适合摆在家里，美丽又不张扬，香气也不浓烈。"马卫东顿了顿，上下打量着左丹丹，"很像你，真的。"

左丹丹琢磨着马卫东的话，很居家，适合放在家里，形容得够特别。

"丹丹，我今天早上又买了姜花，放在车里，一会儿下课的时候给你。"午饭后，马卫东走过来低声告诉左丹丹。

左丹丹笑着一个劲儿地道谢。马卫东非常有心，隔三岔五地就送姜花过来，有时是花店的人送来，有时是马卫东自己送过来，他并不多待，聊几句就走，甚至有时候，把花交到左丹丹手里，连门都没进就走了。

张旺水看见马卫东和左丹丹轻声细语，不免醋意上涌，但又不好说什么，讪讪地跟在后面。

刘振宇都看在眼里，心里不免觉得可笑，这两个大男人，围着一位漂亮女生，花时间费精力耗钱财……不是左丹丹不吸引他，只是EMBA的女生们个个都是母鸡中的战斗机。她们不是大学女生，没吃过没见过，仨瓜俩枣就打发了。她们不是极精明，就是极能干，不是有背景，就是有靠山，哪里招惹得起！尤其像左丹丹这样有姿色的女生，背景不知道有多复杂，别看不显山不露水，单是这个项目的运作就知道能力和手段都是上乘，加上口袋里的银子也不是少量，追求这样的女人，伤气动财，刘振宇是万万不会的。看着这两位仁兄前赴后继，只能感慨艺高人胆大。刘振宇的时间和精力全部倾注到谋划前途，权力光环之下，环肥燕瘦都会主动坐怀。

晚上，刘振宇已经约好金鑫，两人好好筹划基金的下一步。

一坐下来，刘振宇开门见山："我看了这个月的报表，账面盈利2000万，利润率30%，半年时间，成绩突出，辛苦了。"

金鑫听到如此赞扬，心中自然欢喜，不过，他也清楚，阳光基金成立于7月份，当时大市2700，现在3400，五个多月，大市也上涨了20%，有这样的成绩也在情理之中，更何况大笔交易都是刘振宇提供的信息和建议，自己只是执行和落实。

刘振宇从来都是态度谦和，有商有量，每次提过建议，总是说："你操盘，你自己决定，我只是建议，你再研究研究。"客套至极。金鑫每次都会仔细做足功课，看图表，做分析，照着刘振宇的建议做了，每次都证明刘振宇是对的，渐渐地，金鑫也不再装模作样地做什么分析调研，刘振宇如是说，金鑫如是做，赚钱是硬道理，短短磨合之后，配合默契，渐入佳境。

金鑫从心里感激刘振宇，一是杨阳基金早已扭亏为盈，跟着阳光基金的脚步，也有了不俗的斩获，对捐款的同学和杨阳的家人都有了很好的交代；二是，离开原来的鸡肋公司，事业有了新的开始，虽说大宗交易都是刘振宇的提议，但是在外刘振宇从来不说，而且每每强调都是金鑫主导，自己只提建议，从不揽功，让金鑫面子十足，现在以张旺水为首的那些同学大佬，见了他都是笑脸相迎。有一些没有参与阳光基金的人，都会主动过来打听情况，积极表示愿意参与。想到这里，金鑫说："有不少同学都问我，阳光基金什么时候开放？他们很想参与进来。振宇，你的意思？"

"英雄所见略同。不瞒你说，我今天找你也是为了我们阳光基金开放的事情。"刘振宇接口，"老兄，你的意思是？"

金鑫笑了，随口说："没有什么成形的想法，你的意思呢？"刘振宇每次问自己什么意思的时候，他必然是已经有了成熟的想法、缜密的计划，这个问题纯粹是客套，以前，金鑫还会当真，认真地说说自己的想法，刘振宇也会认真地听，然后补充，如实把自己的打算合盘讲出。每次听后，金鑫除了感慨想得周全，剩下的只能是同意和听从。他内心深处是极佩服刘振宇的，看问题有全局观，部署关注细节，他能做到今天的位置，绝对不是偶然，金鑫在这个圈子混了十几年，见的人多了，号称神童的、自诩小金手的、标榜天才的，但是像刘振宇这样的不曾遇到，怎么看刘振宇都看不到他的死穴，人总有软肋，除非他是神仙。很显然刘振宇不是神仙，也不是没有软肋，只是金鑫看不到，离得这么近，都看不到，可见藏得有多深。刘振宇的本事，不仅让金鑫佩服，也让金鑫有些害怕，金鑫总觉得刘振宇这张温和的面容后面还有一张脸。金鑫很渴望看看画皮的真相，但是又惊恐会吓出个好歹。

一如既往，刘振宇把自己周密的想法娓娓道来，金鑫边听边点头，同学之间筹募基金，刘振宇抓的都是要点，钱不是最重要的，手里已经有了近2亿的资金，资源最重要，政府层面的、企业层面的。政策永远是影响产业的最重要的因素，抓住不同部委的同学等于间接抓住了政府的不同部门。班里的很多同学都是企业主，在近期或是不远的未来都有上市的打算，即使他们没有，也可以鼓动、整合他们向这个方向发展。校友会是一个非常巨大而宝贵的平台，在这里面淘金，找到高含金量大矿的概率一定比在普通市场上瞎折腾高得多。刘振宇的很多想法和金鑫是十分吻合的，只是刘振宇想得更全面更深入，而且布局更细致。

“金鑫，我们这阳光基金再一开放，又要吸引不少资金进入，到时候，就你和我这两个人肯定忙不开。”刘振宇话锋一转，“我介绍一个帮手给你如何？”

金鑫知道刘振宇的任何提议都是有备而来，于是接道：“好啊。你推荐的人肯定不错。”

刘振宇笑笑：“你猜是谁？”

金鑫皱着眉头：“我怎么知道？”

刘振宇又笑笑：“你认识，我们同学。”

“又是同学，好啊。”金鑫口中应酬，心里不禁一惊。这刘振宇又找来一同学参与，是何意思？信不过我？怕我独揽大权？

“马君如。”刘振宇揭了谜底。

金鑫轻出了一口气，马君如，一女同学，不是金融从业人士，不过是过来公关、应酬、行政之类。紧张一松，好奇心又起了：“她怎么会过来？好端端的外企舒舒服服待着……”

“我把她挖过来的。你抓业务，她管公关、行政、人事……都是一把好手。”刘振宇说，“你觉得如何？”

金鑫听得出来，刘振宇这并不是和他商议，马君如加盟的事情已成定局，问自己意见只是走走过场，以示尊重。既然人家尊重自己，自己也要懂得回馈，于是，热情地呼应着：“当然好啊！君如是个人才！”

“那是，我花了不少口舌才说动她。”刘振宇这话确实不假。

当刘振宇问马君如是否愿意加盟阳光基金时，马君如很是惊诧。所谓好事不出门，坏事传千里。马君如辞职的事情，除了告诉陈玉梅，并没有和其他人提及，陈玉梅绝不是多嘴好事的人。这刘振宇消息如此灵通，而且，话语婉转，说是知道自己有打算另谋高就，就赶快抛过来橄榄枝。

刘振宇仔细介绍了阳光基金的情况，募集资金至少2亿，都是同学出资，目前利润率30%，马上要开放一次，希望可以再集资1亿。

“振宇，谢谢你这么看重我。可是，你为什么会选择我？”马君如终于还是道出了自己的疑惑。

马君如自度没有家势，没有后台，没有资金。有的那点儿优势，比如人脉，自己认识的那点儿企业主、高管，就投资这个层面，和这些同学的人脉资源相比简直就是小巫见大巫，再比如自己的公关能力，和这些口吐莲花的同学相比依然是小巫见大巫，所以，刘振宇为什么要力邀自己加盟？！

刘振宇看了马君如一眼，非常真诚地说：“为什么不是你？一年半的同学生活，我对你有了解。杨阳基金，你做监理，非常认真负责，每次会议记录从来都是第二天就发给相关同学；每个月的基金记录也都是账目清楚……没有任何回报的事情都这样负责任，我有理由信任你！另外，我们再次开放这个基金，其主要对象也是我们的同学圈、校友圈，相信你的实力大家也是有目共睹的，你是很有优势去做的。”

一番话，说得马君如自信满满、鼓起兴致迎接新挑战。

但刘振宇除了留在台面上的话以外，其实还另有内幕。

海南岛几乎是第一时间就听说了马君如辞职的消息，而且是马君如亲自告知的，面对面。马君如满脸的无奈倦怠和疲惫，让海南岛心中生出怜惜。马君如也着实是无人可以倾诉，抓住海南岛当了精神垃圾筒，多年的职场委屈倾巢而出，借着几分酒劲儿，马君如把过往那些尖刻的老板、难缠的客户一个个痛骂，尤其是这个澳洲婆！

海南岛的怜香惜玉之情非常实在。他马上张罗着帮马君如找新工作，而且要求待遇好、职位高。酒席间和刘振宇聊起，刘振宇顿时生出一个想法。让马君如来阳光基金，基金刚刚成立，现在都靠金鑫一个人打点，忙得昏天黑地。马君如虽然没在投资金融行业做过，但是她做过企业咨询，对金融投资都不陌生，公关能力又强，绝对会是金鑫的好帮手。这样一来，海南岛投资个几百一千万进阳光基金就更合情合理。还有更重要的，海南岛必然会领刘振宇的人情，这人情且不说以后，现在就有大用场。

药监局的李局虽然是陈玉梅的老公张建国介绍的，但是刘振宇很快就发现两人关系平平，甚至刘振宇隐约感到有些暗涌。同是一个圈子的海南岛和李局的关系可就非同一般，两个人不但是幼儿园、小学、中学的同班、大学的同校，而且真真正正是一起长高、发育、打架、挨罚的铁杆儿发小。李局几年前惹了点儿麻烦，是海南岛打着岳丈的旗号上蹿下跳地帮忙活动才平息了。若是要真正动用李局，单是利益也未必可以。没有信得过的人力荐，就是真金白银拿出来，人家也不要。

果不其然，刘振宇的想法得到了海南岛的极力称赞。当然，刘振宇也让海南岛更加刮目相看，而这种刮目相看也顺理成章地带到了李局那里。

马君如固然是个能干的女子，邀请她加盟阳光基金是没错的，在金鑫身边有这么个人制衡，非常合适。但这背后带给刘振宇的好处，确是更大的推动力。

刘振宇的诚意马君如是实实在在地感觉到了，简直就像是求马君如来帮忙，马君如似乎没有什么可以拒绝的理由，于是欣然接受。

“马君如过来，你就有更多的时间精力做业务了。”刘振宇对金鑫说。

金鑫点点头：“于险峰的药厂准备上市。我已经和他谈了一次。”

“我也听说了。也要和你说这件事情。”刘振宇说，“他怎么说？”

“老于，东北人习性，豪爽直率，他说，很多同学都找过他，数了数，咱们班、外班、上海班、深圳班，不下五六拨人，他很为难，都是同学，给谁做不给谁做？”金鑫说。

刘振宇点点头：“照你说，利润今年3000万，明年5000万，真是不错的项目。你继续跟进，去他药厂看看，而且问问清楚股份架构，老于不一定是大股东。还有，把他的上下游关系搞搞清楚。如果我们志在必得，就一定不能让他走了。”

金鑫频频点头。

“我们这次开放基金，老于没表示什么？”刘振宇问。

“说了，很有兴趣加入。”金鑫说，“他要是加入进来，没理由不让自己的基金投啊。”

刘振宇笑了：“就是这个思路。我估计十有八九老于不是大股东，拿的是管理股份，这次无论谁的基金进来，都会摊薄他的股份，他不会没有其他想法。找他好好聊聊。定个时间，我和你一起去趟他的厂子。”

金鑫答应着，突然想起来什么，问：“你上次说过要把一部分钱弄到香港，现在什么情况？”

刘振宇想了想：“我再落实一下那个项目，等落实了再调钱。”

金鑫点点头。

班主任最喜欢的EMBA学员非企业最成功，非最乐善好施，也非成绩优秀，而是每次都参加集体活动。每每到组织活动的坎上，参加人员召集总是个难题，继任阿姚的Sara着急也没用，并不是各位同学不给她面子。而是既然各位还是在读商学院阶段，就意味着大部分人都处于事业上升期，人又大多几近中年，平日里要打点的应酬和生活中的琐事早已让他们分身乏术了，再加上第一年的新鲜劲儿一过，人就更没热情凑趣参加活动。无利不起早，这是亘古不变的硬道理，既然除了大伙热闹热闹，互相开开半遮半掩的玩笑，没什么实质内容，参加聚会的人是越来越少了。

然而临近元旦，要隆重推出的元旦大派对则备受关注，因为报名踊跃，Sara不得不协调校方，临时换了一个能容纳更多人的酒店大厅。这当然不是大家在应酬繁多的年末发现同学之情可贵，而是这次活动的召集者比较得势——刘振宇和金鑫。他们联手合作的阳光基金表现华丽，听说新年后他们会择日宣布开放基金投资。会不会是在这次大派对上？两人被问到此事，总是神秘地笑笑，说肯定会有惊喜，希望大家都来热闹热闹吧。

好不容易场地和其他资源协调好了，又被告知这个派对的档期与学校要召开的另一个论坛时间和地点冲突。这个论坛是上海校区主导推进的，Sara并不知道原本自己是要被派到这个论坛做支持工作的，当她看到关于论坛内部支持人员名单邮件的时候，沮丧地找到陈主任说明情况。陈主任一副哭笑不得的表情，沉吟半晌道："你好好把班里的活动办好吧。下午我跟上海校方开个视频会议协调下。"

下午的视频会议，上海方出现了三个人，一个是对方分管教务的院长助理张子玉，一个是教务处的特别助理方小姐，以及上海校方公关部门工作人员Cindy。而北京方面，陈主任则招呼了活动处的两位同事以及即将在同一个场地召集活动的刘振宇和马君如。

刘振宇很奇怪，只是班级组织的小活动，会被叫到学校跟异地校方会晤。他在会议室外碰见活动处的小马特地停了停："马老师，上海校方要来领导参加我们班的活动吗？"

"呵呵，不是。"小马一脸不屑，"我们只是分校嘛，临近年底活动多了，要跟主校区协调资源。"

"哦，那要我们过来是为什么？"

"主校区要对全局有个整体把控嘛！"小马撇着嘴。

刘振宇早就听说过北京校区的陈主任胸有韬略，一心想把联合商学院在北京的市场做好。陈主任知道，在北京这个市场，F大星耀学院、D大经济管理学院、昆仑商学院都比联合商学院在不同方面有优势——F大星耀学院和D大经济管理学院背靠百年老校，其品牌亲和力更胜一筹，尤其是北方人更对这两所学府有很深的情结；而针对昆仑商学院在市场推广方面的大手笔，其实联合商学院是可以拼一拼的。陈主任有心树立联合商学院在北京市场的形象，就避免不了要在人权、财权尤其是招生权方面拥有更多的自主性。

但上海主校方并不买陈主任的账，并且严防陈主任和他的团队脱离上海主校方的领导。前次高尔夫球联赛出了小插曲，也三番五次被拿到桌面上来，上海校方认为，如果在这次活动中，有组织这类活动经验丰富的上海高尔夫球协会协助，就有可能避免上一次的混乱。基于此，年末是活动集中期，非常有必要认真地对接资源，搞好配合。

为此上海校方屡次电话过来协调，也不知道是北京校方临近年底人浮于事还是以前大家风传的北京校区和上海主校区面合心不合，Sara看着自己的顶头上司哭笑不得的表情，心里开始忐忑。

对视频会议内容刘振宇并不感兴趣，反正既然来了，就给陈主任捧个场呗，自己不过是做个眼观鼻、鼻观心的大背景。北京校方除了建议安排另外同事代替Sara协助论坛工作，基本不发言。

反而上海方负责酒店和车辆的方小姐与负责演讲嘉宾行程的Cindy争论不休，因为不同嘉宾到首都机场的航班不同，不能统一时间，而安排接机的车又不够。两位女士一位是吴侬软语这样好不啦，一位是温柔台普酱紫好不好，言语都客气得不得了，可惜话里有话，莲花生刺，你来我往，煞是热闹。

张子玉实在听不下去了，清了清嗓子："呃，Miss方，Cindy，不如我们听听陈主任什么意见？"说着，将脸转到了屏幕那一方。

陈主任不知道说什么好，心想你们自己意见不统一，还问我有什么意见。于是沉吟了一下回答："总之我们会全力配合这两个论坛的支持工作，对了Sara，你可以动员下你们班同学早点儿来会场，观礼完毕再去聚会嘛！"

Sara赶紧应声："好的，好的，我会给我们春季班统一发个通知短信。"

跟刘振宇一样，马君如也认为这个会晤不知所云，只是依稀闻到两个校区在言语背后隐隐的火药味道——有人的地方就会有江湖，还好还好，老娘要全身而退了！

马君如在奥华的离职流程已经办得差不多了，剩下的未尽事宜主要就是学费的争执。想那叶小姐在公司占尽风头，走时还想占公司便宜，那分明是在太岁头上动土。

正是找碴儿修理你的时候，你却这时候送上门来，叶小姐本就是个无风也起浪的人物，更别说自己送上门的肉了，当然是一口咬住，并且咬定不放松，定要咬出名堂才罢口——叶小姐坚持要马君如退还上一年度公司已经缴纳的EMBA学费，方式是从马君如的年度回款提成里扣除。

马君如找到Tim，希望老东家能网开一面，毕竟自己为奥华打下了半壁江山。她知道Tim坐山观虎斗一年多，发现新来的澳籍女子除了扫清办公桌边的障碍以外，还想顺便捅捅天花板，看看能不能再更上一层楼，替换自己做做中国区总裁的位子。这是Tim断然不愿意看到和面对的，于是他在斗争后期把天平暗暗向马君如倾斜。

而就算Tim认为马君如行将离职，不再是自己跟叶小姐斗法的棋子，马君如想，过河拆桥这一招老Tim是干得出来的，自己也留着一招后手——涌斯咨询的政府项目。

事实上，奥华咨询亚太区是很重视进入中国市场以来第一单跟有政府背景的机构合作的项目，这也是老Tim自认为能够在新的年度跟总公司浓墨重彩表功的重要一笔。马君如只要让老Tim知道，如果离职时公司在EMBA学费问题上为难自己，那涌斯咨询这边回款的后续沟通就让澳洲叶自己去显神通好了。

并且，本身是已经为员工支付的款项，离职的时候要生生讨要回来，马君如声明不排除去申请劳动仲裁，这类纠纷是外企最不愿意招惹的。一旦捅到国内媒体，那相应要付出的危机公关费用可远远超出了自己的学费，相信激素失调的澳洲叶再怎么嚣张，老Tim也不会因小失大。

两位外籍上司各怀心思。

叶小姐得知马君如拿到的年假确认以及学费报销批准都是老Tim放行的，气急败坏却也无可奈何。

到了临走那天，交回自己办公室钥匙，回转身，马君如忍不住一声叹息。

想来自己在这圈子，拼也拼了十几年，自己不做二奶，不攀龙附凤，不是官富之后，就凭自己的双手和头脑，勤奋加上好胜，一步步挨到今天，还是成了落水狗。够了，老娘真是够了，马君如不停对自己说。细盘算下，班上的基金红红火火，自己要好好跟进的话，一年的收益也抵过在这里辛苦卖命一载了，又何况在这里，自己的处境形同水火。人家赚钱，用脑用胆，自己呢，拼了大好青春，却什么也没捞着。

这十多年的职场生涯，都是想好了下招，甚至是算好后面几步棋才动，然而就算步步都算准，自己又能得到什么？更别说，眼前有这虎视眈眈的劲敌。罢了，罢了，真累了。人生总有一次，不为理性打算，只为着自己心的方向，做个决定。

于是冷眼对澳洲小娘的挤对，无论她如何明嘲暗讽，君如都一律冷静地回应。

大家也知道刘、金二位如果有事宣布也不会在开场白就抖搂出来。觥筹交错的大饭局本来没什么可说的，除了一个令人哭笑不得的小插曲——

从事药业的同学于险峰接了个电话，脸色阴晴不定。金鑫见状，借故敬酒坐到了于险峰身边，试探着问："于兄，你这是怎么了？和谁过不去？一脸的不高兴。"

"没有，没有。"于险峰矢口否认着，"没事，没事。别提了，提了烦心。"

于险峰的手机不停地闪，他就是不肯听，金鑫知道他故意把手机关了静音，于是调侃："老兄，你手机一直响，你躲债？"

"唉——"于险峰欲言又止。

"行了，兄弟，啥事能愁成这样，出来说——"金鑫把于险峰拉出宴会厅。

到了过道，手机又再闪动，金鑫示意他接听。于险峰按了接听键，顿时传出来一女子的厉声责骂，一连串的话语，听得出来那边是又哭又吵又闹，于险峰怎么安抚都不行，狼狈不堪，金鑫看不过眼，拿过电话按了关机。

因为电话那边的声音太过激烈，金鑫听了个大概——那边是在怀孕逼宫了。

"你什么打算？"金鑫问。

“打算？这——”于险峰说。

“分手？”金鑫问。

于险峰犹豫着，没有出声。

金鑫看得出来，于险峰心里有些不舍得，这老兄也是四十有五的年纪了，这把岁数了还动真格的，出来玩，就要花得起钱，下得了手，狠得下心，否则就是麻烦上身。“舍不得？有钱了，花样年华的大把大把。您老在这棵树上吊死，且不说你亏，人家也未必愿意啊。”金鑫决定好好点点他，“她既然已经出声了，您老就花钱了事吧。”

“可她没说要钱——”于险峰说。

金鑫被他说得不能不乐了，这老兄还真幼稚，以为人家要跟他生孩子过日子一辈子，这票女子金鑫见过不少，不外乎就是找个借口要钱，买车买房，狠的搞个怀孕。

是不是真怀孕还很难说，但这一笔看来是敲定了。于险峰临老入花丛，拿别人的借口当真。

“老于啊，不是我说你，你怎么总让女人拿着啊！”金鑫摇摇头，“那什么，听说嫂子这两天在北京，你还是踏实陪着吧。有必要的话，那边我帮你挡挡。”

于险峰连忙摆手：“不不，我的意思是，我现在去找她谈谈，你帮我支应下——”

金鑫一瞪眼，心想这老哥彻底脑筋搭错线了。

“她，就在过来的路上——”于险峰低声道。他没想到这女子这样沉不住气，不相信自己能够稳住后方，这样逼宫算是怎么回事呢，真是没劲了。

瞬间，于险峰希望自己下辈子都不要碰这种生物。都说江湖险恶，这温柔乡里比江湖更加可怕！

金鑫忍不住摇头，这老于同志如此没有革命经验居然也敢上战场，这次幸好是遇到自己了，下次，下下次，出事是迟早的。“老于啊，你真是老实人。这事你别管了。把她电话给我，其他的你就别管了。我肯定帮你妥善处理。”

于险峰将信将疑：“真的，我不用管了？”

金鑫笑了：“现在这个时候，你就是得陪嫂子！怎么，对我信不过？！”

“不是，不是。”于险峰急忙摆手，但还是忍不住问，“你不会……”

“毁尸灭迹？”金鑫接口，“老于啊，你看电影看多了。实话说，这号女人不过就是找个理由要钱，钱给了，各奔东西。你脸皮薄，自己出面，人家一哭二闹三上吊，你肯定就傻了，一定被她敲竹杠。我是外人，由我出面问题好解决。”

于险峰点点头：“那要多少钱？”

金鑫笑笑：“不用很多，你不用管了。”

“别啊，不能让你出。”于险峰急忙说。

“什么你的我的，几万的事儿，不算什么了。你专心把咱们基金的事情操办好，这是正经事。”金鑫半开玩笑半劝诫着，“钱有了，美眉会主动上门的。下次找个脾气好的。”

于险峰讪讪地走了。

若不是嗅到了于险峰背后那块肥肉，他是不会蹚这浑水的。金鑫拨通了那个叫小青的姑娘的电话……

眼见小青走进酒店大堂的酒吧，金鑫眯起了眼睛——确实姿色上乘，秀色可餐，落到于险峰手上，是有点儿可惜。

坐下来谈论的内容跟金鑫打的腹稿相去不多，不外乎价钱多寡。金鑫一开始还小心措辞，怕伤了面子就谈崩了，毕竟当时跟老于在电话里又哭又喊来着。后来发现自己的担心是多余的——小青小姐的情商不低，涉及金额的讨价还价非常冷静，想必是人家本来就是冲着钱来的，结果老于会错了意，还要寻找人生第二春，结果把人家给弄急了。再过一会儿，要不是投鼠忌器，金鑫几乎想把她挖到自己团队来做谈判前锋。

这个可不是开玩笑，以前金鑫的一个同行晚上去酒吧闲坐，遇到个失恋的女孩，千杯不醉。于是搭讪把她挖到自己公司负责接待客户，简直就是个酒漏，把三五个大男人喝趴下不在话下，晚上喝翻客户不说，第二天总能没事人似的准点儿来上班。每每提及，让人羡慕啊。

金鑫在最后谈妥之前略略走了走神，六位数搞定，也在情理之中吧。可惜了这块材料，这小美女好歹了解自己头脑的价值，而不是拼却自己这副皮囊，前途何止是这个数字再多两个零呢！远了不说，左丹丹美女就是一例。

走出酒吧，听到宴会厅散得快差不多了。金鑫给于险峰发了个短信："于兄，明晚赏光跟我和振宇聚聚，单独给你洗尘。"关上iPhone屏幕电源，金鑫舒了口气，念头又转向了另一个人——马君如，自己的新拍档。

话说前两天马君如已经开始断断续续地来办公室熟悉环境，也算是跟金鑫开始有交集了。谈好马君如负责公司的日常行政及维系校友关系工作，在金鑫看来基本上就算不痛不痒，而马君如的做派——金鑫老实不客气地认为不见得有小青小姐那么实用。

马君如这厢看阳光基金，更是大跌眼镜。她没想到，这个外人看起来牛哄哄的行业，公司规模都很小，尤其是自己加盟的这个机构，管理水平真是不敢恭维。

出纳兼行政张姐是个大婶，一说话舌头就进入抛锚状态，得连猜带问才知道她的本意。已经发生了几次跟送快递说不清详细地址，最后要马君如来接电话的情况。做数据资料分析的小赵，也是带着莫名其妙的口音，做出的表格永远要超出打印界面，更有甚者，居然有一次把数据汇总贴在Word文档里发了过来，搞得马君如要加总每个数字都得再用计算器算一遍。

马君如跟金鑫商量，可否让张姐的位置换个人，金鑫微微一笑，不置可否，就一句："你看着办。"交代小赵恶补下Office，小赵本人倒是诚惶诚恐，不过没过一会儿，金鑫从隔壁又踱了过来，表面上是要小赵跟进一个邮件，但在马君如看来，他过来的重点是用行动表示，小赵不容她来指手画脚。过不了几天，马君如恍然大悟，此二人都是金鑫的同乡，除了追随金鑫，他们就没去过别的公司。

马君如自认业务方面自己还是外行，应该多多汲取和学习，既然金鑫喜欢一言堂的局面，自己就先韬光养晦也未尝不可。

但是到了决策会议的时候，情况又变了。每次都是金鑫开场，但接下来的20分钟基本上可以当废片直接剪掉。刘振宇都会很礼貌地让金鑫说完，之后他的发言往往跟前者风马牛不相及。最后统一意见的时候，一定是皆大欢喜。

在大公司，这种时间和人力的浪费倒是不罕见，但在这样一个一进办公室仨瓜俩枣一目了然的小场面，还要这样曲径幽深，真是令马君如感慨。

大家都是同学，同窗之谊带来的信任没有亲情乡情来得天然，建立在彼此能力欣赏和利益互惠基础上的纽带，短期内还需要多多磨合。不是有教授研究家族企业的兴衰嘛，马君如想其实这样的同学企业，也是个好课题。

第十三章
真枪实弹

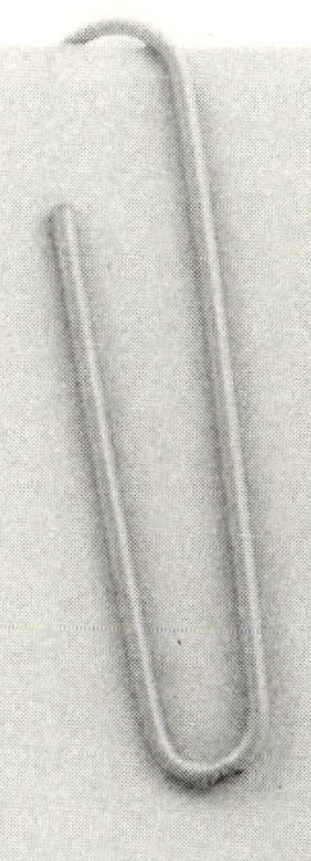

商学院笔记之囚徒困境

全知全能的上帝只有一个，我们都在半分明半模糊中摸爬滚打——

美人自认冰雪聪明，水嫩多汁，自然看不上自小暗恋自己的鼻涕哥，但不承想自己一心爱慕的高富帅当年尿炕尿得天荒地老，简直不是高富帅，其实就是尿得帅。

鼻涕哥和尿得帅为了赢得美人归，不惜铤而走险，犯了点儿事，因为盗窃财物被捕。警方在侦讯过程中在他们家中搜出了被盗的财物。但两人都指认对方才是汪洋大盗，自己对此事一无所知。于是警方在把他们隔离的情况下分别对他们表示：如果双方都不承认偷盗（合作），分别判刑2年；如果一方拒不承认而被另一方检举，将被判刑20年，而检举的一方可以无罪释放；如果双方都坦白认罪，将各被判刑10年。

美人泪涟涟地表示，她愿意守候3年，鼻涕哥和尿得帅谁先出来就嫁给谁，但是3年后会重新开始生活，接受别人的追求。

可怜的鼻涕哥和尿得帅，何去何从？

两人选择格局	结果
鼻涕哥、尿得帅都不坦白不检举（合作）	分别判刑2年，出狱后两人机会均等，重回起点；
鼻涕哥不坦白不检举（合作）尿得帅检举（竞争）	鼻涕哥判20年，出局，尿得帅释放，赢；
鼻涕哥检举（竞争）尿得帅不坦白不检举（合作）	鼻涕哥释放，赢，尿得帅判20年，出局；
鼻涕哥检举（竞争）尿得帅检举（竞争）	分别判刑20年，出狱后两人都已经出局。

于险峰急急忙忙地冲进包间，一见到坐等着的金鑫，不停地道歉：“真对不起，迟到了。堵车，堵车。你们北京可真是堵。”

金鑫笑了笑：“没事。堵车都心烦了，来，先喝一杯。”边说边倒了一杯酒，“我带的，30年茅台。今天，咱们哥儿俩好好喝一杯。”

于险峰一贯好酒能喝，并不推托：“哎哎，兄弟客气了，前两天的事情多亏兄弟！”举杯就干了，抿抿嘴，“不错，好酒。”

金鑫马上又倒了一杯：“既然是兄弟，客套话就不说了。咱们也别多喝，明儿还上课呢。就这一瓶。”

“行。”于险峰痛快地答应着，突然想起什么，问道，“振宇什么时候过来？”

“他有个应酬，要晚点儿。”金鑫答。

于险峰点点头，接着问：“我说——那个，小青没再给我打电话，情况如何？”

“嗯，趁振宇没到，我跟于兄汇报下。”金鑫除了短信约于险峰吃饭，这两天并没有打电话给他，知道他身边有个随时会引爆的定时炸弹。

“小青现在应该已经不在北京，说是赶着去试个什么

戏——”金鑫看着于险峰眼睛还是瞪着，“呃——估计她那个已经自行解决了吧，在给你打电话之前，补偿的事情，我搞好了，于兄放心，你也别问我多少了，反正并不离谱，大家都满意就行。”

“唉——”于险峰耷拉下脑袋。

“咋的？”金鑫促狭地学着东北腔，“老哥还一声叹息啊？真把自己当张国立啊？”

于险峰把手上的酒一口咽下，赶紧转了话题：“总之多谢金兄弟了！不过我知道你和振宇这次约我是有别的事，对吧？”

话说自己所在的至清药业打算上市，通常惯例企业在IPO之前做一轮PE投资。这消息像是长了腿，瞬间行业内、行业外的相关人士都知道了，不说别的，光是同学之间就有四五拨找他，不同班的、外地的、不同届的。于险峰觉得真是奇怪，他们都是什么鼻子，隔多远都能闻见钱的味道。于险峰其貌不扬，财不大气不粗，班里多他不多，少他不少，很少有同学会主动单独约他，现在自己瞬间成了抢手的香饽饽。熟不熟的，认识不认识的，都叫他于兄，亲热得连于险峰自己都不好意思，别人可都是从从容容。这个月来京上课，居然有几个同学主动要去机场接他，待如上宾啊。于险峰平时不多言不多语，但是脑子不慢，他非常清楚大家为什么突然这样待见他，无非是看中他手里的资源——至清药业。

于险峰在制药行业扑腾了20多年，也算是老行尊，但一路干下来，没有什么大作为，和他同时期出道的，现在有自己开药厂的，有成立销售公司的，有在外企做金领的，也有上了市退休移民的，也难怪连混江湖时间不长的小青都没看好他。

虽然没有大出息，但是本分人有本分人的运气——于险峰跟对了老板——至清药业的老板有魄力有胆识，十几年下来，至清药业也是行内响当当的企业。尤其是近几年，几款新药使利润直线上升，今年利润5000多万，明年可能再翻一番，后年有望上2亿。

于险峰从做基础销售到现在，是至清的元老，没有功劳，苦劳也是有的，上了市，手里的管理股份也是一笔不小的数目。前景乐观，人自然也就随行就市，于险峰最近也在同学眼里成了香饽饽。

至清药业的事情，于险峰说了是不算的，他自己心里很清楚。老板邱老爷子是个人精，没好处的事情绝对不做，没钱赚的买卖绝对不干。上市前融资，一是为了引进资金，更多是为了互换资源捆绑利益。

开高层会议的时候，邱老爷子已经说得很明白了，盯着至清药业的PE基金不下十几二十家，至清有利润，不缺钱，缺的是资源。能带来客户的，有销售渠道的，证监会、药管局和相关政府机构有过硬关系的……这些才是至清需要的资源，所以，一句话，想投至清的PE，必须有特别的资源，否则，这一上市不出三年，十几二十倍的利润哪里可以白白送给人？！这年头，投资处处有风险，二级市场操作风险大，楼市已经是风口浪尖，炒期货像和老天爷赌博，唯有投这样准备上市且利润递增的公司才有赚定的把握，所以，好的项目永远是肥肉，成群的狼都盯着。

于险峰被同学们的热情搞得有些难受，直接回绝，似乎说不出口，而且显得自己太没有话语权，于是乎，只能大打太极拳，对谁都热情友好，同时对谁都不置可否。四五顿饭吃下来，于险峰觉得有三个同学要特别对待，而且可以推荐给邱老爷子认识。上海班的老刘，他本人就是融资高手，投行里混得久，似乎证监会里的头头脑脑都可以指名点姓，而且投过医药产业，有成功案例；本班的伊宁大小姐，打着中创的牌子成立的PE基金来头自然不可小瞧，带着皇气和洋气，中创几乎就是证监会自己的孩子，没理由难为自己家投的企业。

再有就是班长刘振宇，按道理讲，刘振宇的阳光基金最是不起眼，规模不过是2亿多，新PE，没有任何成功案例，虽说刘振宇在股票行里是个金招牌，但是毕竟没有亲手操盘过PE投资，金鑫资历不浅，但是没什么名气和过硬的业绩。

可是，阳光基金，于险峰是投了钱的，300万，真金白银拿出来，而

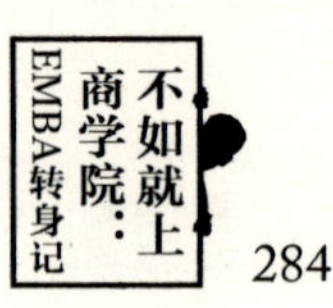

且期待一如刘振宇和金鑫承诺的，两年回本，三年开始盈利，五年会有几倍的利润。

当时投资阳光基金，一是因为班里的大户都投了，个个都是人精的都投了，可见有道理；二是知道了刘振宇上次组织炒楼狠赚了一笔，悔青了肠子当时没跟进，这次不能再错失了赚钱的机会；三是刘振宇是金字招牌、股票界的神童，让聪明人帮自己赚钱肯定不会错。

既然阳光基金有自己的钱，没理由不让自己的钱去生钱的，所以，积极推荐阳光积极参与是于险峰分内之事。要不然，自己也不会就这么生生领金鑫一个人情，顺水推舟地让他帮忙处理小青事件。今天晚上，于险峰推掉了其他同学的饭局，就是为了和刘振宇、金鑫好好商议一下如何让阳光基金可以在这次至清药业的PE选择中脱颖而出。

酒过三巡，金鑫切入主题："老于，你们这次融资，打算和几家PE合作？你们邱老爷子什么指示？"

"邱老爷子这人，我也和你说过，安条尾巴就是猴，精得不得了。现在找他的人多，十几二十家，他更是挑剔了。听他的意思，这次融资，不会超过四家。"于险峰说。

金鑫点点头，集资2亿，四家，每家均分5000万，边算账边追问："他已经确定了一两家了吧？"

"看意思，两家是肯定已经确认了，一家PE是他哥们儿整的，估计他自己也投了钱，还有一家介入得很早，基本算是发起人，跟了一年多了。其他的，都是最近听了风声才杀进来的，和我们一样。"老于故意把我们两个字说得很重，以示自己的立场。

金鑫当然听得明白，于是说："还有两个名额，我们依然很有机会。你看呢？老于。"

于险峰最怕回答这样的问题，肯定不能说没有机会，但是说有，自己可真是没有把握，每每被逼问到此要处，于险峰都只能大打太极，这次也不能例外。"机会肯定是有。不过，你知道，我们那个邱老爷子，不好对付，他的意思，进来的PE必须带着特殊的资源，只提供钱的，就免谈了。”

金鑫笑了，这是什么世道。拿着钱要给别人，别人还挑三拣四，现如今，钱多好项目少，至清药业，一年5000万的利润，明年翻番，难得的好项目，也难怪邱老爷子吊起来卖。“邱老爷子觉得什么是特殊资源啊？”

于险峰撇撇嘴：“无非就是政府关系，什么证监会啦、药管局啦，正管我们的衙门口如果有过硬的关系，邱老爷子一定买账。”

金鑫还是笑，这不是废话？！衙门谁不买账？！心里暗暗佩服刘振宇，果真又被他说中。抬眼看于险峰喝得面色红润，兴高采烈，于是直接问道：“听说你打算把伊宁和上海班的老刘也推荐进去？”

于险峰听到这话一愣，这EMBA的同学们怎么个个都是克格勃出身啊，什么消息都瞒不住，既然知道了，也不好再隐瞒，实话实说：“我和邱老爷子说了，我们同学很多做PE基金的，都有兴趣要投，我打算推荐三家，伊宁、老刘和我们。你知道，我不能只推荐一家。”

金鑫连忙说：“那是，那是。老于，你觉得我们有几分胜算？”

于险峰一听又愣了，几分胜算？自己哪里知道？！邱老爷子这老江湖拼杀了这么久，老谋深算且独断专行，自己虽然是个总经理，但是这样的大事，绝对做不得主，最多只是提提建议，而且听不听都在邱老爷子自己。更重要的是，于险峰清楚阳光基金无论是政府层面还是过往业绩到现在没有什么拿得出来的硬货。于是，又只能大打太极：“我还真说不好。融资这事我不懂，门道太多，我这不等着你们出主意呢。阳光基金是我们自己的，我肯定是拼了命也要让自己人投上。”

“拼命犯不上。老于，你有这个心有这信念最重要，我和振宇也都谈过，我们这次志在必得。只要合同一签，你的介绍费即可兑现，照行规，一到两个点，这是好项目，两个点。”金鑫说。

于险峰连忙摆手：“不要，不要，哪里还要介绍费，都是自己人。”

金鑫笑着说：“亲兄弟还明算账呢。规矩就是规矩，两个点，我们也不多给你。”

于险峰笑着，送上门的钱不好拒绝，举起酒杯：“兄弟，刚帮了我一个大忙，我还不知怎么——来，为了……”

“同学情谊。”金鑫接口，“别提别的，同学情谊在，什么事情都好办。”

“是。”于险峰热烈地回应着，接着就把小青的影子淡化在金钱泡沫的远处了。

举杯之后，金鑫说到了正题：“我和振宇的情况你也大致了解，在这行业混了十几年，证监会的头头脑脑我们也数得出来，话说回来了，在这行混了一定年头的，都说自己和证监会熟，上海班的老刘也是一样。”

金鑫说到此处顿了顿，看见于险峰使劲点点头，于是接着说：“但是，老于，你是行外人，你不清楚，这熟和熟还是很不同的。”于险峰全神贯注地听着，但是金鑫突然话锋一转，“振宇要升职了。”

于险峰一愣，然后马上应和着：“是啊！好事！恭喜啊！等他一会儿来了，好好喝一杯。”

“这事还没最后定，暂时保密着，我们是自己人，所以，和你透个风。”金鑫叮嘱着。

“知道，知道，保密，保密。”于险峰说。

“组织部的文件还没下。升是肯定的，只是去哪家还没定呢。”金鑫说。

“是啊，都在金融体系内吧？会不会去啥银行当总？”于险峰说。

“不知道。”金鑫说。

“振宇真是年轻有为。这次一升也是正处级干部了，以后前途似锦啊。”于险峰感慨着。

“是啊。振宇是走仕途的料。不过，这次升迁，是有后台力荐。”金鑫故作神秘地说，“要不，这么年轻，哪能升得这样快。”

“那可不。”于险峰说，“没后台，再有本事也没用。不知道振宇攀的是哪位？”

金鑫笑笑，并没接这个话，接着说自己的：“老于，我告诉你这事，是为了让你放心，咱们证监会的关系不是一般熟。”

金鑫显然是话里有话，于险峰琢磨了一下，原来伏笔在这里，上面有人，而且证监会也有人，明白了，于是又举杯：“再干一杯，为了振宇升迁！”

金鑫晃着瓶子：“酒喝得差不多了。我看今天也别再喝了，明天咱们还要上课呢。”

于险峰看了一眼手表：“振宇怎么回事，问问他啥情况？”

金鑫说：“他发短信了，路上，一会儿到。”

正说着，刘振宇推门进来了：“说什么呢？真热闹。”

“老于在吹嘘自己的艳史。”金鑫说。

于险峰连忙摇头摆手：“没有，没有。”

三个人少不了又开了几瓶啤酒，寒暄之后，刘振宇并不急着切入正题，兴致勃勃地说起阳光基金：“你们知道我刚才去见了谁？”

于险峰和金鑫摇摇头：“谁？”

“美女。”刘振宇说。

“重色轻友的家伙！”于险峰脱口而出。

刘振宇不恼，笑笑：“我去见了马君如，力邀她加盟！”

于险峰满脸惊讶：“是吗？君如很傲的，在国际大公司待惯了，愿意过来？”

“当然了。我们这里是自己创业，又都是同学的关系。她非常动心。”刘振宇看了一眼金鑫，“我的说服工作做完了，剩下的就是你金鑫的工作了！”

金鑫笑笑，他知道刘振宇今天有个重要应酬，提起马君如不过就是个说辞。

“马君如都要加盟了，可见我们的阳光基金前途不可限量。”于险峰说。

“是啊。”刘振宇附和着，突然话锋一转，貌似不经意地问于险峰，“你们那个新药的批文拿到了？”

于险峰摇摇头，这件事仅次于小青事件，让他头痛不已。

药监局这帮官僚，一拖已经是四个月，关系也走了，礼也送了，就是不见成效。邱老爷子每次问起都骂娘，药监局的官员们哪里听得到，于险峰就坐在对面，当然尽收耳里，貌似骂药监局，倒更像是骂于险峰，每每弄得于险峰如坐针毡般，这把岁数还被人如此数落，心中很是难堪。

于险峰有自己的苦衷，药监局刚刚换了届，以前的关系升迁的、调动的，几乎都离岗了。新来的领导都是新面孔，新官上任三把火是免不了的，况且他们谁也不认识，谁的面子也不用给，一切照章来。于险峰托人问了N次，总是说还在测试中。至清药业明年翻番利润就是靠这个新药，越早下线对生产越有利，拖一天都是损失。本来以前的关系都打点得差不多了，批新药不过是走走形式，现在一切真的要走流程，进实验室、临床，照这样拖个一年半载也不足为奇，于险峰正好借此机会好好吐吐苦水。

刘振宇和金鑫静静地听着，各有盘算。金鑫之前做了很好的功课，把至清药业的情况摸得很清楚，而且和刘振宇仔细研究过这个案子。

拿下这个项目，不外乎两点，一是药监局的关系，二是证监会的关系，两点做到一点就OK。证监会的关系，但凡做PE都会拍着胸脯说自己关系过硬，有似乎是个必须条件；药监局的关系才是重点，巧得很，刘振宇有这路子。金鑫不能不佩服这刘大班长，刘振宇出身一般家庭，和自己一样没有家势，但是一路扶摇直上，可见有本事，更有眼力和手段，这次搭上药监局的关系，更让金鑫吃惊于他的能力，比自己年轻4岁，心思和谋略却都像是年长了14岁。

刘振宇看到金鑫发的短信，知道他和于险峰聊的大致情况，没有意外之处。自己那边牌局没完，找个借口先出来一下，有的事情还是要自己出面和于险峰敲定。刘振宇根据金鑫的介绍大致了解了至清药业的情况，和金鑫意见一致，认为应该投。刘振宇非常清楚阳光基金是个小型新基金，和其他PE比，不具备任何竞争能力，除非自己有独特的资源。

老天爷要是眷顾你，哪里都是机会，经海南岛隆重介绍，刘振宇和药监局的李局见了面，海南岛果真说了那句话：“振宇，这是自己家的兄弟，他的事就是我的事。”

这么多年的情义，海南岛从来没有求李局办过任何事情，这次开口，李局没有理由拒绝，细细地听了刘振宇的介绍，然后打了个电话，回答很直率：“至清的新药可以批，也可以不批，你是想……”

刘振宇笑着说：“如果能批下来，我们就投。”

“我知道了。你等消息吧。”李局答。

两句话就定了格局，刘振宇心中感慨万分。

隔天，李局的电话到了：“至清这新药的审批手续正在走流程，可以快也可以慢。”

“明白了，李局。我这几天约您好好聊聊。”刘振宇当然听得出来李局的意思，快慢全在他一句话。刘振宇心中有了底，才告诉金鑫约于险峰出来聊。

“老于，照你分析，你们明年的翻番利润可靠这种新药啊。”刘振宇说。

“可不是嘛！所以我着急，别说我，现在邱老爷子也上火呢。他也是到处托人呢。”于险峰说。

“你说如果我们帮至清药业把新药批文的事情尽快搞定，这算不算帮了你们大忙？”刘振宇问。

于险峰一听新药批文可以搞定，顿时眉开眼笑：“那当然了！”

“那你说，融资的事情，我们阳光是不是肯定有份参与的？”刘振宇问。

“那应该啊！这可是特别资源！特别重要的资源！有药监局的这层关系，我想邱老爷子巴不得你们加入。”于险峰说，“振宇，你真能搞定这件事，我担保你，不是你，是担保我们阳光基金肯定可以加入。”

刘振宇笑着说：“是啊。我们可要占个大头。”

于险峰听刘振宇的语气淡定，而且口气不小，似乎新药的批文就在手里一般，心中不由得有些疑问，刘振宇不是医药行业出身，说他和证监会熟是情理之中，这药监局也熟，而且熟成这样，似乎不大可能，可又不能不信，这件事情关系重大，自己不便夹在中间，于是说："振宇，这样，我帮你安排去见邱老爷子，你直接和他谈。"

刘振宇正是此意，做事当然要和有话语权的主儿去谈。"老于，你约了时间，告诉我。我和金鑫去找你。"

"老于，我看你现在就约吧，不到十点，也不晚。正好振宇在，好对时间，免得约了这个，那个又没空。"金鑫接着说。

于险峰想了想也是，现在就打电话。于是，拿着手机出了包间。

"老于推荐了哪两家？"刘振宇看于险峰出去，抬头问金鑫。

"听他的意思，只是打算，估计只是和老板说了有这件事，肯定都没见呢。"金鑫说。

"你盯紧他。最好上完课就跟他一起飞回去，尽早落实。既然这个项目我们投了精力，搭了人脉，必须投成，而且努力占个大头。"刘振宇说。

金鑫点点头。这也是自己出来单干的第一个项目，而且是自己发掘的，必须做成做好，否则，以后在阳光基金这里就更没有话语权了。

一会儿工夫，于险峰回来，看脸上的表情有些异样。金鑫问："约了哪天？"

"随时，你们可以上完课跟我一起回去。我大概说了一下你们在药监局有熟人，具体的见面再聊。"于险峰说，但是语气并不怎么欢喜。

刘振宇和金鑫互望了一眼。金鑫开了口："怎么了？有什么变化，老于？"

"我刚才打给邱老爷子，你知道他一拿电话说什么？"于险峰看着金鑫和刘振宇，"你们肯定想不到。他说，老于啊，你的电话来得真是巧，我正和你同学吃饭呢。"

金鑫和刘振宇一听，都是一愣，心中同时在问，谁？

“你们肯定也想不到。伊宁大小姐居然亲自去了我们那穷乡僻壤，据说带着两个杀手，把半台的人都喝倒了。”于险峰揭了谜底。

伊宁，这位讲究到脚趾，高傲到头顶的大小姐居然去了这个六线城市，看来也是势在必得啊。金鑫问：“伊大小姐去，老于你不知道吧？没知会你一声？”

于险峰尴尬地摇摇头：“我还真不知道。她可真是神通广大。”

“是啊，按道理，不应该啊，伊宁是外企出身，最懂规矩，最讲礼数。老于，你得罪人家了吗？”金鑫的口气带着明显的挑拨。

于险峰此时心中有气，听了金鑫的话，只觉得窝心，忍不住愤愤地说：“我可是跟她说了，把她介绍给邱老板认识，她怎么也不等我安排，自己就去了，而且也不告诉我一声。这是什么意思啊？！还挑个我不在的日子，她明明知道明天上课啊。这叫懂规矩啊？！”

刘振宇默不作声，看了眼金鑫，又指了指手表。金鑫会意：“振宇，你有事先走吧，我再和老于聊会儿。”

刘振宇客气地打声招呼先撤了。留下金鑫和于险峰。于险峰免不了又是抱怨又是唠叨：“伊宁她要是这次来上课，我必须和她理论理论……”

第二天上课，金鑫一直关注着伊宁的位子，上午一直空着，下午刚一开课，伊宁穿着一件短皮草大衣进来了，精神抖擞。金鑫马上扫了一眼于险峰，果然，于险峰也在注视着伊大小姐。下课恐怕要有好戏上演了。果不其然，教授刚一说休息，于险峰已经迫不及待地冲到伊宁面前：“我有事问你。”

伊宁一点儿也不惊讶，一副早有准备的神情，客气地招呼着：“老于，我正要找你呢。”

两个人一前一后，出了教室，走到休息室的最里面。伊宁首先开口：“老于，昨天我去了你们药厂，见了你们邱老头子，聊得挺好。我开会的时候说了这个项目，公司里的一个董事刚巧认识他，当时就打了电话约了时间，走得匆忙，没提前告诉你，以为你肯定在，谁知道你上午就飞北京了。”

于险峰没想到伊宁一上来就坦坦荡荡地把话说开了，而且态度真诚大方，没有丝毫不好意思，令他有些猝不及防，酝酿了一整晚的台词一下子没了去处，只得僵在那里，没了声音。

只听得伊宁继续说着：“参观你们的药厂，规模很不错，和老邱聊得也挺好，这事情往下推进，还得和你再合计合计。”

于险峰本来是一肚子火，打算兴师问罪的，如今见伊宁说得有条不紊，而且把自己也放在项目里面，一副尊重、讨教的姿态，火也消了，肌肉也放松了，脸上有了笑容：“老邱什么意思？”

“老邱当然是有兴趣了。我们的背景，你也是知道的，不论是中方还是外方，都是响当当的，如果那些民间PE知道我们投了，他们肯定发疯似的追着投，你们马上就成了抢手的山芋。”伊宁一贯的高傲又回来了。

于险峰没吱声，心里很是不同意这种说法，至清药业的利润摆在那里，不用你们来投，一样是香饽饽，看看咱们这帮做PE的同学这么上赶着就知道。

“听老邱说，你还推荐了另外两家PE，都是同学。”伊宁问，“金鑫他们？还有一家是谁？”

“上海班的老刘。”于险峰如实回答。

伊宁撇撇嘴，心中不屑，都是杂牌军，于是说：“老于，你可是至清的元老，你也是有股份的，你推荐PE要对公司和自己负责，你要挑资历老的、资金雄厚的、有经验的，可不能和谁熟，谁给你好处多就推荐谁啊？！”

伊宁这样公然指责于险峰不负责任、贪小便宜，于险峰当然极其不悦，脸色顿时又阴郁了起来，而且马上出口反击：“你可别乱讲，我推荐他们两家是有明确原因的，他们都有特别的资源。”

伊宁挑了挑眉毛：“是吗？说来听听。”

于险峰本想把药监局的关系抛出来打压一下伊宁的威风，但是话到嘴边又收住了："不方便透露。"

伊宁撞了个软钉子，心有不甘，张口便说："能有什么资源？不外乎就是证监会的关系。我们可是证监会自己的孩子，说到关系，老于你是行外人，不明白，你去打听打听，我们是谁？"

伊宁张口外行，闭口你不明白，说得于险峰极为不爽，但也不便公开驳斥，于是说："证监会，大家都说有关系，是个PE就这么说，这个不重要，我们需要其他的资源。"

"什么资源？"伊宁自问自答，"专业的财务、管理、模式，我们算是专家。"

"这些每家也差不多，大家都是找专业人士来做。我们需要的是特别资源。"于险峰说。

"特别资源？"伊宁皱着眉头，"什么？"

"邱老爷子没和你说？"于险峰终于逮到机会出气了。

伊宁摇摇头，心里把昨晚邱老爷子说的话又过了一遍，似乎没提到他们需要什么特别资源，忍不住追问："你们需要什么特别资源？"

于险峰笑笑："这我不能说。你得去问邱老爷子。"

伊宁当然也听得出这是于险峰存心刁难，心里有气，但是也不好发作，调整了一下，突然说："老于，按照PE行规，你介绍的项目是会给介绍费的，你知道？"

于险峰摇摇头："什么介绍费？"

"他们两家都没告诉你？"伊宁盯着于险峰的脸问。

"八字都没一撇，成不成都早着呢，提什么介绍费，再说，那边是公司，这边是同学，两边都是自己人，要什么介绍费啊。"于险峰说得真诚坦率。

"那他们可真不实在。老于，行有行规，我们这行规矩更复杂，介绍项目成了是可以拿到介绍费的，我们这里1%。"伊宁说。

于险峰心里有谱，和金鑫他们差了一倍，不知道是伊宁克扣还是他们大基金就这个规矩，于是问："你们的规矩就是这样？1%？"

伊宁点点头。

“你知道其他PE的？”于险峰问。

伊宁笑了笑，心里琢磨着，这老于还挺贪心，唯恐我们给的少，于是说：“老于，其他PE我不清楚，应该有高的，因为这些小的PE基金，项目不多，看到个不错的项目肯定抓死不放，希望中间人可以从中使劲。但是，投资讲究的是实力，你们邱老爷子自己也说了，那些小的PE基金整天围着他，你们至清药业不缺钱，要的是牌子和资源。”

邱老爷子的想法，于险峰是十分清楚的。伊宁虽然人傲慢，态度嚣张，但是毕竟公司实力摆在那里，确实如她所说，如果他们投了，足以证明至清药业是好企业。刘振宇那边的关系，现在还只是听他一面之词，究竟是否可以落实，尚是未知数。邱老爷子的心思不好揣摩，谁知道他最后让谁来投，也许都有份儿，所以，于险峰决定谁也不能得罪，伊宁就是再烦人，为了那1%也要忍着。于是，他笑呵呵地附和着。

金鑫远远看去，伊宁和于险峰两个人相谈甚欢。他走到刘振宇身边，示意他看，刘振宇瞥了一眼，轻声说：“放心，一切照计划。”

第十四章
到底谁坑谁

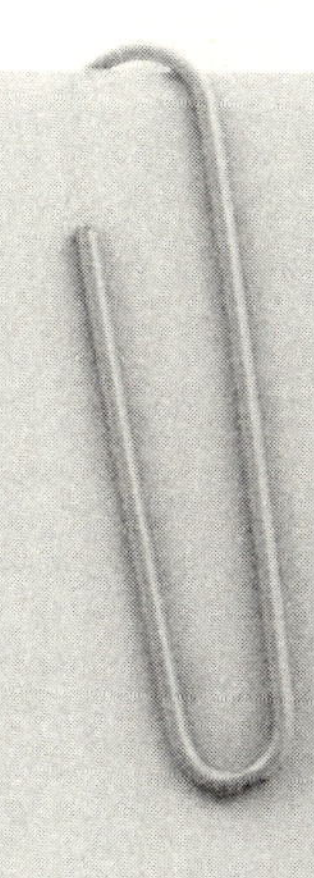

商学院笔记之道德风险

风险，即结果的不确定性。不做事，没结果，也没风险；做事，就有风险。

何为经济学上的道德风险？

道德风险是20世纪80年代西方经济学家提出的一个经济哲学范畴的概念，即“从事经济活动的人在最大限度地增进自身效用的同时做出不利于他人的行动”。或者说是：当签约一方不完全承担风险后果时所采取的自身效用最大化的自私行为。

比方说你是单亲爸爸，答应了五岁的儿子周末去看电影，但是那一天你一直心仪的她约你吃浪漫晚餐，结果你没有对儿子兑现承诺。再说白点儿，就是说话不算数。

金鑫坐在办公室内，用手指不断地敲打着桌面，一脸的焦虑。他刚刚收到来自香港的电话，被告知阳光基金的款项全部被人转走，去向不明。一个月前，金鑫按照刘振宇的旨意，陆续把阳光基金部分款项转到香港，意在参与某H股的二级市场运作，到上周五为止，共转了接近1亿人民币，如果是全部转走，也就是整整1亿被转走。为了这次操作，金鑫本人亲自跑了几趟香港，而且与刘振宇仔细协商并核对过转款出境的细节，一切都看似安全、妥当、可控，只有刘振宇和金鑫知道具体的途径、户头、密码。这笔款项按道理是不可能出意外的，除非是刘振宇和金鑫出了意外。金鑫好端端地坐在办公室内，完全没有意外。

金鑫放下电话第一个反应就是马上联系刘振宇，出乎意料的是，刘振宇居然没有开机，金鑫看了一眼手表，上午十点半，刘振宇到这个钟点还在睡觉？几乎不可能。尤其今天是周一的上午，通常都是例会，而且刘振宇一贯都是24小时开机，除非在飞机上。金鑫想了想，最后一次和刘振宇通话是上周五上午，没听说他要出差啊。金鑫发了短信给刘振宇，内容很简单：十万火急，速回电话。

刘振宇几个月前就提及把阳光基金的部分现金转到香

港，以便参与某H股的二级市场运作。按照刘振宇提供的信息，金鑫仔细研究了这只股票，觉得大有作为，而且香港没有涨跌停板，操作起来更会痛快淋漓，所以金鑫一如既往地相信刘振宇和他的提议，马上开始落实款项转出事宜。

数额巨大，为了安全起见，金鑫亲自跑了几趟深圳。每次去深圳，照例都会和当地的同学们聚聚，一次聚会之后，伊宁主动邀请金鑫喝茶，很明显要和他单独聊。金鑫本有些抗拒，自始至终，伊宁和金鑫都不合拍，伊宁那副居高临下的架势，让金鑫心里很不舒服，再加上于险峰的至清药业融资的事情，致使他们之间的关系更加紧张和敏感。不过，女同学主动邀请，不去似乎显得太过小家子气，于是还是痛快地答应了。

伊宁开门见山，一坐下便说："老于那件事，你们有什么打算？"

金鑫一愣，果真是女强人，气势如此强劲，丝毫没有迂回。于是，也很直接地说："我们打算投啊。你们呢？"

伊宁点点头："我们当然也是要投啊。听他们老板说，你们似乎和药监局的关系很近？"

金鑫笑笑，没有接话。

"你们真够厉害，什么门道都用上了。以前，我还真不明白，为什么我们这样有财有势有背景有资源的大基金斗不过你们这样的小私募，现在看来鼠有鼠道。"伊宁的口气虽然透着很多的不屑，但是依然听得出醋意。

金鑫还是笑笑，没有接话，伊宁一贯话锋犀利，鼠有鼠道，谁是鼠辈？

"我们肯定是要投的，而且邱老爷子也是明白人，我们这样的基金投了，只会给他们增光争脸。不过，你们要是也投了，我倒是有些惊讶。"伊宁丝毫不掩饰自己的观点，自顾自地说着，"你们没业绩没历史没背景，如果真是被选中，可见关系在中国比什么都厉害。"她抬眼扫了一眼金鑫，"你们也真够厉害的。"语气听不出是讽刺还是赞扬。

金鑫更不便接话，默默听着伊宁的诉说。投资至清药业的事情，基本已经谈妥，新药的审批手续这个月就可以下来，投资合同就在金鑫手里，只是一两个细节还需要再确认。至清药业这次融资1.5亿，十几家PE在争抢，最后四家参与，阳光基金占了三分之一额度，拿到5000万，其他三家均分1亿。

这个结果一旦公布不只伊宁大跌眼镜，在行内都会引起骚动。伊宁所在这家根正苗红，招牌很响，带着洋味和国味，被选中情理之中；另一家是邱老爷子的死党，等于是自己人投自己人，势必参与；还有一家是专门投健康产业的资深PE，成功案例多，在行内极有口碑，被选中也是意料之内；只有阳光基金名不见经传，这次能够突围而出，全倚仗刘振宇在药监局的关系和周密的部署。

金鑫不能不佩服刘振宇，如果不是他的巧妙安排，不要说拿到如此大的份额，就是挤进去占个小份额也是妄想。说来也是凑巧，至清药业的新药在药监局里待批，已经等了三个月，急得于险峰提着猪头乱找庙门。至清药业明年的利润飞跃全指望这种新药了，所以，尽早拿到批文，就是尽早赚到钱，就可以尽早上市。阳光基金的运气极好，一如伊宁所言，不出名没背景，但是劲儿用得巧，小药医了大病，邱老爷子自从见了药监局的李局之后，对刘振宇的那份感激不言而喻，刘振宇一开口要这5000万额度，邱老爷子马上痛快答应，看不出丝毫犹豫。

整个过程，金鑫都是亲身参与，和刘振宇搭档，红脸白脸地呼应着。金鑫一直自认为自己人情练达、世故通透，但是和刘振宇比起来，自己就显得痕迹太露。刘振宇也吹捧也奉承，但是不显山不露水，话说得含蓄得体，对方听得总是春风拂面，舒舒服服。刘振宇在什么场合对谁，态度都温和诚恳，金鑫在旁边观察，难免觉得不真实，但是也挑不出毛病，是一种真诚的虚伪，更何况千穿万穿马屁不穿，所以，对于刘振宇，人们总是马上表现出喜欢、欢迎和信任。对于金鑫来讲，刘振宇也是一样真诚的虚伪者，选办公室、招人、平时买卖股票全部交由金鑫负责，从不多言，但凡有话说，总是加上“这是我的建议，你操盘，你决定”。结论需要实例支持，和刘振宇相处的点点滴滴积累起来的都是信任，金鑫虽然心中偶尔也会猜测刘振宇这张真诚面孔后面的模样，但是事实胜于雄辩，至今为止，刘振宇的所作所为，无论是拉他加入阳光基金、全权授权，还是在同学中帮他树立威信，都让金鑫不能不充满感激。

“药监局是你的关系还是刘振宇的？”伊宁穷追不舍打断了金鑫的沉思。

金鑫依然笑笑，不接话。

伊宁撇撇嘴：“怎么了？还保密啊？！都是同学，端什么架子？资源共享啊！我们还准备投一个医药项目，你们要是关系过硬，可以一起参与？”

金鑫笑着说：“在伊大小姐面前，我哪里敢端架子。承蒙您看得起，我们巴不得和你们这样的大基金合作。”

伊宁笑了：“回头我把资料给你看看，我们再具体聊。至清药业的投资，你们肯定是入围了，对吧？”伊宁问。

金鑫反问：“你们难道没有入围？”

“肯定入围。要不，这邱老头儿也太没有眼力。不过，给的份额不够理想，只有3000万。”伊宁又是习惯性地撇撇嘴，“你们多少？也是3000万？还是2000万？凭什么给那两家那么多？！”伊宁哪里想到金鑫他们会拿到大头。

金鑫不便说破，只能说：“现在还在谈，具体额度还没有定。”

“你们既然有药监局的关系，还不狠狠地要一大份。有风就要驶到尽，这邱老爷子十分滑头，我听到他以前不少故事。你看看老于，跟了邱老爷子十几年，工资不高，分到的股份也是芝麻大……你们当心替他办了事，他不认账。”伊宁说，“政府关系通常都是成事，成了事再坏事，断断没有这个道理。你们也要小心。不过，你和刘振宇都是人精，用不着我来提醒。”

金鑫非常认同伊宁的话，自己也打听过，这邱老爷子待人确实不是十分厚道，经营手段也很狠，与他合作，要打起十二分的精神。虽说伊宁态度嚣张，气势凌人，但是话说得很直接，提醒得也很到位，不免有了几分触动，频频点头："谢谢提醒。"

"都是同学，互相提醒提醒都是应该的。"伊宁客气着，"你们阳光基金怎么样？大赚特赚吧？有什么消息可以透露？我也沾沾光。"

金鑫笑笑，突然想起什么："我们最近打算参与H股的二级市场运作。正好有个事情向你咨询。"

伊宁扬了一下眉毛："请讲。"

"你们基金是否也做H股？"金鑫问。

"当然了。我们在深圳，怎么会不参与H股买卖。"伊宁说。

"我能问问，你们的钱是怎么弄到香港去的？"金鑫问。

伊宁看了金鑫一眼，笑了："你可真有意思。外汇管理局的探子？"

金鑫也笑了。

"渠道就是那些，你肯定都知道。合法不合法暂且不提，安全妥当最重要。"伊宁说得很中肯。

金鑫点点头，大概把转款的操作模式说了一下，并没有说具体的数额，然后问："你觉得有什么不妥？"

伊宁听得极认真："没有什么不妥，市场上都是这个做法。不过，打到私人账户，又在境外，你们随时可以卷款私逃啊。"边说边笑，"其他同学不担心？"

金鑫也笑："逃到哪里去？做什么？"

伊宁也笑："加勒比海晒太阳啊！干我们这行的，每年都有几个出走的。"

"那都是钱挣够了还不知道收手的。"金鑫说。

"够？你说说看，多少算是够？"伊宁问，"30年前，万元户是富翁，20年前，百万富翁，10年前千万算是有钱人，现在呢？1000万买不了一栋别墅。现在就是有1亿，10年之后呢？那时候是什么天下谁知道。"

金鑫想了想，感慨地附和："有道理啊。这年头，到底多少钱算是够？"

人心不古，世事难料，金鑫现在想起伊宁的调侃不免心中一寒，钱都打到刘振宇名下的私人账户，他知道密码清楚手续，他有携款私逃的条件，但是金鑫想不出刘振宇有携款私逃的动机，就是为了这1亿？！刘振宇10年前就是金牌基金经理，手里的钱没有1亿，几千万肯定是有的，单单为了钱，抛下大好前途，背井离乡，隐姓瞒名，而且拖家带口……不太可能，因为实在不值得，手里一把好牌，为什么要弃权离席呢？

金鑫知道刘振宇有妻儿，但是从没见过，妻子在哪里工作，不知道；孩子在哪里上学，不知道；金鑫知道刘振宇住在东边，但是具体哪个小区，不知道；家里电话，不知道……金鑫不由得头皮发紧，如果刘振宇真的失踪了，自己应该怎么办？

找马君如！金鑫突然想起来，马君如也是合伙人，而且马君如的进入完全是刘振宇的提携，他们俩的关系应该非同一般。刘振宇的去向马君如应该一清二楚。

金鑫立即拨通了马君如的手机，无人接听，从拨号的声音，金鑫听得出来是在境外，也就是说马君如在香港。如果刘振宇也在香港，他们俩会不会在一起？这一想，不能不让金鑫出冷汗。不过，马君如的手机依然开着，也许她一会儿就回电话了。

金鑫一边等着马君如回电，一边开始查找刘振宇公司的电话，终于，拨到总机，报了名姓之后，前台顺利地把电话转接到刘振宇的办公室，一个甜美的声音传过来："您好，金先生，刘总不在，请问您找他有什么事？要不要留言？"

"我找刘总有急事，他的手机没有开。他是否出差了？"金鑫问。

"刘总今天去海南岛。可能在飞机上。"秘书答。

"今天去海南岛？"金鑫重复着，"刘总亲自打电话说的？"

"刘总发邮件告知的。"秘书答。

"什么时候发的？"金鑫问。

"您等一下，我看看。"秘书边查边说，"周日晚上。"

"谢谢。如果刘总和你联系，请你转告我有急事找他。"金鑫说完

挂断电话，心中一下子释然了。

刘振宇去海南出差，一切都正常。以往出差，刘振宇也不会提前和金鑫打招呼，只是现在事出突然，而且事关重大，金鑫有些心惊和心慌，不由得胡思乱想。一切如常，没有意外，下午，刘振宇一到海南，看到短信定会第一时间联系自己，金鑫重重呼出一口气。

这时候，马君如的电话也到了："金鑫，你找我？"

"君如，你可回电话了。有个事情……"金鑫突然收住了口，既然刘振宇一切正常，这笔款项也许是他调用去运作，这件事要不要告知其他人？金鑫犹豫不决。

"有什么急事？"马君如问。

金鑫最终决定暂时隐而不发："也没什么，我老婆想托你买个手袋。"

"行，没问题。你把牌子、型号、颜色发给我，购物我在行。"马君如痛快地答应着。

"好的，我让她直接发给你，你们联系吧。谢谢，君如。"金鑫说毕挂断了电话。现在剩下的就是等刘振宇的回复。

3月的北京，乍暖还寒，六点左右天已经黑透了。金鑫独自坐在办公室里，望着窗外，万家灯火，路上车水马龙，每每站在窗外眺望外面的景致，心中总是有种居高临下的骄傲和得意，但是今天，站在窗前，突然有了种畏高的恐慌，腿发软，头发晕，心里被焦虑和不安紧紧填满。刘振宇到现在也没有音信，刚刚打过他手机，依然关机，打到公司，秘书说刘总没有来过电话，音信全无。金鑫不停地深呼吸，不断地安慰自己，一个大活人不会说不见就不见了，刘振宇一定是忘了开手机，出去约会，手机丢了……金鑫给刘振宇的失踪找了无数的理由。放在平时，金鑫和刘振宇也不是日日见面时时联系，两三天不来往也是常事，但是今天不同往日，1亿不知去向，亿万火急啊！

金鑫决定不能再干等了，于是又拨通了马君如的电话。

"你老婆没联系我啊，我明天就回京了。"电话那端传来马君如的声音。

“君如，有个事情，必须要告诉你。”金鑫觉得自己的口气像是通知死讯，“今天我被告知我们香港账户的钱被转走了，不知去向。”

“不知去向？！”因为是长途，信号并不十分清楚，马君如只听到“不知去向”这四个字，忍不住问，“什么不知去向？谁不知去向？”

“我们在香港账户的1亿不知去向，刘振宇不知去向。”金鑫的回答清清楚楚地回荡在马君如的耳中，只是马君如一时错愕，并不确定自己听到的是否正确，于是，问道：“你是说，刘振宇携款私逃？”

“我不确定，但是钱不见了，刘振宇也不见了。”金鑫说。

“为什么？怎么会？”马君如脱口而出。

“是，我和你一样，也在不停地问为什么，怎么会。但是我今天到现在都无法联系上刘振宇，他的手机关机，公司秘书说他去海南出差。君如，你觉得我们……”金鑫问。

马君如沉默着。

“君如，你还在？”金鑫问。

“在。”马君如努力压制着自己的震惊，“照你的说法，你只是至今还没有联系上刘振宇，还不能完全确认刘振宇携款私逃？”

“是。”金鑫答。

“那么，首先，我们需要确认刘振宇是否失踪了？”马君如说。

“对。”金鑫答。

“然后再查询这笔钱到底去了哪里？”马君如说。

“对。”金鑫答。马君如的冷静感染了金鑫，金鑫收了收心思，理了理思路，接着马君如的话说，“我来确认刘振宇的去向。君如，你在香港，你明天去银行确认一下这笔资金的去向，我一会儿把相关的信息发邮件给你。”

“明早我去银行，然后就回京。”马君如顿了顿说，“金鑫，你通知其他人了吗？”

“还没有。”金鑫答，“君如……”

“什么，你说？”马君如问。

"你没听刘振宇说过什么？"金鑫问。

虽然隔着千山万水，马君如也听得出金鑫的怀疑。"没有任何异样。"马君如语气坚定，然后接着说，"找旺水商量一下吧。"

"好的。有事随时联系。"金鑫挂断了电话，立即就拨通了张旺水的电话，"旺水，你在北京？"

"是啊。"张旺水说。

"你现在有空？"金鑫问。

"怎么了？"张旺水问，"有什么好事？"

"有急事，见面说。"金鑫说。

两个人约在酒店的咖啡厅见面，金鑫到得很早，要了一杯咖啡焦急地等着张旺水。一会儿看见张旺水急急忙忙地走进来，连忙起身招呼。

"什么事啊？瞧你急的！发大财的事情？"张旺水说。

金鑫苦笑了一下，待张旺水坐下，把事情的来龙去脉讲了一下。这下，张旺水真的安静了下来，沉默，可怕的沉默。张旺水沉思了一会儿，拿起手机："帮我查查一个人的出境记录，刘振宇……"

金鑫坐在张旺水对面，听他托海关的朋友查询刘振宇的去向。挂断电话，又是可怕的沉默，两个男人就这样呆坐着，张旺水忍不住问金鑫："你觉得最差的情况会是什么？"

金鑫摇摇头，他实在不愿胡乱猜想，更不敢妄下断言。

"学校是否有他的家庭住址？"张旺水问。

"我查过了，没有，通信地址登记的是公司地址。"金鑫回答。

这时张旺水的手机响了，张旺水低语了几句谢谢，脸色极难看地挂了电话："刘振宇周五上午乘坐港龙十点的班机从北京去香港。"

意料之外，情理之外，刘振宇周五下午还和金鑫通过电话，想必那时他人已经在香港，也许刚办完了转款手续。可是，金鑫就是不明白刘振宇这样做到底是为什么？无论如何，他不能相信，刘振宇只是贪图这1亿。难道之前的升职、证监会的关系，包括药监局的人脉都是饵，就是为了赢得信任，目标就是这1亿？道理不通，情理不通……

“君如在香港？”张旺水问。

“是，她说自己完全不知情。”金鑫答。

接着就是沉默。两个男人面对面坐着，想着同一个问题，只是谁也不好说出口。马君如会不会知道刘振宇的去向？

“君如明天就回来。到时候再问吧。”金鑫疲惫地说，“今天晚上，我把账目理清楚。明天上午我去一趟刘振宇的公司，如果没有确实消息，我们就报警吧。”金鑫说。

张旺水点点头：“也要通知一下其他同学了？”

这是最让金鑫头疼心痛的事情，之前的杨阳基金搞得金鑫灰头土脸，好不容易翻身得了解放，倚仗着阳光基金的出色业绩，在同学中间赢回了搭肩击掌、称兄道弟的信任，现在出了这特大意外，如何交代？如何面对？如何解释？金鑫知道这件事绝对不能瞒着，而且务必尽早披露，免得拖得时间长了，落个包庇的嫌疑，自己本就难以撇清关系，这个时候更要小心谨慎。于是，他点点头：“明天下午？我一早就去他们公司，然后电话你。最迟明天晚上，大家务必见面碰一下。”

张旺水叹口气：“怎么可能呢？刘振宇携款私逃？他图什么啊？！就那1亿？！”张旺水也是百思不得其解，“你不是说他要升职了吗？升官在即，出逃做什么啊？！那个钱，就凭他刘振宇怎么也能挣到了。大好前程就这样断送了？”

金鑫也是口中叹气，心中疑惑，到底出了什么事让刘振宇出此下策，逃之大吉？

“你说，会不会振宇出了什么意外？得罪谁了？结了仇？按理说，不会啊，他那个性，怎么会得罪人？”张旺水絮絮叨叨地说个不停。

金鑫宁愿刘振宇出了意外，而不是携款私逃。“我还要尽快跑一趟香港，去查查户头的具体情况。看看这钱转到哪里去了。”金鑫看了一眼手表，“很晚了，我回去休息了。今天太累了。”

张旺水抬眼望着金鑫，张口却没说话。

“你放心，我不会跑。我把家里电话、地址都给你。我老婆孩子都在北京呢。我哪儿也不去。”金鑫说出了张旺水的潜台词，“我今天正好没有开车，你送我回家吧，正好上来看看我们全家是不是都在。”

金鑫的直白倒叫张旺水很不好意思：“哥们儿，别这么说。你也知道，出了这样的事情，实在是太意外……”

“理解，理解。我的心中也全是寒气。”金鑫摇摇手，截住张旺水的话。两个人都深深地叹口气，无精打采地走了。

一夜的辗转反侧，金鑫迷迷糊糊刚要睡去，突然闹钟大响，他一个激灵，迅速坐起身，想起这一天要面对的考验和折磨，顿时头疼欲裂。金鑫望着镜子里的自己，脸色铁青，两眼通红，黑眼圈，肥厚的眼袋，满脸的胡楂，而且突然发现自己两鬓的白发一下子变得密密麻麻，镜子里这个人憔悴不堪，一副不得志的老男人形象。金鑫不相信也不能承认这就是自己，自己应该是意气风发的、精神抖擞的、踌躇满志的，就算最坏的情况发生了，不外乎就是刘振宇携款私逃，自己全然不知情，也是受害者，越是这个时候，越要保持冷静，金鑫提醒自己必须打起精神，修饰好皮囊，该来的总归都要来的。

金鑫坐在建奇证券的会客室里等着。他一早就电话过刘振宇的秘书，得知刘总依然全无消息，所以，金鑫一到前台就明确表示有极其重要的事情一定要面见刘振宇的直属上司。前台安排他在这里等待。一会儿工夫，秘书模样的年轻女子进来：“您有什么事情啊？刘总很忙，上午没有时间。要不，您和我说，我帮您转达。”

金鑫很不耐烦地打断她：“刑事案件，涉嫌诈骗，我怀疑你们刘总携款私逃了？我需要和你们确认之后报警，你去转达吧。”

秘书一脸惊慌地走了。

十几分钟过后，门终于开了，一个矮胖的男子走进来，那位秘书小姐跟在后面，立即开口介绍：“这是我们吴总。”然后面向另一位中年妇女，“这是我们人力资源部的范总。”

金鑫做了极简单的自我介绍和情况介绍，然后直白地表示：“请问你们是否联系上了刘振宇或者他的家人？如果没有，我马上就报警。”

那位人力资源的范总看了一眼吴总，吴总点点头，算是默许了，于是说：“我们也联系不上刘振宇，而且我们联系过刘振宇爱人单位，得到的答复也是联系不上。昨天我们派人去了他家里，家里没人开门。我们也打算今天报警。”

乍一听，这话说得得体严密，但是金鑫细细一想，觉得有诸多漏洞，昨天自己电话过刘振宇秘书，得到的答复是刘总去海南了，既然去了海南出差，公司为什么要当天派人去家里查看？而且联系刘振宇家人？难道一早就知道刘振宇有出逃的可能性？刘振宇出了什么事情？既然已经知道刘振宇出了事情，为什么不昨天就报警？还要等到现在？一连串的疑问在金鑫的脑子里翻涌：“刘振宇到底出了什么事情？”

范总看了一眼吴总，答：“我们也不清楚，现在只是知道联系不上他。”

金鑫看出来了，想在这里拿到答案是不可能了。不过，坏消息永远传得最快，而且传得最详细，自己总有办法知道实情，于是说：“那现在就报警吧。”

房间里的几个人面面相觑，吴总终于开口了：“我们周一已经报了警。只是事情比较特殊，所以尽可能地控制在小范围内。”

金鑫又一次惊讶。已经报了警，看来事出有因，刘振宇一定是在公司里出了事情。证券公司出事，不外乎就是内幕交易、挪用公款，刘振宇如此精明老道，怎么会被抓住把柄？！生活中惊吓总是多过惊喜，在警局做了笔录之后，金鑫急匆匆地赶赴另一个意外的约会。

金鑫在咖啡店门口已经看到等他的人。这家咖啡店并不是著名的连锁店，坐落在使馆区的街口，门面极不起眼，落地的大玻璃窗，等他的人神情落寞地坐在最里面的桌子旁，目光游离，金鑫招招手，对方居然全无反应。金鑫推开门，迎面看见一个外国老头儿和一个外国老太太，热情地招呼他，金鑫听不懂他们在说什么，但是知道这是法文，客气地笑笑，店面不大，不过五六张小圆桌。金鑫静静地走到陈玉梅身边，坐下。

陈玉梅这时才注意到金鑫，抬起头，招呼："喝点儿什么？"

金鑫笑笑："随便。咖啡。"

陈玉梅扬声向那法国老头儿说着。

金鑫惊讶于陈玉梅流利的法文："多才多艺啊。"

陈玉梅笑了："法语是我大学时选修的第二外语，多年不用了，只记得吃吃喝喝。"

金鑫第一次如此近距离接触陈玉梅，抬眼望她，一张眉清目秀的脸，和平时一样不施粉黛，但是今天她看起来脸色灰暗，憔悴了很多。上午接到陈玉梅的电话，非要见他，说是有要事相谈，金鑫惊异无比，陈玉梅和他从来都是两条平行线，各不相干，突然相约，必有极特殊的事情，于是默默地坐在对面，等这位女局长开口。

陈玉梅踌躇再三，终于开口："刘振宇失踪了？"

金鑫吸了一口冷气，坏消息哪里是长了翅膀，明明是绑在了导弹上，飞得真快。既然知道，也就无须隐瞒，于是点点头。

"你是什么时候知道的？"陈玉梅问。

"昨天找不到他，今天去他公司，刚刚去警局录了口供。"金鑫如实招来，忍不住问道，"你怎么知道？"

陈玉梅举起面前的咖啡一饮而尽，然后重重地呼出一口气："因为他的失踪，现在我老公被'双规'了。"

金鑫心中又是一惊，这是哪里和哪里？从来没有听刘振宇讲过他和陈玉梅的老公有交情啊，脱口而出："怎么会？"

陈玉梅叹了一口气："你不知道他认识我老公？"

金鑫摇摇头。

"都是我多事，把刘振宇介绍给我老公认识，后来他们走得挺近，都喜欢打桥牌，经常在一起玩牌。你听他说过组织部的陈局？"陈玉梅问。

金鑫还是摇摇头。

陈玉梅审视着金鑫的脸，自己本来对他无好感也无恶感，待他一如其他同学，客气尊重，最早的杨阳基金事件，自己是很不赞同的，但是也没有公开地表示反对。之后也听到些有关杨阳基金严重亏损的风言风语，也知道刘振宇和金鑫共同搞了个阳光基金，似乎业绩不错。

陈玉梅和金鑫从来没有任何单独接触，这次找他，实在是事出无奈。本打算从金鑫这里了解一些刘振宇的近况和情况，现在看来，刘振宇口风极严，金鑫满脸惊讶，不像伪装，他似乎什么也不知道。陈玉梅觉得气馁，也有些后悔，这样的事情本就不应该随便道与外人知，自己实在是有些病急乱投医了。既然说了，也无法挽回，于是，尽可能地多了解些情况吧，陈玉梅又问："你们基金有什么损失？刘振宇没有带走些钱？"

金鑫犹豫了一下，还是说了实话，这件事反正迟早都要传开："在香港户头的1亿不见了。"

陈玉梅倒抽了一口冷气，1亿！"你们有钱在境外？"

金鑫坦白："一个月前，刘振宇说要参与某H股的二级市场运作，需要1亿的资金，所以，就陆续调出去了。"

陈玉梅几乎认定刘振宇是有预谋的，他一直心思缜密。杨阳基金、阳光基金的事情，刘振宇都认真地、面对面地咨询过陈玉梅的意见，筹集阳光基金时，更是积极地说服陈玉梅参加。从刘振宇那里，陈玉梅还得知，文如斯教授也投了钱，参与了阳光基金。陈玉梅有自己的坚持，从不参与任何私人形式或是性质的集资。虽然陈玉梅自己没有参与，但是刘振宇依然会隔三岔五地邀约她一起吃午餐聊聊现在的投资形势，陈玉梅都是客气地赴约，对于刘振宇，陈玉梅印象极好，再加上老公张建国对其赞许有加，更是对刘振宇另眼相看，觉得他是青年翘楚。

陈玉梅不清楚刘振宇和组织部的陈局之间到底是什么交易。为什么突然陈局被"双规"之后，自己的老公张建国也被"双规"，与此同时刘振宇就出逃了。他们之间到底发生了什么？

陈玉梅对张建国是十分了解的，他一向守规矩，不屑拉关系买靠山之类的举动，当然也是因为他根正苗红，不需要巴结。这次陈局出事，竟也连累到他，陈玉梅开始不得要领，托人打听后才知晓原来里面还有一个刘振宇，而且不知所踪。

刘振宇在证券公司，手里的资源就是钱，出了问题，不用问，定是钱银纠葛，不外乎挪用公款之类，不知道是刘振宇牵连到陈局，还是陈局牵连到刘振宇，总之东窗事发，陈局首当其冲，刘振宇还上不得台面，所以，有时间携款私逃。陈玉梅分析来猜测去，事情大抵就是这个样子吧。一个月前就调钱去境外，不知道刘振宇是有先见之明？还是事有凑巧运气极好？

金鑫看着陈玉梅沉默地坐着，心里涌动着一万个为什么。组织部的陈局？难怪刘振宇要升迁了，搭上了天线。原来是通过陈玉梅的老公，刘振宇何时搭上的陈玉梅？自己全然不知。挪用公款？不是我们阳光基金的钱，是证券行的公款？多少数额？这钱用来做了什么？又和陈局有何关系？把钱调出境外，是巧合还是预谋？房子还在？是不是事出突然，临时出逃，抓到什么是什么？金鑫看得出来，即使自己询问，陈玉梅也未必知道其中真情，即使猜到一点儿也未必如实告知，索性不再追问。

“你们有什么打算？”陈玉梅问。

“通知一会儿在北京的参与阳光基金的同学，今天晚上见面。”金鑫说。

“这么一大笔钱不见了……”陈玉梅皱着眉头，“可够难为你的。”

金鑫叹了口气，听陈玉梅这样讲，不由得生出些小感动。虽然平时和陈玉梅没有交情，到底不是一般俗人，到这个时候还能讲出这样的公道体己的话。于是，也是实话实说：“我真不知道怎么和同学们说。”

陈玉梅同情地说：“实话实说吧。你也是受害者。”

“你有什么打算？”金鑫问。

“等消息。我家老张应该不知道内情，这次牵连进去也是因为刘振宇，其实都是因为我……”陈玉梅口气极其自责。

“会查清楚的。你放心。”金鑫安慰着，“有什么可以帮忙，只管出声。”

“谢谢。”陈玉梅客气地回应着。

两人沉默地又坐了会儿，实在无话可说，于是都站起来，准备离开。陈玉梅起身过猛，突然头晕，趔趄了一下，幸亏金鑫反应快，一手将她扶住，急忙问：“怎么了？快，先坐下。”金鑫看到陈玉梅的脸色比刚才更加难看，原本挺精神的人儿如今被折磨得如残花败柳一般，难免心中大不忍，出语安慰：“你也别太着急。既然你老公没事，找他也就是问问情况，也许明天就回家了。你别再急出个好歹。我送你回家吧。”

“谢谢。”陈玉梅说，“我叫司机过来接我。”

金鑫还是放心不下，坚持要送陈玉梅回去，陈玉梅只好跟着金鑫走了，路上两个人一直沉默，直到陈玉梅下车，金鑫才挤出一句：“你多保重。”

陈玉梅回了一句：“你也是，多保重。”

第十五章 终点即起点

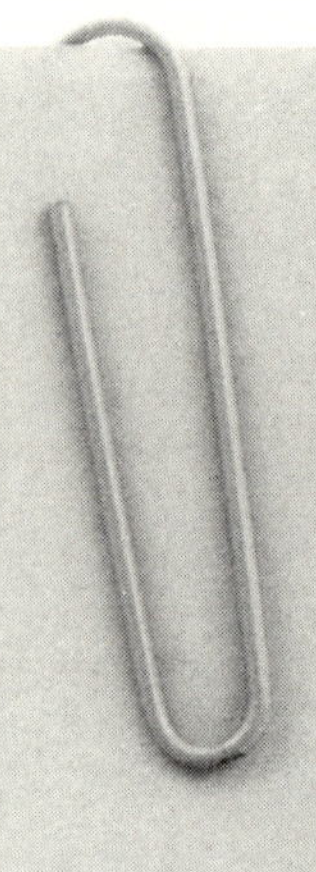

商学院笔记之适应性幸福学

适应性是指人们对外界环境刺激的反应随时间流逝逐渐减淡的现象。比方中了大奖的人过了一段时间后，他们的高兴程度居然和平常人没有什么差别。而车祸后瘫痪的人感受不幸的程度也会随着时间的推移而减轻。

但是总有些事情，人们是难以适应的——

极端的东西：

把手放在15摄氏度的水中，刚开始时会觉得冷，但过一会儿就能够适应。但如果把手放在2摄氏度的水里面，过了一会儿不但无法适应，反而会越来越觉得冷，冷得难以忍受。

变化的东西：

相比忽有忽无、高低变化的噪音，我们更容易适应恒定的噪音背景。也许正是这个原因，警报的声音和婴儿哭喊的声音才忽轻忽重，这样才可以吸引别人的注意。

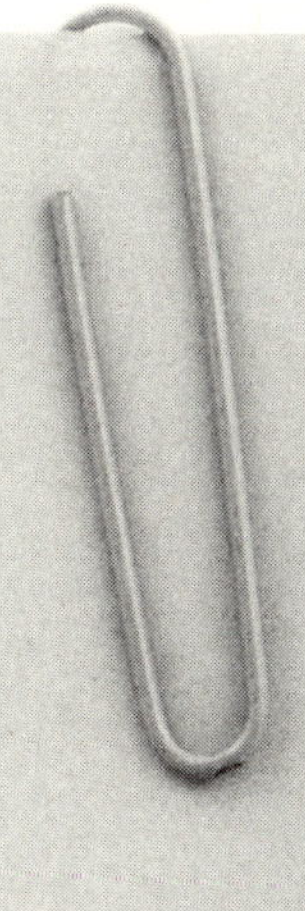

人际比较：

如果你拥有一辆QQ轿车，而你的朋友中很多人没有车，要挤公共汽车或者骑自行车上班，你因此而感到开心是不言而喻的。但如果你的朋友中绝大多数人开的都是宝马呢？好吧，你通过自己的努力，终于买了一辆奔驰，可是这时候传来一个消息，你最好的朋友已经拥有了私人飞机……

所以就幸福而言，如果事情的适应性可以估值，你选择幸福的事情适应性值越低，遇到的不幸的事情适应性值越高，那么你的幸福感越强烈。[①] 所以，如果有两个女孩子，一个貌美如仙，却敏感情绪化，另一个性格淑良，可惜相貌平平，你会选哪个呢？

---

① 参照《别做正常的傻瓜》，奚恺元著，机械工业出版社出版。

人来得差不多了，金鑫看了看张旺水，张旺水向他点点头。

金鑫环顾了一下单间里的同学们，个个兴高采烈地聊着、笑着。参与投资的20名同学，除了6名在外地的赶不过来，其余的都到齐了，当然少了一个——刘振宇。

再丑的儿媳也要见公婆，再难听的话也要说出来，金鑫皱着眉头，扬声："大家静一静，我现在把外地同学的电话连上，然后咱们就开始开会了。"

"振宇呢？怎么还不到？等等他？"李易祥一问，大家似乎都发现了刘振宇不在，主心骨不在，开什么会？！于是七嘴八舌地问："是啊，振宇呢？赶快叫他过来。我们都过来了，他还忙活什么呢？"

金鑫不出声，不接茬儿，不抬头，专心地把电话都接好，而且一个个确认都在线并且听得清楚。然后又抬眼望了望张旺水。

张旺水深吸了一口气："大家静静。今天突然把大家招呼过来，是有紧急的事情需要商议。"大家都望向张旺水，心中奇怪，怎么由他来做开场白，又见他神色凝重，完全没有了平时的嘻嘻哈哈，心中难免更是奇怪，于是个个收了心思，揣着疑惑，静静地听着。

张旺水并没有继续说下去，只是望向金鑫，很明显等他来点破。金鑫不由得深吸了一口气：“刘振宇出事了，下落不明，咱们基金在香港的1亿也下落不明。现在还不能确认是否是他携带走的，我明早飞到香港核实。”

短短的几句话，金鑫觉得像吐出了一座山，就是震塌了屋子也比憋在心里舒坦。

此话一出，屋子里一下子静得连呼吸的声音都听不到了。连线的外地同学里有个沉不住气地问：“金鑫，你开玩笑呢吧？我们不在现场，别欺负人啊，振宇，你说句话，又不是愚人节，开这种玩笑。”

屋子里的同学笑不出来，大家互相望望，心里都明白这不是玩笑，这次出大事了。

“没开玩笑，这是真的。”张旺水冲着电话说，“刘振宇失踪，1亿下落不明。”

“怎么会？！”

“到底什么情况？”

“振宇出逃？！为什么？”

“刘振宇去哪里了？”

“这么个大活人，会失踪？”

电话那边叽叽喳喳吵吵起来。

金鑫把这两天的情况从头到尾讲了一遍，只是隐去见陈玉梅一段。最后补充道：“我把基金的账都带来了，账目每个月都发到各位的邮箱里，如果要核对的，随时。”

“我们又不是要查账，现在关键的是刘振宇去了哪里？”老王首先出了声。他的投资金额仅次于张旺水，是第二大户，如果这1亿打了水漂，里面至少有他1500万。“金鑫，你和振宇不是天天联系？你就没发现他有什么不对劲儿？”这话是在询问，但是口气中带着明显的质疑。

金鑫早就有了充足的心理准备，反正自己是倒霉到家了，出了这样的事情，怀疑他和刘振宇携款私逃有什么瓜葛也在所难免，于是淡淡地说："我上周五下午接到过刘振宇的电话，听不出丝毫异样。"

"携款私逃，怎么看，刘振宇也不像是这样的人啊？！他手里掌握那么多资金，为什么单单把我们的钱卷走？！他是不是也卷了他们证券公司的钱？"老王一连串的问题。

"他们公司不肯透露任何情况。"金鑫如实回答。

老王也看得出金鑫是不知道内情的，一面叹气一面牢骚不断："钱，好端端地放着，为什么突然又调去香港？！金鑫，你就没问问清楚？！"

"在香港参与二级市场投资。之前，我发邮件通知过大家，没有人有异议。"金鑫淡淡地回答。

"邮件，谁会仔细看。"老王继续牢骚着，"钱在境内，怎么弄也不至于不见了啊！金鑫，你和刘振宇关系最近，你说说看刘振宇是不是有预谋的？卷了这么多钱，到底要干什么？去加勒比海？"

"我确实没看出来。"金鑫回答。

老王虽然态度有些咄咄逼人，但是他问出了在座所有人的问题。

未几，一外地同学在电话那端幽幽问道："阳光基金最后一个跟刘振宇沟通的是谁？"

这边围坐的同学目光投向金鑫。

金鑫擦了擦冷汗："是马君如，因为她本人没有投钱到基金，所以今天没到。我也问了君如，她说当时并没有什么异常。"

话音一落，周遭各处人声又停了下来，各人都在想自己的下句台词。

"都是同学，干吗分那么清楚，现在找不到振宇，事情就解决不了。君如来了，正好也跟同学们说说她见振宇时的情况嘛。"于险峰不咸不淡地在电话那头开腔。

这事儿，金鑫已经问过了，还要怎样问？今天要是让马君如来，谁能开口？如何开口？所以马君如不到场，反而大家心里有些话，能说出来。

金鑫没开口，大家心知肚明。

马君如辞职后很快进入阳光基金，都是刘振宇一手促成的。如果说这件事是刘振宇蓄意而为，那么马君如当时的加盟是否是一步棋？这样推理是不是合逻辑尚且不论，至少，能让很多人的情绪找到出口。

1亿不见了，开什么玩笑，谁不心疼？！

但这已然是既定结果，怎么办？谁来负责？

金鑫站在众多火力指向之下，也算勇气可嘉，大家反而不能说什么了，一直都在北京勤勤恳恳地当老黄牛，他也出钱了，也是受害者之一啊。

但是马君如不同，她在金钱这方面没有投入，如果盈利她有分红，不盈利，她不受损……她……

她！

她什么来头？

出身籍籍无名，从奥华咨询辞职之前所在的都是名不见经传的民企、国企，身家一望可知，来上商学院什么目的？

或许，就是处心积虑安了这个心思？

道德败坏？！还想不想混了？

本来嘛，不知来头的一个单身女子，心机能好到哪里去？大家都非常乐于把事情揣测到阴谋这一步，既然有一个这么恶人，于是其余人就可以空前团结在一起。这种团结，在惶恐的氛围中能让大家莫名其妙安定下来。

“咳咳，”老王清了清嗓子，“我觉得先不跟君如沟通，也对。咱们这么多人，就是一人问一句，不就把人家问哭了嘛。”

“那——”洪英俊说，“不然，旺水你去跟马君如聊聊？”

“这——”老江湖旺水明显嗅到了大家的狐疑，但平时他跟马君如走得还算近，自己还委托她操办过高尔夫球赛，既然有人提出来要他去沟通，他自然不能推辞。

刘振宇是否跟马君如有私情，有密谋？张旺水并不确定这一点。自从自己公开对左丹丹的爱慕之后，眼角的余光经常瞥到马君如的不屑。张旺水老是觉得这种掩饰不了的不屑，还真是马君如的可爱之处，也是他认为马君如这个人不会那么深藏不露的原因——她太真实了，跟老戏骨相比还是差点儿火候。

再者，刘振宇跟班上女生哪一个都是不远不近，不会言语不恭、眉来眼去，更不会动手动脚，一副谦谦君子的样子。都是男人，张旺水明白，刘振宇是因为有更大的欲望没有实现，所以投鼠忌器。

至于为什么在马君如离职前刘振宇特别关照她到基金工作，在张旺水看来，不过是某个局里面的一步棋罢了。可惜的是，这棋没下完，下棋的人却不知所踪。

他看到金鑫急于转移焦点开脱干系，并不为马君如说一句好话，众人心急火燎找不到刘振宇的下落，也把马君如作为救命稻草。这很自然，在金钱这面镜子面前，人性中的欲望与丑陋会被放大、扭曲。EMBA又如何？不过是社会各色人等粉墨登场的浓缩版。

做生意会有赚，谁能保证一定不赔？就算刘振宇还在，他也会有失手的可能，这跟刘振宇失踪的风险是并存的。但即便是在商场轻车熟路饱经血雨腥风，也未必能做到愿赌服输，情愿掩耳盗铃。

“我也很久没跟君如联络过了，明天我找时间去跟金鑫请她吃个饭吧。至于君如是不是知道内情，大家也别抱太大期望吧。”张旺水缓缓答道。

说是这么说，谁能不抱期望呢？谁愿意相信自己煮熟的鸭子就飞出锅去了呢？既然张旺水答应第二天再去找马君如交涉，大家也无话，也不愿意再想下一步。于是在座同学纷纷举杯敬张旺水，颇有壮行之意。

在座各位都是口吐莲花，在互相补充润色之下，说辞越来越冠冕堂皇：钱是小事情，但是咱们班做这个基金动静这么大，连教授都有参与，如果没个体面的下文，似乎是有损班威。

张旺水苦笑。还班威，班长都找不到了，威你个头啊。

因为各路人等都要私下交换看法，饭局散得很快。

当夜晴朗无风，人心却是翻江倒海。

马君如其实在饭局结束后，就听到了风声。这通电话，不是金鑫，也不是张旺水，而是——她一直觉得非同类的左丹丹。

“君如，你知道振宇出事了？”左丹丹在电话那边问。

“嗯，是的。”马君如平静地回答，同时惊讶消息传递真是神速。

“刚刚金鑫和旺水召集参与基金的全体同学聚会，把情况说了下。”

马君如心里一惊，一凉。惊的是，金鑫和张旺水没有告知自己这个饭局，不知其何意？凉的是，自己不参加入资同学的聚会也在情理之中，毕竟，自始至终，自己都是局外人。

“不会有人认为我跟刘班长串通吧？”马君如没好气地问。

“我想你不会这样，如果有同学这么认为，那应该是误会。”左丹丹的声调很平静。

马君如沉默。你想我不会这样，你给我打电话是为了什么？不是为了你投资的下落？难道是为了我好？

“君如，基金一大笔钱没了，大家都挺着急。有时候人着急了，就犯糊涂，你有个心理准备。别的我就不多说了，早点儿休息——”左丹丹说完准备要收线。

“哎——”君如欲言又止，“好吧，谢谢你，丹丹！”

挂了电话，马君如调出了金鑫的号码，有电话质问他的冲动。

有没有搞错！核心业务始终没让自己参与过，你最心知肚明，难道不能跟大家解释清楚吗？！但是拨出键始终没按下。同林鸟大难临头尚且各自飞，何况只是同学？金鑫同学本人现在也是一脑门子官司吧，要是能想到维护自己，除非太阳打西边出来了。

只见伊宁的号码在手机屏显示拨入……

翌日中午，三人午餐，方桌一边是张旺水和金鑫，一边是马君如。

两人风风火火赶到自己住处附近要共进午餐，看得出来是来者不善，马君如打定主意先不开腔。

“君如，昨天基金出资的同学一起聚了下，本来想叫你，但是时间仓促，担心你有安排了——”金鑫满脸赔笑。

马君如不说话。

“听说你刚从香港回来，咋样啊时尚女神，收获不小吧？”张旺水打岔。

“张同学过奖了，论品位哪比得上伊宁，论穿戴肯定是左丹丹小姐第一名，这么说我不是在寒碜我嘛。”马君如翻白眼。

轮到两个男人无话可说。

“听说昨晚的饭局惊天动地啊，还把我给缺席审判了，说我是刘振宇的帮凶，连对付的策略的都上中下等想好了，你俩是来打头阵的吧。”马君如话说得狠，但语气很平静。

说得张旺水和金鑫傻了眼，马君如怎么什么都知道？自然是伊宁的添油加醋版本已经传到她耳朵里……

天亮前，马君如彻夜未眠。这份工作，凭什么找到了自己头上？现在想来，是刘振宇别有用意，但外人又如何得知？就算是金鑫，也未必明其就里。将心比心，如果自己是投资的同学，也会把怀疑投射到自己身上。

“别的同学想要个说法，让你们来问我，这我能理解。”马君如接着开腔，“但你俩要是也跟大家想法一样，认为从我这里能得到刘振宇什么线索，那我就得怀疑下自己，你们是不是我平日里认识的金鑫和旺水了。”

“呃……是。”金鑫脸上十分不好看。

“现如今，大家追问刘振宇的下落，恐怕是有些晚，他们公司都没拦住，公检法都没拦住，试问你们谁能把他从藏身之地揪出来？这是我区区马君如能办到的吗？”马君如把眼光投向张旺水，张旺水苦笑着点头。

“接下来一步，恐怕大家都不愿意想，但是总是要面对，是继续做下去，还是干脆散伙？！”马君如道。

张旺水对马君如刮目相看。昨晚大饭局的内容想必她已经知道了个大概，但是那之后的酒吧聚会，肯定不会有人告诉她，而酒吧聚会的主题，正是马君如现在问的问题。

蓝色港湾，临近水面的一片酒吧区，很晚了，人不多。一圈同学围坐在水边的吧台喷云吐雾。

老王继续叹息不断：“金鑫，你说，现在可怎么办？”

金鑫并不出声，他心里明白这是指责，但是这件事情，事出意外，金鑫已经前后都仔细想过，自己没有任何过错，如果有错，那就是错在太过信任刘振宇，可这也不是金鑫一个人的错，在座的哪个人不是百分百地信任刘振宇。他仕途似锦，谁会预见他出逃。老王如此这般咬住自己不放，于事无补。

张旺水把老王的话接了过来：“老王，你有什么想法？”

金鑫感激地看了一眼张旺水。

“我哪里有什么打算？吃惊还来不及。”老王依然是长吁短叹。

“如果这1亿被卷走，追是追不回来了。基金下一步如何运作？”李易祥望着金鑫。

要不是自己的身家搭了进去，李大领导是不会轻易跟同学们出来混到这么晚的。领导就是领导，处事不惊，事情来了，马上抓住要害，李易祥的问题才是真正的环节所在，也才是金鑫真正担心的事情。

刘振宇是基金的发起人，人突然失踪了，而且是携款私逃，于公于私，都是不仁不义。金鑫当然明白在座的各位和自己一样都是心惊胆战，但是各位心寒之后的决定，金鑫就揣摩不出了。

就自己而言，当然是希望基金继续维持运作，自己已然辞了职，全身心地投入，本以为下半辈子有着落了，人算不如天算，惊喜之后总是跟着惊吓。金鑫熟悉自己的这些同学，个个都是人精，如果现在自己巴巴地冲上去表忠心，只能让他们更生疑窦，于是，沉住气，保持沉默。

李易祥看金鑫不语，也并不催促，自顾自地继续说着：“现在无非就是两种局面，继续做下去，或者就此散伙。出了这样的意外，继续做下去，大家可能都有点儿缺乏信任和信心，但就此散伙，就这样不明不白地亏了钱，又似乎于心不甘。”

“老李，你的意思呢？”张旺水问。

“别光我一个人说，大家都说说想法。我们现在是同舟共济，是靠岸下船，还是扬帆前行？”李易祥并没有透露自己的想法，把球又踢了回来。他心里也十分清楚，在座的都是聪明人，都有的是主意。

聪明人都不出声，沉默，可怕的沉默。

谁都知道基金散伙，金鑫马上失业。2亿的基金，依照市场价格，也是当时大家的约定，2%作为“阳光基金”的管理费，这400万全权由金鑫做主支配，刘振宇从不过问，每每金鑫和他商议聘用、办公地点选择等事情，刘振宇都是一句：听你的。

金鑫在这里的待遇比以前好很多，决策权也比以前大很多，如果突然一切就此消失，虽然可以重打鼓另开张，但是这注定是事业历程上的惨痛经历，再加上有人携款私逃牵累的诚信污点，也许事业就此大幅滑坡。

金鑫的利益得失和基金的生死存亡绑得太紧，自己不方便表态，也不能表态，这个时候说多说少都有可能落下话柄，不主动表态，有问必答是最佳的选择。这些，金鑫在心里已经盘算了一个晚上。

马卫东一直没说过话，耳朵却是一字不落地听得真切，而且脑子也盘算清楚了。两天前的账面总额2.2亿，现在不见了1亿，剩余1.2亿，亏损8000万。

马卫东投资了500万，占阳光基金的2.5%，按照比例分摊下来，马卫东亏损200万。上次集资炒房子，马卫东出资300万，150%的回报，赚了450万，马卫东一共回收750万，500万拿出来参与了阳光基金，250万平安落袋。

如果就此罢手，阳光基金散伙，可以分得剩余1.2亿的2.5%，300万，刚好是最初投资炒房的成本。虽然不见了200万，但是加上上次炒房的一起算下来，里外里马卫东依然有250万利润安安全全在袋子里。

如果继续坚持做下去，很有可能这300万的本金就拿不回来了。

当时马卫东投资阳光基金，说白了，就是看上了刘振宇的能力和资源，现在人去钱空，单单指望金鑫一个人，马卫东不放心。虽说金鑫主理的杨阳基金已经扭亏为盈，但是，谁知道是金鑫确实有这能力，还是靠了刘振宇的指点。

马卫东科班的财务出身，自诩数学十分了得，平时炒炒股票，最近也是很有斩获，钱，与其放在别人那里，尤其是自己并不百分百信任的人手里，远不如放在自己手里踏实。账算清楚了，主意也拿定了，剩下的就是如何表述了。

“咱们的阳光基金除了投在股市，是否还投了其他项目？”马卫东问。

“准备投于险峰的药厂，条件已经谈妥，合同就在我手里，原定下周签正式合同。之前也和大家汇报过。”金鑫如实作答。

“那也就是说，到今天为止，阳光基金除了账户里的现金之外，就是股票市场的投资？”马卫东进一步问。

金鑫点点头。

“那也就是说，随时可以套现，按照比例给大家结算？”马卫东问。

金鑫当然听得出马卫东的意思，心中着实骂了这老男人一通，马卫东这是明摆着要求基金解散。金鑫并没有回答马卫东的提问，顾左右而言他地说：“于险峰的这个项目极好，算得出来，三年之后就是至少10倍的回报，无数家大小风投追着投，我们拿到的额度比伊宁他们还多，把伊宁羡慕得不得了。”

“真是好事！”马卫东不恼不急，“这样好的项目，肯定有同学感兴趣。就此结算，打算继续做的同学继续，不愿意继续的同学也可以落袋平安。现在虽然有损失，但毕竟还有钱拿回来。我是这个意思，不知道其他同学有何想法？”

马卫东意思表述得直接、清楚，就此了断，现在分钱，互不相欠，愿意继续的继续，与其他人无关。金鑫有些沉不住气了，这不是明摆着来拆台吗？现在本来就是信任危机，有一个挑头散伙的，再有几个响应的，就会有更多的跟随，很可能就会出现金鑫最不愿意看到的结果——就此散伙，各奔东西。

“现在要是散了，人心可就真的散了。我们聚在一起是缘分，挺好的一个平台，按照金鑫的说法，同学的钱投在同学的项目里，大家都赚钱，双赢局面，不能因为刘振宇一个人那样了，就都散了。”不用金鑫发言，有人替他出头了，讲话的是洪英俊，一贯声大气粗，以前金鑫总觉得他十足的蓝领气，现在却觉得这声音犹如天籁，动听啊，动听。

“同学缘分是情，经济关系是理，两码事。同学之间牵扯经济关系，一定要先合理再合情。”马卫东的话不卑不亢。

金鑫脸色越发阴沉。

旺水又拎了一瓶酒过来：“这事儿一时半会儿聊不清楚，喝酒清醒清醒头脑吧……”

马君如在饭桌上继续侃侃而谈：“振宇出了这样的事情，意料之外，情理之外，我想他也是万般无奈之下的下下策。背井离乡，更名改姓，见不得阳光，永远在惊恐、耻辱和悔恨中度日。虽然我马君如不是富婆，我跟大家一样，也不会为了1亿去过这样的日子。我想他一定是另有难言之隐，绝非单纯地为了图谋我们的1亿。”

虽然因刘振宇连累得被大家怀疑，马君如仍然基于理性分析能说出这样一席话，对面听者不禁惭愧。

“1亿不见了，不会不心疼。”马君如话锋一转，“也一定会寒心，同学之间本来你好我好，互相信任，想不到出了这样的事情。就算是千万般无奈，振宇毕竟拿了我们大家的钱，不告而别，过分，可恨。连带着也觉得我可恨的，属正常。”

“哪里话，君如……”金鑫嘟囔。

“大家各自应该都表了态，官方非官方的……”马君如不理，兀自说下去。

“一是，为了同学情谊，继续做下去；我猜赞成如常进行下去的同学寥寥无几，不然你俩也不会来代表大家来跟我讨说法。刘振宇、金鑫、我，是基金的经营团队，团队里面有一个被质疑，是这个团队不被信任的一种表现。”马君如冷笑，言下之意，金鑫你跟没事人一样实在太幼稚，出事是一个团队不是一个人，你能撇得多干净？！

“二是，散伙。我想有这个倾向的人，应该不在少数。”

“也有希望先清算，之后愿意再继续做下去的。”张旺水接话。

“呵呵，那么这些股东会给执行团队什么样的挑战呢？”马君如语气依旧平和，但目光尖锐。

张旺水耳畔响起老王昨晚的话：

“我觉得老马说得有道理，老洪说得也有道理。我觉得继续也可以，但是不像以往的运作，钱说没了就没了。必须要有个规矩、限制什么的。大家真金白银地把钱拿出来，是因为信得过同学，也相信同学的能力。现在出了这样的事情，也是因为我们当时太信任，没有按照正常的基金规矩，没有监管，这次如果继续，一定要把这个弄弄清楚！而且，当时刘振宇保证每年的回报不低于15%的，保底这事情最好写下来……”

“因为不信任，一定是要勒紧嚼子，因为贪婪，对不起，我们都是商学院的同学，大家知道贪婪有时候是个中性词，因为贪婪，还要快马加鞭。试问，谁能做到？”

金鑫连连点头：“是啊是啊，有同学提出来既要保底又要高收益分成，天下奇闻啊，里里外外都没有风险，根本没法做。”

“有人要你做吗？”马君如淡淡一问，金鑫又弄了个大红脸。

昨晚也有同学说过，文教授有入主阳光基金的意思。

对于先赚后亏的同学们，有相当一批人实在于心不甘。俗话说，哪里摔倒哪里站起来，他们当然期望阳光基金可以继续运营，把不见的钱再赚回来。刘振宇不在了，金鑫是否能挑大梁，大家都犯嘀咕。如果文教授可以入主阳光基金，大家觉得形势会大不一样，无论是名气，还是人脉、资源，金鑫和文如斯都不在一个层面，既然文教授自己有意，何不助他一臂之力。

金鑫清楚地记得，李易祥大言不惭：“基金是否能够运营得科学、顺利，一是需要大大地仰仗制度，二是依靠我们推选的基金管理人。有了好的制度就会杜绝刘振宇事件再次发生，有了好的基金管理人把不见的钱赚回来就有了希望。”话说到这里，又停了下来。李易祥望向金鑫，“现在只剩下金鑫一个人全职负责基金业务，责任大任务重，也别全难为他一个人，我们很有必要挑选几个人来替他分担。我希望基金可以继续运营，但是我建议也要求重建制度、重选管理团队。”

是的，司马昭之心，自己是铁定出局，金鑫叹息。

“那你有什么打算？君如？”张旺水原以为见到马君如，她会委屈，会愤怒，但万万没料到她会如此镇定和理性，更加想不到她这一番出人意料的分析，自己再难把两年前在面试时见到的那个马君如跟眼前的淡定女子联系起来。

“我感谢振宇班长给我机会开拓新视野，也感谢基金诸位投资同学的信任。但是，我想，是我该跟大家告别的时候了。”马君如回答，“我在基金的工作交接文档，都留在我办公室的笔记本电脑桌面上。我还写了关于阳光基金持续经营的几点建议，文件名就是‘建议’。”说到这儿，马君如忍不住嘴角一撇，心想都把我带得跟民企秘书一样了。

“君如，你这是……”金鑫目瞪口呆。

“我怎么了？金鑫同学是要检查过没有未尽事宜才能放我走吗？”马君如微笑，“我本来就是一打酱油的，还是让我该干吗就干吗去的好。”

这顿饭，金鑫和张旺水吃得难受极了，没说几句话，也不知道该说啥好，心里翻江倒海，面面相觑间，马君如开始了结案陈词：

“下个月我去北美度假，办签证挺麻烦的，待会儿要去办一堆证明，要没什么事，我先撤了哈！有事打电话。金鑫你爱人再要什么手袋、化妆品，发邮件给我就可以。”

再次重逢，是毕业典礼。

很多同学都邀请了家眷前来观礼，大家嘻嘻哈哈地一边彼此端详，一边互相打趣。

张旺水缺课太多，这次没有拿到毕业证，但也笑嘻嘻地抱了小女儿来。不到一周岁的小baby迅速吸引了大家的注意力，也迅速地被大家逗得哇哇大哭。旺水嫂气咻咻地把孩子抢回来走到一边，大家仍在笑闹。

“旺水恭喜你又得千金，又是一招商银行啊！”

“呵呵，哪里哪里。”旺水笑得憨憨的。

“要不要再拼一胎啊，生个儿子？”

“呃，满秋坚决不给生了，说是再要，让我自己想办法去——”

“这好办啊，伊宁她们最近投了一个美女经纪公司，找她帮你选个合适的啊——”金鑫坏笑。从阳光基金解散到现在，他已经消失在众人视线中很久了，大家问他的去处，他略尴尬地笑笑说，自己重新做了一家投资咨询小公司。

“你当我们是什么啦！我们是做演员经纪，演出外的业务你们自己勾搭去！”伊宁离婚后人明显舒展了不少，说话也畅快爽朗。

马卫东为左丹丹离了婚，两人现在已经结婚半年，正忙着给大家发喜糖。同学起哄要现场再办一次喜事，还说学位服当礼服再合适不过。二人拗大家不过，当众抱了又吻，大家哄笑不断。

陈玉梅也笑意盈盈，大家对她却不好多问——明显身材走了形，眼见是怀孕了。没听说她家老张出事之后的下文，这身孕是怎么回事？大家都是懂事的人，不该问的就不问了。但有喜总是件好事，女生乐呵呵地围着陈玉梅说这说那。

最出乎意料的是洪英俊辞职创业，据说他是兴华建筑集团总公司副总裁的有力竞争者，上面已经对他考察了半年，临到要任命时，他老人家居然主动请辞了。同学问起，他还是那样胖头胖脑地笑嘻嘻：“哥们儿烦了，想换个活法，哥们儿想自己洗洗牌自己玩。”以前在国企，洪英俊一直开着低调的帕萨特，也不常洗车，饭局完毕女生都不愿意搭他的车。这次虽然鸟枪换炮，座驾是Q7，也还算低调。

马君如到得比较晚，踏进活动大厅的时候，班主任Sara已经开始在招呼大家去试穿学位服了。她是从校区另一侧穿过来的，今天也是新生接待日，看到很多熟悉的新面孔——熟悉的表情、态度，陌生的样貌——想起自己当年第一次来校时的心情种种，马君如对那些询问的目光报以微笑颔首。

在马君如从北美回来后，张旺水和左丹丹都分别约过她。一边是张旺水投资公司旗下的文化传媒集团老总之缺，有上市前景，有期权；边是左丹丹拿出家当与马卫东合股新基金，约她做联合董事。比起从前的自己，再次面对选择，马君如也开始变得淡泊随性了。

也有好事者见毕业典礼这边欢声笑语，煞是热闹，走过来看究竟。见张旺水等人穿戴整齐，神气非常，啧啧羡慕，当即就有人撂出话来非联合商学院不上。

倒是这些被仰视的毕业生，老是有些不好意思。马卫东和张旺水曾被请去跟新生们做面谈，两个人很紧张，一个说，我们变了，一个说，我们没变。新生相觑，两人憨笑。说变的是马卫东，他说我的事业和生活焕然一新，忍不住咧着嘴笑；说没变的是张旺水，生意以前也大，现在就是更大了些，生活以前平淡，现在，又平淡了些。

变，还是没变呢？每个人都在选择，每个人都在前行。